I0653576

LA DAME

KAREN LYNCH

Copyright de la version originale @ 2022 Karen A Lynch
Copyright de la couverture @ 2022 Karen A Lynch

ISBN : 9978-1-948392-42-6

Tous droits réservés

Conception de la couverture : The Illustrated Author

Traduit de l'anglais par Vaelin pour Valentin Translation

À Alex

REMERCIEMENTS

Merci à ma famille et à mes amies pour votre amour et votre soutien. Amber Shepherd pour tout ce que tu fais, mes bêta-lectrices (Amber, Irina, April et Sarah), ma correctrice Kelly, ma graphiste Melissa et tous les lecteurs qui rendent cette belle aventure possible.

1

JE FIXAIS mon père, attendant qu'il dise quelque chose après la bombe qu'il m'avait lâchée. Le tourment dans son regard était insupportable et ce fut presque un soulagement lorsqu'il tourna la tête.

Mon esprit se bousculait alors que j'essayais de penser à une réponse à sa déclaration : le prince héritier de Seelie était mon frère. Mon frère, qui était mort il y a vingt ans, lorsqu'il avait deux mois. La seule explication possible, c'était que le stress que je sois passée à deux doigts de mourir avait provoqué chez mon père une rechute mentale.

La culpabilité me pesait. Les docteurs m'avaient prévenue que cela pourrait se passer s'il n'y allait pas doucement. Je devais les appeler. La possibilité que papa doive retourner au centre de désintoxication me détruisait, mais nous ne pouvions pas mettre sa santé en péril. Cinquante pour cent des anciens drogués au goren recommençaient à en consommer durant la première année, et mon père n'en ferait pas partie.

Je posai ma main sur la sienne.

— Papa, tu es pâle. Peut-être que tu devrais te reposer pendant quelques minutes.

— Je n'ai pas besoin de me reposer. J'ai assez dormi durant les quatre derniers mois.

— Mais...

Il reporta son regard sur moi.

— Je vais bien, Jesse. C'est un choc et beaucoup à encaisser, mais c'est certain, je vais bien.

Je fixai ses yeux limpides. Son ton était posé, il ne donnait pas l'impression d'être en dépression. Mais son affirmation qu'un prince des faës était son fils mort était assez alarmante pour vouloir placer ce genre de gens en psychiatrie. La seule chose à laquelle je pouvais penser, c'était l'écouter et voir où cela allait.

— Tu peux m'en parler ?

Papa prit une respiration chevrotante.

— Je ne sais pas par où commencer.

Je tendis le bras pour prendre sa main.

— Pourquoi est-ce que tu penses que le prince Rhys est Caleb ? Est-ce que quelqu'un te l'a dit ?

— Non. Ta mère a reconnu le prince lorsqu'elle a vu les photos de Tennin. Elle a dit que les cheveux étaient différents, mais que le prince avait mes yeux et qu'il me ressemblait lorsque j'avais vingt ans.

Papa laissa échapper un faible rire.

— Je sais que ça semble fou, car j'ai pensé pareil, au début.

— Pourquoi est-ce que Tennin ne me l'a pas dit ?

Il secoua la tête.

— Il ne savait pas. Ta mère ne me l'a pas dit jusqu'à ce que nous soyons retournés dans la voiture. Je pensais qu'elle exagérait avant qu'elle sorte une vieille photo de moi, qu'elle garde sous le pare-soleil.

Je me rendis compte que je retenais ma respiration.

— Et ?

— Si mes cheveux étaient blonds, j'aurais pu être le jumeau du prince Rhys à son âge.

Je devais le voir par moi-même. Je me levai et allai vers le meuble où maman gardait tous les albums photos. Ils étaient étiquetés par année et je sortis celui de la fin d'adolescence de mes parents. Mon cœur se serra alors que je rapportais l'album sur le canapé et m'asseyais à côté de papa. Je jaugeai la couverture, effrayée d'avance par ce que j'allais voir à son ouverture.

— Tu veux que je le fasse ? demanda papa comme je ne faisais aucun geste pour regarder à l'intérieur.

— Non.

Je soulevai la couverture. Les premières pages comportaient ma mère avec ses amies du lycée, suivies par une photo au format 8X10 où elle était habillée de son chapeau et de sa robe. Je tournai lentement la page pour dévoiler la photo de la remise de son diplôme, et ce fut comme si l'on avait enlevé l'air de mes poumons en me donnant un coup de poing.

— Oh, mon Dieu, murmurai-je.

Sortant mon portable d'un coup, j'affichai l'une des mille photos en ligne du prince héritier de Seelie. Je posai le téléphone à côté de la photo de papa, et mon monde s'écroula. Ce n'était pas que les yeux qui étaient les mêmes. Le prince Rhys et la version âgée de dix-huit ans de mon père possédaient le même sourire et la même petite fossette au menton. Le prince avait des traits plus raffinés, telle une statue de marbre avec toutes ses imperfections érodées, mais papa avait raison. Ils auraient pu être jumeaux.

Je regardai papa, qui me regardait à son tour avec des yeux remplis d'espoir. Vingt-trois ans étaient passés depuis cette décision et son visage était plus mince à présent, avec des pattes d'oie près de ses yeux et des rides autour de sa bouche. En faisant l'impasse sur ces détails, je ne pouvais voir que le jeune homme qui me souriait depuis l'album.

— Comment je ne l'ai pas remarqué ? La première fois que j'ai parlé au prince Rhys, j'avais l'impression de l'avoir rencontré avant, mais je pensais que c'était parce que son visage était partout.

Je secouai la tête.

— Et Bruce, Maurice et tes autres amis qui te connaissaient à cette époque ? Aucun d'entre eux n'a vu de ressemblance entre toi et le faë le plus connu du monde ?

Papa haussa les épaules.

— Je doute qu'ils se rappellent exactement à quoi je ressemblais à cette époque sans voir une photo. Ça arrive lorsqu'on vieillit ensemble. Pour les autres, les gens ne voient pas toujours ce qui est devant eux, surtout quand ils ne le cherchent pas. Qui penserait à faire le lien entre moi et le prince Seelie ? Toi-même, tu ne l'as pas fait.

Je baissai les yeux vers les deux photos. Je savais par expérience à quel point c'était facile de ne pas voir quelque chose qui était juste devant nos yeux. Je me demandais toujours comment je ne m'étais pas rendu compte de qui Lukas était jusqu'à ce que Rogin Havas l'eût laissé entendre.

Je pinçai les lèvres, cherchant les bons mots pour exprimer ce qui devait être dit.

— Le prince Rhys te ressemble, mais ça ne veut pas dire que c'est Caleb. Caleb est mort. Toi et maman, vous l'avez vu, et il y a eu une autopsie et des funérailles.

Je tressaillis en décelant une curieuse expression sur le visage de papa. Lui et maman n'aimaient jamais parler de cette époque, mais il n'y avait pas moyen de l'éviter à présent.

Il changea de position et détourna le regard avant de me dévisager à nouveau.

— Le médecin légiste a dit que Caleb était mort d'atrésie pulmonaire, qui est presque toujours diagnostiquée peu après la naissance de l'enfant. Caleb avait deux mois et il n'avait aucun symptôme. Il ressemblait à un bébé en bonne santé. Ta mère...

Il déglutit.

— Elle ne croyait pas que le bébé mort qu'elle avait trouvé dans le berceau soit le nôtre. Elle a dit qu'une mère reconnaissait son enfant et que quelqu'un d'autre avait échangé notre bébé avec un mort.

La voix de papa se brisa sur le dernier mot. Des larmes me brûlaient les yeux et je les clignai furieusement.

— Le bébé ressemblait à Caleb et le médecin légiste a dit qu'il n'y avait rien d'étrange concernant sa mort. Je l'ai expliqué à ta mère, mais elle était trop bouleversée pour le croire. Rien ne la convaincrait que Caleb était mort.

— Qu'est-ce que vous avez fait ? demandai-je malgré la pierre logée dans mon estomac.

J'avais toujours vu la tristesse dans le regard de maman lorsque le nom de Caleb était mentionné, mais mes parents n'étaient jamais entrés dans les détails concernant sa mort, à l'exception de la cause.

Il s'éclaircit la gorge.

— Je pensais qu'elle viendrait à l'accepter après quelques jours, mais elle refusait même d'organiser les funérailles. Puis elle a commencé à aller vers les inconnus avec des enfants pour vérifier que leur bébé n'était pas Caleb.

Papa marqua une pause, la douleur gravée sur son visage.

— Ça a été terrible durant la première année. Après un certain temps, elle a commencé à redevenir comme avant, mais je ne pense pas qu'elle ait été heureuse à nouveau jusqu'à ce que nous ayons appris qu'elle était enceinte de toi.

— Vous ne m'avez jamais parlé de ça, dis-je d'une voix rauque.

— Ta mère ne voulait pas que tu le saches. C'était vraiment une période sombre dans nos vies et elle avait honte de la façon dont elle s'est comportée.

La douleur déforma ses traits.

— Personne ne la croyait lorsqu'elle a dit que le bébé n'était pas Caleb – pas même moi. Et pendant tout ce temps, elle avait raison.

Cherchant mes mots, je posai l'album sur la table basse et me levai pour marcher. C'était trop douloureux de penser à ce que mes parents avaient enduré à cette époque, et je me concentrai sur leur disparition.

— Qu'est-ce qui s'est passé la nuit de la disparition, papa ?

Il redressa les épaules comme s'il se débarrassait de la douleur.

— Ta mère voulait voir le prince en personne. Nous avons appelé un de nos contacts au Ralston et avons trouvé qu'il faisait une séance photo dans la petite salle de bal au sixième étage. Les chances de s'approcher de lui étaient minces, mais nous devions essayer.

Papa regarda derrière moi tandis qu'il se souvenait des événements de cette nuit-là.

— À l'instant où nous sommes sortis de l'ascenseur, je savais que ta mère avait raison. Le prince Rhys *est* Caleb.

Une nouvelle vague de choc me submergea.

— Vous l'avez vu ?

— Pas le prince. La porte de la salle de danse était ouverte et un groupe la quittait. Il y avait deux faës devant, et dès qu'ils nous ont vus, ils sont venus pour nous arrêter. Ils savaient qui nous étions avant même que nous puissions leur montrer nos papiers. L'un d'entre eux a dit qu'il savait qu'ils auraient dû nous tuer il y a vingt ans lorsqu'ils ont pris le garçon.

Je plaquai une main sur ma bouche.

— Ils nous ont maîtrisés et ont demandé à la garde du prince de l'emmener dans sa suite pendant qu'ils s'occupaient du problème. L'instant d'après, nous étions dans la salle de danse et ils appelaient Rogin Havas pour qu'il se débarrasse de nous. Ils ne voulaient pas que la mort de deux chasseurs de primes bien connus attire l'attention vers le prince Rhys et risque que des journalistes fassent le lien entre lui et nous. Ils ignoraient que la sœur de Rogin intercepterait l'appel et nous sauverait.

— Tu te souviens de l'avoir vue ?

Je lui avais dit que c'était Raise qui leur avait donné le goren pour les maintenir en vie. Jusqu'à présent, il n'avait aucun souvenir de son implication.

— Oui. Je me suis réveillé chez elle. Elle a dit qu'elle ferait n'importe quoi pour nous garder en vie. Après ça, tous mes souvenirs sont confus. Je n'arrive pas à différencier les vrais de ceux causés par le goren.

Je continuai de faire les cent pas. Je n'arrivais pas à penser à la possibilité que mon frère soit en vie ni à tout ce que mes parents avaient traversé. Cela faisait trop à digérer d'un coup. Au lieu de quoi, je me concentrai sur la personne à l'origine de tout cela, celle qui avait causé tant de douleur à ma famille.

— Ce que je ne comprends pas, c'est *pourquoi* ? Pourquoi est-ce que la reine Anwyn volerait un bébé humain, le transformerait et l'élèverait comme son fils ? Son *héritier* ? Je sais une chose sur la politique faë, c'est qu'ils ne veulent que le sang le plus bleu dans la lignée royale. Je n'arrive pas à croire qu'un faë du royaume de Seelie avec une once de sang royal puisse accepter que quelqu'un qui n'est pas même né faë soit un jour leur roi.

— Ce serait le cas s'ils ne savaient pas qu'il n'est pas né faë.

— C'est pour ça !

Je tournai rapidement la tête vers mon père.

— C'est pourquoi sa garde a essayé de vous faire tuer, toi et maman, et pourquoi ils ne veulent pas que vous vous souveniez. Je pensais qu'ils étaient inquiets du fait que vous sachiez qu'ils avaient volé le ke'tain, mais depuis le début c'était pour le prince Rhys... Caleb...

Ma voix resta en suspens et un couteau remua dans mon ventre devant la nouvelle souffrance dans les yeux de papa. Je n'arrivais pas à imaginer ce qu'il endurait. Son fils lui avait été arraché et élevé comme un faë sans connaître ses vrais parents. Même si le prince Rhys apprenait d'une certaine façon la vérité et voulait connaître sa famille, nous ne pourrions jamais retrouver la vie qui nous avait été dérobée.

Je recommençai à faire les cent pas.

— Ça n'explique toujours pas pourquoi elle prendrait un enfant humain et le ferait passer pour le sien. Qu'est-ce qu'elle pourrait y gagner ?

— Je ne sais pas.

Papa baissa les yeux pour fixer ses mains.

— Mais elle s'est donné beaucoup de mal pour le faire et le couvrir.

Il avait raison. Ses gardes avaient fait bien plus que voler Caleb. Ils l'avaient échangé avec un enfant substitué pour ressembler à mon frère, ce qui nécessitait beaucoup de magie. Ils auraient aussi dû charmer le médecin légiste pour s'assurer que le rapport d'autopsie confirme que le bébé mort était bien Caleb et qu'il était mort d'une défaillance cardiaque.

Après tout cela, les gardes ne pouvaient pas emmener un bébé humain dans le royaume des faës. Leur magie n'était pas assez puissante pour le transformer, ce qui voulait dire que la reine Anwyn était venue en secret dans notre royaume pour le faire elle-même.

Mais pourquoi Caleb ? Parmi les millions de bébés mâles au monde, pourquoi avaient-ils choisi mon frère ? Recherchaient-ils quelque chose de précis ou étions-nous la première famille trouvée avec un garçon ? Nous ne connaîtrions jamais la réponse à cette question et je craignais que cela hante mes parents pour le restant de leur vie.

Une colère et un sentiment d'impuissance flambèrent en moi. La reine de Seelie avait fait souffrir les personnes que j'aimais le plus au monde et elle était quasiment intouchable. De toute façon, nous ne possédions pas les preuves de son crime. La ressemblance du prince avec mon père pouvait être considérée comme une coïncidence et nous n'avions aucune preuve de sa vraie identité. Une fois qu'un humain devenait faë, rien ne restait de son ADN humain. C'était notamment ce qui m'avait causé tant de difficultés, la semaine dernière.

Il y avait le corps que maman et papa avaient enterré, mais il faudrait bien plus qu'une histoire folle sur un échange de bébés pour que les autorités l'exhument. Quelque chose comme cela ne passerait pas inaperçu. Ma famille serait morte avant que la décision soit prise.

Un faible sifflement attira mon attention vers Finch qui se trouvait au fond du couloir. Ses yeux étaient écarquillés et inquiets alors qu'il parlait dans la langue des signes.

Est-ce que papa va bien ?

Je suivis son regard vers là où notre père était assis, la tête dans ses mains, puis je lui répondis.

Oui. Il réfléchit à quelque chose.

D'accord.

Il se tourna et disparut.

Papa bougea la tête de droite à gauche.

— C'est ma faute. J'aurais dû le protéger.

— Comment tu peux dire ça ?

J'allai m'asseoir à côté de lui.

— Aucun humain n'est à la hauteur de la garde royale de Seelie. Tu sais ça mieux que quiconque.

— Tu ne comprends pas. J'avais fait protéger l'appartement, mais seulement contre le genre de faës que nous chassions. Je n'ai jamais pensé à nous protéger contre les faës de la cour. Si je l'avais fait, ils ne seraient pas entrés et n'auraient pas pris Caleb.

— Tu ne peux pas culpabiliser pour ça. Personne n'aurait pensé à protéger Caleb contre la garde royale.

Je posai ma tête contre son épaule, perdue quant à la façon de réconforter l'homme le plus fort que j'aie jamais connu. Mon père était un défenseur et il porterait le poids de sa culpabilité sur ses épaules pour toujours. C'était une raison de plus pour mon mépris envers la reine de Seelie.

Aucun de nous ne parla pendant un long moment. Ce fut mon père qui brisa le silence.

— Nous devons élaborer un plan.

— Un plan pour quoi ?

Il n'allait sûrement pas suggérer que nous disions au prince Rhys qui il était vraiment. Même si je voulais que mes parents soient heureux, j'étais apeurée à l'idée de ce que la reine leur ferait.

— Pour protéger notre famille. Si la reine Anwyn apprend que le prince est allé ici et m'a rencontré, elle ne va pas bien le prendre. Et si ses gardes s'aperçoivent que j'ai retrouvé mes souvenirs, ils...

— Non.

La peur me fit me lever.

— Nous ne pouvons en parler à personne. La garde de Seelie s'en prendra à toi et à maman, et je ne peux pas vous perdre de nouveau. Je ne peux pas.

— Jesse.

Papa se leva et posa ses mains sur mes épaules tremblantes.

— Je ne parle pas de rendre tout ça public. Si le prince continue de montrer de l'intérêt pour nous, la reine le remarquera et sa garde viendra fouiner. Nous devons nous préparer.

— Comment ?

Il pressa ses lèvres et sa poigne sur mes épaules se renforça un peu.

— La première chose que nous devons faire, c'est le dire à Lukas.

— Non.

Je secouai la tête tellement fort que je risquai le coup du lapin.

Papa m'arrêta alors que je m'éloignais.

— Écoute-moi. Je sais que tu es encore en colère contre lui, mais il tient à toi. Il te protégera.

Je ne savais plus ce que je ressentais pour Lukas. Au début, j'avais été furieuse envers lui, car il m'avait transformée en faë sans me laisser le choix, même si je n'aurais pas pu me décider. Puis, je m'étais détestée d'avoir été injuste envers la personne qui m'avait sauvé la vie. J'avais passé la semaine dernière à alterner entre l'espoir qu'il vienne m'assurer que tout irait bien et le refus de le voir. Non qu'il ait essayé de me voir ou de me parler, cela dit. Les autres se relayaient pour prendre de mes nouvelles, mais je n'avais rien entendu de sa part depuis le jour où il m'avait ramenée chez moi.

Néanmoins, il y avait une chose que je savais. Si nous lui parlions de Caleb et de ce que la reine Anwyn avait fait, il ne me laisserait pas rester ici. Il m'enverrait très probablement au royaume d'Unseelie pour me protéger, et cela pourrait prendre des mois ou des années avant que je revoie ma famille. Après tout ce que j'avais enduré pour les récupérer, je ne laisserais personne nous séparer.

Je partageai mes craintes avec papa et attendis de longues minutes pendant qu'il faisait les cent pas dans la pièce, pensif. Son visage était toujours pâle, mais il semblait redevenu lui-même.

Il suspendit soudain sa foulée.

— Nous dirons aux gens que, d'après le docteur, nos souvenirs ont disparu pour de bon. D'habitude, ça n'arrive qu'avec des addictions prolongées au goren, mais on nous a donné de grosses doses et mis dans le coma, alors ce sera crédible. Si la garde nous surveille, ils en auront vent.

— Et maman ? Et si elle récupère ses souvenirs et le dit à quelqu'un ?

— Je lui parlerai. Ça ira bien pour elle.

Je ne lui en demandai pas plus. S'il disait qu'il s'en occuperait, il le ferait. Le mariage de mes parents était construit sur de solides bases de confiance et de compréhension mutuelle. Ils étaient les meilleurs amis du monde et se connaissaient mieux que quiconque. Peu importe ce que papa lui dirait, elle aurait confiance en lui et suivrait son exemple sans question.

— Ça règle la question de maman. Comment est-ce qu'on te protège si la garde de la reine vient ?

Une lueur apparut dans ses yeux.

— La garde m'a pris par surprise la dernière fois, mais maintenant je sais contre quoi je me bats. J'ai quelques amis qui me doivent un service. Ne t'inquiète pas pour moi.

La pression sur ma poitrine diminua.

— Tu vas dire la vérité à Maurice ?

— Oui. Je lui demanderai de venir ce soir.

D'habitude, Maurice ne restait pas en ville aussi longtemps, et j'avais supposé qu'il serait parti pour une autre mission maintenant que le ke'tain avait été trouvé. Il se sentait coupable de ne pas avoir été là pour nous lorsque maman et papa avaient été portés disparus et il voulait se faire pardonner en restant encore un mois environ. Je n'avais jamais été aussi contente de savoir qu'il était à côté.

— Maintenant, qu'est-ce qu'on va faire de toi ? demanda papa, me ramenant sur Terre.

— Qu'est-ce qu'on va faire de moi ?

— C'est toi que le prince Rhys est venu voir. Même si la reine croit que mes souvenirs sont partis pour de bon, elle ne va pas vous autoriser à vous voir.

Papa marqua une pause.

— Surtout si elle pense que son intérêt pour toi est plus que platonique.

La simple idée que le prince Rhys puisse avoir un intérêt romantique envers moi me retournait l'estomac. Il avait été élevé comme un faë, mais c'était toujours mon frère. Le fait que je n'aie jamais été attirée par lui ne changeait en rien le côté répugnant de la chose.

La raison pour laquelle la reine Anwyn avait envoyé ses gardes pour m'avertir de rester loin de lui était bien plus logique à présent. Cela n'avait rien à voir avec mon métier de chasseuse de primes, mais tout à voir avec mon statut de sœur.

— Je doute que nous le voyions beaucoup dorénavant. Tu as entendu ce qu'il a dit lorsqu'il était ici. Il est de Seelie et je suis d'Unseelie, alors ça ne serait pas bien pour lui qu'il me rende visite.

J'expirai.

— Je ne pense pas que la reine s'en prendra à moi, maintenant que je fais partie du royaume d'Unseelie. Elle sait que je suis amie avec Lukas et après tout le problème avec le ke'tain, il la soupçonnerait si quelque chose m'arrivait.

— C'est vrai.

Papa sourit, mais impossible de se tromper avec la lueur de tristesse dans son regard. Son attention était rivée sur la protection de sa famille, mais à l'origine de tout, il y avait l'enlèvement de son enfant. Quel chaos il devait ressentir ! Pour protéger le reste de sa famille, il devait faire semblant d'ignorer que son fils était sain et sauf.

Il s'éclaircit la voix.

— Je vais dans le bureau pour passer quelques appels.

— Je vais nous faire du café, dis-je un peu trop joyeusement. Si tu n'as pas épuisé ma réserve.

— Je n'oserais pas.

Il ricana et le son de son rire me réchauffa.

Dès qu'il quitta la pièce, le poids de tout ce que j'avais appris m'écrasa de plus belle. Je bougeai en pilote automatique, allumant la cafetière et sortant deux grandes tasses. Durant la semaine passée, je m'étais apitoyée sur moi-même, à penser à ce que j'avais perdu. Ce n'était rien comparé à ce dont mes parents avaient été victime et à la perte pour notre famille.

Caleb est en vie. Je me demandai combien de fois je devrais répéter ces quatre mots avant de vraiment les comprendre. Je repensai à toutes ces années où je me recueillais sur sa tombe avec mes parents, où je regardais cette minuscule pierre tombale blanche, à m'imaginer à quoi ma vie aurait ressemblé si mon frère était en vie. Je n'aurais pu concevoir un scénario où il aurait été volé par des faës et élevé comme le prince héritier de Seelie, et encore moins que si je disais un mot à quiconque, le monstre qu'il appelait maman ferait tuer toute ma famille.

Le café finit de couler et je humai le riche arôme avant de le verser dans nos tasses. Au moins, certaines choses ne changeaient pas. Je préparai celui de mon père comme il l'aimait, puis le mien. J'avais été si déprimée pendant une semaine que je ne pouvais même pas penser à la nourriture, et l'odeur du café me fit constater combien cela m'avait manqué.

Je portai ma tasse à la bouche et fermai les yeux pour savourer la première gorgée.

Aussitôt, je recrachai le café dans la cuisine.

Je posai la tasse sur le plan de travail et courus à l'évier, baissant la tête sous le robinet pour dissiper le goût atroce de ma bouche. C'était amer et terreux, avec un goût de poussière brûlée. J'avais beau me gargariser, impossible de m'en débarrasser.

Levant la tête, je m'essuyai la bouche avec ma manche et examinai le liquide restant dans la cafetière. Quelqu'un me jouait un tour. On avait échangé mon café contre ce truc horrible et...

La prise de conscience me vint telle une rafale d'air froid et je poussai un cri qui aurait fait pâlir d'envie une furie. Papa entra dans la cuisine en courant, les yeux écarquillés comme s'il s'attendait à trouver toute la garde de Seelie qui m'attaquait.

— Qu'est-ce qui ne va pas ? demanda-t-il, à bout de souffle.

— Je déteste le café, gémis-je.

Il me dévisagea, confus, jusqu'à ce que la compréhension transparaisse sur son visage.

— Je suis désolé, ma chérie. Cela devait arriver.

Je baissai la tête pour qu'il ne puisse pas voir les larmes dans mes yeux.

— Jesse, dit mon père au moment même où l'on sonnait à la porte.

Je pris des essuie-tout et nettoyai les dégâts pendant qu'il allait voir qui nous rendait visite. Vu la façon dont la journée se passait, c'était sûrement la reine Anwyn en personne.

Je pouvais entendre un murmure de voix d'hommes. Quelques secondes après, des bruits de pas approchèrent et je levai les yeux vers la mine renfrognée de Faolin. J'aurais encore préféré découvrir devant moi la reine de Seelie.

— Tu pleures ? demanda-t-il avec rudesse.

Je jetai l'essuie-tout mouillé à la poubelle.

— C'est juste que je suis *si* heureuse de te voir.

Il se moqua, mais j'aperçus une lueur de plaisir dans ses yeux, ce qui ne fit que m'agacer davantage. Son regard perçant alla derrière moi, vers la machine à café et les deux tasses sur le plan de travail. Il fit rapidement le rapprochement et balança une réplique typique de lui :

— Tu pleures parce que tu ne peux plus boire ce truc ?

Je le fusillai du regard.

— Ça ne concerne pas le café.

Je n'avais pas besoin d'ajouter les mots « abruti sans cœur », car l'insulte était largement sous-entendue dans mon intonation.

— Qu'est-ce qu'il y a, alors ?

— Ce n'est rien.

Il était la dernière personne à qui je voulais me confier. Je n'en avais même pas parlé à papa. Depuis que je m'étais réveillée et avais appris que j'étais une faë, je m'étais consolée en me persuadant que j'avais toujours l'apparence, les émotions et les comportements d'une humaine. Je n'avais pas de magie ni la force d'un faë, et le fer ne m'affectait pas grâce à la pierre de la déesse. Tant que rien de cela ne changeait, je pouvais faire semblant d'être la bonne vieille Jesse.

Je croisai les bras.

— Pourquoi tu es là, Faolin ?

— Je t'ai apporté de quoi manger.

Il posa un sac bien rempli sur le plan de travail.

Je regardai le sac avec prudence.

— Nous avons assez de nourriture.

— De la nourriture humaine.

Il desserra le cordon et sortit plusieurs fruits faë, dont quelques-uns que je reconnus, ainsi qu'une bouteille d'un jus vert et de petites miches de pain rondes et noires. Le jus ressemblait à ce qu'avait bu Faris durant sa convalescence.

— Ton père a dit que tu avais à peine mangé depuis ton retour.

— Ah bon ?

Je jetai à papa un regard accusateur. Ils n'étaient pas restés assez longtemps à la porte pour parler de mes habitudes alimentaires, ce qui voulait dire qu'il avait parlé à Faolin avant sa visite inattendue.

Papa appuya son épaule contre le mur, pas désolé le moins du monde.

— Tu as des besoins nutritionnels spécifiques que tu n'avais pas avant, et je ne savais pas vraiment quoi acheter.

— Les faës peuvent manger de la nourriture humaine, leur rappelai-je.

— Oui, mais nous avons besoin de nourriture faë.

Faolin prit quelque chose qui ressemblait à une poire rose allongée.

— Les fruits et le jus seront les choses les plus simples à digérer pour toi jusqu'à ce que ton corps s'adapte au changement. Tu peux prendre du pain faë, mais seulement en petites portions au début.

— Quoi ? Pas de steak de crukk ? lançai-je malicieusement.

Les crukks étaient la principale source de viande dans le royaume des faës. C'étaient comme de petits mammouths laineux, élevés pour servir de bétail.

Il me fit un sourire moqueur.

— Tu peux manger du crukk si ça ne t'embête pas qu'il remonte une heure plus tard.

Je grimaçai.

— Je vais m'en tenir au bœuf.

— Tant que tu t'assures d'inclure assez de nourriture faë dans ton alimentation quotidienne...

Il agita la main au-dessus du sac.

— Tu peux acheter tout ça au marché local pour faë ou nous appeler et nous t'apporterons ce dont tu as besoin.

— Merci, répondis-je sans grand enthousiasme.

— Tu as besoin d'autre chose ? demanda-t-il.

Oui. Je veux savoir pourquoi Lukas n'a pas apporté la nourriture et pourquoi il est le seul qui ne m'a pas appelée, pensai-je, mais je me contentai de dire :

— Non.

— Alors je vais y aller.

Papa recula pour laisser Faolin passer.

— Merci d'être venu. Nous apprécions tout ce que toi et les autres avez fait pour nous, et lorsque ma fille récupérera ses bonnes manières, elle te dira la même chose.

De quoi parlait-il ? Je les avais remerciés, pas vrai ?

— De rien, répondit Faolin.

Il me tournait le dos, mais impossible de rater le petit rire dans sa voix. À la porte, il se retourna.

— Ne pense pas que ton nouveau statut veut dire que tu n'as plus à t'entraîner. Nous reprendrons quand tu auras pris des forces.

— Oh, super. J'ai hâte.

— Moi aussi.

Il me lança un rapide sourire sournois avant de partir.

— À bientôt, Jesse.

Papa me suivit dans la cuisine.

— C'était gentil de sa part de t'apporter de la nourriture.

— Un vrai scout.

J'ouvris la bouteille de jus et la reniflai. C'était *bien* le même truc que Faris avait bu. Je la refermai et la mis dans le frigo puis pris sur le meuble une corbeille à fruits.

— Tu ne vas pas en manger maintenant ? demanda papa.

— Pas faim.

Je pris ma tasse avec envie avant de verser le café dans l'évier. Après avoir rincé la tasse, je la posai sur l'égouttoir pour qu'elle sèche.

— Eh bien, ça va me faire économiser beaucoup d'argent sur le café.

Il s'approcha de moi et passa son bras autour de mes épaules.

— Ça, c'est la Jesse que je connais.

Je poussai un soupir.

— Désolée d'avoir été si dure à vivre cette semaine.

— Tu avais une bonne excuse, alors je vais te laisser tranquille pour cette…

Le sol vibra sous nos pieds et un grondement emplit l'air comme si un avion volait à basse altitude au-dessus de notre bâtiment. Je m'agrippai à mon père. Les fenêtres claquèrent et les alarmes des voitures se déclenchèrent dans la rue.

Ce fut terminé aussi vite que cela avait commencé, nous laissant dans un silence stupéfait.

Je fus la première à retrouver ma voix.

— C'était un tremblement de terre ?

2

AVANT QU'IL NE PUISSE répondre, des éclairs colorés à l'extérieur attirèrent mon regard vers la fenêtre. J'y courus pour lever les yeux vers le ciel et découvrir un spectacle lumineux familier. Nous ne subissions pas un tremblement de terre. C'était une tempête faë. Cette fois, c'était sur Terre au lieu de l'Hudson.

Je tressaillis, de l'électricité statique me parcourant la peau. C'était nouveau, et pas du tout agréable.

— Papa, viens voir.

— Jesse !

La voix de papa était inquiète. Je voulais le rassurer, mais c'était un peu difficile étant donné que je me retrouvais tout à coup en apesanteur, flottant à trente centimètres du sol.

— C'est quoi ce bordel ?

Je tendis la main vers le rebord de la fenêtre, mais il était trop loin. Je dérivais vers le haut tel un ballon rempli d'hélium. Ma tête cogna en douceur le plafond et je levai les mains pour m'y arc-bouter, réprimant une angoisse soudaine.

— Papa ?

Il avait à peine fait trois pas vers moi lorsque la porte s'ouvrit : Faolin fit irruption comme s'il s'attendait à nous trouver sous attaque. Cela tourna court et il s'amusa bien vite de ma situation difficile.

— Ne reste pas planté là, m'exclamai-je. Fais-moi descendre.

Il émit un son ressemblant étrangement à un rire et plaça ses mains sur ma taille. De la magie d'un bleu pâle afflua de ses doigts et la sensation désagréable de picotement disparut. Quelques secondes plus tard, la gravité reprit et je revins au sol en flottant.

— Merci, dis-je, trop contente d'être de retour sur la terre ferme pour me formaliser de son sourire suffisant.

— Qu'est-ce que c'était ?

— Ton corps a réagi à la tempête. Les humains ne peuvent pas ressentir l'énergie de la tempête. Les faës la sentent, mais ça ne nous affecte pas. Toi, en revanche, tu as été transformée récemment et tu as tout juste développé ta magie. Alors, tu y es plus sensible.

— Super, murmurai-je. J'espère que je ne serai pas dehors la prochaine fois qu'il y aura une tempête, sinon je serai la première faë en orbite.

Faolin ricana pour de bon.

— Je pense que nous pourrons te donner quelque chose qui étouffera ta magie quand tu sortiras, jusqu'à ce que tu puisses la contrôler.

— Comme un charme d'atténuation ? demanda papa.

Faolin hocha la tête.

— Nous ne pouvons pas charmer Jesse, mais elle devrait être en mesure d'avoir quelque chose avec elle. Ça lui permettra de ressentir d'autres magies sans y réagir.

Papa croisa les bras sur son torse.

— Je pensais que les tempêtes étaient censées s'affaiblir, maintenant que le ke'tain est de retour dans le royaume des faës.

— Ça prend plus de temps que prévu, répondit Faolin.

Son portable sonna et il s'éloigna pour y répondre.

— Je suis impatiente de savoir ce que l'Agence va raconter comme mensonge au public.

Je regardai par la fenêtre et vis que les lumières avaient disparu du ciel. La dernière fois, la tempête de l'Hudson était passée pour une tornade anormale, arrivée au même moment que l'aurore boréale. Je ne pouvais toujours pas croire que les gens avaient accepté cette explication.

— Je ne pense pas qu'ils le puissent.

— Je vais voir Finch et Aisla. Je reviens dans un instant, prévint mon père.

Maintenant que j'étais seule avec Faolin, des éclats de sa conversation au téléphone me parvenaient.

— Elle va bien. J'étais dehors quand ça s'est déclenché.

Je n'avais pas besoin d'entendre la voix de son interlocuteur pour deviner qui c'était. La colère et la peine m'envahirent. Si Lukas était inquiet pour moi, pourquoi appeler Faolin et pas moi ? Est-ce que l'idée de me parler lui était aussi abjecte que cela ?

Faolin mit fin à l'appel.

— L'un d'entre nous t'apportera le charme plus tard dans la journée. Ce sera très probablement un bracelet ou quelque chose à porter autour du cou. Essaie de ne pas sortir en attendant.

— J'éviterai. Merci.

Papa le remercia après nous avoir rejoints.

Nous prîmes congé, une fois de plus, et Faolin partit pour la seconde fois aujourd'hui. Papa et moi descendîmes pour aller voir madame Russo et les autres résidents secoués par la tempête. Aussi effrayante qu'elle eût été, ce n'était rien comparé à la violence de ce que j'avais connu sur le ferry, il y a deux mois. J'étais plus ébranlée par le fait d'avoir flotté que par la tempête elle-même.

Une heure plus tard, nous apprîmes que Los Angeles, Londres, Hong Kong et Tokyo avaient tous connu des tempêtes similaires, à peu près au même moment. Ce n'était pas une coïncidence que ces cinq villes soient les plus populaires au monde pour les portails des faës. Notre tempête avait déclenché une panique dans toute la ville, poussant le maire et le gouverneur à passer à l'antenne pour rassurer les gens et leur promettre qu'ils étaient en sécurité.

Deux heures après la tempête, la Maison-Blanche et l'Agence donnèrent une conférence de presse commune. Sans trop entrer dans les détails, ils firent part au public d'un objet qui avait été amené ici depuis le royaume des faës, provoquant de l'instabilité entre nos deux royaumes. Après avoir dit aux téléspectateurs que l'objet était retourné sain et sauf, ils garantirent à la population que la barrière entre nos deux royaumes se réparait, mais qu'il pourrait y avoir d'autres tempêtes jusqu'à ce que les dégâts soient définitivement réparés.

— Le pire est passé, dit le directeur national de l'Agence durant le bombardement de questions des journalistes.

— Tu y crois ?

— Non.

Je frottai mes bras tout à coup glacés.

— Moi non plus.

— Tu es prête ? demanda papa en tendant le bras vers la poignée de la porte.

Je lui souris.

— Et toi ?

— Nous allons voir.

Tout sourire, il ouvrit la porte et nous entrâmes dans le hall d'entrée de la Plaza. J'avais l'impression que ça faisait bien plus de trois semaines depuis la dernière que j'étais venue ici. Je n'arrivais pas à imaginer ce que ça faisait pour lui de revenir après une absence de quatre mois.

Il y avait au moins une douzaine de chasseurs dans le hall d'entrée et toutes les têtes se tournèrent vers nous. Cela me surprit de me rendre compte que je connaissais tout le monde ici. Tant de choses avaient changé depuis la première fois où j'avais mis les pieds dans ce bâtiment.

Une acclamation se fit entendre et certains chasseurs tapèrent dans leurs mains pour interpeller mon père. Ensuite, nous nous retrouvâmes encerclés par ses vieux amis qui lui souhaitaient un bon retour.

La chaleur me remplit quand je le vis parler et rire, plus lui-même que jamais. J'avais craint qu'il ne soit encore trop tôt pour qu'il revienne ici avec moi aujourd'hui, mais c'était précisément ce dont il avait besoin.

J'aperçus Maurice, Bruce et Trey de l'autre côté de la pièce et les rejoignis. Maurice était passé par notre appartement chaque matin, mais je n'avais pas revu Bruce ni Trey depuis le jour où j'avais failli mourir d'une balle à la poitrine. Pour eux, ainsi que pour les autres chasseurs de prime, on m'avait tiré dans le bras et j'avais pris des congés pour me guérir. En dehors de ma famille, les seuls humains qui connaissaient la vraie histoire étaient Maurice, Violet et l'Agence.

— Jesse, c'est bon de te revoir, fit Bruce alors que Maurice me faisait un câlin à un bras.

— Contente d'être de retour, répondis-je avec légèreté.

Je flottais presque depuis que j'avais reçu un appel de l'Agence le matin même, me faisant savoir que ma licence avait été restaurée. J'avais tout de suite appelé Levi, qui m'avait dit de passer dans l'après-midi.

Trey s'écarta du mur contre lequel il s'appuyait.

— Comment va ton bras ?

— Comme si on ne lui avait jamais tiré dedans.

— Je n'arrive pas à croire que Davian Woods t'ait tiré dessus, qui l'aurait imaginé ?

J'en restai bouche bée.

— Comment es-tu au courant pour Davian ?

J'avais l'impression que l'Agence n'avait pas divulgué de détails sur cette journée-là.

Ils sourirent.

— Tu devrais savoir, depuis le temps, que les nouvelles se répandent ici. Nous avons entendu que tu as trouvé le ke'tain et que Woods a essayé de te le prendre.

La rumeur était assez proche de la vérité.

— Heureusement que c'est un pitoyable tireur.

Les yeux de Trey s'écarquillèrent.

— C'est vrai ? C'est toi qui as trouvé le ke'tain ?

Il siffla.

— Cent mille dollars. Qu'est-ce que tu vas faire avec tout cet argent ?

Une main vint se poser sur mon épaule :

— Elle va aller à l'université, dit mon père.

Il vint se placer à côté de moi et nous nous sourîmes. Durant la semaine, depuis sa révélation bouleversante que Caleb était en vie, papa et moi avions passé beaucoup de temps à penser au futur et à faire des projets. Il avait insisté pour que j'utilise la prime du ke'tain pour l'école, afin de commencer la fac à l'automne. En septembre, je serais ainsi une étudiante à plein temps à l'Université de Harvard.

Je ne savais pas trop si je devais abandonner ma famille après tout ce qui s'était passé. Chaque fois que j'abordais le sujet, papa me disait que l'université était dans plusieurs mois et que tout serait redevenu normal d'ici là. Je voulais le croire plus que tout.

Trey grimaça.

— L'université ? Je pensais que tu allais chasser, désormais.

— Harvard, le reprit fièrement papa. Elle continuera de chasser jusqu'à l'automne.

Maurice me fit un sourire radieux.

— Harvard ? C'est super !

— Ça ne te dérange pas qu'elle chasse seule ? demanda Trey.

— Je ne dirais pas ça.

Papa me sourit.

— Mais Jesse a prouvé qu'elle était plus que capable de se défendre. Les choses semblent s'être calmées ici, maintenant que le ke'tain est retourné dans le royaume des faës.

— Si par *normal*, tu veux dire à part les tempêtes...

La voix de Bruce était teintée de rancœur.

— Comment ont-ils pu nous cacher cela ?

Sa colère était justifiée. Maurice nous avait dit, à papa et à moi, que les chasseurs de primes étaient furieux d'avoir été laissés dans l'ignorance. Ils comprenaient pourquoi l'Agence voulait le cacher au grand public, mais cette information vitale aurait dû être partagée avec les chasseurs. Les actions de l'Agence avaient créé une tension sous-jacente entre elle et les chasseurs, qui la considéraient maintenant avec méfiance.

La culpabilité me rongeait. J'avais appris la vérité concernant les tempêtes de Lukas, mais je ne l'avais dit à personne. En y repensant, j'ignorais pourquoi je l'avais gardé pour moi-même. Et à présent, l'Agence et moi cachions un autre secret à nos collègues chasseurs de primes. Comment réagiraient-ils lorsque la nouvelle de ma transformation tomberait ?

L'ascenseur tinta et je me retournai pour voir les jumeaux Mercer en sortir. Lorsqu'Adrian nous vit, il poussa son frère et tous deux se dirigèrent vers nous.

— Ce sont les fils de Joe et Leah Mercer ? demanda Maurice. La dernière fois que je les ai vus, ils devaient être en primaire.

Papa opina du chef.

— Ils chassent depuis deux ans.

— Bon sang, je me sens vieux.

Maurice se frotta la nuque. Papa et Bruce rirent.

Aaron et Adrian échangèrent des bonjours avec nous, puis Adrian fit un grand sourire.

— Nous venons juste de gagner notre premier niveau quatre venant de Silas.

— C'est super !

Je lui fis un check.

— Nous avons fait quelques niveaux quatre avec maman et papa, mais c'est notre premier depuis que nous sommes indépendants, annonça Aaron.

— Quel genre de niveau quatre ? leur demanda papa.

Ils bombèrent le torse et parlèrent d'une seule voix :

— Une banshee !

— Vous plaisantez !

La jalousie me tiraillait. Les banshees ne se montraient pas beaucoup, peut-être une fois ou deux par an. J'avais fait des recherches sur elles, mais je savais que jamais on ne m'en confierait une, car ce n'était pas un travail pour une seule personne. Il en fallait au moins deux pour capturer cette créature.

Adrian regarda Maurice avec adoration.

— Des conseils ?

— Si c'est votre première banshee, associez-vous avec une autre équipe, suggéra Maurice.

Bruce approuva.

— Ne baissez pas votre garde un instant. Elles sont dangereuses, même menottées.

— Et ne la regardez pas dans les yeux lorsqu'elle hurle, ajouta papa. Elle pourra vous contrôler et vous ne voulez pas d'une banshee dans votre tête.

Un frisson me parcourut à ses paroles, et Aaron et Adrian frissonnèrent aussi en échangeant un regard. Une étrange communication propre aux jumeaux passa entre eux avant qu'ils ne se tournent vers moi avec une expression sérieuse identique.

— Jesse, tu veux nous aider à attraper une banshee ce soir ? demanda Aaron.

— Nooon ?

Un grand sourire fendit mon visage avant que je me souvienne de ce que Maurice leur avait dit.

— Mais je n'ai pas de partenaire.

Trey s'éclaircit discrètement la gorge. Aaron et Adrian l'ignorèrent, mais je commis l'erreur de croiser son regard plein d'espoir. Ah, bon sang, je ne voulais pas travailler avec lui sur une autre mission, mais tant pis, ce n'était pas le moment de me la jouer méchante.

— Si Bruce n'a pas besoin de Trey, il pourrait être mon partenaire pour celle-ci, répondis-je sans grand enthousiasme.

— Bien sûr, lâcha Trey.

Bruce m'adressa un sourire reconnaissant.

— Il est tout à toi.

Les jumeaux semblaient moins ravis et j'ajoutai :

— Trey et Bruce ont ramené une banshee l'année dernière.

Je n'évoquai pas qu'ils avaient travaillé avec Phil Griffin et que Trey avait été témoin plus qu'acteur. Après tout, il *avait* été témoin en personne de la capture d'une banshee, ce qui était plus que le reste d'entre nous ne pouvions en dire.

Les jumeaux se regardèrent à nouveau en silence et hochèrent la tête en même temps. Étais-je la seule à trouver cela un petit peu flippant ?

— D'accord, dirent-ils ensemble.

— Super.

Mon enthousiasme se renforça.

— Où et quand ?

Aaron sortit son portable.

— Je t'enverrai les détails.

Je lui envoyai mon numéro, puisque j'avais déjà le leur. Nous nous mîmes d'accord, Trey et moi, pour nous retrouver chez moi et y aller ensemble ; quelques rues nous séparaient de là où nous vivions. Lui et Bruce partirent, me laissant avec papa et Maurice.

L'amusement pétillait dans le regard de mon père.

— Tu n'as pas dit que travailler avec Trey te rendrait folle ?

— J'ai dit que je deviendrais folle après avoir travaillé avec lui pendant une semaine. Je pense que je peux survivre à quelques heures.

Maurice ricana.

— La question est : est-ce que Trey survivra ?

J'expirai.

— Je ne promets rien.

Trois heures plus tard, Aaron, Adrian, Trey et moi étions de l'autre côté de la rue, en face d'une tour de vingt-cinq étages dans les quartiers chics pendant qu'Aaron nous expliquait la situation.

— Voici ce que nous savons. Une femme s'est suicidée ici en janvier. Elle a sauté depuis son appartement au dernier étage. La semaine dernière, des entrepreneurs ont commencé à rénover là-haut et il y a quelques jours une banshee est apparue. Elle se cantonnait au dernier étage et jusque-là, elle n'a blessé personne, mais elle empêche tout le monde d'accéder à l'étage.

— Est-ce que la femme s'appelait Claire... quelque chose ? demandai-je, car l'histoire m'était familière.

Aaron baissa les yeux vers son portable.

— Claire Parker. Comment tu le savais ?

— Je me souviens de l'avoir vue aux infos.

J'avais beaucoup regardé la télé lorsque je rendais visite à mes parents pendant les deux premières semaines à l'hôpital. L'histoire de Claire Parker avait été partout dans les médias locaux la première semaine de janvier. C'était un mannequin plein d'avenir qui avait récemment signé un contrat avec l'une des plus grosses compagnies de cosmétique.

— Bonne mémoire, souligna Adrian.

Je tendis le cou vers les étages supérieurs du bâtiment.

— Peut-être que la police avait tort à propos de la thèse du suicide.

Trey me donna un petit coup de coude.

— Qu'est-ce qui te fait dire ça ?

— Une banshee hante seulement un endroit aussi longtemps après une mort si c'est une mort violente comme un meurtre.

Je baissai les yeux pour croiser les siens.

— Et cela veut dire...

— Cette banshee va être en colère, finit-il pour moi.

Je hochai la tête d'un air grave.

— Elle ne va pas partir sans se battre.

Les banshees apparaissaient pour deux raisons. La plus courante était quand quelqu'un – d'habitude une femme – mourait. Personne ne savait pourquoi elles étaient attirées par certaines morts et pas d'autres, mais elles gémissaient lugubrement chaque nuit jusqu'à ce que la personne décède.

La seconde raison, c'était le regret après la mort violente d'une femme. Les faës disaient que la banshee était attirée par l'esprit agité et en colère de la défunte et que ses lamentations forçaient l'esprit à sectionner ses liens ultimes avec le monde mortel. La banshee pouvait ressentir toute la rage et le chagrin de l'esprit, ce qui la mettait aussi en colère. Une banshee en colère était dangereuse.

— Super... marmonna Trey.

— Allons-y.

Nous traversâmes la rue et entrâmes dans le bâtiment. Alors que nous prenions l'ascenseur vers le sommet, nous parlâmes stratégie. Il n'y avait pas beaucoup d'options lorsqu'on faisait face à une banshee et il ne fallut pas longtemps pour prévoir notre attaque. C'était l'exécution du plan qui serait la partie la plus difficile.

Au vingt-cinquième étage, les portes s'ouvrirent sur un endroit caverneux et sombre. La majorité des murs intérieurs avaient disparu, laissant des poutres de support, des fils électriques qui pendaient et d'épaisses bâches de plastique qui flottaient comme des spectres dans le vent froid, sifflant dans l'étage vide. C'était sinistre.

J'ouvris le petit sac à dos que j'avais apporté et sortis une lampe frontale pendant que les autres cherchaient la leur. Quand je l'allumai, un gémissement aigu se fit entendre, quelque part à l'étage, nous faisant sursauter tous les quatre. J'avais vu des vidéos de banshee avant, mais aucune d'entre elles ne m'avait préparée à cela. Le son était si alarmant qu'il me donna la chair de poule. Ne devrais-je pas être immunisée maintenant que j'étais une faë ?

Je fis un signe de la main pour attirer leur attention vers le son. J'ignorais encore comment j'étais devenue la leader tacite de notre mission, mais j'étais plus à l'aise à mener qu'à suivre.

Nous contournâmes des tas de débris et du matériel de construction, suivant le volume croissant du cri de la banshee. Plus nous approchions, plus l'air devenait froid jusqu'à ce que notre souffle embrumât l'air autour de nous.

Le gémissement prit subitement fin. Je me figeai à mi-parcours et Trey me rentra dedans. Il m'attrapa par les épaules pour arrêter ma chute et j'articulai silencieusement un merci.

Couvrant ma lampe frontale pour qu'elle ne les aveugle pas, je mis deux doigts vers mes yeux puis vers l'espace autour de nous. Nous recommençâmes à bouger, mais à un rythme plus lent.

Une bâche de plastique se gonfla tout à coup sur notre gauche comme une voile au vent avant de se fendre en son centre. Deux mains noueuses aux ongles pointus écartèrent les bouts de plastique et une créature de cauche-mars surgit.

Elle ressemblait à un corps de vieille femme avec des yeux laiteux et morts et de la peau grise qui pendaient de ses joues creuses. Je détournai le regard, mais la vision de sa bouche fit monter un cri dans ma gorge. Elle était béante jusqu'à occuper la moitié de son visage, et le cri perçant qui en jaillit était si horrible qu'il me transperça jusqu'à l'âme.

La créature partit directement vers moi, son épouvantable gueule s'étirant comme pour m'avaler tout entière. Je trébuchai en arrière sur un morceau de bois et m'emmêlai dans des fils électriques qui pendaient. Je luttais pour me libérer, mais j'étais comme une mouche coincée dans la toile d'une araignée.

— Occupez-vous d'elle ! criai-je par-dessus son hurlement.

La banshee se détourna de moi pour aller vers Aaron et Adrian. L'un d'entre eux hurla, puis on entendit des bruits de course. La banshee était prise en chasse, ses gémissements de colère se mélangeaient aux cris de mes collègues.

Quelque chose m'attrapa par-derrière et je poussai un petit cri, tournant pour m'en prendre à elle. Mon poing percuta sa chair et elle recula d'un pas.

— Aïe ! C'est moi !

Trey se frotta la joue.

— Tu as failli me décapiter ! Où tu as appris à frapper aussi fort ?

— Désolée.

Apparemment, ma force de faë commençait à se faire sentir. Je me libérai du câblage.

— Allons-y.

Nous courûmes après Aaron, Adrian et la banshee. Ce n'était pas dur de les suivre avec tout le bruit qu'ils faisaient. Nous trouvâmes les jumeaux recroquevillés dans un coin avec la banshee hurlant sa rage sur eux.

Je tirai sur la manche de Trey et brandis les menottes. Ensuite, nous fonçâmes au même moment. J'attrapai l'un des bras de la banshee et il prit l'autre. Le but était de la menotter et de la tenir assez longtemps pour que les jumeaux la bâillonnent. Les menottes pouvaient ralentir une banshee, mais la seule façon de la maîtriser, c'était de la réduire au silence. Voilà pourquoi il fallait plusieurs personnes pour en arrêter une.

J'avais presque mis la menotte à son poignet lorsqu'elle cria, me donnant l'impression que des aiguilles me piquaient les tympans. Je perdis ma prise et tombai à quatre pattes. Elle disparut dans les ténèbres.

Il fallut une minute pour que mes oreilles cessent de siffler et me permettent d'entendre Adrian dire le nom de son frère. Je vis Aaron couché sur le sol, Adrian penché sur lui. À quelques mètres sur ma droite, Trey était assis, un peu hébété.

Je rampai en direction d'Aaron qui avait une plaie ouverte sur le front.

— Qu'est-ce qui s'est passé ? demandai-je trop fort.

— Je pense qu'il est rentré dans une planche de bois.

Adrian secoua doucement son frère.

— Allez, frangin. Tu me fous la trouille.

Je vérifiai le pouls et la respiration d'Aaron et lui ouvris les yeux pour examiner ses pupilles. Elles réagirent à la lumière, ce qui était un bon signe. Enfin, il cligna des paupières et poussa un faible gémissement. J'expirai avec soulagement et je me détendis.

Quelques secondes plus tard, il leva une main pour toucher la bosse sur sa tête.

— Est-ce que quelqu'un a vu la plaque d'immatriculation de ce camion ?

Depuis l'extrémité de l'étage, la banshee gémit. Aaron se redressa et faillit tomber, les mains sur la tête.

— Vas-y doucement, lui conseilla Adrian.

Aaron regarda son frère avec un air tourmenté.

— Tu l'as vue ? C'était Emmy, mais pas elle.

— Je l'ai vue.

Je ne dis rien. Emmy était leur sœur, deux classes en dessous de la mienne à l'école. Elle était morte de la leucémie un an et demi auparavant.

— Vous voulez continuer ou revenir demain ? demanda Trey, derrière.

— Continuer, répondis-je avec Aaron et Adrian.

Aaron se leva, pinça les lèvres et jeta sa lampe frontale cassée.

— Cette connasse va morfler.

Nous reprîmes la direction de l'autre extrémité de l'immeuble, où nous avions entendu la banshee la première fois. À mi-chemin, elle recommença à se lamenter et un frisson s'empara de moi. Je me rappelais que tout n'était que dans ma tête et qu'elle ne pouvait pas me faire de mal si je ne la laissais pas faire. Un regard vers les trois autres me fit comprendre qu'ils affrontaient leurs propres peurs. Je ne savais pas ce que Trey avait vu, mais cela ne pouvait pas être pire que de revoir sa sœur décédée.

Comme avant, la banshee se tut à notre approche. Mais cette fois, nous nous attendions à son attaque. Nous fîmes bloc, les mains couvrant nos oreilles alors qu'elle sortit des ténèbres en nous criant dessus. Elle nous tourna autour plusieurs fois et partit en comprenant qu'elle ne nous épouvanterait pas. Nous reprîmes la marche. Elle ne cessait de retourner au même endroit, sans doute s'agissait-il de l'appartement de Claire Parker. Si c'était le cas, c'était le meilleur endroit pour l'acculer. Elle y était attirée et elle ferait front là-bas.

Je pouvais entendre le hurlement du vent plus nous approchions de notre destination, et les bâches de plastique dansaient telles des silhouettes spectrales. Pendant un instant, j'imaginai que l'une d'entre elles était le fantôme de Claire Parker. Je chassai rapidement cette idée de mon esprit. La banshee était assez terrifiante sans que je me fasse davantage peur.

Trey me toucha le bras, indiquant quelque chose devant. Je plissai les yeux dans l'obscurité et j'aperçus une silhouette devant la fenêtre – ou du moins, son ancien emplacement. Son manteau gris et ses longs cheveux de la même couleur flottaient frénétiquement et elle avait la tête baissée en avant, les mains jointes comme pour prier.

— Le même plan qu'avant ? demandai-je.

Aaron ne quittait pas la banshee des yeux.

— Oui.

Je déglutis, la gorge sèche, et passai devant eux. Selon le plan que nous avions mis en place, je devais occuper la banshee. Je subirais le gros de sa colère, et les trois la maîtriseraient. Cela m'avait semblé être un super plan avant que je fasse l'expérience de son courroux.

Elle commença à se lamenter faiblement lorsque je fus à trois mètres d'elle, mais elle ne prêtait pas attention à moi. Mon cœur battait dans mes oreilles tandis que je réduisais lentement la distance entre nous. Elle ne bougea pas.

Adrian haussa les épaules. Ils ne pouvaient pas la surprendre si elle restait là où elle était, mais elle ne semblait pas disposée à partir.

Si cela avait été l'appartement de Claire, la banshee se tenait sûrement précisément là où la femme était tombée. Cette pensée me fit frissonner.

Aucun des livres que j'avais lus n'évoquait quoi faire lorsqu'une banshee se contentait de rester plantée là. Papa m'avait dit qu'elle s'en prendrait à quiconque s'approcherait – en l'occurrence, moi.

— Hé, lui dis-je, me sentant stupide de parler à une banshee.

Est-ce qu'elle pouvait me comprendre ? Dommage que devenir une faë ne m'ait pas donné la maîtrise de leur langue. Cela aurait sûrement été utile.

Elle ne bougeait toujours pas.

— Hé ?

Aucune réponse. Je respirai, essayant une approche différente.

— Claire ?

Soudain, elle posa ses yeux morts sur moi. Je reculai alors que son visage se plissait de rage et que ses lamentations s'intensifiaient. En un clin d'œil, elle fut si proche que je pouvais sentir le froid émanant d'elle. Elle commença à me tourner autour et je me déplaçai avec elle jusqu'à ce que je sois dos aux fenêtres. Sa bouche s'ouvrit alors en grand et je plaquai mes mains sur mes oreilles avant que le hurlement ne vienne.

Je ne pouvais pas entendre les autres qui bougeaient, mais tout à coup, la banshee s'éloigna de moi. Les jumeaux agrippaient ses bras et j'aperçus la lueur du métal dans les mains de Trey. Je retins mon souffle alors qu'ils essayaient de la mettre au sol.

La banshee s'extirpa de l'enchevêtrement de corps avec un cri strident. Je tressaillis face au bruit sourd de deux corps percutant le mur. Elle se rua sur moi, filant si vite que je n'eus pas le temps d'esquiver l'attaque. Je tombai en arrière, mais il n'y avait rien à quoi me retenir. La terreur s'empara de moi.

Je tombai par l'ouverture, dans la nuit.

3

―J esse !

Le cri affolé de Trey semblait venir de loin. Je m'agitai dans tous les sens, attrapant n'importe quoi pour stopper ma chute mortelle. Les doigts de ma main droite touchèrent le rebord et je m'y accrochai de toutes mes forces. Je me balançai au vent, impuissante, tout en tendant mon autre main.

Il fallut quatre essais pour que ma main se referme sur le bord surélevé. Au-dessus, la banshee criait et Trey hurlait. Je ne pouvais pas entendre Aaron et Adrian, ce qui signifiait que Trey était tout seul contre elle.

J'essayai de grimper, mais il n'y avait pas de prises, et plus je bougeais, plus le rebord en métal s'enfonçait dans mes doigts. Je n'osais pas regarder en bas. Ça ne ressemblait en rien à rester pendue au ferry. J'aurais survécu à une chute dans le fleuve, mais pas de vingt-cinq étages, même en tant que faë.

Un cri tourmenté me parvint de là-haut. *Trey.*

La force déferla en moi. Je me hissai avec une telle vigueur que je franchis le bas de la fenêtre et passai au travers. Je fis un roulé-boulé, arrivant debout devant la banshee et Trey. Il était agenouillé face à moi et elle était derrière lui, ses mains noueuses de chaque côté de sa tête.

Ses yeux éteints croisèrent les miens. Je ressentis un frisson de peur jusqu'à ce que je me rende compte que son regard n'avait aucun effet sur moi, car je n'étais plus humaine. Je me précipitai et elle libéra Trey.

― Jesse ! Bon sang, je te pensais morte, dit Trey en haletant. Comment... ?

La banshee se tourna pour fuir et je bondis pour la plaquer. Nous tombâmes au sol en un imbroglio de membres et elle hurla si fort à mon oreille qu'une douleur semblable à des aiguilles me transperça la tempe. Je réussis à mettre une main sur sa bouche, mais même ma nouvelle force n'allait pas la retenir très longtemps.

— Trey, les menottes, dis-je en grognant.

J'entendis du mouvement derrière moi et il fallut une éternité avant que Trey n'apparaisse avec une paire de menottes.

La banshee rua violemment pour m'enlever d'elle. Je lâchai prise et l'un de ses bras s'agita, cognant ma joue avec une telle violence que je vis trente-six chandelles.

Trey engagea le combat, et à nous deux, nous réussîmes finalement à l'immobiliser. En regardant autour de moi, je trouvai les menottes à un mètre. Je bougeai la main pour que Trey puisse mettre la sienne sur sa bouche, puis je me précipitai.

Les doigts osseux de la banshee attrapèrent mes cheveux. Des larmes me brûlèrent les yeux alors que je me libérais de ces griffes, sentant mes cheveux glisser hors de ma queue de cheval. Ignorant la douleur de mon cuir chevelu, j'attrapai les menottes.

Des vagues de nausée et de froid me percutèrent et je vacillai, mes jambes tout à coup incapables de supporter mon poids. Je tombai à quatre pattes, sur le point de m'évanouir.

— Jesse !

J'étais comme de l'acier collé à un aimant.

Ce ne fut qu'en apercevant des mèches de cheveux roux dans son poing que je compris ce qui n'allait pas. Lorsqu'elle m'avait attrapée par les cheveux, elle avait retiré la pierre de la déesse comme je l'avais fait avec le kelpie.

J'eus conscience d'une vérité horrible. La pierre de la déesse était la seule chose qui me protégeait du fer dans le monde. Et si la pierre se transférait à elle, à présent ? Sans cela, je ne savais pas combien de temps je pouvais tenir.

La peur me poussa en avant et je rampai sur les quelques mètres vers Trey et la banshee. Il me fallut un effort extrême pour tendre la main et attraper la sienne, mais dès que j'entrai en contact avec son poing, l'énergie s'écoula en moi comme de l'eau de pluie sur un sol desséché. Je forçai ses doigts à s'ouvrir, et là sur sa paume se trouvait la pierre de la même nuance rouge que mes cheveux. Je la touchai et elle disparut. La force inondant mon corps m'indiqua que la pierre était retournée dans mes cheveux, à sa juste place.

— Les menottes, cria Trey.

J'attachai les poignets de la banshee. Son emballement s'arrêta et elle resta mollement dans l'étreinte de Trey pendant que je retirais mon sac à dos et trouvais la muselière que j'y avais fourrée plus tôt. Trey retira sa main de sa bouche et j'ajustai la muselière, ignorant le regard noir de haine qu'elle me jetait. Elle avait peut-être été effrayante lorsque je l'avais vue pour la première fois, mais elle ne représentait plus de danger pour quiconque.

Je fis craquer ma mâchoire pour soulager mes oreilles, toujours douloureuses à cause de ses gémissements. Je frôlai l'acier froid d'un marteau dans mon sac et retirai rapidement la main comme si le métal m'avait brûlée. Je tentai de ne pas penser à ce que la banshee devait ressentir en portant ces menottes.

— Surveille-la. Je vais voir les autres.

Trey m'attrapa par le bras avant que je puisse partir et je croisai ses yeux atterrés.

— Tu… tu es une faë, murmura-t-il. Mais comment ?

— Ne sois pas ridicule, Trey.

Il me regarda d'un mauvais œil.

— Je sais que je ne suis pas aussi intelligent que toi, mais je ne suis pas non plus un idiot. J'ai vu ce qu'il vient juste de t'arriver, et la banshee ne t'a pas du tout affectée quand tu l'as regardée.

Je secouai la tête avec l'intention de le nier, mais son expression me dit que cela ne fonctionnerait pas. Chaque explication que je comptais inventer paraîtrait bidon après ce dont il avait été témoin.

— Tu ne dois en parler à personne.

Ses yeux s'écarquillèrent encore plus.

— Tu es vraiment une faë ? Quand ? Comment ?

Il blêmit.

— On t'a tiré dessus. Oh, Jesse…

Un des jumeaux grogna, quelque part sur notre gauche.

— Oui, râlai-je contre Trey. On pourrait ne pas en parler ici ?

— Ce n'est pas comme si tu pouvais garder le secret.

— Je le ferai aussi longtemps que possible. Tu ne le diras à personne, même pas à ton père.

— Mais…

Je me penchai pour chuchoter.

— Si tu dis un mot là-dessus, je raconterai à toute la Plaza la fois où tu étais si effrayé par le clown à la fête d'Halloween du quartier que tu t'es pissé dessus.

— J'étais un gamin et il était habillé comme *Grippe-Sou* !

— Tu avais quatorze ans.

Je lui adressai un sourire en coin.

— J'ai une vidéo pour le prouver.

Je le laissai bredouiller et allai voir Adrian et Aaron. Cet accident avec le clown était le secret le plus embarrassant de Trey et il se trouvait que j'étais au bon endroit au bon moment pour en être témoin. Je ne mentais pas pour la vidéo, mais je ne l'humilierais jamais de cette manière. Bien sûr, il ne le savait pas...

Adrian était toujours inconscient, mais Aaron reprenait connaissance. Il fallut une demi-heure pour que les deux soient enfin debout. Je proposai qu'ils aillent à l'hôpital, mais il ne voulait pas en entendre parler. Aucun d'entre eux n'était content lorsqu'ils virent la banshee attachée et l'air suffisant de Trey. Tout le monde récolterait les lauriers pour sa capture, mais ça leur laisserait un goût amer en bouche pendant longtemps.

Nous rassemblâmes nos affaires et entrâmes dans l'ascenseur avec la banshee entre Aaron et Adrian. C'était leur mission, il était logique que ce soit eux qui la fassent sortir du bâtiment. Trey se plaignit tout bas jusqu'à ce qu'il croise mon regard d'avertissement.

Dans la rue, nous reçûmes beaucoup de coups d'œil intrigués des passants qui se tenaient à bonne distance. Les chasseurs de primes étaient courants, mais ce n'était pas tous les jours que l'on voyait une vraie banshee.

— Notre minivan est au coin, déclara Aaron. Vous voulez nous suivre à la Plaza ?

— Non, à moins que ce soit nécessaire, répondis-je, parlant pour Trey et moi.

— On peut s'en occuper maintenant. On laissera vos menottes, la muse-lière et votre part de la prime avec Silas.

— Ça me va.

Nous nous dîmes au revoir et ils partirent en boitant avec la banshee entre eux. Aaron donnait l'impression d'avoir fait quelques rounds avec un boxeur professionnel. Adrian ne s'en était pas mieux tiré que son frère. Trey arborait un œil au beurre noir, mais cela venait de moi, pas de la banshee. C'était lui qui s'en était le mieux sorti parmi nous. Je n'avais pas de contusions au visage, mais mes côtes donnaient l'impression d'avoir reçu des coups de patte de kelpie. J'allais bientôt savoir si les faës guérissaient aussi vite que je l'avais entendu dire.

— Hé, ce n'est pas un des faës qui étaient chez toi au réveillon de Noël ? demanda Trey.

Une boule se forma dans mon ventre et je suivis son regard vers l'autre côté de la rue, où une silhouette seule se trouvait devant un restaurant. J'expirai en apercevant Faolin et non pas Lukas.

La tête de Faolin se tourna lentement comme s'il faisait une fouille des alentours. Il fronça les sourcils. Je n'arrivais pas à dire si c'était par mécontentement ou par surprise.

Je lui adressai un sourire espiègle et un petit signe qui allaient sûrement l'agacer. Cela me valut un regard assassin. Une grande voiture noire s'arrêta devant lui. Il ne fit aucun mouvement pour monter à l'intérieur. Visiblement, il attendait quelqu'un.

La porte derrière lui s'ouvrit et un couple sortit. L'homme était beau, la trentaine d'années, et me disait quelque chose. Une célébrité peut-être ? Sa compagne était blonde, magnifique – une faë.

Une autre personne apparut derrière eux et mon ventre se noua lorsque je vis Lukas. La femme se tourna pour lui dire quelque chose et il rit.

Le lendemain de la visite de Faolin, j'avais trouvé le courage d'appeler Lukas et de le remercier pour ce qu'il avait fait pour moi. J'étais tombée sur son répondeur et je lui avais laissé un court message où je divaguais – message auquel il n'avait jamais répondu. Je m'étais dit que si je ne l'avais pas vu ni reçu de ses nouvelles, c'était qu'il était trop occupé à faire face aux problèmes de la barrière.

De toute évidence, j'avais tort.

Faolin se pencha pour dire quelque chose à Lukas. Son sourire avait disparu, mais cela n'arrêta pas l'accélération de mon cœur ni mon attirance physique pour lui. C'était comme si cela faisait des mois, et non des semaines, que je l'avais vu pour la dernière fois, et je fus soulagée que la circulation m'empêche de céder au désir d'aller le voir.

La faë lui dit quelque chose. Elle n'était manifestement pas contente que quelqu'un d'autre qu'elle accapare son attention, et je pouvais sentir son hostilité envers moi. Sans la rue entre nous, son regard noir aurait pu me réduire en cendres.

— Jesse ?

Je détournai les yeux de Lukas pour regarder Trey, qui avait prononcé mon prénom plusieurs fois. Il alterna entre Lukas et moi, et je vis presque une ampoule s'allumer au-dessus de sa tête lorsqu'il comprit.

— C'est celui qui t'a... ?

— Je te le dirai en rentrant.

Avec un sourire factice, je passai mon bras sous le sien. J'ignorais ce qui m'obligeait à le faire. Peut-être que je voulais montrer à Lukas que je m'en sortais bien sans lui.

Je jetai un regard de l'autre côté de la rue. Faolin arborait à présent un sourire entendu, mais la bouche de Lukas formait une ligne fine. J'aurais peut-être pu me permettre de croire qu'il était jaloux s'il ne m'avait pas évitée pendant deux semaines. Ma colère monta. Il m'ignorait et il semblait agacé, à présent, que je ne sois pas assise à la maison à attendre qu'il trouve enfin du temps pour moi. Il ne pouvait pas avoir les deux.

Je tirai sur le bras de Trey.

— Allons-y.

— Je peux savoir ce qui s'est passé ? demanda-t-il alors que nous repartions vers la Jeep garée.

— Non.

Nous marchâmes en silence pendant quelques minutes.

— Pourquoi est-ce que tu tiens à ce que personne ne sache pour... ce qui t'est arrivé ?

— Les médias perdraient la tête et je ne peux pas faire subir ça à papa et maman.

Papa se portait bien, mais j'avais aperçu ses yeux fatigués lorsqu'il pensait que je ne le regardais pas. Cela devait l'abattre de savoir que son fils était en vie, sans pouvoir lui parler. Je n'avais jamais été très vindicative, mais chaque fois que je voyais le prix que payait mon père, je voulais traquer la reine Anwyn et la faire souffrir pour ce qu'elle avait fait à ma famille.

— Je jure que je ne le dirai à personne – même sans le chantage. J'apprécie tes parents et je ne ferais rien pour leur causer du tort.

— Merci.

Je souris.

— Je n'aurais parlé de Grippe-Sou à personne.

— Je sais. Sinon, tu l'aurais déjà fait à l'école.

Nous recommençâmes à marcher. Nous avions à peine fait dix pas lorsqu'il demanda :

— Je peux récupérer ces vidéos ?

— Non.

Je lui fis un grand sourire, me sentant plus légère.

Il soupira à regret.

— Je devais essayer.

Finch siffla, détournant mon attention de la feuille de calcul sur laquelle je travaillais. Il s'assit sur une pile de livres, sur le coin de mon bureau.

Je pensais qu'on allait voir maman aujourd'hui, dit-il en langue des signes.

— Quand papa reviendra.

Je vérifiai l'heure sur l'écran d'ordinateur.

— Ça ne fait qu'une heure qu'il est parti.

Les gros yeux de Finch scintillèrent.

Tu penses qu'il achète ton cadeau ?

— Sûrement.

Finch était plus impatient que moi concernant mon anniversaire.

Une série de sifflements vinrent du haut des étagères où nous gardions notre équipement. Aisla avait commencé à venir dans le bureau avec Finch, mais elle était encore trop timide pour s'asseoir sur le bureau.

— Qu'est-ce qu'elle dit ? demandai-je.

Elle a dit que peut-être papa ramènera Gus.

Finch m'adressa un tel regard plein d'espoir que ma poitrine réagit en se serrant.

Je m'éclaircis la voix.

— Gus est retourné au royaume des faës pour vivre avec tous les autres drakkans, tu te souviens ?

Les yeux de Finch devinrent tristes.

Il nous manque. Tu penses qu'on lui manque ?

— Bien sûr. Le contraire serait impossible.

Je ne pouvais pas dire à mon frère que Gus avait sûrement tout oublié de nous et de ses moments ici. Faris avait dit que cela arriverait une fois qu'il serait parmi les drakkans sauvages.

On sonna et je sursautai. J'ignorais qui cela pouvait être, mais l'interruption me réjouit.

Je regardai par le judas, mais ne vis qu'une boîte emballée avec un grand nœud bleu. *Papa.* Je levai les yeux au ciel, amusée, tout en ouvrant la porte.

— Joyeux anniversaire ! cria une voix qui n'était sûrement pas celle de papa.

Je restai bouche bée devant mon invitée surprise.

— Violet ! Qu'est-ce que tu fais ici ?

— Tu as l'air contente de me voir.

Elle passa un bras autour de moi et m'étreignit tout en tenant le cadeau maladroitement. Je l'attirai dans l'appartement, pris la boîte et la posai sur la table. Je la serrai dans mes bras, mais elle se plaignit que je l'écrasais.

Je la lâchai à contrecœur.

— Désolée.

Elle fit semblant de secouer ses bras.

— Je vois que la force des faës se fait enfin sentir.

— C'est intermittent.

Je ne pouvais pas m'arrêter de sourire.

— Tu es rentrée !

— Tu ne pensais pas que j'allais rater ton anniversaire ?

Elle enleva son manteau et l'accrocha sur le dossier d'une chaise.

— Où est tout le monde ?

— Finch et Aisla sont dans le bureau et papa a dû partir. Il devrait revenir bientôt.

Elle entra dans le salon et se laissa tomber dans le canapé.

— Parfait. Ça nous donne le temps de rattraper le retard avant que la fête d'anniversaire ne commence.

— Dis-moi tout sur le film. Qu'est-ce que ça faisait d'être sur un vrai plateau de tournage ?

Nous nous étions envoyé des messages chaque jour, mais elle n'était pas entrée dans les détails.

— C'était passionnant au début, mais ça devient vite lassant. Ce film a beaucoup d'images de synthèse, alors il y a beaucoup de tournage sur fond vert. J'ai été capable de m'évader pendant quelques jours, parce qu'ils ne vont filmer le restant de mes scènes que plus tard.

Son visage s'illumina.

— Oh ! Je fais deux scènes supplémentaires que je n'étais pas censée avoir. Le réalisateur s'est dit qu'il n'y avait pas assez de femmes, alors je remplace un acteur.

— C'est super !

Elle haussa une épaule.

— J'aurais préféré les avoir grâce à mes super talents d'actrice, mais j'aurai deux fois plus de temps d'écran.

— Et ça donnera plus de temps à tout le monde pour voir à quel point tu es super, ajoutai-je.

— Précisément.

— Ma meilleure amie est une star de cinéma !

Nous poussâmes des cris perçants et sautâmes joyeusement comme si nous avions treize ans et que j'avais reçu une carte de Saint-Valentin de Josh Warren, le garçon le plus mignon de notre classe.

Nous retombâmes sur le canapé, et je lui pris la main.

— Tu m'as manqué.

Son sourire faiblit.

— J'aurais aimé pouvoir être là avec toi. Le timing pour ce film n'aurait pas pu être pire.

— Pendant les deux premières semaines, je n'étais pas vraiment très drôle à fréquenter. Ça fait du bien de chasser de nouveau, ça m'occupe.

— Tu devais en mourir d'envie pour partir en mission avec Trey. J'aurais voulu voir son visage quand tu l'as fait chanter avec l'histoire du clown.

Je ris avec elle.

— En fait, il a plutôt bien réagi et il a gardé mon secret.

Violet replia les jambes sous ses fesses et m'examina.

— Aloooors ?

— Alors quoi ?

— Tu parlais de la chasse, de Harvard et du fait que tu ne peux plus boire de café, ce qui est très triste d'ailleurs.

Elle secoua la tête d'un air contrit.

— Mais il y a une chose sur laquelle tu n'as rien dit, concernant un certain prince d'Unseelie...

Je fis taire la douleur dans ma poitrine.

— Il n'y a rien à te raconter. Je ne lui ai pas parlé depuis qu'il m'a ramenée. Je commence à me demander s'il regrette de m'avoir transformée.

— Tu ne crois pas ça, et moi non plus. Je l'ai vu à l'hôpital et je pense qu'il aurait tenté la transformation même si ton père n'avait pas dit oui.

— Pourquoi, alors, est-ce que je n'ai pas eu de ses nouvelles ? demandai-je piteusement.

— Tu as essayé de l'appeler ?

— Je lui ai laissé un message, mais il n'a jamais rappelé.

Ses sourcils se froncèrent.

— Ça n'a pas de sens.

— J'ai renoncé à essayer d'y trouver un sens, mentis-je.

Je n'admettrais pas que son absence absorbait chaque nuit toutes mes pensées lorsque j'étais allongée dans mon lit. J'aurais pu demander à Faris ou à Conlan, mais ma fierté s'y opposait. Si Lukas voulait m'ignorer, je n'allais pas lui courir après.

— Tu sais quoi ? On devrait sortir un soir avant que je retourne dans l'Utah.

L'espièglerie fit briller les yeux de Violet.

— On pourrait retrouver Lorelle au Va'sha ou aller autre part.

— Je ne sais pas.

Je me mordis la lèvre. Sauf pour le travail, je n'étais pas beaucoup sortie ces derniers temps. Je ne savais pas si j'étais prête à côtoyer beaucoup de monde.

Mon téléphone sonna et cette parenthèse me réjouit, mais je vis le nom de Ben Steward à l'écran. Mon ventre se noua. Les seules fois où le responsable de l'Agence de la division des crimes spéciaux m'appelait, c'était quand il avait de mauvaises nouvelles.

— Je ne crois pas que ce soit un appel amical ! dis-je en décrochant.

Il partit d'un petit rire.

— Non, même si je crois qu'un joyeux anniversaire s'impose.

Bien sûr, l'Agence savait tout ce qu'il y avait à savoir sur moi – sauf quelques secrets bien gardés.

— Merci.

Il y eut un court silence au bout du fil, puis il dit :

— Je vous appelle pour vous prévenir. Il y a eu une fuite de la part de quelqu'un à l'hôpital.

— Une fuite ?

Mon pouls s'accéléra.

— Nous avons reçu un appel aujourd'hui d'un journaliste enquêtant sur une transformation faë prétendument arrivée là-bas. Ils n'avaient pas de noms et ils ne voulaient pas divulguer leur source. Nous enquêtons dessus, mais je ne pense pas qu'il faille s'inquiéter. Ils n'ont qu'une rumeur. Cela dit, même un soupçon de transformation représente trop pour qu'ils le laissent filer.

Il marqua une pause pour respirer.

— Le réseau va vérifier l'histoire. Je ne veux pas que vous soyez prise de court.

— Merci de me l'avoir dit, répondis-je, un nœud serré se formant dans mon estomac.

La vérité allait finir par être révélée, mais j'avais espéré avoir plus de temps avant que les médias n'en entendent parler. Peu importe que ce ne soit qu'une rumeur. C'était suffisant pour que les paparazzi et les journalistes commencent à fouiner jusqu'à ce que l'un d'eux trouve quelque chose.

— Pourquoi est-ce qu'on dirait que quelqu'un t'a volé ton goûter ? demanda Violet lorsque je mis fin à l'appel.

Je pris la télécommande et allumai la télévision. Je zappai jusqu'à trouver une chaîne locale avec une photo de l'hôpital dans un coin de l'écran. Les mots *affaire en cours* étaient affichés en bas.

Mes doigts agrippèrent la télécommande. J'écoutai les présentateurs discuter de l'information fournie par une source anonyme de l'hôpital. Les détails étaient si vagues que s'il s'était agi d'autre chose qu'une transformation, cela n'aurait pas pris de temps d'antenne. Ça ne faisait que quelques mois depuis la mort de Jackson Chase, et une autre transformation en si peu de temps mettait les médias dans tous leurs états. Ils spéculaient déjà sur l'identité du nouveau faë et la raison pour laquelle on avait gardé le secret.

— Jesse, m'interpella Violet brusquement.

— Quoi ?

Elle tira sur la télécommande dans ma main.

— À moins que tu veuilles en racheter une nouvelle à tes parents, donne-la-moi.

J'ouvris la main pour révéler deux fissures dans le boîtier plastique de la télécommande.

— Merde.

Elle me la prit et examina les dégâts avant d'éteindre la télévision.

— Rappelle-moi de ne pas te donner la main la prochaine fois que tu es contrariée ou énervée.

— Je mets du temps à m'habituer à cette nouvelle force.

Je contractai les doigts.

— J'ai écrasé par accident une boîte d'œufs, l'autre jour. Quelle pagaille.

Elle ricana.

— Je parie que c'est utile quand tu chasses. Attends d'avoir la force *et* la magie d'une faë.

— Faris dit que c'est différent pour chaque nouveau faë. Certains se réveillent un jour et ils ont leur magie. D'autres l'ont par à-coups, et au début, ça peut être aléatoire. Je dois être dans le deuxième groupe.

Violet posa la télécommande sur la table basse et me fit face.

— Tu es douée partout quand tu t'y mets à fond. En un rien de temps, tu lanceras des charmes comme une pro.

— Je ne charmerai jamais quelqu'un !

— Mauvais choix de mots.

Elle sourit timidement.

— Mais tu vois ce que je veux dire.

— Désolée. Je suis un peu sensible sur ce sujet.

Elle laissa échapper un petit cri moqueur.

— Vraiment ? Je n'aurais jamais deviné.

Elle joua avec les pointes de ses cheveux qui avaient retrouvé leur noir brillant naturel.

— Tu sais, presque tous les acteurs et les mannequins du monde aimeraient avoir tes problèmes si ça leur permettait de ne jamais vieillir.

Je lui adressai un regard appuyé.

— *Tous* les acteurs ?

— Eh bien... sauf Paul Rudd. Lui, il ne vieillit *jamais*.

— C'est vrai.

— Je pense que c'est un faemain.

— Un quoi ?

Elle fit un large sourire.

— Moitié faë et moitié humain. Je sais qu'ils disent que c'est impossible qu'un faë et un humain fassent un enfant, mais on ne peut que se poser des questions sur lui.

Un petit rire m'échappa. Elle y prit part et je me sentis tout à coup plus légère.

— C'était quelqu'un de l'Agence au téléphone ?

— Ben Stewart.

Je la mis au courant de ce qu'il m'avait dit.

— Ils n'ont qu'une rumeur. Ils ne savent pas que c'était toi.

— Pas encore, mais ils le sauront.

Je m'avachis contre le coussin.

— J'ai besoin d'une distraction. Dis-m'en plus sur les acteurs sexy avec qui tu as travaillé.

— Tu traînes avec le prince d'Unseelie et sa garde royale et tu es intéressée par de simples acteurs.

— Je ne traîne pas avec eux, répondis-je d'un ton maussade.

Elle ouvrit la bouche pour répliquer juste au moment où l'on sonnait à la porte. Je descendis du canapé. Sans surprise, c'étaient Conlan et Faris. Cela faisait quelques jours qu'aucun n'était passé prendre de mes nouvelles.

J'ouvris la porte et les deux faës m'accueillirent avec des sourires, les bras remplis de cadeaux emballés.

— Joyeux anniversaire ! dirent-ils ensemble.

— Je pensais que les faës ne fêtaient pas les anniversaires.

— C'est le cas.

Faris posa les quatre cadeaux sur la table.

— Nous savons que c'est une tradition humaine importante et nous voulions fêter le tien.

Mon cœur se serra.

— Merci.

Violet attira mon attention et me jeta un regard qui disait : *tu ne traînes pas avec eux, hein ?*

Faris indiqua deux paquets dans du papier bleu brillant.

— Ceux-là viennent de Faolin et moi. Les deux autres sont de Iian et Kerr.

— Et ceux-là de Lukas et moi, précisa Conlan, attirant mon attention vers le gros paquet rectangulaire qu'il portait.

Il me donna un plus petit cadeau.

— Celui-là vient de moi.

— Merci, dis-je rapidement, évitant soigneusement la grosse boîte posée sur la table. Vous n'aviez pas besoin de m'acheter quelque chose.

— On y tenait. Ce n'est pas chaque jour que notre *li'fachan* fête son anniversaire.

Il passa un bras autour de mes épaules comme le soir où nous nous étions rencontrés. Contrairement à cette fois-là, je ne l'ignorai pas.

— Vous ne commencez pas la fête sans nous, pas vrai ? demanda soudain papa depuis la porte, me faisant sursauter. Désolé, je suis en retard. Il a fallu plus de temps que je le pensais pour récupérer ton cadeau d'anniversaire.

— Papa, tu n'étais pas obligé de m'acheter quelque chose, protestai-je.

Une femme aux cheveux roux apparut et me sourit.

— Joyeux anniversaire, Jesse.

4

—M AMAN !
Je courus vers elle et l'enlaçai avec force.

— Ils t'ont laissée sortir pour la journée ?

Elle caressa mon dos.

— Pas vraiment. C'est plutôt quelque chose de permanent.

— Vraiment ? Tu es définitivement rentrée ?

Une série de sifflements stridents fit souffrir mes oreilles alors qu'une minuscule silhouette bleue se précipitait vers nous. Finch nous atteignit et monta sur le corps de maman pour s'agripper à son cou. Elle posa une main sur son petit dos et sourit. Je ne l'avais jamais vue aussi heureuse depuis qu'elle s'était réveillée à l'hôpital.

— Bon retour, Madame J, dit Violet derrière moi. Vous avez bonne mine !

— Ça fait du bien de te voir, Violet.

Son regard se porta sur Faris et Conlan.

— Je vous ai vus à l'hôpital, mais je suis désolée, je ne me souviens pas de vos noms.

Je fis les présentations et elle serra la main de Faris, puis de Conlan.

— Je ne sais pas si je vous ai remerciés cette nuit-là pour avoir sauvé la vie de Jesse. Nous vous serons éternellement reconnaissants pour ce que vous avez fait.

— Nous sommes contents d'avoir été là pour elle, répondit Faris humblement.

Conlan ébouriffa mes cheveux.

— La vie serait trop ennuyeuse sans notre Jesse.

Je m'éloignai de lui et lui lançai un regard noir, mais son rire redoubla. Certaines choses n'avaient pas changé.

Maman déboutonna son manteau. Papa l'aida à l'enlever, car Finch refusait de lui lâcher le cou. Voir les trois ensemble pour la première fois depuis des mois fit gonfler mon cœur jusqu'à la limite de l'explosion. Notre famille avait traversé tant d'épreuves depuis cette horrible nuit de novembre, et nous étions enfin tous à la maison. Je ne pouvais pas demander de meilleur cadeau d'anniversaire.

— Nous allons y aller et vous laisser profiter de ton anniversaire.

— Je vous en prie, restez, dit maman à Faris. Vous ne pouvez pas partir avant que nous ayons mangé du gâteau.

— Il y a du gâteau ?

— Bien sûr.

Papa traversa le couloir et ouvrit la porte à Maurice. Il disparut à l'intérieur et revint un instant plus tard avec une grosse boîte à gâteaux rose. Cachottier.

— Où est Maurice ? demandai-je lorsqu'il referma la porte de notre appartement.

Papa posa le gâteau sur le plan de travail.

— Il est en mission et il repassera plus tard.

Pendant que mes parents allaient dans la cuisine pour prendre des assiettes et des fourchettes, je m'empressai de raconter discrètement à Conlan et Faris l'appel de Ben Stewart, et ce que j'avais vu à la télé. Aucun d'entre eux ne fut surpris de la nouvelle.

— Nous surveillons l'hôpital et les médias. Tu n'as aucun souci à te faire, dit Conlan à voix basse.

— Je ne suis pas inquiète pour moi.

Maman se tourna vers nous et je notai les changements sur son visage depuis la dernière fois où elle avait été dans notre cuisine. Elle semblait fatiguée et son teint était pâle à force de trop rester à l'intérieur. Les docteurs avaient jugé son état assez bon pour revenir à la maison, mais elle avait encore des mois de guérison devant elle.

Une fois que nous eûmes tous savouré le gâteau aux trois couches de chocolat, Violet déclara qu'il était temps que j'ouvre mes cadeaux. Je commençai par le sien, qui contenait un sweat à capuche mauve de Harvard.

— Il est parfait.

— Je sais.

Elle haussa une épaule.

— C'est effrayant comme je te connais.

— Le prochain, c'est moi, fit Conlan avec impatience. Je n'ai jamais offert de cadeau d'anniversaire, alors j'espère que ça te plaira.

— J'en suis sûre.

J'ouvris le petit cadeau qu'il me donnait et Violet poussa un cri de surprise en voyant le pendentif en forme de feuille accrochée à une chaîne délicate. Le pendentif et la chaîne étaient en eyranth, un métal faë semblable au platine, avec une faible lueur bleuâtre. L'eyranth était rare et de grande valeur dans notre royaume, car les faës ne s'en séparaient pas souvent.

— C'est beaucoup trop, Conlan, protestai-je faiblement.

— Non, pas du tout.

Violet remua les doigts vers le pendentif.

— Je peux le toucher ?

Je lui donnai la boîte et fis à Conlan un rapide câlin.

— Merci.

— Si tu me récompenses avec des câlins, je vais te donner plus de cadeaux, me taquina-t-il.

J'ouvris ensuite celui de Faris et retins un cri admiratif en voyant la figurine rouge et or de drakkan. Les détails de l'œuvre minuscule étaient si précis que je n'aurais pas été surprise qu'il ouvre son museau pour envoyer un nuage de fumée et des étincelles.

— Ça lui ressemble vraiment, dis-je à voix basse. Merci.

Finch siffla. Debout sur la table, il avait écarquillé les yeux en le reconnaissant.

Il sauta en l'emportant religieusement, courant vers la cabane où Aisha se cachait de nos invités.

— Gus lui manque beaucoup, à lui et à Aisla, avouai-je à Faris qui regardait Finch grimper l'échelle jusqu'à la cabane.

Faris me jeta un sourire entendu.

— Je vois ça.

— Ouvre le reste !

Violet prit l'un des autres cadeaux et le fourra dans mes mains.

Avec un grand sourire, je déchirai l'emballage pour dévoiler une pochette en cuir souple enroulée. Je l'ouvris et découvris six pointes aiguisées à double extrémité, fabriquées à partir d'un métal gris anthracite.

— Euh, merci ?

Conlan s'esclaffa.

— Ils viennent d'Iian. Ce sont des pointes à lancer pour le moment où tu arriveras au maniement des armes.

— Oh.

J'eus un regain d'intérêt.

— Je pensais que tu me ferais commencer par quelque chose de moins... pointu.

— Ouvre le cadeau de Kerr, dit Faris.

Je trouvai un fourreau en forme de cylindre, long d'environ trente centimètres. Décapsulant le fourreau, je le renversai et un objet en bois polis glissa dans ma paume. Il avait des bouts en métal comme un bâton que j'avais vu dans leur salle d'entraînement.

Faris le prit et appuya sur l'une des parties en métal. Aussitôt, le bout s'étendit jusqu'à devenir un long bâton. Il me le rendit et je m'émerveillai de sa légèreté.

— C'est un bâton de combat. Le bois est très solide et c'est une arme létale entre les mains d'un combattant entraîné.

Papa me rejoignit et je lui passai le bâton. Il le prit à deux mains et le considéra avec satisfaction.

— J'ai toujours voulu apprendre à me battre avec ça.

— Pourquoi est-ce que tu ne l'as jamais fait ? demandai-je.

— Je n'ai jamais trouvé le temps. Je me suis concentré sur d'autres entraînements plus utiles pour le boulot.

Le laissant admirer l'arme, je m'intéressai à la table où une boîte plate attendait encore. Faolin était l'une des dernières personnes de qui je m'attendais à recevoir un cadeau d'anniversaire et j'étais curieuse de voir ce qui était à l'intérieur.

J'enlevais l'emballage bleu ordinaire pour découvrir une boîte en bois sombre avec un couvercle à charnière. Soulevant le couvercle, j'eus le souffle coupé par la paire de couteaux nichée dans un écrin soyeux. Ils faisaient environ vingt-cinq centimètres, avec des manches en bois et des lames diablement aiguisées, du même métal sombre que les pointes d'Iian.

— Waouh, m'exclamai-je.

— Ce sont des lames glaefere, dit Faris après un instant de silence.

— Les meilleures armes qu'un guerrier puisse posséder après son épée, assura Conlan. On dit que les premières lames glaefere ont été conçues par les Asrai.

— Vous êtes sûrs que Faolin voulait me les donner, à moi ?

Un rire fit scintiller le regard de Conlan.

— Quiconque peut frapper le prince d'Unseelie *et* son chef de la sécurité mérite un tel cadeau.

— Tu as frappé le prince d'Unseelie ? demanda vivement maman. Et l'un des gardes royaux ?

Je grimaçai. Cela faisait bizarre dans sa bouche.

— C'est une longue histoire. Je t'expliquerai plus tard.

— Je vois que nous avons beaucoup de choses à rattraper.

— Tu dois encore ouvrir le gros cadeau de Lukas, laissa échapper Violet.

Je scrutai le cadeau avec un mélange de curiosité et de rancœur. Pendant des semaines, Lukas avait agi comme si je n'existais pas, pourtant il avait pris le temps de m'acheter un cadeau d'anniversaire. Je ne savais pas qu'en penser.

Je pris l'emballage par l'extrémité supérieure et le déchirai sur toute la longueur – près d'un mètre. En dessous se trouvait une boîte en carton ordinaire et je soulevai un rabat pour dévoiler le contour d'un étui de guitare noir.

Violet jeta un regard par-dessus mon épaule.

— Il t'a acheté une nouvelle guitare. Je suis certaine qu'elle est belle.

— Tu vas l'ouvrir ? demanda papa.

Je me rendis compte que je contemplais l'étui un peu trop longtemps.

Je le sortis de la boîte et le posai sur la table. Je soulevai la protection et regardai l'instrument à l'intérieur. Il me fallut un long moment pour me rendre compte de ce que je voyais.

Des larmes brouillèrent ma vision. C'était la guitare sur laquelle mon grand-père m'avait appris à jouer, la guitare qui avait été l'un de mes biens précieux jusqu'à ce que deux hommes pénètrent ici et la cassent. Je n'avais pas pu me résigner à la jeter, alors je l'avais fourrée sous mon lit, où je n'aurais plus à la voir.

— Comment... ? chuchotai-je.

— Lukas m'a demandé à l'avoir et je la lui ai donnée, dit papa. J'ignorais qu'elle pouvait être réparée, mais il a dit qu'il y arriverait.

— Essaie-la, fit Violet, et Finch approuva en sifflant.

Je pris la guitare de l'étui et m'assis. Après avoir passé une minute à l'accorder, je jouai quelques notes de la musique préférée de Finch. Le toucher et le son étaient exactement comme avant qu'elle ne soit cassée.

Je fis semblant d'ajuster les cordes encore un peu pour ne pas avoir à lever les yeux vers tout le monde qui me regardait. Je ne comprenais pas comment Lukas tenait assez à moi pour me donner quelque chose qui signifiait tant à mes yeux, alors que dans le même temps, il ne voulait pas me voir ni prendre son téléphone pour m'appeler. Cela n'avait pas de sens, et j'étais plus perdue que jamais.

— Ça te plaît ? demanda Conlan.

— Elle est parfaite, répondis-je avec honnêteté.

Après quoi, je jouai jusqu'à ce que la douleur dans ma poitrine s'estompe.

J'enfonçai ma casquette sur ma tête pour protéger mes oreilles du vent glacial qui passait dans le cimetière tel un couteau. Cet hiver durait éternellement et n'était pas encore prêt à relâcher son emprise sur nous.

À côté de moi, maman s'accroupissait pour remplacer les vieilles fleurs au pied de la pierre tombale en marbre blanc. Elle arrangeait les fleurs et parlait à voix basse au fils qu'elle pensait toujours être enterré ici. Je voyais bien à quel point c'était dur pour mon père. Lui et maman avaient passé les vingt dernières années à pleurer leur fils perdu, et maintenant, il devait regarder sa souffrance continue. Il avait demandé à ses médecins ce qu'il pouvait lui révéler au sujet des choses dont elle ne se souvenait pas, et les docteurs avaient répondu que de petites choses étaient acceptables. Pour éviter une rechute, nous devions la laisser retrouver ses souvenirs à son rythme.

Papa et moi avions décidé que l'un de nous serait tout le temps avec elle, pour éviter qu'elle ne se souvienne de quelque chose de traumatisant alors qu'elle serait seule. Pour le moment, cela avait été relativement aisé, car c'était la première fois qu'elle quittait à nouveau l'hôpital depuis sa dernière visite à la maison, trois jours plus tôt.

Ma mère n'était pas stupide. Elle savait que nous lui cachions quelque chose, mais papa lui avait demandé de le croire et elle le faisait sans poser de questions. Je pense que pour elle, nous avoir tous ensemble était suffisant pour le moment.

Je baissai les yeux vers le nom gravé sur la petite pierre tombale. Durant toute ma vie, cela avait été le seul endroit où je m'étais sentie quelque peu liée à mon frère. À présent, sachant que ce n'était pas le corps de Caleb dans la tombe, je ne savais pas quoi ressentir en dehors d'une colère bouillonnante contre la personne qui avait déchiré ma famille.

Maman se leva et passa avec affection une main gantée sur le petit ange au-dessus de la tombe. Elle redressa les épaules et me sourit, mais j'aperçus la tristesse dans son regard avant qu'elle ne puisse la cacher comme elle le faisait toujours.

— Ton nez est si rouge qu'il brille presque, dit-elle en me taquinant.

— Pile le look que je cherchais. Elle passa un bras en dessous du mien.

— Allons manger dans un restaurant thaï. Je meurs d'envie de quelque chose de piquant, ça nous réchauffera.

Aussitôt, j'en oubliai le froid. Elle avait un appétit d'oiseau depuis qu'elle était revenue à la maison et c'était la première fois qu'elle s'intéressait à la nourriture. C'était sa cuisine préférée, pas la mienne, mais j'en mangerais sept fois par semaine si c'était ce qu'il fallait pour qu'elle retrouve l'appétit.

— Je mangerais bien du pad thaï.

Je regardai papa.

— Tu peux prendre ce riz à la mangue que tu aimes tant.

Il nous sourit.

— Qu'est-ce qu'un repas sans dessert ?

Je commençai à me demander ce que notre entraîneuse, Maren, penserait de son amour pour les desserts lorsqu'un picotement désagréable se répandit sur ma peau. Tout mon corps se raidit – je connaissais cette sensation. Mon premier réflexe fut de m'assurer que je portais mon amulette d'atténuation. Puis je levai la tête vers les lumières colorées dans le ciel, à quelques kilomètres.

Il n'y avait pas eu de tempêtes faë à New York depuis quelques semaines. Celle-ci présentait des éclairs et un peu d'électricité, mais c'était léger comparé à la dernière tempête. Grâce à mon amulette, mes pieds restèrent sur la terre ferme.

— Tout va bien, dit papa à un jeune couple près d'une tombe, à quelques rangées de nous. Elle semble déjà s'éloigner.

Je bougeai nerveusement. Il avait raison, la tempête se dissipait, mais pourquoi est-ce que je ressentais toujours la magie ?

Maman tira doucement sur mon bras et murmura :

— Ça va ?

— Je ne sais pas.

Je me frottai les bras à travers les manches de mon manteau.

— Quelque chose ne va pas.

Les mots avaient à peine quitté ma bouche lorsque le picotement s'intensifia pour se changer en fourmillements. Maman inspira et je suivis son regard vers les lumières qui étaient apparues dans le ciel au-dessus de nous. Était-ce une autre tempête, ou la même ?

La lumière diminua comme si un nuage avait bloqué le soleil et une nouvelle sensation fit picoter mon cuir chevelu. De l'effroi.

— Nous devons partir.

Je pris le bras de papa et partis vers la voiture, entraînant maman avec nous. J'aurais couru si elle était assez forte pour cela.

— Jesse, qu'est-ce qu'il y a ? demanda papa.

Un craquement se fit entendre, chargé d'électricité statique. J'en eus le frisson. Le cimetière fut tout à coup baigné d'une lueur violette qui entraîna les souvenirs d'une autre tempête dans mon esprit. La peur menaçait de m'étouffer et je ne pensais qu'à éloigner mes parents d'ici.

Derrière nous, quelqu'un cria. Un instant plus tard, il y eut une détonation suivie d'un éclat lumineux. Nous nous tournâmes pour voir des morceaux de marbre noir jaillir d'une pierre tombale à dix mètres de nous.

— Mon Dieu ! s'exclama maman.

La magie déferla de nouveau autour de moi. Avant que je puisse bouger, un éclair violet anéantit une statue, projetant des éclats de pierre dans toutes les directions. Je restai horrifiée : une colonne irrégulière d'électricité brûlait l'herbe autour de la stèle détruite.

Et elle arrivait droit sur nous.

Je me tournai et pris maman, la jetant par-dessus mon épaule avant de détaler.

Nous avions à peine fait trois mètres qu'une autre explosion ébranla l'air. Je poussai papa et déposai maman à côté de lui. Me jetant sur eux, j'essayai de les protéger avec mon corps alors que des morceaux de pierre et de débris me bombardaient.

Il fallut un instant pour que mon cerveau intègre le silence. Faisant une roulade pour m'écarter de mes parents, je restai sur l'herbe et clignai des yeux vers les nuages blancs cotonneux dans le ciel bleu. Ma respiration sortait sous forme de halètements irréguliers qui avaient plus à voir avec l'adrénaline qu'avec l'effort.

— Jesse !

Papa vint s'agenouiller à côté de moi.

— Tu es blessée ?

— Non.

Je lui adressai un sourire rassurant et m'assis.

— Tu saignes. Laisse-moi voir.

Je touchai avec délicatesse ma tête et me rendis compte que j'avais perdu ma casquette. La zone était sensible, mais il n'y avait qu'une petite coupure.

— Ce n'est rien. Tu sais que les blessures à la tête saignent beaucoup.

Je baissai la voix.

— Et je guéris vite.

— Je m'en fiche. Je veux regarder quand même.

Il poussa ma main et regarda la plaie.

— Tu survivras.

Je lui jetai un regard de biais.

— Je te l'ai dit.

— Caleb, dit maman sur un ton étranglé qui nous fit tourner d'un coup la tête vers elle.

Elle était agenouillée, son visage en un masque de douleur. Elle fixait ce qu'il restait de la tombe.

Je courus jusqu'au bord du cratère. Le choc m'inonda lorsque je vis les éclats de marbre blanc jonchant le trou. Seul le morceau d'une aile d'ange indiquait que c'était la pierre tombale qui s'était trouvée là trois minutes plus tôt.

Je priai pour ne pas voir les morceaux du cercueil ou de son contenu dans les débris. La dernière chose dont maman avait besoin dans son état de fragilité, c'était de voir les ossements du bébé qu'elle avait enterré.

Le cratère semblait mesurer un mètre cinquante de profondeur. Peut-être que la foudre n'avait pas du tout atteint le cercueil. C'était dur à dire vu la profondeur.

Quelque chose brillait au fond du trou, en partie enseveli sous un petit morceau de marbre. Je me penchai pour mieux voir et fronçai les sourcils lorsque l'objet réfracta la lumière du soleil comme un prisme. Une sorte de cristal ?

— À l'aide ! Quelqu'un, s'il vous plaît ! cria soudain la voix d'une femme.

C'était le jeune couple auquel papa avait parlé. L'homme était au sol et la femme à genoux à côté de lui. À moins de trois mètres se trouvaient les restes d'une pierre tombale brisée.

Regardant derrière moi, je vis papa enlacer maman. Aucun d'eux ne semblait blessé et elle avait besoin de lui plus que de moi.

Je longeai le trou et courus vers le couple. Les yeux de l'homme étaient fermés et un éclat de pierre dépassait de son torse. Les doigts ensanglantés de la femme entouraient le débris, s'apprêtant à le retirer.

Je plaçai ma main sur les siennes pour l'arrêter.

— Non. Nous ne pouvons pas le retirer.

Je me creusai la tête pour trouver tout ce que je savais concernant les premiers secours et regardai autour de moi à la recherche de quelque chose pour arrêter le saignement. Bien sûr, il n'y avait rien, nous étions au milieu d'un cimetière.

Je retirai mon manteau. Par chance, j'avais mis plusieurs couches. J'enlevai mon sweat à capuche et l'utilisai autour du fragment de pierre pour faire un garrot. Je donnai des instructions à la femme – Julie, me dit-elle – afin qu'elle maintienne en place la compresse pendant que je prenais mon portable dans la poche de mon manteau.

Une femme d'environ quarante ans accourait vers nous. Les premiers mots sortant de sa bouche me submergèrent de soulagement.

— Je suis médecin. Les secours arrivent.

Je me levai pour la laisser travailler. Frissonnante, je mis mon manteau et le fermai jusqu'à mon menton, découvrant vraiment pour la première fois le carnage autour de moi. Une statue et trois tombes, y compris celle de Caleb, avaient été détruites. Une piste d'entailles en zigzag et de l'herbe brûlée montraient le chemin de destruction semé par la foudre.

La dizaine d'autres visiteurs du cimetière s'était remis de leur choc et se dirigeait vers nous. Nous étions chanceux qu'il n'y ait pas plus de victimes.

La docteure avait le contrôle de la situation et je retournai vers mes parents, au bord du trou où la tombe de Caleb avait été. Le visage de maman était blême et le bras de papa était autour de ses épaules pour la soutenir.

— Il a... il a disparu.

Son corps semblait prêt à s'effondrer sur lui-même. J'avais vu et enduré beaucoup durant les quelques derniers mois, mais rien ne me détruisait plus que de voir mon extraordinaire maman si vulnérable.

— On n'en sait rien, dit papa à voix basse, son regard démuni rencontrant le mien. Je ne pense pas que la foudre soit allée aussi profond.

Je déglutis malgré la boule dans ma gorge.

— Il a raison. Je ne vois que des morceaux de pierre.

Elle se redressa un peu.

— Comment est-ce que la foudre pourrait faire ça ? Je n'ai jamais rien vu de tel.

— Moi, si.

Aussi mauvaise qu'elle ait été, la tempête était moitié moins forte que celle dans laquelle je m'étais trouvée sur le ferry. Je gardai cela pour moi. J'avais l'extraordinaire malchance de toujours être là quand une tempête se produisait. Si l'on n'en signalait pas dans d'autres villes du monde, je serais un peu paranoïaque.

Le son des sirènes s'intensifia rapidement. En quelques minutes, le cimetière fut envahi par des véhicules de secours et de police. Maman, papa et moi parlâmes à un officier alors que des membres du SAMU s'occupaient du blessé et le chargeaient sur une civière. Je trouvai ma casquette et couvris le sang dans mes cheveux afin que l'infirmier qui vint nous ausculter ne voie pas que ma blessure à la tête se résorbait déjà.

Nous parlions toujours à la police lorsqu'une demi-douzaine d'agents arrivèrent pour prendre les commandes de la situation. Deux d'entre eux se dirigèrent vers nous et je pris un air renfrogné en reconnaissant l'agent Daniel Curry. Il devait y avoir une centaine d'agents dans cette ville, et pourtant, je me retrouvais toujours avec celui-ci.

— Agent Curry, content de vous voir, dit mon père qui n'avait aucune idée de mes rapports avec lui.

À la connaissance de mes parents, Curry était simplement l'agent qui m'avait secourue du sous-sol de Rogin Havas. Je ne voyais aucune raison de salir leur bonne opinion, simplement parce que je ne l'appréciais pas.

— Je suis content de voir que vous vous êtes rétablis, tous les deux.

Curry sourit en leur serrant la main, puis il présenta l'agent Will Ryan. J'avais rencontré Ryan avant et l'avais apprécié malgré son partenaire.

L'agent Curry l'envoya poser des questions à quelqu'un d'autre, puis il me parla.

— Vous semblez vous être bien adaptée à votre nouvelle situation.

Je résistai à l'envie de lever les yeux au ciel.

— Ce n'est pas comme si j'avais le choix.

— J'avais entendu dire qu'il fallait des mois pour que les nouveaux faës s'adaptent au fer dans une ville. Vous ne semblez pas du tout être gênée par cela.

Je haussai les épaules. L'Agence ne savait rien de ma pierre de la déesse, et j'avais l'intention que ça continue ainsi.

— Nous sommes très résistants, nous, les James. Regardez mes parents. Ils ont fini leur traitement avec des mois d'avance sur ce que les docteurs avaient prédit.

Papa me sourit.

— Jesse excelle dans tout ce qu'elle fait.

— On dirait. Vous étiez tous ici lorsque la tempête a frappé ?

— Nous venions voir la tombe de notre fils et…

La voix de ma mère devint moins audible alors que des larmes emplissaient ses yeux.

— Votre fils ?

Pour la première depuis que je l'avais rencontré, le masque terre à terre de l'agent Curry glissa, dévoilant sa surprise. Mon hypothèse était que son enquête sur mes parents n'avait pas été assez approfondie. Lorsqu'il m'avait suivie au cimetière, en décembre, j'avais pensé qu'il savait que je rendais visite à la tombe de mon frère.

— Caleb, dit ma mère, retrouvant son sang-froid.

Elle indiqua le trou à quelques mètres.

— C'était sa tombe.

Les deux agents se tournèrent pour regarder ce qu'il restait de la stèle et l'agent Ryan alla jeter un œil dans la fosse.

— La foudre a achevé sa course ici. Où est-ce qu'elle a frappé en premier ?

J'indiquai la première pierre tombale qui avait explosé.

— Ensuite la statue. Après ça, nous nous sommes mis à terre.

— Nous allons commencer par là, dit l'agent Curry. Je suis content que vous alliez tous bien.

— Nous avons eu beaucoup de chance, concéda mon père.

Les agents partirent enfin.

— Je suis prête à retourner à la maison. Et vous ?

51

— Nous devons nous occuper de la tombe de Caleb. Nous ne pouvons pas la laisser comme ça.

— Le cimetière a des employés pour ça, dit papa. Nous devrions nous écarter pour qu'ils puissent se mettre au travail.

— Tu as raison.

Ma mère jeta un autre coup d'œil au trou et m'adressa un faible sourire.

— Je n'ai plus trop envie de manger thaï. Et si je faisais mon pain de viande et ma purée pour le dîner ?

— Encore mieux.

Mon ventre laissa échapper un gargouillement bruyant, ce qui fit rire mon père. Je me sentis plus légère lorsque la fougue d'autrefois remplaça la tristesse dans le regard de maman.

Nous nous dirigeâmes vers notre voiture, garée sur la route à présent encombrée qui traversait le cimetière. Il n'y avait pas moins de deux ambulances, trois camions de pompier et une demi-douzaine de voitures de police avec leurs gyrophares. Je repérai trois 4x4 d'un noir brillant qui devaient appartenir aux agents et deux fourgons de télé.

La police bloquait les médias et empêchait une petite foule de spectateurs d'entrer sur les lieux. Les journalistes et leurs cadreurs furent forcés d'enregistrer ce qu'ils pouvaient depuis la route. L'un d'eux nous vit, nous poussant à accélérer la cadence. Même maman rit lorsque nous atteignîmes la voiture et nous y engouffrâmes.

Papa démarra et contourna les autres véhicules, mais il dut s'arrêter pour les personnes qui n'étaient pas pressées de s'écarter. Nous dûmes attendre qu'un officier de police les fasse déguerpir.

Une silhouette seule dans les ténèbres à côté d'une grande pierre tombale, de l'autre côté de la rue, attira mon attention. Au début, je l'ignorai, la prenant pour l'un des badauds, mais son regard n'était pas porté sur la zone où la tempête avait frappé.

Le soleil sortit de derrière un nuage, baignant l'homme mystérieux dans la lumière. Mon estomac se tordit.

C'était l'un des gardes personnels de la reine Anwyn.

5

J E RECONNAÎTRAIS ce visage n'importe où. C'était l'un des deux faës qui m'avaient prévenue de rester loin du prince Rhys.

Je fus incapable de détourner le regard jusqu'à ce que la voiture commence à rouler de nouveau et que le faë disparaisse de mon champ de vision. Je m'enfonçai dans le siège, mais mon cœur battait tel un tambour contre mes côtes.

Il était impossible que sa présence ici fût une coïncidence. Est-ce qu'il nous prenait en filature pour faire un rapport à la reine ou avait-il une raison plus sombre pour se trouver au cimetière aujourd'hui ?

Nous étions à mi-chemin de la maison avant que je ne calme suffisamment mon esprit qui s'emballait pour me souvenir de l'étrange cristal aperçu dans la tombe de Caleb. Je l'avais complètement oublié après avoir aidé l'homme blessé. Je n'y avais pas trop prêté attention sur le coup, mais à présent je redoutais avec terreur qu'il ait été placé là volontairement. Certains cristaux faës pouvaient conserver et générer suffisamment d'énergie pour éclairer une pièce ou alimenter tout un bâtiment. Pouvaient-ils aussi être utilisés autrement ? Comme attirer une tempête électrique remplie de magie faë à un endroit précis ?

Je glissai mes mains tout à coup froides entre mes cuisses. Nous n'avions dit à personne que nous allions sur la tombe de Caleb aujourd'hui, donc il était impossible que la garde Seelie ait pu savoir que nous y serions. Et si mes parents et moi n'avions pas été la cible ? Et si la reine avait saisi une occasion pour détruire la seule preuve physique qui puisse prouver que mon frère n'était pas mort ? Le fait que nous étions là-bas lorsque la tempête avait frappé aurait été un bonus.

Je devrais le dire à papa, mais l'idée d'alourdir son fardeau me faisait mal au cœur. Il se remettait toujours de son addiction au goren et essayait de faire face à la vérité concernant Caleb. En plus de cela, il aidait maman qui avait plus que jamais besoin de lui.

Nous nous arrêtâmes sur le chemin du retour pour faire des courses et je tremblais lorsque nous nous garâmes au même endroit où je m'étais garée le jour où la garde de la reine m'avait sommée de garder mes distances avec le prince Rhys. Alors que nous quittions le magasin, je ne pus m'empêcher de balayer le parking du regard, craignant de trouver l'un d'eux qui nous attendait.

J'étais tellement nerveuse lorsque nous arrivâmes dans notre rue que je sursautai lorsque le téléphone sonna. Mon père le prit sur la console et hésita un instant avant d'y répondre. Je savais que quelque chose n'allait pas lorsque ses yeux se dirigèrent vers moi dans le rétroviseur. Aussitôt, il détourna le regard.

— Comment vous avez été mis au courant si vite ? Non, les membres du SAMU ne nous ont pas auscultés. Nous allons tous bien. Nous sommes tous rentrés. Elle n'a qu'une petite coupure à la tête, mais elle est sûrement guérie à présent. Un guérisseur ? Je ne pense pas que ça soit nécessaire.

Mes soupçons concernant l'appel se transformèrent en colère, qui se mua rapidement en fureur. Lukas ne pouvait pas me parler, mais il n'avait aucun problème à appeler mon père pour prendre de mes nouvelles. Oh que non !

Je détachai ma ceinture, l'arrachant presque du siège, et me penchai en avant pour me saisir du téléphone de papa.

— Si tu veux savoir comment je vais ou autre chose, tu me le demandes.

La seule réponse fut le silence à l'autre bout de la ligne. Cela me touchait plus que tout ce qu'il aurait pu me dire.

— C'est ce que je pensais.

Je raccrochai et jetai le portable à mon père, qui me regardait avec un mélange d'inquiétude et d'admiration. Prenant les deux sacs de courses sur le siège à côté de moi, j'ouvris la portière.

— Je ne sais pas vous, mais je suis affamée.

Le doux rire de maman fit baisser une partie de la tension dans la voiture.

— On monte dans quelques minutes.

Je sentis à peine le froid alors que je marchais d'un pas raide vers notre bâtiment. Je savais que mes parents étaient restés derrière pour parler de moi et je m'en fichais. J'avais vraiment tourné la page. Je l'avais oublié, lui.

Entrant dans l'appartement, je posai les sacs sur la table et sortis mon portable pour envoyer un message à Violet. *Sortons demain soir. Un endroit sympa.*

Sa réponse fut immédiate.

Qui êtes-vous et qu'avez-vous fait avec le portable de Jesse ?

Ah, ah. Ça te dit ?

Sa réponse fut un emoji levant les yeux au ciel, suivi d'un :

Tu as vraiment besoin de le demander ?

— Tu ne t'amuses pas.

La bouche de Violet se fronça, boudeuse.

— Si.

Lorelle, la petite amie faë de Violet, sourit de l'autre côté de la haute table de bar autour de laquelle nous étions.

— Si tu n'aimes pas *Navi*, il y a d'autres boîtes de nuit où nous pouvons aller.

— *Navi* est super. Je pensais juste à quelque chose.

Violet se pencha.

— À ta mère ?

— C'est aussi évident ?

Je laissai échapper un soupir. Aujourd'hui, papa avait eu des nouvelles : la tempête au cimetière avait complètement détruit le cercueil de Caleb. Nous ne l'avions pas dit à maman, mais nous ne pouvions pas le lui cacher pour toujours. La nouvelle avait jeté un froid sur mes projets de sortie et j'aurais annulé si papa m'en avait laissé le choix.

— Ta mère est une des personnes les plus robustes que je connaisse, assura Violet. Elle retournera botter des culs en un rien de temps.

Je redressai les épaules.

— Tu as raison.

— J'ai toujours raison.

Elle fit signe à une serveuse et commanda une autre tournée de boissons sans alcool pour notre table. D'habitude, elle aurait opté pour un cocktail fruité, mais elle nous suivit, car Lorelle et moi ne buvions pas d'alcool.

Après que la serveuse fut revenue avec nos boissons, Violet s'excusa pour aller aux toilettes, me laissant seule avec Lorelle. Cette dernière savait pour ma transformation et elle m'avait prise sous son aile ce soir lorsque j'avais avoué ne pas avoir été dans une boîte de nuit depuis ma transformation. J'aurais préféré qu'elle ne vienne pas de Seelie – ça aurait été sympa d'avoir au moins une amie d'Unseelie lorsque je me rendrais enfin à la cour.

Je dévisageai Lorelle alors qu'elle regardait Violet s'en aller. Il n'était pas possible de se tromper sur la tendresse dans son expression. Elle tenait à ma meilleure amie autant que Violet tenait à elle. J'étais heureuse pour Violet, mais j'étais aussi inquiète. Je ne pouvais pas m'empêcher de penser à l'histoire tragique de Jackson Chase et de la princesse Nerissa. Ils étaient tombés amoureux et cela les avait détruits.

— Elle est folle de toi, dis-je à voix basse.

— Elle ne ressemble à personne d'autre.

Les yeux de Lorelle se voilèrent d'une tristesse nouvelle.

— Je sais ce que tu penses. Tu as peur qu'elle souffre quand nous aurons à nous séparer.

— Violet semble froide pour les gens qui ne la connaissent pas bien, mais elle a un grand cœur et elle est sensible.

— Je t'apprécie et je vois que tu tiens à elle. Je te demande juste de ne pas lui faire du mal.

Elle sourit avec mélancolie.

— Violet et moi avons déjà parlé et nous savons toutes les deux que ça doit se terminer. Je dois rentrer dans le royaume de Seelie quand elle repartira pour son film. C'est notre dernière semaine ensemble et nous avons l'intention de profiter au maximum du temps qu'il nous reste.

Ma gorge se serra.

— Elle ne m'en a pas parlé.

— Je ne suis pas surprise. Elle t'aime et ne veut pas que tu t'inquiètes.

Comme si elle sentait la présence de Violet, Lorelle regarda dans la direction qu'elle avait prise.

— C'est une personne magnifique.

Je suivis son regard vers Violet qui nous faisait un grand sourire alors qu'elle se frayait un chemin vers notre table. Ce soir, elle portait une robe faë d'un vert jade – un cadeau de Lorelle – qui lui allait parfaitement et lui valait des regards admiratifs de tous ceux devant qui elle passait. Elle ressemblait en tout point à la célébrité qu'elle allait bientôt devenir.

Lorelle se dirigea vers Violet lorsqu'elle nous rejoignit et lui prit la main. Sans un mot, elle l'entraîna vers la piste et elles commencèrent une danse sensuelle et langoureuse, complètement liées l'une à l'autre. Elles étaient parfaites ensemble. C'était cruel de la part du destin de les laisser se rencontrer pour les séparer.

Je détournai les yeux, car j'avais l'impression de jouer les voyeuses. Mon regard balaya la boîte de nuit et atterrit sur un homme brun, de l'autre côté de la piste. Je ne voulais pas l'encourager à me sourire. J'étais ici pour passer du temps avec Violet et essayer d'oublier le seul homme à qui je pensais bien trop.

Mon portable vibra depuis mon minuscule sac à main. Contrairement au *Va'sha*, *Navi* n'interdisait pas les portables ni les appareils photo, sauf à l'étage VIP. C'était une des raisons pour lesquelles j'avais choisi cette boîte de nuit. Moins d'intimité voulait dire moins de chance de rencontrer par hasard des célébrités bien en vue, dont certaines de la royauté faë. C'était peut-être lâche, mais mon cœur n'était pas prêt à voir Lukas avec quelqu'un.

Sortant mon portable, je fus surprise de découvrir le nom de Tennin à l'écran. Je ne l'avais pas vu ni eu de ses nouvelles depuis le jour où il avait pris des photos de Lukas et moi. Cela faisait une éternité. Je l'avais appelé quelques semaines plus tôt pour lui dire que j'étais désolée pour ce qui était arrivé à son amie Angela, mais son répondeur disait qu'il était dans le royaume des faës. Pourquoi est-ce qu'il m'appelait à cette heure ?

— Salut, Tennin. C'est super d'avoir de tes nouvelles.

— Jesse, écoute-moi très attentivement. Va dans la section VIP de la boîte de nuit. Les escaliers sont derrière toi sur ta gauche.

— De quoi tu parles ? Tu es ici ?

Je furetai des yeux à sa recherche dans la boîte.

— Oui. Ne pose pas de questions. Je t'expliquerai là-haut.

D'après le ton employé, je devais faire ce qu'il disait.

— Et Violet ?

— Je te l'amènerai, répondit-il. Vas-y. *Maintenant.*

— D'accord.

Je pris mon sac à main et reculais de la table juste au moment où j'aperçus l'homme qui avait attiré mon attention approcher. Il semblait assez inoffensif, mais l'appel de Tennin me perturbait.

— Jesse James ? fit alors une voix désarmante et amicale.

Mon nom me fit m'arrêter soudainement et froncer les sourcils par-dessus mon épaule vers le nouveau venu. Est-ce que je l'avais vu quelque part ?

Son sourire s'agrandit. C'était un homme séduisant qui avait la vingtaine et de beaux yeux. Il n'y avait rien d'exceptionnel chez lui, mais je m'en serais souvenue si je l'avais rencontré avant.

— Mark Jansen.

Il tendit une main que je serrai par politesse, une seconde avant qu'il ne me prenne de court avec ses prochaines paroles.

— Jesse, comment vous sentez-vous depuis votre transformation ?

— Par... pardon ?

Il me montra rapidement une carte de presse.

— Je suis avec *La Chronique Faë* et mes lecteurs veulent tout savoir sur vous. Qui a effectué votre transformation ? Sont-ils ici avec vous ?

— Je ne sais pas de quoi vous parlez. Pardon. Je dois...

Un flash se déclencha devant mes yeux. Un second, puis un troisième suivirent.

— Jesse, vous n'êtes pas encore allée dans le royaume des faës ? cria quelqu'un.

— Comment avez-vous survécu à votre transformation ?

— Pourquoi est-ce qu'ils ont changé les règles pour vous ?

— Est-ce vrai que votre amant faë vous a transformée pour que vous soyez ensemble ?

— Qui est-ce, Jesse ? Est-il ici avec vous ce soir ?

Les questions fusèrent en rafale de tous les côtés, ponctuées par les flashes aveuglants. Je me protégeai les yeux avec mon bras, mais il était impossible de voir à travers la foule de journalistes qui m'entourait. La panique m'étouffait et j'essayai de reculer, mais ma fuite était bloquée de tous côtés.

Quelques paparazzi crièrent des injures à quelqu'un qui passait devant eux en les poussant. Je sursautai lorsqu'un bras me prit par les épaules.

— Reste proche. Je vais te faire sortir d'ici, me souffla Tennin à l'oreille.

Je m'agrippai à lui comme à une planche de salut alors qu'il essayait de s'imposer dans la foule. Ses confrères paparazzi s'y opposaient, l'injuriant de traître. Tennin était impassible face à leurs insultes et ne faiblit pas, pas même lorsque l'un d'eux prit son appareil et le jeta au sol. C'était insensé. Pourquoi la sécurité de la boîte de nuit ne faisait-elle rien pour nous aider ?

Deux paparazzi sur notre trajectoire disparurent tout à coup, comme s'ils avaient été cueillis par un vent fort. Il y avait à la fois de la peur et de l'enthousiasme. Je vis la raison de leur réaction lorsque trois gardes personnels du prince Rhys, impassibles, apparurent devant nous. Je ne savais pas si je devais être soulagée ou mécontente de les voir.

— Viens avec nous, aboya Bayard, le colosse blond responsable de la sécurité du prince.

Les deux autres gardes prirent position derrière nous et nous firent passer dans la foule de paparazzi et de spectateurs vers la section VIP. Le gars musclé de la sécurité, en bas des escaliers, nous toisa rapidement et s'écarta pour nous laisser passer. J'étais collée à Tennin pendant que nous montions les marches, pleinement consciente des centaines d'yeux sur nous.

En haut, les gens s'écartèrent de notre chemin. Le prince Rhys et ses deux autres gardes nous attendaient dans un box d'angle. Dès que nous l'atteignîmes, les cinq gardes formèrent un mur dissuasif entre nous et le reste de la boîte de nuit.

— Jesse, tu vas bien ? demanda le prince. Ils t'ont fait du mal ?

— Je... je vais bien.

Mes jambes étaient en caoutchouc. Comment les célébrités faisaient-elles face à cela tous les jours ?

Je respirai profondément à plusieurs reprises pour retrouver mon sang-froid. Tennin garda son bras autour de moi et je lui fus reconnaissante pour sa robuste présence.

— Elle est un peu perturbée, répondit-il. Merci pour votre assistance.

Le prince Rhys regarda mon sauveur comme s'il le remarquait pour la première fois.

— Tennin, c'est ça ? Vous n'êtes pas un paparazzi ?

— Quand ça m'arrange. Jesse est une de mes amies et son bien-être est plus important que quelques photos.

Le prince approuva ses dires.

— Jesse choisit bien ses amis.

Mon portable sonna. C'était Violet.

— Jesse ? Jesse, tu m'entends ? cria-t-elle lorsque je répondis.

Je n'avais aucun problème à l'entendre par-dessus le bruit de fond.

— Calme-toi, Vi, dis-je avec plus de sang-froid que je n'en ressentais réellement. Je vais bien.

— Oh, Dieu merci ! Où es-tu ? Je ne pouvais pas te rejoindre, puis tu étais partie.

Je fus peinée par la panique dans sa voix.

— Mon ami Tennin et la garde du prince Rhys m'ont évacuée. Je suis en haut dans la section VIP. Vous pouvez monter, toi et Lorelle ?

Elle souffla bruyamment.

— Oui. Dès que j'aurai dit à ces enfoirés de paparazzi leurs quatre vérités. Ils ne savent pas à qui ils ont à faire.

Il y eut une petite échauffourée suivie par les paroles étouffées de Violet :

— C'est bien ça. Je parle de vous.

Je me frottai les tempes.

— Vi, s'il te plaît, ne déclenche pas une bagarre avec les paparazzi.

Elle avait déjà raccroché.

— Ne descends pas, dicta Tennin sur un ton ferme. Je vais chercher ton amie pour toi.

— Tu ne l'as jamais rencontrée. Elle ne t'écoutera pas.

Il m'offrit un grand sourire.

— Je peux être très persuasif, je suis le meilleur pour m'occuper de cette foule en bas.

Il avait raison. Je reculai, et il tapota l'un des gardes dans le dos pour passer. Dès qu'il fut parti, je me rendis compte que j'étais seule avec le prince Rhys, mon *frère*, pour la première fois depuis que j'avais appris sa véritable identité. Je ne savais comment lui parler à présent et j'avais peur de dire quelque chose de mal.

— Assieds-toi, je t'en prie.

Il indiqua le canapé en cuir moelleux derrière moi.

— Tu aimerais quelque chose à boire ?

— Je préférerais être debout, mais de l'eau m'irait.

Le choc initial de l'incident se dissipa, et l'embarras s'installa. Je n'arrivais pas à croire que j'étais si lessivée à cause de quelques paparazzi. Ces gars-là s'enfuiraient en criant s'ils tombaient nez à nez avec certaines choses que j'avais vues. Heureusement que Faolin n'était pas présent pour en être témoin.

Le prince Rhys versa un verre d'eau d'une carafe sur une petite table et me le donna.

— Désolé que tu aies dû subir ça.

— Il fallait que ça finisse par sortir.

Je m'étais demandé ce que ça ferait si la presse en entendait parler, mais c'était pire que ce que j'avais imaginé.

— Quand je suis venu dans ce royaume pour la première fois, les flashes et les cris étaient troublants, admit-il. Je ne les aime toujours pas, mais mes gardes me protègent du pire.

— En tant que prince, tu dois être habitué à être sur le devant de la scène à la cour.

— Oui, mais nous n'avons pas d'appareils photo dans le royaume des faës. Et personne n'oserait crier sur le prince héritier de cette manière.

— Tu as raison.

Je me détendis un peu et sirotai mon eau.

— J'ai un aveu à faire. J'espérais que nous nous croiserions, mais j'aurais aimé que ça soit dans des circonstances différentes.

Mes doigts se resserrèrent autour du verre.

— Ah oui ?

— J'ai beaucoup apprécié rencontrer ton père et je lis les livres qu'il m'a recommandés. J'aimerais encore lui parler et en entendre plus sur ses histoires de chasseur de primes. Je ne peux pas l'expliquer, mais tu es la seule personne dans ce royaume avec qui je ressens une vraie connexion.

J'essayai de trouver une réponse, mais je n'avais rien à répliquer. Était-ce possible que quelqu'un soit attiré par une famille dont il ne connaissait pas l'existence ? Que dirait-il s'il connaissait la vérité ?

— Voilà que je t'ai mise mal à l'aise.

Son expression devint penaude.

— Je n'imposerai pas ma présence, ni à toi ni à ta famille. Ce ne serait pas convenable que je sollicite une nouvelle faë d'Unseelie.

Bayard émit un petit rire, nous rappelant que c'était précisément ce que le prince Rhys avait fait une semaine après mon retour. Quelque chose me dit que le responsable de la sécurité était la vraie raison pour laquelle le prince ne nous avait pas de nouveau rendu visite.

Mes oreilles perçurent soudain un léger raffut, de l'autre côté de la section VIP. Je pouvais sentir la tension monter dans le mur de gardes qui nous cachait des regards. Je me préparai à une confrontation, mais pas pour l'arrivée de la dernière personne que je m'attendais à voir.

Lorsque les gardes s'écartèrent pour laisser passer Lukas, je fis involontairement un pas en arrière. Je n'avais pas été aussi proche de lui depuis le jour où il m'avait ramenée chez moi, et sa présence était presque insupportable. La rigidité de sa mâchoire n'aidait pas. Je n'arrivais pas à savoir s'il était en colère contre moi, le prince Rhys, les paparazzi ou autre.

— Rhys.

Lukas hocha la tête en le voyant.

— Merci d'être venu au secours de ma protégée.

Sa protégée ? J'avais quoi, dix ans ? Je le fusillai du regard, mais soit il ne le remarqua pas, soit il s'en fichait.

— Je suis content d'avoir pu aider, fit le prince Rhys sans toute cette arrogance dont il avait fait preuve la dernière fois que je les avais vus ensemble. Les paparazzi étaient plutôt agressifs avec elle.

Le regard de Lukas croisa enfin le mien.

— Ils t'ont fait du mal ?

— Non.

Son ton détaché m'irrita.

— Comment étais-tu au courant ?

— Tennin m'a appelé.

Mon photographe favori et moi allions avoir une discussion plus tard.

— Viens. On va te sortir d'ici.

Lukas prit mon bras avec fermeté et je faillis sursauter à cause de l'étincelle qui fusa en moi. J'ouvris la bouche pour lui dire que je n'allais nulle part avec lui, mais son attitude me fit penser qu'il n'était pas prêt à négocier. Je n'avais vraiment pas besoin de créer un autre spectacle, et je gardai le silence à contrecœur. Pour le moment.

Je fis un petit sourire au prince Rhys.

— Merci pour ton aide.

Il commença à tendre une main vers moi, puis la baissa.

— Quand tu veux, Jesse. Mais essaie d'éviter les paparazzi pendant un moment.

— Elle le fera, répondit Lukas à ma place.

Je serrai la mâchoire pour éviter de me ridiculiser en lui rétorquant qu'il n'avait pas d'ordre à me donner.

Les gardes du prince Rhys s'écartèrent pour nous laisser passer et je ne fus pas surprise de voir Conlan et Faolin nous attendre. Lukas me guida vers une porte au même étage.

Je marchais la tête haute, feignant de ne pas être consciente que chaque personne nous fixait, mais c'était impossible de ne pas entendre les murmures. Ils voulaient tout savoir de la nouvelle faë qui, c'était clair, était bien plus qu'une vague connaissance du prince de Seelie. Un commentaire en particulier sur la nature sexuelle de notre relation fut si moche que seule ma fierté m'empêcha de me mettre à courir.

Lukas émit un grognement du plus profond de son torse et les murmures s'arrêtèrent. Il ouvrit la porte et me guida dans un petit salon privé avec des canapés en cuir blanc. Je m'attendais à ce que Conlan et Faolin nous rejoignent, mais ils prirent position devant la porte. Je paniquai d'être seule avec Lukas. Pendant plus d'un mois, j'avais pensé à toutes les choses que je lui dirais si je le voyais de nouveau, mais j'avais tout oublié en cet instant.

Au lieu de s'asseoir, il leva les mains et murmura des mots faë. En quelques secondes, l'air scintilla et un portail se matérialisa.

— Qu'est-ce que tu fais ?

— On ne peut pas partir par la sortie de devant.

Il baissa les mains et j'aperçus ce qui s'apparentait à un mur de pierres au-delà.

Je reculai d'un pas.

— Et Violet ? Je ne peux pas partir sans elle.

— Violet est avec Tennin et Lorelle. Ils la protégeront des paparazzi.

— Qui protégera les paparazzi de Violet ?

Je pouvais imaginer mon amie se défouler sur la foule de photographes.

Lukas ricana et posa une main dans mon dos. Tout à coup, nous étions dans une cour en pierre à ciel ouvert, remplie de plantes grimpantes en fleurs, avec les étoiles qui scintillaient dans le ciel. Je n'eus pas le temps de m'étonner qu'il y ait des étoiles dans le royaume des faës avant qu'un autre portail ne s'ouvre et que nous nous retrouvions dans le salon de son immeuble de Williamsburg.

Le portail se ferma.

— Je pensais que tu me ramenais chez moi.

— Je le ferai. Nous devons parler d'abord.

Il marcha vers la cuisine, jetant son blouson sur un des tabourets de bar.

— Tu aimerais quelque chose à boire ?

— Oh, tu veux parler maintenant ?

Il remplit un verre de jus de ghillie d'une carafe sur le plan de travail et me l'apporta. Comme je ne le prenais pas, il soupira.

— Je sais que tu es vexée et en colère contre moi et j'en suis désolé.

— Je ne suis pas vexée.

J'arrachai le verre de sa main et allai m'asseoir sur une chaise. J'avais oublié que je portais une jupe et dus l'ajuster à la hâte lorsque le tissu bleu remonta dangereusement sur mes cuisses.

Il prit la chaise en face de moi.

— Si, et tu as tous les droits de te sentir comme ça. Tu as vécu une expérience traumatique et j'aurais dû être là pour toi.

Ma poitrine se serra et je détournai les yeux de la sincérité dans les siens. Seule la fierté m'empêcha de lui demander pourquoi il n'avait pas été présent et pourquoi il s'était enfin montré ce soir. S'il me disait qu'il était venu dans la boîte par devoir envers moi, je n'étais pas sûre que mon cœur pourrait le supporter.

— Tu sais combien de transformations réussies en faë il y a eu ? demanda-t-il.

— Dix-neuf.

Quel était le rapport ?

— Vingt, me corrigea-t-il avec un sourire. Parmi des milliards d'humains, seuls vingt sont devenus des faës et ça a été un apprentissage pour nous, mais aussi pour les nouveaux faës. Nous avons fait des erreurs, mais la majorité s'est adaptée avec plaisir à leur nouvelle vie.

— La majorité ?

— Les deux premiers ont eu des problèmes d'adaptation, dont un profond attachement envers celui qui avait réalisé la transformation.

— C'étaient des enfants, logique qu'ils nouent des liens avec les faë.

— Oui, mais ce n'étaient pas des liens sains et normaux. Les enfants se sont attachés jusqu'à l'obsession. Ils suivaient partout les adultes qui les avaient transformés et devenaient désemparés et inconsolables quand ils étaient séparés d'eux. C'était comme une toxicomanie qui provoquait de violents symptômes de sevrage.

— Tu veux dire que ça va m'arriver ?

— Non. Je ne le permettrai jamais.

Il se pencha en avant, les coudes sur ses genoux.

— Je te dis ça pour que tu comprennes pourquoi tu ne m'as pas vu ni eu de mes nouvelles jusqu'à présent. Après que je t'ai ramenée chez toi, les conseillers de mon père m'ont averti des conséquences d'une trop grande proximité durant le premier mois de ton ajustement. Même le son de ma voix aurait pu t'affecter, voilà pourquoi je ne t'ai jamais appelée.

Je me souvenais de la nuit où je l'avais vu, de l'autre côté de la rue à Manhattan, et l'étrange attirance physique que j'avais ressentie. Cela avait été une courte rencontre à distance. À quel point l'attirance aurait été puissante si j'avais eu un contact normal avec lui ? L'idée de n'avoir aucun contrôle sur mon esprit ou mon corps, d'avoir un lien contre nature avec n'importe qui me terrifiait.

— Et Conlan, Faris et les autres ? Ils sont venus me voir plusieurs fois et ça ne m'a pas affectée.

Lukas secoua la tête.

— Ils ont pris part dans ta transformation, mais nous avons utilisé mon sang.

— Ton sang... est en moi ?

Le processus de transformation était si secret qu'aucun humain ne savait ce qu'il impliquait. Je n'en avais aucun souvenir, trop proche de la mort lorsque cela s'était passé.

— Mon sang est le plus fort, dit-il de façon détachée.

C'en était trop.

— Tu ne pouvais pas me le dire avant ? Tu m'as laissé penser...

J'hésitais entre lui donner un coup de poing ou me jeter sur lui. Il prit la décision de passer ses bras autour de moi et de me tenir contre son torse chaud. À ma grande honte, des larmes me montèrent aux yeux. Je clignai des paupières, refusant de les laisser tomber.

— Je suis désolé, *mi'calaech*, murmura-t-il, la tête contre mes cheveux. Ça devait se passer comme ça. Si nous t'avions dit la vérité, ça aurait pu t'entraîner à me chercher. Je ne pouvais pas prendre le risque.

— Il n'y a plus de danger ? Je ne vais pas me transformer en harceleuse obnubilée ?

— Peut-être, mais ça ne sera pas un effet secondaire de la transformation.

— Dans tes rêves !

Je le poussai et ne ratai pas son large sourire espiègle lorsqu'il me lâcha. Cela faisait tellement longtemps que je ne l'avais pas vu sourire et mon ventre répondit par une contraction. Je fus tout à coup très consciente que nous étions seuls, mais aussi que j'ignorais ce qu'il y avait entre nous à présent. Est-ce qu'il me voyait comme une amie ou davantage ?

Je n'étais pas sûre de vouloir connaître la réponse à cette question pour le moment, et je reculai à une distance plus sûre.

— Qu'est-ce qui est arrivé aux nouveaux faë qui se sont attachés ? Ils ont guéri ?

— Oui, c'était difficile pour eux au début, mais ils sont tous les deux heureux dans leur nouvelle vie. On croit que leur âge a joué un rôle dans leur guérison. Plus on est jeune quand on est transformé, plus il est facile de s'adapter à être faë.

Le mois dernier ne semblait pas si terrible lorsque je pensais à ce qui aurait pu se passer. Je me frottai les bras pour me réchauffer.

— Tu as froid ?

Lukas regarda ma robe courte et je frissonnai de nouveau, mais pour une raison tout autre.

— Un peu. J'ai laissé mon manteau à la boîte de nuit.

Il alla récupérer son blouson sur le tabouret de bar pour le mettre sur mes épaules.

— Je vais demander à quelqu'un d'aller chercher ton manteau pour toi.

— Merci.

Le blouson avait son odeur et je résistai à la tentation de le humer profondément. Cela ne me ferait pas du tout passer pour une harceleuse.

Il sourit avec regret.

— Je suis désolé que ta soirée ait été gâchée. Si ça peut te consoler, tu seras magnifique sur toutes les photos des paparazzi.

— Merci de me l'avoir rappelé. Pendant un instant, j'avais complètement oublié ce désastre. Comment l'ont-ils su ?

— Je ne sais pas.

Son expression se durcit.

— L'Agence m'a assuré qu'ils maîtrisaient la situation, mais j'aurais dû savoir que ça arriverait et t'en protéger. Une histoire comme celle-ci est trop importante pour rester dissimulée bien longtemps.

— Ce n'est pas ta faute. Tu ne peux pas contrôler chaque situation, je savais qu'elle finirait par s'ébruiter.

Je laissai échapper un soupir de résignation. C'était ma vie et je n'avais pas d'autre choix que de faire avec.

— Tu penses qu'il leur faudra combien de temps pour qu'ils s'en lassent et passent à une autre histoire ?

Je n'allais pas aimer la réponse à cette question.

— Je ne vais pas te mentir. Ça va être difficile pendant un moment. En soi, une transformation est une grosse nouvelle. Ajoute à cela ton âge et le fait qu'elle arrive si vite après l'histoire de Jackson Chase...

— Tu n'as pas besoin d'en dire plus.

— Ce sera dangereux pour toi jusqu'à ce que ça se calme. Tu devrais rester là où les journalistes ne peuvent pas t'atteindre.

— Je ne vais pas laisser mes parents gérer ça tout seuls. Si les journalistes ne peuvent pas me trouver, ils s'attaqueront à ma famille.

— Ton père est plus que capable de s'occuper d'eux. Et si les médias savent que tu n'es pas ici, ça les éloignera.

— Papa est à peine remis d'une addiction au goren, lui rappelai-je. Il s'occupe maintenant de ma maman qui vient juste de sortir de l'hôpital. Ils sont loin d'être prêts à y faire face.

Je ne pouvais pas lui dire le reste – que mon père faisait aussi face à ses souvenirs qu'il avait retrouvés et à la vérité au sujet de Caleb. Ou que nous avions peur de ce qui arriverait si maman retrouvait aussi ses souvenirs. Il n'y aurait pas pu avoir un pire moment que cela.

Comme pour accentuer mes paroles, mon téléphone sonna et je vis que c'était papa qui appelait. J'aurais dû l'appeler dès mon arrivée. Ces paparazzi avaient déjà dû mettre en ligne leurs photos et leurs vidéos, et l'histoire s'était sûrement répandue partout à l'heure actuelle.

— Jesse ! Oh, Dieu merci, s'exclama papa lorsque je répondis. Bruce m'a appelé et a dit qu'il t'avait vue à la télé. Où es-tu ? Ça va ?

— Je vais bien, papa. Je suis chez Lukas et je rentre dans quelques minutes.

— Peut-être que tu devrais rester là-bas, dit-il sur un ton plus calme. Notre rue est remplie de fourgons de journalistes.

Lukas me lança un « je te l'avais dit » silencieux.

— Lukas va créer un portail à notre étage.

— Tant mieux. On se voit dans quelques minutes.

Je raccrochai et pris mon sac à main.

— Tu me ramènes chez moi ?

Pendant quelques secondes, je pensai qu'il allait refuser, mais il leva les mains pour créer le portail. Je n'avais pas encore accepté l'idée d'être faë, mais être capable de voyager n'importe où en quelques secondes était très attirant.

Lukas me prit la main et nous traversâmes le portail. Je réussis à voir un petit peu plus de la cour toute en pierre – pas des pierres taillées, plutôt des blocs de roche, y compris les gros piliers et la balustrade. Ça ne ressemblait en rien à l'endroit brumeux et gris où j'avais été en traversant le portail de

Conlan, et je me demandais si chaque faë possédait un endroit spécial où atterrir lorsqu'ils voulaient voyager de cette manière.

Je vis ensuite la porte de mon appartement. La précision avec laquelle il ciblait son emplacement m'étonna et je voulus savoir comment cela fonctionnait. Devait-il connaître un endroit afin de créer un portail y menant ? Ou était-ce une autre capacité des faës leur permettant de sentir où ils voulaient se rendre ?

La porte s'ouvrit avant que je puisse l'atteindre et maman se précipita audehors pour m'attirer dans ce qui aurait été un câlin écrasant si elle avait complètement guéri. Encore un rappel brutal qu'il lui restait des mois de récupération et qu'il ne faudrait pas beaucoup pour l'affaiblir. Je jurai dans ma tête contre quiconque avait livré mon histoire et lui avait causé tant d'angoisse.

— Merci de l'avoir fait sortir de là-bas.

Papa tendit une main vers Lukas, qui la lui serra.

— Je suis désolé que ça en soit arrivé là.

Maman me lâcha et se tourna vers lui.

— Tu n'as aucune raison de t'excuser.

Nous entrâmes dans l'appartement et je fus soulagée de voir que la télé était éteinte. Nous protégions maman de toutes les actualités, qui heureusement ne l'intéressaient pas vraiment, de toute façon. Me voir embusquée par les paparazzi l'aurait stressée et Dieu sait ce qu'il se serait passé si elle m'avait vue avec le prince Rhys.

Je jetai mon sac à main sur la table et enlevai mes talons d'un coup de pied.

Les coins de la bouche de Lukas se levèrent.

— Tu gères ça bien.

— Tu t'attendais à ce que je sois submergée par l'émotion ? Je n'ai jamais été du genre à craquer.

— Ça non !

Son rire m'avait manqué.

— Lukas, tu aimerais quelque chose à boire ? demanda maman, me rappelant que lui et moi n'étions pas les seules personnes dans la pièce.

— Merci, mais je ne peux pas rester.

Je retirai son blouson pour cacher ma déception.

— Merci de m'avoir ramenée à la maison et de m'avoir expliqué les choses.

Lukas sourit en récupérant sa veste.

— Je dois parler à l'Agence et régler deux ou trois choses. Je reviendrai demain.

— D'accord, répondis-je, embarrassée par ma joie à ces mots.

— Ne sors pas demain. Si vous avez besoin de quelque chose, appelle-moi et l'un d'entre nous ira le chercher pour vous.

— Nous prévoyons de rester ici pendant quelques jours, dit papa pour nous tous.

— Je ferai mon possible pour aider.

— Repose-toi, Jesse. À bientôt.

6

Ma respiration sortit par bouffées embuées que je pouvais à peine voir dans la sombre grotte. L'air était froid, mais pour une raison quelconque, je ne frissonnais pas, même si je ne portais que mon t-shirt et mon bas de pyjama. Étrange.

J'essayais de regarder à travers les ténèbres et aurais voulu avoir une lampe de poche. De nulle part, un cristal lumineux apparut, flottant dans l'air devant moi. Dès que mes doigts se refermèrent autour, il brilla assez pour illuminer la grotte.

Je fis un tour complet. La grotte était petite, avec un sol accidenté et deux embranchements partant dans des directions opposées. J'ignorais quel chemin menait dehors, mais quelque chose m'attirait vers celui sur ma gauche. Décidant de suivre mon instinct, j'empruntai le tunnel.

Après quelques minutes de marche, le sol s'inclinait vers le bas et je sus que ce n'était pas le chemin pour sortir. Je ne pouvais pas me résoudre à me retourner. Quelque chose en bas m'appelait.

Je ralentis dans une partie du tunnel, si basse que je dus me baisser. De l'autre côté, je me redressai, mais fis chou blanc lorsque la lumière du cristal révéla une impasse. Je vérifiai pour en être sûre, mais je ne trouvai qu'un solide mur.

— C'est génial !

Je posai ma main libre contre la pierre.

— Un mur.

Il me fallut quelques secondes pour m'apercevoir que la pierre qui devrait être froide était chaude sous ma main. En me penchant davantage, je posai ma joue contre le mur et ressentis un bourdonnement d'énergie sous la surface. Il était atténué par la pierre, mais je pouvais sentir l'immense pouvoir qui me terrifiait et me réconfortait en même temps.

Un son lointain me poussa à faire demi-tour, par là où j'étais venue. Je fis deux pas et je me trouvai tout à coup dans une grotte différente, ou peut-être à l'entrée d'une enfilade de cavernes. L'air était glacé et le vent agitait violemment mes cheveux alors que je marchais vers le large rebord où la vue me coupa le souffle.

J'étais dans les montagnes, bien au-dessus de la limite des neiges éternelles. Je ne voyais que le ciel bleu et des cimes de montagnes dépassant des nuages. Quelque chose tournait au loin, près d'un pic escarpé, et je plissai les yeux vers ce qui semblait être des oiseaux géants.

Je réfléchissais à la manière dont j'étais venue ici et à comment descendre lorsque le ciel prit une teinte verdâtre. L'air se chargea d'électricité et je reculai du rebord alors qu'un sentiment inquiétant me parcourait.

Un craquement résonna dans les montagnes et je sursautai lorsque la foudre frappa au-dessus de moi. La grotte trembla et je m'efforçai de garder l'équilibre alors que des morceaux de roche tombaient du plafond. Je me collai contre un mur tandis que la montagne s'effondrait autour de moi.

Je me redressai d'un coup et vérifiai frénétiquement les murs de ma chambre. Mon cœur cognait dans ma poitrine comme si j'avais couru un marathon, mais je ne savais pas de quoi j'avais rêvé pour provoquer cela. Je retombai sur le matelas avec un grognement et fermai les yeux, même si je savais déjà que je n'allais pas me rendormir.

Je pris conscience de voix provenant du salon et reconnus facilement mon père et Maurice. Ils parlaient des intentions de Maurice d'aller rendre visite à sa famille en Louisiane la semaine prochaine. En fait, je les entendais clairement par la porte fermée de la chambre. Mon audition de faë devait faire effet.

Retirant la couverture, je me levai, m'habillai et tirai mes cheveux en arrière pour en faire une queue de cheval. Une des choses qui ne cessaient jamais de m'étonner, c'était combien mes cheveux étaient devenus faciles à coiffer et doux. Avant, il me fallait une brosse dure et de sacrées prières pour dompter mes cheveux au réveil, mais visiblement, les faës n'avaient pas ce genre de problème.

Je plissai le nez à cause de l'odeur de terre brûlée qui m'arrivait. Entrant dans le salon, je jetai un regard envieux vers les deux grandes tasses sur la table basse. À présent, je détestais même l'odeur du café, mais je me souvenais toujours du goût qu'il avait pour moi. Résignée, j'allai dans la cuisine pour me verser un verre de jus de ghillie.

Je pris place sur le canapé.

— Où est maman ?

— Elle dort encore, répondit papa.

— Tu es debout de bonne heure, fis-je remarquer à Maurice.

C'était un couche-tard qui préférait faire la grasse matinée, à moins qu'il ne soit en mission à des heures différentes.

Il prit sa tasse et but une gorgée.

— C'est la seule façon de devancer les journalistes à la Plaza. Foutus moucherons !

— Pourquoi est-ce qu'il y a des journalistes à la Plaza ?

Cela faisait trois jours depuis que l'histoire sur ma transformation s'était répandue, et j'avais passé ce temps-là terrée dans l'appartement avec ma famille. Nous évitions la télévision et internet, et je n'avais aucune idée de ce qu'il se passait dehors.

— Ils essaient d'exhumer tes secrets.

— Une fois qu'ils ont trouvé que tu étais une chasseuse de primes, ils ont commencé à harceler tout le monde. Il n'a pas fallu longtemps pour que certaines personnes s'énervent. Hier, Ambrose a donné un coup de poing à un mec qui lui a mis son objectif sous le nez.

— Oh, non ! Il a eu des ennuis ?

La culpabilité me rongeait. Je savais d'expérience à quel point les chasseurs de primes n'aimaient pas les étrangers. Ils devaient être en colère d'avoir une foule de journalistes curieux s'immisçant dans leur travail.

— Seulement une amende. L'Agence a annoncé que la Plaza était interdite aux journalistes et au grand public jusqu'à nouvel ordre. Ça ne les empêche pas de traîner dehors.

Un klaxon de voiture retentit. J'allai à la fenêtre et étudiai la douzaine de fourgons télé garés le long de notre rue et la multitude de journalistes bloquant un taxi qui essayait de se garer. La portière arrière du taxi s'ouvrit et une dame âgée à la chevelure rousse flamboyante en sortit.

Madame Russo fut tout de suite interpellée par les journalistes. L'un d'entre eux lui mit un micro sous le nez et je plaquai une main sur ma bouche lorsqu'elle perdit l'équilibre et faillit tomber. Qu'est-ce qui n'allait pas chez eux, à s'en prendre à une vieille femme de cette manière ?

Retrouvant son équilibre avec plus de vitesse que l'on s'y attendrait chez une femme de son âge, madame Russo frappa les journalistes à l'aide de son gros sac à main. J'éclatai de rire lorsque plusieurs micros s'envolèrent et que son sac toucha le visage d'au moins deux nuisibles. Elle cria quelque chose que je ne pouvais pas entendre, redressa ses épaules et passa devant eux en direction du bâtiment.

Personne ne la suivit. Lukas avait mis une protection sur le bâtiment pour n'autoriser que les résidents et leurs invités à entrer – y compris lui et ses hommes, bien sûr.

— Qu'est-ce qu'il y a de si drôle ? fit papa.

— Madame Russo a frappé quelques journalistes avec ce gros sac qu'elle porte toujours. Ça leur apprendra à la chercher !

Papa et Maurice rirent à leur tour. Madame Russo travaillait à Broadway dans sa jeunesse et elle n'avait pas peur de dire ce qu'elle pensait. Elle aimait aussi avoir un Taser sur elle. Ces journalistes avaient de la chance qu'elle ne l'ait pas utilisé contre eux.

— Je ferais mieux d'y aller. Je vais bien devoir leur faire face tôt ou tard.

Maurice vida son café et se leva.

— Peut-être que je devrais demander à madame Russo de m'accompagner jusqu'à mon minivan.

— Elle prendrait sûrement plaisir à le faire, soulignai-je.

Le téléphone de la cuisine sonna. Nous nous regardâmes, papa et moi, avant qu'il n'y réponde. Deux jours auparavant, nous avions changé tous nos numéros pour des numéros non répertoriés à cause des appels ininterrompus venant des journalistes et de cinglés. On n'a pas idée des malades qu'il y a jusqu'à se retrouver soi-même au centre de l'attention des médias. Curieusement, les journalistes n'arrêtaient pas d'obtenir le nouveau numéro fixe. Nous avions convenu que seul papa répondrait au téléphone jusqu'à ce que l'affaire se tasse.

Je l'écoutai décliner une offre pour une interview exclusive et attendis qu'il retourne dans le salon. Son visage ne dévoilait rien, mais j'aperçus un éclair d'inquiétude dans son regard.

— Combien il t'a offert, celui-là ? demandai-je dans un effort de légèreté.

— Neuf cent cinquante mille, répondit-il en s'asseyant.

— Tu leur as dit que je refusais d'aller plus bas qu'un joli million ?

Papa prit la télécommande.

— Je pense que nous devrions voir ce qu'ils disent avant que ta mère ne se réveille.

Il ne fut pas difficile de trouver une chaîne parlant de moi ou montrant les images de cette nuit-là, au *Navi*. Je fus gênée par mon expression de biche dans la lumière des phares tandis que je fixais la foule d'appareils et de lumières. Puis Tennin était là, à m'éloigner, et les gardes royaux au visage impassible empêchaient tout le monde de nous poursuivre.

Comme si ça ne suffisait pas, nous trouvâmes une émission de divertissement où l'on s'interrogeait sur ce que la reine de Seelie pensait de la liaison torride de son fils avec une chasseuse de primes. Apparemment, le prince Rhys m'avait transformée, car il ne pouvait pas supporter de me perdre.

— Ce que j'aimerais savoir, c'est comment elle a survécu à la transformation, insista l'une des animatrices. Elle avait presque dix-neuf ans quand ça s'est passé.

Un autre animateur de surenchérir :

— Cela nous amène à nous demander si les faës n'ont pas trompé le monde depuis le début concernant la limite d'âge pour les transformations.

— Pourquoi est-ce que l'Agence garde le secret ? demanda la première. Qu'est-ce qu'a Jesse James de si spécial ?

Une autre animatrice gloussa.

— Je suppose qu'être l'amante du prince héritier de Seelie comporte plus de quelques avantages.

— Éteins ça, dis-je, mon estomac faisant des siennes.

Papa cliqua sur le bouton de la télécommande juste au moment où nous entendions la porte de leur chambre s'ouvrir. Lorsque maman entra dans le salon, papa sirotait son café et je jouais avec mon portable.

Avant que l'un d'entre nous puisse parler, nous fûmes surpris par des coups à la porte. Papa se leva, mais je lui fis signe de s'asseoir. Ce devait être quelqu'un que nous connaissions, car personne d'autre ne pouvait rentrer dans le bâtiment.

Mon cœur palpita un peu lorsque j'ouvris la porte pour trouver Lukas. Je ne l'avais vu qu'une seule fois depuis la nuit où il m'avait ramenée chez moi, mais il appelait tous les jours pour avoir des nouvelles. Les choses allaient beaucoup mieux entre nous depuis qu'il avait expliqué son absence et je n'imaginais pas devoir traverser cette folie sans lui.

J'aurais aimé savoir si son attention était due à notre amitié ou à quelque chose de plus. Avant ma transformation, il avait admis qu'il tenait à moi, mais qu'il ne pouvait pas y avoir d'avenir entre nous, car j'étais humaine à l'époque. Je l'avais compris et accepté. Désormais, j'étais faë et ma mortalité n'était plus une barrière, mais Lukas ne m'avait pas montré qu'il voulait plus que de l'amitié, même si nous étions libres d'être ensemble.

Il sourit et brandit le sac qu'il portait.

— J'apporte à manger et à boire.

— Merci. Finch et Aisla boivent tout mon jus de ghillie.

Un sifflement vint de la cabane et j'aperçus le visage de Finch, tout sourire à sa fenêtre. Il s'habituait à Lukas et aux autres qui passaient un jour sur deux.

— J'ai vu que tu le finissais plus vite, alors j'ai apporté une bouteille supplémentaire.

Lukas posa le sac sur le plan de travail.

— J'ai aussi acheté plus de baies et de yaka.

— C'est si gentil ! s'extasia maman.

Elle sourit, mais cela ne cacha pas la tension autour de sa bouche et de ses yeux.

Lukas me jeta un regard interrogateur et j'allai dans la cuisine où mes parents ne pouvaient pas nous entendre. Je lui confiai à voix basse ce que papa et moi avions regardé avant son arrivée.

— J'ai tellement peur que ça la fasse régresser. Elle est censée y aller doucement et éviter le stress. Et si elle rechute et doit retourner au centre à cause de moi ?

Il posa ses mains sur mes épaules et parla d'une voix ferme et basse.

— Rien de tout cela n'est de ta faute. J'aurais dû mieux gérer cette histoire depuis le début.

— Vous êtes bien silencieux, vous deux, dit papa, de l'amusement dans la voix.

Les doigts de Lukas serrèrent mes épaules.

— Il n'arrivera rien à ta famille. Tu me crois ?

— Oui, répondis-je sans hésiter, ce qui me valut un sourire de sa part.

— Bien.

Il me lâcha et se rendit dans le salon.

— Je me disais que c'était injuste que vous deviez rester enfermés ici jusqu'à ce que l'engouement médiatique se calme. Je possède plusieurs propriétés qui vous laisseront plus de liberté et d'intimité. Elles seront à votre disposition aussi longtemps que nécessaire. Je peux aussi arranger un transport privé, comme ça les médias ne sauront pas où vous allez.

— C'est très généreux de ta part.

— Elles sont en ville ? demanda papa.

— Pas à New York. Il y a une villa dans la campagne italienne, une propriété dans les Highlands, et une petite île au Brésil. Elles sont toutes privées et on peut faire confiance au personnel pour ne pas dévoiler votre emplacement.

Lukas s'assit dans le fauteuil, donnant l'impression d'être comme chez lui.

Je savais qu'il devait être riche, étant le prince héritier d'Unseelie, mais il n'avait jamais exhibé sa fortune. C'était la première fois qu'il évoquait des propriétés autres que son bâtiment à Williamsburg. Il était secret, pour un faë de la cour, et voilà qu'il offrait l'une de ses résidences personnelles à ma famille.

Maman et papa en furent abasourdis :

— Elles ont toutes l'air parfaites. Je pense qu'il va falloir que nous en parlions.

— L'offre est disponible quand vous voulez, rappela Lukas.

— Une île ? fut tout ce que je songeai à demander.

Il sourit.

— Parfois, j'aime être seul.

Maman frotta ses mains sur ses cuisses – chose qu'elle faisait maintenant chaque fois qu'elle se sentait submergée ou troublée.

— Combien de temps penses-tu qu'il faudra pour que ça se calme ? demanda-t-elle.

Les yeux de Lukas croisèrent les miens un instant avant qu'il ne lui réponde.

— Si nous ne faisons rien, ça pourrait prendre des mois, à moins qu'une histoire plus importante n'arrive.

Elle ne pouvait pas faire face à ce genre de stress pendant aussi long-temps, même si nous allions dans l'une de ses propriétés privées. Papa le savait aussi.

Je suppliai silencieusement Lukas :

— Il y a forcément quelque chose à faire.

— Nous pourrions donner une interview, suggéra-t-il.

Une partie de la pression sur ma poitrine s'envola.

— Nous ?

— Pour eux, ça ne sera pas suffisant de l'entendre de ta bouche. Ils voudront parler au faë qui a effectué la transformation. Une fois qu'on leur aura raconté notre histoire, il ne leur restera plus de scoops. Ils ne laisseront pas complètement tomber, mais ils lâcheront du lest. Et ça détruira toutes leurs histoires concernant toi et le prince de Seelie.

— Je pense qu'il a raison, Jesse, mais c'est à toi de voir. Nous suivrons, quelle que soit ta décision.

— Ils voudront savoir comment elle a survécu à la transformation, ajouta maman avec anxiété. Si les gens découvrent sa pierre de la déesse, ça la mettra davantage en danger.

— Nous ne parlons à personne de la pierre de la déesse. Les seules personnes qui sont au courant sont celles à qui Jesse en a parlé et nous conti-nuons sur cette voie.

Je fus étonnée.

— Tu ne l'as pas dit au roi ?

— C'est à toi de le dire, pour la pierre de la déesse, répondit Lukas d'une voix plus douce. Je ne briserai jamais ta confiance.

Je sentis quelque chose passer entre nous.

— Nous ferions l'interview ensemble ?

— Si c'est ce que tu veux. Ils te donneront ce que tu souhaites pour obtenir cette interview.

Je ne voulais pas être filmée et partager des détails de ma vie privée avec le monde entier. Mais il n'y avait *rien* que je ne ferais pas pour ma mère, et ce n'était qu'un petit prix à payer pour sa tranquillité d'esprit.

— Comment est-ce qu'on s'y prend ? finis-je par demander.

— Tu décides avec qui tu veux faire l'interview et je m'occupe des préparatifs. Ils voudront faire une interview assise et une séance photo. Nous pouvons peaufiner les détails.

— Pas d'interview en direct, négociai-je.

Ce serait assez dur sans avoir à le faire devant des millions de personnes.

— Je veux que Tennin réalise la séance photo.

L'amusement pétilla dans les yeux de Lukas.

— Autre chose ?

J'esquissai un sourire, commençant à me faire à l'idée. Si c'était ma seule option, j'allais en profiter.

— Peut-être. Je te le dirai.

———

— Jesse, Jesse, par là !

— Vous allez retourner travailler comme chasseuse de primes ?

— Vous ne pensez pas que c'est mal qu'une faë chasse d'autres faës ?

Je lançai un sourire amical au petit groupe de paparazzi, les laissai prendre quelques photos et montai en trottinant les marches vers la Plaza. J'avais l'habitude qu'ils me filent, et grâce à quelques conseils de Tennin, je pouvais maintenant gérer leur présence comme une pro.

Cela faisait deux semaines que mon interview exclusive de deux heures et celle de Lukas avaient été diffusées. Nous avions inventé une histoire sur la façon dont nous nous étions rencontrés et avions travaillé ensemble pendant la recherche du ke'tain, dont tout le monde avait entendu parler. Nous avions gardé l'animatrice en haleine avec un récit excitant – que l'on m'avait kidnappée et que l'un des hommes de Davian Woods m'avait tiré dessus alors que j'essayais d'apporter le ke'tain à Lukas.

Vu que j'avais été inconsciente durant la transformation, l'animatrice adressa ses questions à Lukas. Elle avait essuyé quelques larmes lorsqu'il lui avait exposé comment j'avais failli mourir. Par gratitude pour mon héroïsme, un groupe composé de membres de la famille royale faë avait tenté une transformation, et avec la bénédiction d'Aedhna, cela avait fonctionné.

Maintenant que tout le pays me voyait comme une héroïne et que nous avions étouffé les rumeurs d'une histoire d'amour avec le prince héritier de Seelie, les médias étaient plus conciliants envers moi. L'histoire ne disparaîtrait pas de sitôt, mais la situation était supportable. Une héroïne assumée, c'était bien moins palpitant que la maîtresse secrète du prince héritier faë. Certains paparazzi me suivaient encore, essayant de me provoquer pour se donner matière à une nouvelle histoire, mais ils n'étaient pas aussi agressifs.

J'entrai dans le hall d'entrée de la Plaza, soulagée qu'ils ne puissent pas me suivre à l'intérieur. Les premières personnes que je vis furent la sœur et le frère, Kim et Ambrose, et je leur souris. Ambrose avait été d'une perpétuelle mauvaise humeur depuis le jour où je l'avais rencontré, mais nous nous entendions bien, Kim et moi. Ainsi, je m'attendais au regard noir du frère, mais celui de la sœur me surprit.

À quelques mètres de moi se trouvait un groupe de quatre chasseurs, dont Aaron et Adrian. Les jumeaux Mercer sourirent et Aaron me fit un signe amical, mais les deux autres chasseurs, que je ne connaissais que de nom, me lancèrent un regard méprisant. De l'autre côté, je ne rencontrai que davantage de regards froids.

Maurice m'avait dit à quel point les autres chasseurs de primes étaient mécontents de l'attention des médias, mais cela ne m'avait pas préparée pour autant à cet accueil glacial. Même si je ne leur en voulais pas d'être énervés, j'avais espéré qu'ils seraient un peu plus cléments. Ce n'était pas comme si je m'étais fait tirer dessus exprès et avais demandé la transformation ou la publicité qui venait avec !

Je traversai l'entrée vers les ascenseurs. Avant que je ne les atteigne, un chasseur nommé Sean Murphy se campa devant moi pour me bloquer le chemin. Sean approchait la trentaine, il était sec et avait de longs cheveux blond cendré coiffés en queue de cheval. C'était l'un des chasseurs qui avaient contesté mon histoire lorsque j'avais arrêté un gobelin pour ma première capture, mais je ne lui avais pas parlé depuis ce jour.

— Qu'est-ce que tu fais ici ?

— Pareil que toi, je suppose.

— Tu n'es pas comme moi, rétorqua-t-il. Tu es une des leurs, et tu n'as pas ta place ici.

— Oui, approuva l'un de ses amis. Les seuls faës dans ce bâtiment doivent être enchaînés.

Leur hostilité me fit l'effet d'une claque au visage, mais je refusais qu'ils voient à quel point cela me dérangeait.

— Il n'est pas interdit pour un faë d'être chasseur de primes.

— Il le faudrait. Comment savoir que tu ne prendras pas leur parti contre nous ?

— Quel parti ?

— Celui des faës, cracha Ambrose depuis l'autre côté de la pièce. Ils s'occupent des leurs et nous des nôtres.

La colère monta en moi.

— Ah bon ? J'ai dû louper le moment où vous avez cherché mes parents lorsqu'ils ont disparu en décembre. Vous savez, les deux chasseurs de primes *humains* qui ont failli mourir aux mains des faës ?

— C'est différent, protesta Sean. L'Agence a ouvert une enquête et...

— Et vous n'avez rien fait.

Je leur jetai à tous un regard dédaigneux.

— Vous savez qui m'a aidée à rechercher mes parents ? Des faës. Alors, ne me parlez pas de la façon dont vous veillez sur les vôtres.

L'entrée devint silencieuse et tout le monde détourna les yeux. Je pensais que nous avions fini la conversation, mais c'était sans compter sur Sean.

— Ça ne change rien au fait que tu nous as menti. Tu ne nous as pas raconté la transformation, puis nous nous sommes fait assaillir par des journalistes pendant que tu te cachais chez toi.

— Je suis désolée pour les journalistes, mais vous ne pouvez pas me rendre responsable de leurs actions. Si l'un d'entre vous était à ma place, vous voudriez que le monde soit au courant ?

— C'est sûr que je ne voudrais pas, argua une nouvelle voix – Trey, qui était entré dans le hall sans que je le sache.

Il me fit un petit sourire de solidarité et vint se tenir à côté de moi.

— Jesse a sauté dans l'East River pour me sauver d'un kelpie. Je ne serais pas là sans elle. Je la choisirais comme partenaire sans hésiter.

— Elle était encore humaine à ce moment-là, lança Sean comme un chien ne lâchant pas son os.

Trey indiqua Aaron et Adrian.

— C'était une faë quand elle nous a tous sauvés lors d'une mission avec une banshee.

Il se retourna vers Sean.

— Vous savez quoi ? J'ai appris pour sa transformation il y a des semaines, et ça n'a rien changé. Je la choisirais quand même comme partenaire.

Je lui donnai un petit coup de coude sur le bras.

— Ah, zut.

— C'est une chose d'arrêter des faës inférieurs, dit Ambrose. Que se passera-t-il si tu dois t'occuper d'un faë de la cour ?

Cette remarque m'agaça.

— Est-ce que les flics et les agents refusent d'arrêter des criminels humains parce qu'ils sont humains ? Peux-tu me rappeler la dernière fois qu'il y a eu une prime sur un faë de la cour ?

Personne ne put me répondre.

J'appuyai sur le bouton de l'ascenseur.

— Écoutez, je n'ai pas demandé ça, mais je ne vais pas m'excuser d'être en vie ou de faire mon boulot. Si ça ne vous plaît pas, c'est votre problème, pas le mien.

Les portes de l'ascenseur s'ouvrirent et j'entrai. J'avais dit tout ce que j'allais dire sur le sujet et c'était à eux de m'accepter ou non. Ce n'était pas la première fois qu'ils contestaient mon droit d'être ici. Leur opinion ne m'avait pas arrêtée à ce moment-là, et elle ne m'arrêterait pas maintenant.

Trente minutes plus tard, je quittais le bâtiment avec trois nouvelles missions de Levi. Au moins, il se fichait de ce que j'étais tant que je continuais de lui faire gagner de l'argent. Les paparazzi m'attendaient en bas des marches et je leur fis un geste faussement amical malgré leurs cris habituels avant de me diriger vers la Jeep.

Je la démarrai, détournant les yeux des objectifs presque appuyés contre ma vitre. Ils allaient bien finir par se lasser de moi. En attendant, je m'assurerais qu'ils n'obtiennent rien d'intéressant venant de moi.

Mon portable sonna et j'y répondis sans regarder le numéro. L'Agence m'avait obtenu un des numéros spéciaux et non répertoriés réservés pour les membres de la royauté faë, et seule une poignée de personnes en dehors de ma famille en était informée.

— Bonjour, dis-je alors que je m'éloignais, faisant attention de ne pas toucher un des paparazzi qui mettait du temps à s'écarter.

— Jesse James, ce n'est pas facile de te joindre, fit la voix d'un homme.

C'était la dernière personne avec laquelle je m'étais attendue à parler de nouveau. Les jointures de mes doigts devinrent blanches et je relâchai ma prise sur le volant avant de prendre la parole.

— Davian, répondis-je sur un ton calme qui dissimulait mon choc.

Je balayai mon environnement du regard, m'attendant à le trouver là.

— Comment tu as trouvé ce numéro ?

Son rire avait le même charme que celui que j'avais entendu le soir où nous nous étions rencontrés durant sa fête.

— Tu dois savoir, depuis le temps, que j'ai des moyens d'obtenir ce que je veux.

— Pas tout, rétorquai-je.

La satisfaction que cela me procura ne représentait qu'une fraction de ce que je méritais après ce qu'il m'avait fait.

— Pas encore, dit-il sur un ton moins amusé. On n'arrive pas là où je suis sans être patient.

— Où ça, exactement ? raillai-je.

— J'espère que tu es bien approvisionnée dans ton refuge secret et que tu envisages un long séjour.

— Je suis très à l'aise, merci, et ce n'est qu'un désagrément temporaire jusqu'à ce que tout se tasse.

Y croyait-il vraiment ? Mis à part le fait qu'il avait comploté pour obtenir un objet ancien volé d'origine faë pour son propre intérêt, il avait aussi kidnappé et tiré sur un garde royal d'Unseelie qui se trouvait être un des meilleurs amis de Lukas. Aucun d'entre eux n'oublierait ça, et encore moins ne pardonnerait Davian. Et ils vivraient bien plus longtemps que lui.

— Il y a une raison pour laquelle tu as appelé, à part vouloir discuter ?

— Je veux savoir comment tu as fait.

Je n'avais pas besoin de demander à quoi il faisait allusion.

— Je n'ai rien fait. Je suis sûre que tu as vu notre interview et que tu as entendu ce que Lukas a dit.

— J'ai entendu l'histoire que vous avez racontée au monde, mais nous savons tous les deux que c'était une invention. Si tout ce qu'il fallait pour transformer un adulte était un groupe de faës, je l'aurais déjà fait. C'était le ke'tain, pas vrai ? Ils l'ont utilisé pour amplifier leur magie et qu'ils puissent effectuer la transformation.

— Tu sais que les faës ne peuvent pas toucher le ke'tain, lui rappelai-je.

— Tu l'as tenu alors, et tu as utilisé son pouvoir pendant qu'ils faisaient la transformation, s'obstina-t-il. Dis-moi comment ça fonctionne.

Je me mis en colère.

— J'ignore ce qu'il s'est passé durant la transformation, car j'ai failli mourir à cause d'une balle, pas grâce à toi.

— Je suis désolé pour ce qu'il s'est passé. Je n'ai jamais voulu te faire de mal. Les choses ont dérapé.

Il semblait désolé, mais je connaissais le vrai Davian Woods. Il n'était désolé que parce qu'il n'avait pas eu ce qu'il voulait.

Je serrai les dents.

— Tu as engagé des mercenaires qui ont tué une femme innocente. Tu as appelé la garde de Seelie pour chercher Conlan et moi. Ils nous auraient fait du mal.

— J'ai commis quelques erreurs, répondit-il avec désinvolture. J'ai l'intention d'indemniser sa famille.

Je n'avais rien à répondre. Que dire à quelqu'un qui n'avait aucun remords et croyait que l'argent était la réponse à tout ? Davian était si aveuglé par sa fortune et son obsession qu'il avait perdu le sens des réalités. Croyait-il vraiment qu'un chèque pouvait atténuer le chagrin immense des parents d'Angela Moore après le meurtre de leur fille ?

— Dis-moi ton prix, Jesse.

— Pardon ?

— Combien faudrait-il pour que tu partages ton secret avec moi ? Cinq millions, dix millions ? Tes parents ne manqueront plus de rien. Tu n'as qu'un mot à dire.

— Je t'ai dit que je ne sais pas ce qu'il s'est passé durant la transformation. Je ne peux pas te donner ce que tu veux.

Ce que je ne lui disais pas, c'était que ma famille n'avait pas besoin de son argent, grâce au contrat à trois millions de dollars que j'avais négocié avec la chaîne pour mon interview exclusive. Mes parents pouvaient prendre tout le temps qu'ils voulaient pour guérir avant de retourner au travail, et cela valait bien chaque seconde de cette désagréable interview.

— C'est ton dernier mot ?

Davian retenait apparemment sa colère.

— Oui.

— Je suppose que nous n'avons plus rien à nous dire. Au revoir, Jesse.

Il raccrocha avant que je puisse répondre.

J'agrippai avec force le volant et ce ne fut qu'à ce moment-là que je me rendis compte que mes mains tremblaient. Trop ébranlée pour conduire, je regardai alentour à la recherche d'une place pour me garer. Je devais appeler Lukas. Nous pensions que Davian n'était plus une menace après qu'il avait fui le pays et s'était caché, mais nous avions sous-estimé son obsession de devenir faë.

Un pâté de maisons plus tard, je m'engageai dans une rue calme bordée d'immeubles en briques et trouvai une place libre. Je ne tremblais plus, mais tout mon corps était aussi nerveux que la fois où Violet et moi avions bu trois expressos d'un coup. Oh, ce que je ne ferais pas pour avoir un café ! C'était encore une chose que Davian Woods m'avait enlevée.

Je pris mon portable et appelai Lukas, laissant échapper un souffle frustré lorsque je tombai sur son répondeur. Comme je ne voulais pas lui parler de Davian dans un message, je lui demandai de m'appeler dès que possible. Ces derniers temps, il était occupé avec des affaires de faë, mais il répondait toujours rapidement.

Je me calai contre l'appuie-tête. Depuis le soir où lui et moi avions apaisé les tensions, nous semblions avoir retrouvé notre vieille amitié, celle d'avant le baiser. Lukas était attentif et d'un grand soutien envers ma famille et moi, et il avait complètement séduit ma mère en dépit de ses réserves initiales à son propos. Je commençais à penser que j'avais imaginé qu'il puisse y avoir plus entre nous.

Un véhicule s'arrêta en ralentissant à côté de moi et je regardai par la vitre côté conducteur. C'était un minivan bleu aux vitres teintées. Mon ventre se noua à m'en écœurer et je retins ma respiration. Des visions d'un autre minivan et du jour où Conlan et moi avions été enlevés emplirent mon esprit.

Détends-toi, me dis-je alors que ma main s'assurait que la portière soit bien fermée. J'allais me sentir plutôt bête dans quelques secondes, lorsque quelqu'un sortirait du minivan pour entrer dans l'immeuble. Ce n'était pas comme s'ils m'avaient coincée. La place derrière moi était vide, je pouvais reculer par là si je le voulais.

Qu'est-ce qu'ils attendaient ?

Un second minivan identique approcha. Mon cœur s'emballa lorsque ce dernier ralentit comme pour se garer derrière moi, et mon esprit se mit à hurler :

Cours !

7

J'AVAIS détaché ma ceinture et étais passée par-dessus la console centrale pour atterrir dans le siège passager avant de prendre la décision de bouger. Ouvrant la portière d'un grand coup, je bondis hors de la Jeep et filai sur le trottoir sans regarder en arrière.

J'atteignis le bout de la rue et tournai rapidement au coin du dernier bâtiment. Une autre rue s'ouvrait devant moi, composée des mêmes immeubles en briques. Il n'y avait personne en vue. Où étaient les paparazzi qui me filaient nuit et jour ? Je passais mes journées à essayer de les éviter, et maintenant que je pouvais m'en servir, il n'y en avait aucun.

J'accélérai à un autre coin et m'arrêtai d'un coup en voyant deux hommes courir vers moi. Ils étaient trop loin pour que je distingue leurs traits, mais leur corpulence et leurs vêtements criaient « hommes de main ».

Aucun moyen de m'en sortir. Si je traversais la rue, les hommes venant vers moi des deux directions me couperaient le chemin. J'étais piégé.

Mon regard désespéré tomba sur un escalier de secours en métal de l'autre côté de la rue et je levai les yeux vers le bâtiment voisin. Il y avait un escalier similaire au-dessus, mais le palier inférieur se trouvait à bien quatre mètres du sol. L'échelle coulissante qui pendait était toujours inaccessible, à moins d'être un pro du basket.

Ou un faë.

Des pieds dangereusement proches martelaient la chaussée derrière moi. Je fourrai mon portable dans ma poche et pliai les genoux. *Ne me lâche pas maintenant*, suppliai-je à l'attention de mon corps. Ma force et ma vitesse de faë faisaient effet de manière aléatoire et ce n'était pas la première fois que je priais pour qu'elles agissent.

Je sautai à la verticale et faillis sangloter de soulagement lorsque mes doigts se refermèrent autour du métal froid. Au lieu de glisser comme je m'y attendais, l'échelle demeura en place et je restai suspendue au bout. La lueur d'un pistolet me fit saisir le barreau de l'échelle avec mon autre main.

Sans savoir si c'était l'adrénaline ou un accès de force faë, je me hissai pour attraper le second échelon. Je tendis la main vers le troisième. Encore un peu.

Je fis un mouvement brusque lorsqu'une douleur cinglante lacéra ma cuisse gauche, mais je ne m'arrêtai pas pour baisser les yeux. M'emparant du barreau suivant, j'arrivai sur la grille métallique de l'escalier de secours.

— Vous êtes sûrs que c'est une faë ? demanda l'un des hommes alors que je passais ma jambe sur le palier.

Ma jambe gauche traînait un peu et je compris pourquoi en voyant la fléchette dépassant de ma cuisse. Je l'arrachai et une goutte de liquide gris perla au bout. Du fer, sûrement mélangé avec un sédatif comme celui utilisé sur Conlan. Sans ma pierre de la déesse, je me serais évanouie.

— Soulevez-moi, aboya un homme.

Je vis quatre hommes en dessous de moi. Deux d'entre eux se courbèrent et saisirent un troisième par les jambes, se préparant à l'aider à atteindre l'échelle. Le plan B de Davian, sans doute. Il ne se laissait pas décourager par une réponse négative.

En me penchant, je jetai la fléchette sur les hommes. Elle pénétra dans le coin de l'œil de l'un d'eux, le faisant crier de douleur et lâcher son ami. Tous deux atterrirent sur le trottoir et les autres se précipitèrent pour les aider à se lever.

— Ça fait mal, pas vrai ? leur criai-je, écopant de regards assassins.

Je testai ma jambe. Elle était un peu engourdie là où la fléchette m'avait touchée, mais je pouvais escalader grâce à elle et c'était tout ce qui comptait. Ignorant les cris des hommes, je montai les marches en courant. Le bâtiment comptait six étages et je ne m'arrêtai pas avant d'atteindre le haut. L'un des hommes se hissa sur le palier en contrebas.

J'inclinai la tête en arrière pour scruter le toit. L'escalier de secours n'allait pas aussi loin et il n'y avait rien à quoi m'agripper si je réussissais à sauter et à l'atteindre. Le toit du prochain bâtiment était plus bas, mais je ne pouvais pas sauter d'ici. Cela ne me laissait qu'une seule option.

— J'aurais dû rester au lit, me plaignis-je en passant par-dessus la rampe, arrivant sur le rebord de vingt centimètres du bâtiment attenant.

J'aplatis tout de suite mon dos contre les briques et gardai une main sur la rampe, refusant de regarder en bas.

Enfin, je lâchai la rambarde et fis de petits pas attentifs sur le rebord. Des cris me parvinrent depuis les hommes au sol, mais je les ignorai, ainsi que le type qui montait rapidement l'escalier de secours. J'étais à tout juste un mètre du palier lorsqu'il arriva et se jeta sur moi. Ses doigts frôlèrent mon blouson, mais je fis un autre pas avant qu'il ne puisse s'y accrocher.

Il ne parla pas, mais la détermination sur les traits fermes de son visage me laissait entendre qu'il n'abandonnerait pas aussi facilement. Je me demandais pourquoi il ne prenait pas le pistolet visible dans l'étui sous son manteau jusqu'à ce que je me souvienne que Davian me voulait en vie.

Du bruit en dessous m'avertit qu'un second homme se faisait hisser sur l'échelle. Il était temps de déguerpir.

J'avançai doucement vers l'extrémité du rebord jusqu'à pouvoir tendre la main et attraper le bord du toit d'à côté. Refermant mes deux mains, j'arrivai sur le toit. Sans prendre le temps de reprendre mon souffle, je me levai et détalai.

Je sautai sur le bâtiment du coin de la rue et dus grimper sur un promontoire pour atteindre un toit légèrement plus haut, juste après. Jetant un œil en arrière, vers là d'où j'étais venue, je constatai que l'homme qui avait essayé de m'attraper était déjà sur le premier toit.

Je repris ma course folle. La majorité des immeubles du pâté de maisons faisait la même hauteur, ce qui facilitait ma progression. Cela voulait aussi dire que mes poursuivants auraient moins de problèmes à me pourchasser.

Certains toits possédaient des portes d'accès en métal, mais toutes celles que j'essayai d'ouvrir étaient fermées. Je tentai de donner des coups de pied, mais elles ne voulaient pas céder. Pensant que je pouvais sauter sur l'escalier de secours, je me positionnai sur le rebord d'un bâtiment. Mais en bas, dans la rue, deux des hommes suivaient ma progression.

Mon téléphone sonna. C'était sûrement Lukas qui me rappelait, mais je n'avais pas le temps de répondre. Il n'y avait pas grand-chose qu'il puisse faire pour moi. Même si je savais dans quelle rue j'étais, il ne pouvait pas ouvrir un portail vers moi à temps. J'étais toute seule.

Deux immeubles me séparaient de la fin de la rue lorsque je dérapai en voyant deux hommes escalader le dernier toit. Je me tournai de l'autre côté : les deux premiers, qui se trouvaient à quatre bâtiments de moi, me rattrapaient.

Je courus à l'arrière de mon toit pour découvrir une autre rangée de bâtiments. En dessous se trouvait un espace vert, avec des arbres et des bancs, pas grand-chose d'autre. J'évaluai la distance à dix mètres au moins – impossible à sauter même avec de l'élan.

Réfléchis, Jesse.

L'immeuble que je venais juste de traverser dépassait en formant un T au-dessus du parc, réduisant de moitié l'écart. Un faë de la cour pourrait faire ce saut, je devrais aussi en être capable… enfin, peut-être.

Le sang battait dans mes oreilles. Je sautai par-dessus le rebord jusqu'au prochain toit, bien consciente des hommes qui se rapprochaient des deux côtés. Il était trop tard pour anticiper la suite ou chercher une hauteur de moins de quatre mètres pour sauter. Je sprintai vers l'arrière du bâtiment, passant si près des deux hommes que j'entendis leur respiration saccadée et sentis le changement dans l'air lorsqu'ils essayèrent de m'attraper. Leurs insultes restèrent derrière alors que j'atteignais le rebord du toit et bondis.

Le monde sembla ralentir, et je m'imaginai tomber, m'écraser sur le sol en bas. Mes poursuivants laisseraient-ils mon corps brisé là pour que quelqu'un le trouve ou m'emmèneraient-ils, faisant de moi un autre objet dans la collection faë de Davian Woods ? Ma famille ne saurait jamais ce qui m'était arrivé. Je ne reverrais plus mes parents, Violet ni Lukas.

Mes pieds entrèrent en contact avec le rebord et je fis le moulin à vent pendant plusieurs secondes terrifiantes avant de tomber en avant à quatre pattes. Ce n'était pas l'un de mes mouvements les plus gracieux, mais je n'essayais pas d'impressionner qui que ce soit. Je n'en revenais pas d'avoir réussi.

En me levant sur des jambes légèrement flageolantes, je me tournai vers l'autre bâtiment où les quatre hommes me toisaient, surpris et frustrés. Nous savions tous que la seule raison pour laquelle j'avais réussi ce saut, c'était parce que j'étais faë et qu'aucun d'eux n'était assez débile pour le tenter.

L'un d'entre eux parla dans une radio. Je jurai à voix basse. Il ne faudrait pas longtemps pour que leurs complices dans la rue contournent le pâté de maisons. Bon sang, pour peu, il pourrait y en avoir une douzaine en bas.

Encore un peu étourdie, je ne pus résister à l'envie de leur faire un signe de la main insolent. À trois mètres en dessous se trouvait le palier supérieur de l'escalier de secours et je ne perdis pas de temps à descendre.

J'atteignis le troisième étage du bâtiment et m'apprêtai à continuer lorsqu'une musique dériva jusqu'à moi depuis la fenêtre entrouverte. Sans hésiter, je frappai à la vitre.

Quelques secondes plus tard, une adolescente qui ne semblait pas avoir plus de quinze ans apparut. Elle me regarda avec une expression choquée.

— Mon Dieu ! cria-t-elle, ouvrant complètement la fenêtre. Tu es Jesse James !

— Je peux entrer ?

— Tu plaisantes ? Qu'est-ce que tu fais ici ? Mes amies ne me croiront jamais ! Je peux prendre une photo avec toi ?

— Je dois rapidement appeler un ami pour qu'il vienne me chercher, puis nous pourrons faire une photo.

Son cri perça mes tympans trop sensibles. Je sortis mon portable, contente de ne pas l'avoir perdu avec toute la course et les sauts. J'avais un appel manqué et un message de Lukas. J'appuyai sur *appeler* sans écouter son message.

Il décrocha à la première sonnerie.

— Pourquoi tu n'as pas répondu à mon appel ? Tu vas bien ?

— Je t'expliquerai plus tard, dis-je, consciente de la fille qui écoutait toutes mes paroles. Tu peux venir me chercher ?

— Tu es tombée en panne ?

— Pas vraiment. C'est plus que ma Jeep est coincée par les vans d'un ami et que j'ai dû la laisser.

Je ne voyais pas d'autre manière de le dire. J'avais besoin d'aide sans vouloir employer certains mots.

— Les vans d'un ami ? Quel ami ?

— Notre ami Davian. Tu sais quel plaisantin il est.

Lukas prononça quelque chose en faë que je fus contente de ne pas comprendre.

— Où ?

— Un instant.

Je demandai à la fille son adresse et la lui transmis.

— Reste dans l'appartement. On arrive.

Je raccrochai et souris à l'adolescente, dont le téléphone était sorti et pointé vers moi. Je lui retirai l'appareil des mains sans ménagement.

— Pas de publications jusqu'à ce que je parte.

Je la mis dans la confidence.

— On ne peut pas laisser les paparazzi me trouver.

— Tu te caches ? Ils sont dehors ?

Elle alla à la fenêtre par laquelle j'étais entrée et voulut l'ouvrir.

Je l'arrêtai avant qu'elle ne puisse se pencher à l'extérieur et révéler mon emplacement.

— Et si on faisait ces photos ? Comment tu t'appelles ?

— Avery.

Elle couina encore. J'avais l'habitude de taquiner Violet sur cette habitude de fillette, mais cette fille la surpassait. Nous prîmes quelques photos avec son portable et elle me posa un paquet de questions que j'éludai avec d'autres questions à son sujet.

Moins de cinq minutes après mon appel à Lukas, je reçus un message de sa part.

On est là.

Il fut suivi par un coup net sur la porte. Lukas, Faolin et Faris. D'habitude, c'était Faolin qui arborait une expression glaciale, mais aujourd'hui, Lukas était carrément effrayant.

J'avais dit à Avery que Lukas venait, et elle savait qui il était grâce à notre interview. Voir les trois sous son toit, c'était trop pour elle. Elle poussa un petit cri et se balança sur ses pieds. Elle serait tombée si je n'avais pas été assez proche pour la rattraper.

— Elle est malade ? demanda Faris.

Je lui fis un sourire en coin.

— C'est l'effet que vous faites aux filles.

Faolin secoua la tête d'un air renfrogné et revint en arrière dans l'entrée.

— Je vais attendre ici.

Je claquai des doigts devant le visage d'Avery. La jeune fille cligna des yeux et son teint devint rose vif.

— Je... euh... salut.

Je la présentai à Lukas et à Faris, et Lukas lui fit un sourire qui faillit la faire à nouveau tomber dans les pommes. Il la remercia de m'avoir aidée et accepta poliment de faire quelques photos avec elle, prises par un Faris tout sourire.

— Merci, Jesse, d'avoir embelli mon année ! s'exclama-t-elle lorsque nous ouvrîmes la porte pour partir. Mes amies vont devenir folles quand je publierai ces photos.

Je la serrai dans mes bras.

— Merci de m'avoir aidée.

La porte s'était à peine fermée derrière nous que Lukas dit :

— Qu'est-ce qu'il s'est passé ?

Je leur racontai en vitesse l'appel de Davian Woods et ma fuite. Dès que j'eus fini, Lukas échangea un regard avec Faris et Faolin, et les frères se dirigèrent vers l'escalier.

— Où est-ce qu'ils vont ? demandai-je.

— Chercher les hommes et récupérer ta Jeep.

Lukas leva les mains pour créer un portail. À le voir ainsi, je compris qu'il contenait sa colère. Je décidai de ne parler qu'une fois de retour. Sauf que ce n'était pas dans mon appartement que nous allions.

— Pourquoi tu m'as amenée ici ? demandai-je alors qu'il jetait son portable sur l'îlot de la cuisine chez lui. Et comment avons-nous pu faire passer nos téléphones par le portail ? Je ne pensais pas qu'on pouvait apporter ce genre de choses dans le royaume des faës.

— Je les ai protégés avec ma magie.

Il passa une main dans ses cheveux.

— Dis-moi exactement ce que Davian t'a dit.

La conversation était encore fraîche dans ma tête, et je fus capable de m'en souvenir mot pour mot. Après quoi, il me demanda de lui faire un résumé détaillé de ce qui s'était passé, depuis le moment où les hommes étaient arrivés jusqu'à leur sauvetage dans l'appartement d'Avery. Là-bas, je n'avais pas évoqué la fléchette qui avait servi aux hommes pour me tirer dessus, et je pus presque voir le nuage orageux se former au-dessus de Lukas lorsque je l'évoquai.

— Ils t'ont tiré dessus ? s'indigna-t-il.

Je l'apaisai.

— Ça n'a pas fonctionné et je me suis enfuie.

Lukas agrippa le rebord de l'îlot.

— Tu aurais pu mourir. Ta force est encore trop imprévisible et tu aurais pu manquer ce saut.

Je posai une main sur son bras, aussi dur que du granite.

— Ça n'a pas été le cas, et penser aux « et si » n'aide pas.

Il posa l'une de ses mains chaudes sur la mienne et la chaleur se propagea en moi. Je fus presque submergée par le désir qu'il m'étreigne. La proximité et l'intimité que nous avions partagées, les fois où nous nous étions embrassés, me manquaient cruellement. J'aurais aimé qu'il m'embrasse et me dise qu'il me désirait autant que moi.

— Ça change tout.

Il expira franchement.

— Je pensais que Davian Woods n'était plus une menace, mais je l'ai sous-estimé. Ça n'arrivera pas deux fois.

— C'est ce qu'on croyait tous. Je serai plus prudente à partir de maintenant.

— Ce n'est pas suffisant.

Il se redressa pour me regarder avec des yeux déterminés.

— Tu restes ici.

— Non.

— Si.

— Je t'ai autorisée à rester dans ton appartement après que la nouvelle s'est répandue, à cause de la santé de ta mère, mais Davian est trop dangereux pour que tu continues à vivre là-bas.

— Tu m'as *autorisée* ? bredouillai-je. Flash info, Lukas. Tu n'as rien à dire sur l'endroit où je vis ni sur ce que je fais.

— En fait, si, dit Faolin, me faisant sursauter.

Je bafouillai.

— Depuis quand ?

— Depuis que tu es devenue faë. Tu fais partir d'Unseelie et Lukas est ton prince héritier. Il peut t'ordonner de faire ce qu'il veut.

J'attendais qu'il me fasse un grand sourire ou dise quelque chose sous-entendant qu'il me faisait marcher. Il n'en fit rien.

— Tu plaisantes, pas vrai ?

— Quoi ?

Je me tournai d'un coup vers Lukas.

— Personne ne m'a dit ça ! Je ne vais pas passer le reste de ma vie à attendre qu'on me donne des ordres comme si je ne pouvais pas réfléchir par moi-même. Et si tu penses que je vais me prosterner devant toi, parce que tu vas être roi un jour, tu te trompes lourdement.

— Les femmes ne se prosternent pas. Elles font une révérence, ironisa Faolin.

Quel abruti !

Lukas fit le tour de l'îlot et s'assit sur l'un des tabourets de bar. La majeure partie de la colère avait déserté son regard, mais son ton était toujours ferme.

— Personne ne va te donner des ordres, mais parfois, je prendrai des décisions avec lesquelles tu ne seras pas d'accord. Je refuse de prendre des risques avec ta sécurité.

— Mais la protection...

— La protection ne te protège que lorsque tu es à l'intérieur de ton bâtiment, me rappela-t-il. Tu comptes rester chez toi le temps qu'il nous faudra, à nous ou aux autorités, pour localiser Davian ? Et tes parents ? Tu penses que Davian n'essaiera pas de les utiliser pour t'atteindre ?

La peur m'inonda. Depuis l'appel de Davian, je n'avais pas eu le temps d'envisager qu'il puisse s'en prendre à maman et papa, mais c'était précisément ce qu'il ferait.

Je cherchai maladroitement mon portable.

— Je dois les appeler pour les prévenir. Ces hommes pourraient s'y rendre en ce moment même.

— Faolin ? fit Lukas sur le même ton.

Comment pouvait-il être si calme alors que ma famille courait un grand danger ?

— Iian et Kerr sont déjà là-bas, répondit Faolin en entrant dans la cuisine.

Je les ai appelés après votre départ. Pas de danger, mais nous voyageons plus rapidement que les humains.

— Ils n'ont pas dit à mes parents ce qu'il m'est arrivé, hein ?

Faolin ouvra le réfrigérateur.

— Non. Kerr leur a dit que c'était une visite de routine, histoire de voir s'ils avaient besoin de quoi que ce soit.

— C'est à moi de le leur dire.

Il opina du chef.

— Je vais te ramener chez toi pour mettre dans ta valise des vêtements et ce que tu veux emporter. Tu peux les mettre au courant pendant que nous serons là-bas.

— Mais...

— Pas de débat.

Il créa le portail.

— Tu viens ?

— On n'a pas fini d'en parler.

— Je n'en attendais pas moins !

Nous traversâmes le portail.

Je plaquai quelques notes sans enthousiasme sur ma guitare et la posai sur le sol, adossée contre le lit. Je songeai à lire un livre ou à regarder un film sur mon ordinateur, mais je ne parvenais pas à réunir suffisamment d'énergie.

La porte grinça. Quelques secondes plus tard, Kaia sauta avec grâce sur le lit et resta à côté de moi, sa grande tête sur mon ventre. Je grattai l'arrière de son oreille, et un ronronnement puissant s'éleva dans la pièce. Elle s'était habituée à traîner ici et avait même dormi sur mon lit hier soir. Je n'étais pas la meilleure compagnie, mais cela ne semblait pas la déranger.

Je regardais le haut plafond tout en me posant des questions sur ce que faisait ma famille en ce moment. Maman et papa étaient sûrement en train de se détendre sur la terrasse en bois de l'île natale de Lukas pendant que Finch et Aisla mangeaient des fruits au point de s'en évanouir. L'image me fit sourire, même si ma poitrine était douloureuse. Ils étaient partis depuis moins d'un jour et ils me manquaient déjà tellement.

Lorsque j'avais parlé de Davian à mes parents, ils s'étaient rangés de l'avis de Lukas pour dire que je serais plus en sécurité chez lui. Selon lui, c'était le moment idéal pour qu'ils acceptent sa proposition d'utiliser l'une de ses propriétés. Maman avait toujours voulu voir l'Italie, mais ils avaient choisi l'île brésilienne à la place. C'était tropical, intime, l'endroit parfait pour que mes parents se reposent. De plus, elle ne figurait pas dans les possessions de Lukas, il était donc impossible que quelqu'un les trouve là-bas.

Lukas s'était occupé de tous les détails et ils étaient partis hier, après un au revoir larmoyant. Je voulais aller avec eux, mais Lukas m'avait conseillé de reprendre mon entraînement maintenant que ma magie de faë se renforçait. J'étais ici depuis quatre jours, et jusque-là, je m'étais contentée des mêmes exercices d'entretien qu'avant ma transformation. Je pouvais quitter le bâtiment, mais seulement avec lui ou l'un des autres, ce qui voulait dire que chasser était hors de question. Je me sentais inutile et je m'ennuyais à mourir.

— Toc, toc.

Je levai la tête pour voir Conlan à la porte de la bibliothèque... ou, devrais-je dire, de ma chambre. Ils avaient complètement transformé la pièce pour moi. À l'exception du nouveau lit, elle contenait la majorité de mes affaires. C'était un espace confortable et j'aimais la cheminée et le grand lit. J'allais devoir prendre l'habitude de la considérer comme ma chambre.

— Salut.

— Faris et moi, on avait envie d'essayer un restaurant italien pour le déjeuner. Qu'est-ce que tu en penses ?

Je caressai la fourrure du lamal et m'étirai avec satisfaction.

— Quoi que vous rapportiez, ça ira. Je ne suis pas difficile.

Conlan s'approcha du pied du lit.

— On s'est dit que tu aimerais venir avec nous. Il y a un restaurant à Venise qu'on voudrait essayer.

Voilà qui retint mon attention.

— Venise... du même nom que la ville en Italie ? Vous allez créer un portail jusqu'en Italie juste pour un restau ? Je pensais que vous n'utilisiez pas la magie pour créer des portails à moins d'y être obligés.

— On fait des exceptions.

Il ne plaisantait pas. Ils savaient que cette journée était dure pour moi et ils prévoyaient cette sortie pour me remonter le moral.

Un sourire étira mes lèvres.

— Ça me plairait.

— Bien.

— Il fait encore frais le soir là-bas, tu pourrais vouloir prendre un manteau.

Je me dépêchai de sortir du lit et mis un nouveau jean et un joli haut. Prenant un manteau, je me rendis dans le salon où Conlan attendait avec Faris. Lukas était parti plus tôt à l'Agence avec Iian et Kerr et n'était pas encore revenu.

— J'ai pensé à autre chose en attendant, dit Conlan.

— Une petite réflexion, sans doute. Je n'ai pas été si longue.

— Vu que nous utilisons un portail, ce serait le bon moment pour te montrer comment ça fonctionne.

— Vraiment ? demandai-je avec enthousiasme.

J'avais vu Lukas en créer plusieurs fois, mais il le faisait trop rapidement pour que je puisse décortiquer ses gestes.

— Elle n'est pas prête pour ça, maugréa Faolin depuis la cuisine, gâchant mon tout nouveau bonheur.

— Je ne vais pas le lui faire créer.

Conlan me fit un clin d'œil.

— Mais je pense qu'elle peut commencer à apprendre les bases.

— Oui, tout à fait.

Il indiqua la porte.

— Les protections sur le bâtiment nécessitent de la magie plus compliquée. Faisons ça dehors.

— D'accord.

Je le suivis à l'extérieur dans le parking privé. C'était une journée nuageuse, mais il ne faisait pas froid. Le printemps était enfin arrivé.

— Qu'est-ce que tu sais sur la barrière entre ce royaume et le nôtre ?

— C'est un équilibre d'énergie entre les deux mondes. Nos atmosphères sont différentes, car la quantité de magie dans le royaume des faës forme une couche là où elles se croisent.

Je haussai les épaules.

— Je suis sûre qu'il y a une explication plus scientifique.

— La tienne fera l'affaire.

Il agita la main, laissant une trace éparse de particules étincelantes dans son sillage.

— La barrière n'est pas quelque chose de solide, une partie de l'énergie du royaume des faës se déverse de ce côté. Les traces sont si infimes qu'elles ne peuvent pas affecter ce monde, mais un faë avec suffisamment de pouvoir peut les isoler et les manipuler. Regarde.

Il leva les deux mains, les paumes face à moi, et les écarta. Je contemplai la magie d'un bleu tendre se déversant de ses mains pour s'attacher aux particules dans l'air. Il bougea assez lentement pour me montrer comment il se servait des traces de magie dans la barrière comme des parpaings, remplissant les espaces vides avec la sienne.

— Waouh, murmurai-je. C'est super.

— Exploiter la magie de la barrière n'est pas tout ce qu'il y a à faire, commenta Faolin qui nous avait suivis dehors avec Faris. Cela exige à la fois de la force et de la concentration, non seulement pour ouvrir le portail, mais aussi pour aller là où tu veux.

Conlan relâcha la magie et baissa les mains.

— C'est logique. Tu ne voudrais pas faire d'erreur et finir dans la cour de Seelie.

— Impossible. Les citoyens d'une cour ne peuvent pas créer de portail dans l'autre sans permission, expliqua Faolin. Mais tu pourrais finir au milieu de nulle part si tu ne sais pas où aller.

Faris émit un petit rire.

— Pas étonnant que tu sois un tel rayon de soleil dans les fêtes à la cour, frangin. Arrête de gâcher notre plaisir.

Faris ne sourit pas, mais j'aperçus une lueur d'amusement dans son regard. Il nous fit un signe de la main.

— Continuez.

Conlan m'incita à l'imiter.

— Essaie.

— Je ne peux pas. Je ne sais pas utiliser ma magie.

— Tiens, laisse-moi t'aider.

Il prit ma main et la leva. Mes doigts tremblèrent alors qu'un léger flux de magie provenait des siens.

— Tu ressens quelque chose ?

— Ça picote.

— Bien. Ça veut dire que tu peux sentir ma magie. Je vais m'éloigner lentement et je veux que tu continues à chercher la magie.

Le flux de sa magie disparut peu à peu.

Je pouvais toujours sentir quelque chose, mais c'était trop vague pour que je l'atteigne. Après une minute, je baissai le bras.

— Je l'ai senti, mais je n'ai pas pu me lier comme tu l'as fait.

— Je serais surpris si tu pouvais le faire lors de ton premier essai. Comme l'a dit Faolin, il faut beaucoup de force, plus qu'un nouveau faë en possède. Tu te souviens à quel point j'étais faible après que les hommes de Davian m'ont mis des menottes en fer ? Je n'avais pas la force de créer un portail. Maintenant, je le fais depuis des années.

Je repensai à cette journée. Il avait tout juste été capable de créer de la magie avant que je lui donne la pierre de la déesse. Elle avait alors rétabli sa force et il n'avait pas eu de problèmes pour créer le portail. J'étais une faë, à présent, mais la pierre ne m'affectait pas de la même manière. Pourquoi ?

— On peut essayer de nouveau ? demandai-je.

Il leva ma main et utilisa la sienne. Cette fois, lorsqu'il me lâcha, je pris la pierre de mes cheveux et la tins dans mon autre main. L'effet fut instantané.

Une énorme montée d'adrénaline ainsi qu'un sentiment d'euphorie me firent tourner la tête.

Après le choc initial, je me concentrai sur les particules de magie que Conlan m'avait montrées. Cette fois-ci, elles apparurent nettement.

— Waouh ! m'exclamai-je lorsqu'une magie couleur lavande se déversa de mes mains. Vous voyez ça ?

Quelqu'un parla, mais j'étais trop fascinée par la vue de ma magie pour me concentrer sur les mots. Je songeai à toucher les particules dans la barrière et ma magie bougea pour exécuter ma volonté.

Mon corps vibra avec un faible courant d'électricité lorsque je me liai à la barrière, et mon instinct prit le dessus. Je me souvenais de ce que Conlan avait fait et je l'imitai. Cependant, je ne m'arrêtai pas. Un trou se forma devant moi.

— Jesse, non ! hurla Conlan.

Je sentis sa main m'effleurer.

Puis, je fus aspirée dans un vide gris.

8

JE TRÉBUCHAI ET me redressai. En me tournant, je cherchai le portail, mais il avait disparu. Il n'y avait rien qu'un épais brouillard gris.

La panique menaçait de m'étouffer, mais je la repoussai. J'avais été ici avant avec Conlan, alors ce devait être une partie du royaume des faës. S'il avait créé un portail pour partir, je le pouvais aussi.

Je tenais toujours la pierre et je refis exactement ce que j'avais fait pour créer mon premier portail. C'était beaucoup plus simple de se lier à la magie depuis ce côté de la barrière. Le contour d'un portail apparut. J'imaginai le parking derrière le bâtiment de Lukas. Je pouvais y arriver.

— Jesse !

Je fis volte-face en entendant la voix féminine, mais je ne vis que le brouillard. Pensant que je l'avais imaginé, je me recentrai sur le portail. Il devint aussi grand qu'une porte et je pus distinguer la silhouette floue d'une bâtisse de l'autre côté.

Le brouillard tournoya et je crus avoir vu une silhouette en approche. Mon cœur battait la chamade et je perdis ma concentration. Le portail commençait à se fermer.

Non. Je poussai ma magie à l'intérieur. Dès qu'il se rouvrit, je sautai à travers.

Je faillis tomber lorsque mes pieds touchèrent le sol accidenté au lieu du trottoir plat. Aussitôt, la crainte me saisit.

Je me trouvais sur une plage, en face de l'océan où d'immenses vagues s'élevaient et ondulaient vers la rive, sous les premières lueurs du jour. Je vis des arbres, de la verdure et remarquai quelques grands palmiers. À trois mètres environ, une grosse tortue laissait une trace dans le sable en se dirigeant vers l'eau.

J'entendis le rugissement des vagues. Je pouvais enfin distinguer les silhouettes sombres de personnes sur des planches. Des surfeurs.

S'il y avait des gens ici, je n'avais pas atterri sur une île déserte. Quel soulagement ! Mon choc s'était suffisamment dissipé pour que je prenne conscience de mon environnement. Il faisait venteux, mais chaud, et la couleur du ciel démontrait que le soleil s'était levé il y a peu. Cela voulait dire que j'avais voyagé vers l'ouest, dans un fuseau horaire différent. Plus tôt. La Californie, peut-être ?

Je fis un rapide calcul. La Californie avait trois heures de retard sur le fuseau de New York, ce qui ferait le milieu de matinée là-bas. Il était nettement plus tôt que ça. Cela ne laissait que... Hawaï. J'étais à Hawaï. Sur quelle île me trouvais-je ?

Pas besoin de paniquer. J'allais appeler Faolin et il localiserait mon portable. L'un des gars viendrait me chercher.

Mon portable ne se trouvait plus dans la poche arrière où je l'avais mis avant de quitter ma chambre. Je tapotai désespérément les poches de mon jean, comme pour faire apparaître le téléphone par magie. Il me fallut bien une minute complète pour me ressaisir. J'étais entrée dans le portail sans protéger mon portable comme Lukas l'avait fait, et le royaume des faës l'avait détruit.

— Bon, là tu peux paniquer.

J'étais seule, mais ces surfeurs devaient bien venir de quelque part. Je trottinai donc le long de la plage jusqu'à tomber sur un sac en toile et des sandales d'homme. Je m'assis dans le sable à côté du sac et patientai.

Quarante-cinq minutes plus tard, deux des surfeurs sortirent de l'eau, leur planche sous le bras. Lorsqu'ils approchèrent, les hommes ralentirent et me jetèrent des regards méfiants. Tous deux semblaient avoir la petite vingtaine, avec les cheveux noirs et le teint hâlé de ceux qui passent beaucoup de temps au soleil.

— On peut t'aider ? demanda l'un d'entre eux avec prudence.

Je me débarrassai du sable sur mon jean.

— J'espère. Est-ce que l'un de vous a un portable que je puisse utiliser ?

— Tu es tombée en panne ? demanda l'autre.

— Disons que je suis bloquée.

Je plissai le nez.

— C'est une longue histoire.

— Ah.

Le premier me fit un grand sourire et se baissa pour ouvrir son sac.

— J'ai quelques histoires de ce genre-là à raconter, moi aussi.

Il déverrouilla un téléphone argenté et me le donna.

— Merci.

Je composai le numéro de Conlan et soupirai de soulagement lorsque la sonnerie retentit. J'espérais qu'il n'allait pas refuser l'appel sans reconnaître le numéro.

— Allô ? dit-il, la voix remplie de tension.

Je grimaçai en pensant à ce qu'il avait enduré pendant une heure.

— C'est moi.

— Jesse ? Oh, merci Déesse !

Il y eut un bruissement et un « c'est elle » étouffé.

La prochaine voix dans le téléphone fut celle de Lukas. Je ne pouvais pas dire s'il était furieux ou inquiet lorsqu'il demanda :

— Où es-tu ?

— Euh... un instant.

Je mis le téléphone contre ma poitrine.

— On est où exactement ?

Les deux hommes se regardèrent et celui qui m'avait prêté le téléphone ricana.

— Tu as vraiment passé une bonne soirée, toi. Nous sommes à Pua'ena Point, sur la côte nord.

Je répétai l'information à Lukas, qui la transmit à son tour à quelqu'un d'autre. J'attendis pendant trente secondes gênantes avant qu'il ne reprenne :

— J'arrive.

Je rendis le portable à son propriétaire.

— Tu me sauves la vie. Merci.

— Waouh ! dit-il, les yeux écarquillés à la vue de quelque chose derrière moi.

Je vis Lukas émerger d'un portail à cinq mètres de là. Il semblait assez en colère pour déraciner les arbres alors qu'il s'approchait à grandes enjambées vers nous, mais je n'avais jamais été aussi contente de le voir. Je courus sur le sable, le retrouvant à mi-chemin, et passai mes bras autour de lui.

J'étais prête à ce qu'il me crie dessus et me réprimande, et je n'allais pas m'en plaindre, car je le méritais. En revanche, je ne m'attendais pas à ce qu'il m'enveloppe dans ses bras et me tienne fermement contre lui comme si je pouvais disparaître à tout moment.

Il murmura quelque chose en faë que je ne compris pas, mais nul besoin de traduction pour entendre l'angoisse dans sa voix. La culpabilité me rongeait, je m'en voulais d'avoir été imprudente et les avoir inquiétés, lui et les autres.

— On ne savait pas où tu étais partie, et impossible de te localiser.

— Je suis désolée. Tellement désolée, dis-je, la tête posée contre son torse. J'ai été bête, je n'aurais jamais dû essayer ça.

Lukas lâcha un soupir.

— Parfois, *mi'calaech*, je ne sais pas si Aedhna t'a envoyée par bonté ou pour mettre à l'épreuve ma santé mentale.

Je souris.

— Peut-être un peu les deux.

Il baissa les bras et prit mon visage entre ses mains. Je penchai la tête en arrière pour croiser ses yeux bleus et mon ventre eut des papillons tant la lueur dans son regard était chaleureuse. Je retins mon souffle en prévision du premier effleurement de ses lèvres contre les miennes.

Quelqu'un rit à proximité et le moment s'évanouit. J'aurais pu pleurer de dépit en me retournant pour voir les deux surfeurs au large sourire qui nous regardaient. D'autres personnes étaient sorties de l'eau et se dirigeaient vers nous pour rejoindre les hommes. Cette plage silencieuse devenait tout à coup un peu trop bondée.

Lukas me prit la main et m'emmena le long de la plage, loin des hommes. Nous entrâmes dans l'intimité des arbres.

Mon espoir d'un baiser fut anéanti lorsqu'il créa un portail. J'essayai de cacher ma déception quand il me prit la main et que nous entrâmes dans la cour en pierre. Pour la première fois, je n'éprouvai pas le moindre intérêt pour cet endroit avant qu'il n'ouvre le second portail jusqu'à son salon.

À ma grande honte, toute l'équipe était là, à nous attendre, et je dus expliquer ce qu'il s'était passé après de plates excuses.

— Si c'est vrai que l'inquiétude peut faire perdre des années de vie, c'est ce que tu viens de m'infliger, se moqua Conlan avec bonhomie.

La chaleur monta doucement dans mon cou.

— Je promets que je ne le referai plus.

— Lukas, dit Faolin sur un ton plus sérieux. Le roi t'a fait convoquer. On a besoin de toi à la cour.

— Je m'y attendais. Préviens-les que nous serons là dans l'heure.

Je remerciai intérieurement ce sursis qui venait de m'être accordé avant la leçon de morale inévitable. Au même moment, je détestai l'idée de le laisser.

— Tu seras parti pendant combien de temps ?

— Au moins plusieurs semaines.

Il marqua une pause avant de préciser :

— Nous y allons tous.

— Oh.

Je tentai de ne pas montrer mon inquiétude à l'idée d'être seule ici pendant des semaines. Kaia entra dans la pièce et vint se frotter contre ma hanche. Je lui caressai la tête.

— Alors, nous serons entre filles.

— Quand je dis tout le monde, ça t'inclut. Tu viens avec nous au royaume des faës.

— Tu n'as pas à être nerveuse, me rassura Faris lorsque je les rejoignis dans le salon, moins d'une heure après la petite bombe de Lukas. On sera avec toi.

Je déglutis, la gorge sèche.

— Je ne suis pas nerveuse.

J'étais terrifiée, mais trop fière pour l'admettre. Ce n'était pas comme voyager dans un autre pays, chose que je n'avais jamais faite non plus. Nous allions dans un monde complètement différent où je ne connaissais qu'une poignée de personnes et que très peu au sujet de leurs coutumes et de leur mode de vie. D'ailleurs, ce que j'avais entendu concernant la cour ne me rendait pas impatiente d'y aller.

À l'expression de Faris, il savait que je mentais, mais il laissa tomber. Avec un sourire rassurant, il me prit mon petit sac. Il n'y avait pas grand-chose que je pouvais apporter à part des photos et quelques livres. Tout ce qui contenait du métal devait rester ici, y compris ma guitare.

Ils m'avaient même donné un chemisier faë, un pantalon et des chaussures en m'assurant que j'aurais une nouvelle garde-robe là-bas. Les vêtements étaient faits d'un tissu fin dont le contact contre ma peau était frais, mais mon jean me manquait déjà.

Je ne voulais pas être dépendante de Lukas, mais sa proximité réduisait mon anxiété.

— Prête ?

Il prit ma main, envoyant une délicieuse décharge sur ma peau.

— Je te suis.

Faolin se proposa pour matérialiser rapidement un portail. Iian, Kerr et Conlan le traversèrent en premier, suivis par Lukas et moi. Faris et Faolin fermèrent la marche avec Kaia. Nous émergeâmes dans la cour désormais familière et je pris peur lorsque le portail vers mon monde se referma derrière moi.

La main chaude de Lukas serra la mienne et il baissa la tête pour murmurer :

— Respire, *li'fachan*.

Son usage de leur surnom me rappela que j'étais une chasseuse – douée, qui plus est – et que j'avais surmonté bien plus effrayant que cela. Je me redressai et souris pour lui faire savoir que j'allais bien. La cour paraissait creusée dans une paroi rocheuse, avec deux côtés ouverts protégés par une rambarde en pierre. Sur l'un des murs intérieurs se trouvait une double porte fermée, et sur l'autre une voûte donnant dans un couloir.

Je poussai un cri de surprise en voyant le rocher en contrebas. Il était noir comme de l'obsidienne et reflétait la lumière du soleil, étendu sur des centaines de kilomètres.

J'ouvris la bouche pour poser des questions, mais je fus interrompue par un faë vêtu d'une tunique bleu clair au liseré argenté qui s'inclina devant Lukas. Ses longs cheveux noirs lui tombaient à la taille et ses yeux verts se portèrent vers ma main dans la sienne avant qu'il ne s'adresse à Lukas en faë. Le seul mot que je compris fut Vaerik, le vrai nom de Lukas. Ce dernier lui répondit en faë. Après une dernière révérence, l'autre partit.

— Mon père m'a demandé d'aller le voir dès mon arrivée. Je lui ai dit que j'irais dès que je t'aurai installée dans tes quartiers.

— Ça semble important. Tu devrais y aller.

J'avais horreur qu'il parte, mais je comprenais qu'il le devait. Ici, il n'était pas que Lukas. Il était le fils du roi, prince héritier d'Unseelie.

Conlan prit la parole :

— Nous allons nous occuper d'elle.

Lukas sembla indécis pendant un moment, puis il hocha la tête.

— Je te verrai au dîner, peut-être avant.

Il sourit et son pouce caressa l'arrière de ma tête.

— D'accord, réussis-je à dire.

Il marcha vers la porte voûtée avec Kaia derrière lui.

— Vaerik a beaucoup de devoirs et de responsabilités à la cour, dit Faris, me rappelant que même ses amis les plus proches utilisaient son vrai nom ici.

Il me faudrait un peu de temps pour m'y habituer.

— Je sais.

J'affichai un visage joyeux.

— Alors, ça veut dire que tu vas rester pour me faire le tour du propriétaire.

Il s'inclina.

— Ce serait un honneur.

Nous fûmes coupés par l'arrivée d'un autre faë habillé d'une tenue similaire au premier. Il parla à Conlan et aux autres en faë, et à en juger par leur ton, il semblait qu'ils n'étaient pas d'accord. Lukas m'avait dit que le langage me viendrait comme pour la magie, mais c'était frustrant de ne pas être capable de comprendre ce que les gens disaient autour de moi.

Faolin parla sur un ton sec et le nouveau faë fit une petite révérence. Il dit quelque chose et partit à la hâte sans un regard pour moi. Qu'est-ce qu'ils étaient accueillants, ceux-là !

— Un problème ? demandai-je.

— Il y a eu une confusion concernant tes quartiers, mais tout est réglé.

— Justement.

Conlan prit ma main et la posa sur son bras.

— Laisse-nous t'amener à tes quartiers. On gardera la grande visite pour plus tard.

À nous six, nous quittâmes la cour par la même porte qu'avait utilisée Lukas et pénétrâmes dans le couloir. Le sol et les murs étaient aussi lisses que du marbre, mais ils semblaient avoir été taillés dans la roche naturelle. Au plafond pendaient des globes en verre contenant les mêmes cristaux que j'avais vus dans l'appartement avec toit-terrasse. Je savais à présent qu'on les appelait des cristaux *laevik*. Ils émettaient une lumière plus douce que les ampoules électriques dont j'avais l'habitude, mais ils éclairaient à la perfection.

À mi-chemin dans le couloir, nous atteignîmes un grand espace ouvert comprenant une baie vitrée, sorte de terrasse intérieure. Il y avait de hauts plafonds auxquels étaient accrochés des luminaires délicats, avec des tapisseries aux murs, des plantes fleuries et des arbustes un peu partout. Des canapés, des chaises et de petites tables étaient disposés pour permettre des conversations de groupes ou privées, et il se dégageait des lieux une atmosphère raffinée, mais accueillante.

Conlan me dirigea vers une petite alcôve sur notre gauche, gardée par deux faës qui échangèrent des hochements de tête avec mon escorte. Les faës étaient habillés en noir et portaient des épées et des dagues à la taille. S'ils prêtèrent brièvement attention à nous, ils étaient au garde-à-vous, sur le qui-vive.

Nous entrâmes dans l'alcôve qui pouvait contenir peut-être quatre personnes et je chancelai lorsque le sol bougea sous mes pieds. En regardant en bas, je fus stupéfaite de constater que le sol était un grand disque en pierre qui semblait flotter.

— C'est une sorte d'ascenseur. Il n'a pas de boutons ni de portes, et il te suffit de penser à quel étage tu souhaites aller.

— Vous n'avez pas d'escaliers ?

— Si, et d'habitude on les prend à moins de devoir monter ou descendre plusieurs niveaux.

Le sol commença à descendre.

— Vous ne venez pas ?

— On se retrouve là-bas, répondit Faris en disparaissant.

Nous n'allâmes pas très loin. L'ascenseur passa un niveau et s'arrêta au suivant. Nous sortîmes dans un autre couloir, passant devant des portes closes qui, selon Conlan, étaient des quartiers personnels. Nous ralentîmes en débouchant dans une vaste cour intérieure. Il y avait des canapés et de petites tables, et au moins dix faës seuls ou en groupes. Un serveur versait une boisson dans plusieurs verres, à une petite table, et je reconnus les cheveux blond platine et les oreilles pointues d'un elfe.

Les hommes portaient un pantalon, et une tunique ou un t-shirt ; les femmes un pantalon et des hauts similaires à ce que je portais, ou des robes fluides. Ils étaient tous si élégants et raffinés, tout à fait comme je m'étais imaginé des faës à la cour, et je me sentis soudain attifée comme l'as de pique.

Toutes les conversations dans la cour s'arrêtèrent et tout le monde me regarda avec étonnement. Je ne pouvais pas leur en vouloir. Les nouveaux faës étaient rares et je n'étais pas un enfant comme les autres. Les premiers faës à arriver dans mon monde avaient été sujets à plus de curiosité encore.

Alors que la majorité des visages arboraient des expressions intriguées, une femme en particulier me fixait avec une aversion non dissimulée qui frôlait l'hostilité. Je pensais avoir vu cette blonde quelque part et il me fallut un moment pour me rappeler où. Elle était avec Lukas et Faolin le soir où je les avais vus de l'autre côté de la rue à Manhattan. Elle n'était pas non plus contente de me voir à ce moment-là. Je soutins son regard jusqu'à ce qu'elle le détourne.

— Il y a beaucoup de zones communes comme celle-ci, souligna Conlan pendant que nous passions la cour, ainsi que des salles plus grandes sur plusieurs étages pour des rassemblements plus importants.

Dans un autre couloir, nous croisâmes un faë qui inclina la tête vers Conlan. Il me fallut attendre qu'il soit parti pour le reconnaître. C'était lui qui s'était disputé avec Conlan et les autres au sujet de ma chambre.

Conlan s'arrêta devant une porte.

— Nous voilà.

Il n'y avait pas de numéro ni de signe distinct pour la différencier de toutes les autres portes devant lesquelles nous étions passés.

— Comment tu le sais ? Elles se ressemblent toutes.

— Pour toi, mais pas pour un œil averti.

Il indiqua le linteau de la porte, où une écriture élégante était gravée dans la pierre. Je l'avais confondue avec un motif, mais en y regardant de plus près, je compris que c'était du faë.

— Qu'est-ce que ça dit ?

— C'est ton nom en faë. Pose ta main contre la porte.

Je fis comme il le demandait, m'attendant à ressentir de la magie, mais il n'y eut rien. La porte émit un déclic et s'ouvrit vers l'intérieur, de quelques centimètres.

— Super.

— Les portes sont protégées pour les occupants. La garde royale peut entrer dans n'importe quelle pièce de la cour, mais uniquement lorsque c'est absolument nécessaire.

— Bienvenue dans ton nouveau chez toi, Jesse.

J'entrai dans la chambre et m'arrêtai si brutalement qu'il faillit me rentrer dedans. Il devait y avoir une erreur, car c'était impossible qu'elle soit à moi.

La vaste salle était lumineuse et spacieuse, avec des canapés luxueux et d'épais tapis sur le sol en pierre. Les murs étaient décorés avec des tapisseries bariolées représentant des scènes de nature, et une porte sur le côté menait vers ce qui devait être la chambre à coucher. De l'autre côté se trouvait une petite salle à manger, avec une table et des chaises qui pouvaient accueillir six personnes. Il n'y avait pas de cuisine, ce qui voulait dire que les repas étaient préparés ailleurs.

Juste en face de moi, deux portes s'ouvraient sur une vaste étendue de ciel bleu. Je traversai la chambre et sortis sur le balcon privé, impatiente d'admirer pour la première fois le royaume des faës.

Une grande vallée verdoyante en forme de fer à cheval s'étendait sous mes yeux, parsemée de champs et de collines. Sur la droite, la vallée était bordée par une épaisse forêt, et sur la gauche une rangée de falaises d'un noir brillant me donnait une étrange impression de déjà-vu. Une rivière scintillante serpentait à travers la vallée pour rencontrer le lointain océan d'un bleu céruléen qui s'étendait jusqu'à l'horizon.

— Waouh, murmurai-je, à court de mots.

Je me penchai sur la rambarde en pierre pour regarder en bas et la hauteur me donna le vertige. Il y avait en dessous un mur de roche noire et abrupte, avec des balcons comme le mien. Il devait y avoir au moins trente étages, peut-être plus, jusqu'à moi. C'était immense !

Au fond de la vallée, j'aperçus du mouvement dans certains champs. Au travers des arbres, je pouvais voir des bâtiments et des routes. Une ville ?

À des kilomètres, une silhouette noire flottait dans le ciel. Elle plongeait et s'envolait avec la grâce d'un aigle, mais elle devait être gigantesque pour être visible d'ici. La lueur des rayons du soleil s'y reflétait. Pas possible.

— C'est un drakkan, dit Faris derrière moi.

Faolin était absent.

— Mais il est si grand !

La silhouette ailée volait vers une falaise éloignée, où d'autres étaient perchés.

— Gus n'était pas plus gros qu'un chat.

Faris me rejoignit.

— C'est la taille normale pour les drakkans. Gus est né dans le monde humain et le manque d'énergie faë a freiné sa croissance. Il atteindra sa taille normale ici, si ce n'est pas déjà le cas.

J'essayai en vain d'imaginer le petit Gus aussi gros qu'une de ces créatures de la taille d'un dragon. Une conversation avec Lukas me revint, une nuit où il avait vu Gus à l'appartement. Il en avait été surpris ; c'étaient des créatures féroces qui protégeaient les frontières du royaume des faës.

— Tout ça fait partie d'Unseelie ? demandai-je.

— Seulement une petite partie.

Faris tendit le doigt vers notre droite.

— Tu peux voir une partie de la forêt d'ici, mais elle est plus grande que la vallée. Au-delà de cette montagne, il y a des plaines et d'autres chaînes de montagnes au sein de nos frontières.

— Alors, les habitants d'Unseelie vivent sur une montagne.

Conlan s'assit sur la large balustrade.

— La cour se trouve dans les montagnes. Les gens vivent aussi dans des villes, des villages et sur des propriétés familiales.

Toute cette montagne n'était donc que la cour ?

— Quelle taille fait cet endroit ?

— Il y a quarante niveaux, si tu inclus les deux sous terre. Ceux-là sont utilisés par les servants et contiennent les cuisines et les caves.

Les yeux de Conlan brillaient.

— Et les prisons sont réservées à quiconque est assez fou pour commettre un délit punissable.

Je me gardai bien de demander quel genre de délit envoyait en cellule.

— La famille royale vit au sommet, dit Faris. Nous – la garde royale – vivons à l'étage en dessous. Après, l'occupation repose sur la descendance. Plus on est près de la couronne, plus on habite haut, mais on peut librement aller à tous les niveaux, sauf au sommet.

Mon sang n'était pas bleu, même si celui de Lukas avait été utilisé pour ma transformation.

— Je ne devrais pas être placée à l'un des niveaux inférieurs ?

— Tu ne penses pas qu'on te laisserait vivre aussi loin de nous, si ? me taquina Conlan. Qui sait quels dégâts tu ferais si on te quittait des yeux pendant trop longtemps.

Kerr eut un petit rire.

— Elle n'aurait pas d'ennuis avec toi ?

— Les nouveaux faës vivent avec un gardien, expliqua Faris. Tu es assez grande pour avoir tes quartiers, mais on s'est dit que tu voudrais être proche de nous.

— Oui. Merci.

Le débat qu'ils avaient eu avec le faë en haut était logique. Il avait dû me placer à un étage inférieur et ils l'avaient forcé à changer cela.

Une cloche sonna à l'intérieur et Kerr alla ouvrir, laissant entrer une femme aux cheveux noirs. Derrière elle, un homme avait les bras chargés de vêtements. Tous deux semblèrent surpris de voir Kerr, et ils ne savaient pas s'ils devaient entrer dans la pièce ou non.

Kerr me fit signe de les rejoindre.

— Jesse, voici Sereia. Elle est ici pour te mesurer, pour tes nouveaux vêtements.

— Salut.

Je souris aux nouveaux venus.

Au lieu de me regarder, ils se tournèrent avec étonnement vers quelque chose derrière moi. Leur nervosité me troubla, mais Conlan et Faris me rejoignirent. Ils ne devaient pas s'attendre à ce que la garde personnelle du prince héritier soit là.

Sereia dit quelque chose en faë et Faris secoua la tête.

— Parlez seulement en anglais. Jesse ne connaît pas encore notre langage.

Elle hocha la tête et me fit un timide sourire.

— Bienvenue à Unseelie. J'espère que ton séjour ici sera agréable.

Son anglais était parfait, mais un peu guindé – sans doute le manque de pratique. Cependant, il était bon de savoir que les autres ici pouvaient parler ma langue. Les faës avaient la capacité d'apprendre n'importe quel langage humain après l'avoir écouté pendant quelques minutes. J'espérais que ce serait bientôt mon cas.

— Merci. Enchantée.

Sereia regarda les autres avant de se tourner vers moi.

— Je t'apporte des vêtements le temps que les tiens soient prêts.

— Je pense que c'est notre signal pour partir.

Conlan se tourna vers moi.

— Nous reviendrons quand tu auras fini.

— D'accord.

J'ignorai cet accès stupide de panique. J'étais une grande fille largement capable de me débrouiller. Je ne pouvais pas m'attendre à ce qu'ils restent avec moi à chaque instant.

Dès que la porte se referma derrière eux, l'expression timide de Sereia disparut et elle me jaugea avec toute la chaleur de l'Hudson en janvier.

Je réprimai un rire nerveux, car elle était aussi menaçante que les deux chasseurs de primes du Texas avec qui je m'étais disputée quelques mois plus tôt. Si son plan était d'intimider la nouvelle, elle avait beaucoup à apprendre des New-Yorkais.

— On commence où ? demandai-je joyeusement.

Son front délicat se plissa alors qu'elle semblait décider quoi dire ensuite.

— Je vais prendre tes mesures et te montrer une sélection de vêtements pour voir ce qui te va. Nous en laisserons une partie ici pour que tu les portes jusqu'à ce que les tiens soient faits.

— Super.

À l'exception de ma robe de bal, on ne m'avait jamais mesurée de ma vie. Violet aimerait ça, et j'aurais apprécié qu'elle soit là pour en profiter avec moi.

Sereia se tourna vers le blond qui tenait toujours la pile de vêtements.

— Tu peux les laisser sur la chaise et partir.

Il obéit et partit sans rien dire. Elle me regardait comme si elle attendait quelque chose et lorsque je me contentai de lui rendre son regard, elle soupira d'impatience.

— Déshabille-toi.

J'ignorais pourquoi elle adoptait une si mauvaise attitude, mais je n'allais pas le supporter très longtemps.

— S'il te plaît, ajouta-t-elle avec une grimace, comme si elle avait la bouche pleine d'acide.

— Bien sûr.

Je me mis en sous-vêtements et elle prit mes mesures. J'aurais apprécié son efficacité si elle n'avait pas lâché des *tss* désapprobateurs en constatant que mon corps n'était pas aussi grand et élancé que ceux des autres femmes faës ni émis des grognements mécontents devant mes taches de rousseur aux épaules.

Lorsqu'elle eut fini, elle se dirigea vers la pile de vêtements et choisit un pantalon et un haut qu'elle me donna avec un petit sourire satisfait. Je compris la raison de son sourire en voyant le pantalon écru en lin et le haut couleur lilas pastel. Le pantalon était bien, mais la plupart des couleurs pastel détonnaient terriblement avec le roux de mes cheveux et donnaient à ma peau un aspect pâlot.

J'acceptai le pantalon, mais refusai le haut.

— J'aimerais une couleur différente.

Sereia sélectionna un autre haut. Cette fois-ci, il était couleur orange sanguine, qui aurait été super sur elle. Sur moi, pas vraiment.

— Tu as quelque chose de bleu ou vert ?

Je regardai derrière elle vers la pile de vêtements, mais il n'y avait rien d'autre que du pastel.

— Non, répondit-elle un peu trop gaiement.

J'y fouillai, ignorant son indignation. Elle n'avait pas apporté une grande sélection de couleurs et j'étais certaine que c'était volontaire. Je dénichai un haut blanc et l'enfilai. Il avait manifestement été conçu pour une femme plus grande, mais il n'était pas laid.

Le pantalon, c'était une autre histoire. Lorsque j'enfilai celui qu'elle m'avait donné, je découvris qu'il était une taille trop petite et faisait des plis à mes chevilles. Chaque pantalon que j'essayais, c'était pareil. J'abandonnai après le sixième et remis le pantalon que j'avais apporté. Sa longueur et sa taille étaient parfaites, ce qui voulait dire que Lukas les avait achetés juste pour moi.

— Je vais devoir porter ça en attendant qu'on m'en taille d'autres, dis-je avant de recevoir un regard consterné.

— Tu ne peux pas porter les mêmes vêtements deux jours de suite.

— C'est mieux que si mon pantalon éclate en public, tu ne penses pas ?

Ses lèvres se pincèrent encore plus.

— Ce n'est pas ton monde humain. C'est inconvenant de porter les mêmes vêtements pendant plus d'un jour. Nous avons aussi la coutume de changer de tenue pour la soirée.

La cloche sonna. Sereia bougea avant moi et alla ouvrir la porte. Un elfe entra avec un plateau couvert d'un linge blanc, qu'il posa sur la petite table.

— Le prince Vaerik a sollicité un repas de midi pour vous, dit l'elfe timidement dans un anglais plus rouillé que celui de Sereia.

— Merci.

Lukas était peut-être trop occupé pour être là en personne, mais il pensait à moi.

Il y avait une soupe épaisse de légumes colorés, du pain et du fromage, un bol de baies rouges et une petite carafe de jus. Après le fiasco du portail, nous avions sauté le déjeuner dans notre précipitation pour nous préparer au voyage dans le royaume des faës.

Un bruit me rappela que Sereia était encore dans la chambre. J'allais l'aider, mais elle me chassa d'un revers de la main.

— Je reviendrai dans deux jours avec plusieurs tenues et tu pourras décider le reste de ta garde-robe à ce moment-là, dit-elle sévèrement. Tu devras rester dans tes quartiers jusqu'à ce que tes nouveaux vêtements arrivent.

Je n'avais pas l'intention de rester cloîtrée ici en attendant mes tenues. À en juger par ce qu'elle m'avait montré de sa personnalité, je ne m'étonnerais pas qu'elle prenne tout son temps. Bien sûr, je me gardai de lui en faire part, impatiente qu'elle s'en aille et me laisse savourer mon déjeuner.

Aussitôt, je soupirai de soulagement et portai le plateau jusqu'à la petite table sur le balcon. La nourriture était délicieuse, surtout les baies. J'en avais mangé avant, mais c'était un genre que je n'avais jamais essayé. On aurait dit des raisins rouges, avec un goût hybride de menthe et de cerise. Si je ne m'étais pas rempli l'estomac avec la soupe et le pain, je les aurais toutes mangées.

Après mon repas, j'errai dans ma pièce – ou plutôt, *mes* pièces. Il y avait le salon principal, une grande chambre avec une autre vue sur la vallée et une salle de bain avec baignoire encastrée. J'aimais les bains, mais c'était un luxe rare quand on partageait une seule salle de bain avec ses parents. J'avais le sentiment que j'allais souvent l'utiliser.

Une heure plus tard, je m'ennuyais. Je pris conscience que je ne savais pas comment trouver ni contacter Lukas ou les autres. Il n'y avait pas de téléphone dans le royaume des faës. J'étais sûre qu'ils devaient utiliser un moyen de communication, mais je n'avais pas pensé à me renseigner.

J'étais sur le balcon, passant le temps à regarder les drakkans sur les falaises éloignées, lorsque je ressentis une gêne dans mon ventre. Je n'y fis pas attention au début jusqu'à ce qu'une petite crampe me prenne, suivie par un accès de nausée. Je mis la main sur mon ventre. Voilà ce que je récoltais pour avoir trop mangé d'un coup cette copieuse nourriture faë.

Je m'assis à la table, espérant que ça passe rapidement. Ce serait bien ma veine d'avoir un mal de ventre le premier jour ici ! Alors que Lukas m'avait promis de dîner avec moi !

Une crampe plus forte attaqua mon ventre et je crus être prête pour le haut-le-cœur qui suivrait. Je ne l'étais pas. Je me pliai en deux, agrippant le rebord de la table pour me soutenir. Après quoi, mon visage était humide de sueur et je tremblais en dépit de la chaleur du jour.

Ayant besoin de m'allonger, je rentrai et m'étendis sur le canapé avant que la crampe suivante ne me frappe. Je gémis et me mis en position fœtale alors que des couteaux me poignardaient le ventre. La douleur avait à peine disparu lorsque mon estomac s'agita violemment. Je vomis son contenu sur mes vêtements et le canapé.

Je m'éloignai de l'odeur nauséabonde qui me donnait envie de vomir à nouveau. Je réussis à m'asseoir à temps pour régurgiter une fois de plus, sur mon haut blanc. De chaudes larmes se déversèrent sur mes joues alors que je glissais du canapé pour me mettre à quatre pattes et ramper vers la salle de bain.

Tout mon corps se figea à la prochaine crampe et je me roulai en boule sur le sol, hors d'haleine. J'eus à peine le temps de récupérer avant qu'une autre n'arrive.

— Oh, mon Dieu...

J'avais survécu à un coup de feu et à une transformation, tout cela pour mourir ici dans une flaque de vomi.

9

J'IGNORE combien de temps je restai roulée en boule sur le sol alors que des vagues successives de nausée déferlaient. J'avais renoncé à atteindre la salle de bain. À présent, je ne pouvais que tenir bon. Il n'y avait plus rien dans mon ventre, mais je vomis jusqu'à ce que ma gorge me brûle.

— Jesse !

Des mains fraîches écartèrent les cheveux qui étaient tombés sur mon visage et je pris vaguement conscience du haussement de ton de Lukas. Me parlait-il à moi ou à quelqu'un d'autre ? Quelle importance ? Rien n'avait d'importance, sauf cette souffrance interminable.

On me souleva pour me poser sur une surface lisse. Il y avait d'autres voix, hommes et femmes, mais je ne pouvais pas les différencier. Mes lèvres furent ouvertes de force et un liquide amer coula lentement dans ma bouche. Mais les mains qui me retenaient étaient si fortes et je ne pouvais rien faire d'autre que pleurer alors que l'on me forçait à avaler cette substance horrible.

Je déglutis encore deux fois sous la contrainte jusqu'à ce que les spasmes dans mon ventre s'atténuent. La nausée resta, mais je n'avais plus de haut-le-cœur.

Une voix féminine et gentille parla en faë, alors que des mains douces nettoyaient mon visage avec un tissu mouillé. Elle dit autre chose encore, mais je ne pouvais pas comprendre.

Je n'avais pas l'énergie d'ouvrir les yeux alors qu'une seconde paire de mains me hissait pour m'asseoir. Les deux inconnues m'enlevèrent mon pantalon et mon haut et passèrent un gant chaud sur ma peau humide avant de me vêtir d'un chemisier ample et doux. Quelqu'un me mit un verre à la bouche et je bus avidement, laissant l'eau froide apaiser ma gorge desséchée.

L'instant d'après, j'étais dans un lit avec une couverture remontée jusqu'à la poitrine. Tout mon corps me faisait mal, surtout ma poitrine et mon ventre, mais je n'étais plus assaillie par la douleur atroce.

Lukas parlait en faë depuis ce qui me semblait être l'autre pièce. Il avait l'air furieux.

Quelqu'un lui répondit. C'était la même voix féminine qui m'avait parlé. Ce qu'elle disait ne devait pas être très encourageant, car la prochaine voix fut celle de Faolin, qui tentait de calmer Lukas.

Que se passe-t-il ? me demandai-je, mais ma tête était trop en pagaille pour penser. Le sommeil arrivait. Lukas dit quelque chose, d'une voix très lointaine. Je laissai les ténèbres rassurantes me prendre.

Je rêvai de tempêtes déchirant le ciel et laissant des villes en flammes. Je regardais tout d'en haut, à l'abri de la destruction, mais j'étais incapable d'aider. La scène changea et je vis mes parents dans notre appartement, tenant Finch et Aisla entre eux alors qu'une tempête menaçait l'immeuble.

— Maman ! Papa ! criai-je, mais mes paroles furent perdues dans le rugissement de la tempête.

— Chut, Jesse. Tu es en sécurité. Tes parents sont en sécurité, fit la voix apaisante de Lukas.

Je m'agitais dans tous les sens contre les bras autour de moi, mais ils étaient trop puissants. Ne voyait-il pas que mes parents avaient besoin de moi ? Je devais les rejoindre.

Conlan parla en faë. Puis Faris. Ils semblaient inquiets. Est-ce que les tempêtes les menaçaient, eux aussi ? Tout à coup, j'étais de retour sur le ferry sur l'Hudson, à regarder les gens tomber dans le fleuve. Il s'agissait de Lukas, Conlan, Faris et des autres. Je criai le prénom de Lukas qui disparut sous l'eau agitée.

J'étais vaguement consciente que l'on me soulevait contre un torse chaud.

— Je suis là, Jesse. Je ne te quitte pas.

Un nouveau rêve m'enveloppa.

Je me tenais sur mon balcon, à regarder la tempête faire rage dans la vallée. La pluie et le vent s'abattaient sur moi, mais j'étais figée, paralysée par la peur et le désarroi.

— Viens, Jesse, ordonna une voix féminine.

Elle provenait d'une grande femme magnifique aux longs cheveux argentés. Son visage était juvénile, mais elle rayonnait d'une puissance et d'une sagesse provenant d'innombrables existences. Ses yeux doux croisèrent les miens. Elle posa une main sur mon épaule. À l'instant où elle me toucha, la tempête s'assourdit et je fus capable de respirer à nouveau.

— Je vous connais ? demandai-je alors qu'elle prenait ma main et me conduisait du balcon à la chambre que je reconnus comme faisant partie de mes nouveaux quartiers à la cour.

— Oui.

Elle m'aida à monter sur le lit et me sourit.

— Nous parlerons très bientôt. Pour le moment, tu dois te reposer.

— Mais les tempêtes... je dois les arrêter.

— Tu le feras.

Elle posa une main froide sur mon front et une léthargie confortable s'empara de moi.

— Dors, mon enfant.

J'ouvris les yeux pour regarder le haut plafond en pierres, un peu déboussolée. Il me fallut une minute pour chasser les toiles d'araignées de mon esprit et me rendre compte que j'étais dans mon lit, à la cour d'Unseelie. Pourquoi n'avais-je aucun souvenir de m'être couchée ?

Je ne pouvais pas bouger les jambes à cause d'un poids lourd. Kaia était étendue sur la partie inférieure de mon corps. Le lamal ouvrit les yeux et me jeta un regard mécontent avant de se rendormir.

Un murmure de voix se laissait porter jusqu'à moi depuis l'autre pièce, trop faible pour que je puisse distinguer ce qu'elles disaient. Dans ce monde, les faës avaient une ouïe normale et ne pouvaient pas entendre à travers les portes, comme chez les humains. Heureusement. Je ne pouvais pas imaginer vivre dans un endroit où personne n'avait de vie privée.

Je libérai mes jambes du lamal contrarié et sortis du lit. Je tremblais un peu, comme après un épisode de grippe particulièrement gratiné, et je me souvins tout à coup de la crise de crampes, de nausées et d'évanouissements. Je portai une main à mon ventre, mais à part le fait d'être vide, il allait bien.

Je remarquai une pile de vêtements pliés sur une chaise. Ce n'étaient pas ceux que j'avais apportés et je fus soulagée de constater que le pantalon m'allait. Mon ancienne tenue avait disparu, j'imaginais à peine dans quel état elle était !

Après m'être regardée dans le miroir de la salle de bain, et avec une grimace devant mon teint pâle, je sortis de la chambre. Lukas et les autres se turent lorsque j'entrai dans le salon et il s'empressa de me rejoindre. Ses yeux étaient emplis d'inquiétude et un souvenir me vint. Il m'avait dit qu'il ne me laisserait pas. Était-ce faux, l'un des étranges rêves dont je n'arrêtais pas de percevoir des images brèves ?

— Je vais bien, dis-je avant qu'il ne puisse m'interroger.

Il me dévisagea avec soin.

— Tu es pâle.

— Merci de me le rappeler.

Je lui adressai un regard désabusé.

— Une douche chaude réglera le problème. Vous avez des douches ici, pas vrai ?

Conlan rit.

— Je pense qu'elle se sent mieux.

— Oui, il y a une douche.

Lukas sourit et me fit asseoir à sa place. Il alla de l'autre côté de la pièce pour revenir avec un plateau repas.

Mon ventre gargouilla, mais le souvenir de ce qui m'était arrivé la dernière fois que j'avais mangé me fit repousser le plateau.

— Je ne peux pas.

— C'est sans danger, assura Faolin depuis son siège en face de moi. Tu ne seras plus malade à cause de ce que tu manges.

— Comment tu le sais ? Peut-être que je ne suis pas prête à manger toutes les nourritures faës.

Je jaugeai d'un œil prudent le plateau. Il semblait délicieux, mais c'était aussi le cas pour le déjeuner d'hier.

La mâchoire de Lukas se durcit.

— Tu as été malade, car tu as mangé des baies acca. Elles sont toxiques pour nous et provoquent des maux d'estomac.

— Je n'ai mangé que ce qui était sur mon plateau repas, et rien n'avait mauvais goût.

J'essayai de me souvenir de l'assortiment de baies de la veille.

— Les bais acca sont sucrées et ont le même goût que n'importe quelle autre baie, précisa Faolin. Les enfants en ingèrent parfois par erreur, mais les adultes savent qu'il ne faut pas les manger.

— J'aurais aimé le savoir.

— Quiconque les a mis sur ton plateau devait compter sur le fait que tu ne saurais pas ce que c'était.

Les articulations des doigts de Lukas blanchirent sur les bords du plateau.

— On a voulu te donner un mal de ventre désagréable, mais les baies ont eu un effet plus important sur toi, car tu as été transformée récemment.

Je lui pris le plateau avant qu'il ne le casse en deux.

— Alors, on n'avait pas l'intention de me tuer. Tant mieux. Enfin, je crois.

— Quand nous trouverons celui qui a fait ça, sa punition sera la même, quelles que soient ses intentions, dit-il durement. Et nous le trouverons.

Faolin avait une lueur féroce dans le regard, la même que lors de notre première rencontre. Je ressentis un instant de pitié pour celui ou celle qui m'avait fait cette mauvaise blague – jusqu'à ce que je me souvienne de m'être tordue de douleur dans une flaque de vomi.

— Cela n'aurait pas dû t'arriver. Je t'ai promis que tu serais en sécurité ici et je n'ai pas tenu parole.

— Ça vaut pour nous tous, renchérit Conlan sans son grand sourire habituel.

— Arrêtez. Aucun d'entre vous n'est responsable.

Je pris une pâtisserie et la reniflai avant d'en goûter un minuscule morceau. Hmm. Je la dévorai d'un seul coup.

— Quoi ? Ne me dis pas qu'il y a un protocole sur la façon de manger ici.

Faris s'exclama :

— Quel plaisir de te voir retrouver ton appétit ! Tu retrouves déjà des couleurs.

— Le roi et son conseil s'attendent à ce que tu les rejoignes sous peu.

— Le devoir t'appelle ? dis-je alors que la déception me rongeait.

Lukas hocha la tête.

— Nous nous réunissons pour parler des dégâts causés à la barrière et pour voir si nous pouvons trouver une solution. Je suis désolé de te quitter si tôt.

— Réparer la barrière, c'est bien plus important que de me tenir compagnie.

Je souris avant d'ajouter :

— Je pense que je peux m'occuper en explorant les lieux.

— Peut-être que tu devrais rester ici et te reposer aujourd'hui.

— Je ne peux pas rester enfermée toute la journée, à moins que tu veuilles vraiment que je perde la tête. Je dois commencer à trouver mes marques, et j'ai très envie d'aller dehors.

— Je vais l'accompagner et lui faire la visite, intervint Faris avec un sourire sournois. Et faire de mon mieux pour lui éviter les ennuis.

J'ouvris la bouche pour leur dire qu'ils exagéraient avec cette affaire de protection, mais Lukas semblait si soulagé que je laissai tomber. En plus, j'étais heureuse de passer du temps avec Faris et je ne voulais pas y aller seule lors de ma première journée ici. Ce qui s'était passé la veille m'avait appris deux choses : j'avais encore beaucoup à apprendre sur le royaume des faës et certains n'étaient pas ravis de ma présence.

— Bien.

Lukas m'adressa un sourire qui provoqua de drôles de sensations dans mon ventre.

— Je te verrai pour le repas du soir et tu pourras me raconter toute ta journée.

Je répondis presque « c'est un rencard, ça ? », mais m'arrêtai à temps pour éviter un moment embarrassant. Au lieu de quoi, je répondis :

— À plus tard.

Il partit, suivi par tout le monde sauf Faris. Même Kaia traversa rapidement la pièce et sortit derrière eux.

— Vous le suivez partout à la cour ? Je pensais que c'était quelque chose que vous ne faisiez qu'en dehors d'Unseelie.

— Ça dépend. À la cour, Vaerik peut mener sa vie sans nous, mais tout le monde veut parler au prince héritier. Nous pouvons être très dissuasifs. En dehors, il se déplace toujours avec au moins deux d'entre nous.

Je n'avais jamais vraiment pensé au quotidien de Lukas dans le royaume des faës. Dans mon monde, il réussissait tant bien que mal à ne pas attirer l'attention, mais c'était impossible dans le royaume d'Unseelie, où il était la seconde personne la plus puissante.

— Je ne l'envie pas, dis-je.

— Moi non plus.

Je terminai mon petit-déjeuner et allai me doucher. Bientôt, je décrétai que le pommeau pluie serait mon nouvel accessoire préféré. Il y avait un assortiment de savons et de shampooings que je pouvais choisir, aux agréables parfums de fleurs.

Après m'être habillée, je m'essuyai les cheveux à la serviette et ils achevèrent de sécher à l'air libre pour former des boucles brillantes et souples. Les cheveux faciles à coiffer et sans frisottis des faës étaient à coup sûr l'un de mes avantages favoris.

Je me dépêchai de revenir dans le salon.

— Je suis prête.

Nous quittâmes mes quartiers et marchâmes à un rythme tranquille dans le grand couloir. Je n'en revenais toujours pas d'être à l'intérieur d'une montagne et je me sentais un peu claustrophobe, sans fenêtres à proximité. C'était encore une chose à laquelle m'habituer.

— Qu'est-ce que tu aimerais voir en premier ? demanda Faris.

— L'extérieur, répondis-je automatiquement. Je me demande si l'original ressemble aux tableaux et aux dessins que j'ai vus.

Il sourit.

— Aucun d'entre eux ne lui rend justice.

Nous empruntâmes l'ascenseur magique jusqu'au rez-de-chaussée et Faris pouffa lorsque je m'avançai avec précaution sur la pierre flottante. J'avais grandi entourée par la magie, mais la technologie alimentait la majorité des choses dans mon monde. Il allait me falloir un moment pour m'habituer à dépendre uniquement là-dessus pour certaines choses.

J'entrevis chaque niveau, mais la plupart d'entre eux se ressemblaient. Parfois, quelques faës passaient avec des regards curieux. Aucun ne semblait hostile comme Sereia ou la femme devant laquelle nous étions passés dans la cour hier, ce qui était encourageant.

Les couloirs étaient plus étroits et les murs en pierre brute, sans la surface polie des niveaux supérieurs. Ils dégageaient la même lumière, mais c'était plus exigu en bas.

— Il n'y a qu'un chemin pour entrer dans la montagne ? demandai-je alors que nous rejoignions une zone ouverte avec de larges portes flanquées par deux faës.

Ils portaient un pantalon bleu foncé, des tuniques assorties avec un ourlet argenté et de longues et fines épées. Leur mine était impassible, mais ils inclinèrent la tête vers Faris lorsque nous approchâmes.

— C'est la sortie vers le domaine. Le bâtiment principal est plus grand et plus formel. Il y a d'autres sorties utilisées par les gardes et les domestiques.

Faris ouvrit la porte et nous débouchâmes dans une cour avec d'épaisses colonnes et quelques bancs vides. Au-delà, j'aperçus des arbres, de vives couleurs et un ciel bleu.

Nous traversâmes la cour et empruntâmes un chemin de pierrailles blanches. Je compris exactement comment Alice avait dû se sentir lors de son arrivée au Pays des Merveilles. Le royaume des faës était d'une beauté exquise, mais si différente de mon monde. Faris avait raison. Les tableaux ne lui rendaient pas justice.

Les arbres attirèrent mon attention en premier, surtout ceux qui ressemblaient à des saules pleureurs, avec des feuilles argentées qui brillaient au soleil. Il y avait d'autres arbres au feuillage rouge ou vert, mais ils faisaient pâle figure en comparaison. Des oiseaux colorés volaient parmi les branchages et s'appelaient en piaillant, et deux minuscules singes couleur lavande se battaient pour un curieux fruit, sur une branche.

Des fleurs de chaque couleur diffusaient leur parfum, et les plus magnifiques ressemblaient à des hortensias aux pétales d'au moins soixante centimètres de large. Quelque chose bougea dans un buisson et un petit visage bleu fit son apparition. C'était un lutin qui ressemblait tellement à Finch que je faillis dire son nom.

Nous quittâmes le chemin pour marcher sur le gazon et je m'accroupis pour le toucher. Il était d'un vert foncé mousseux, si doux que c'en était irréel. Je passai ma main dessus et m'émerveillai de sa texture proche de celle d'un épais tapis en chenille.

— Tu vas te rouler dessus ? demanda Faris.

Je souris.

— Peut-être demain.

Une adorable petite créature de la taille d'un chihuahua accourut pour me renifler les mains. C'était une sorte de petit renard noir avec de longs poils à la pointe argentée, avec des griffes et de magnifiques yeux couleur argent. Je tendis la main pour le caresser, mais il s'enfuit vers un couple devant nous.

— Qu'est-ce que c'est ?

— Un rika. Ce sont des animaux de compagnie populaires.

Je sursautai lorsqu'une pixie me passa devant en voletant, ses ailes effleurant mon visage. Puis je faillis marcher sur une boule de poils blanche presque invisible sur le chemin.

— Cina ! cria la voix d'un enfant.

Une petite fille blonde courut devant nous et prit le hama dans ses bras, l'enlaçant d'un geste protecteur contre sa poitrine. Elle retourna vers une adulte, vraisemblablement sa mère, et je me rendis compte que c'était la première enfant faë que je voyais. Sa peau était de porcelaine et ses traits comme taillés par un sculpteur. Si j'avais dû choisir un mot pour la décrire, ç'aurait été « angélique ».

La mère de la fillette la prit dans ses bras. Elle n'était pas la seule. Il y avait d'autres parents avec leurs enfants qui nous fixèrent des yeux jusqu'à ce que nous les laissions derrière nous.

— Je me sens comme un animal au cirque, grommelai-je.

— Ils n'ont jamais vu de faë rousse ! Ne t'inquiète pas, ça passera, me rassura Faris.

Le chemin serpentait autour d'énormes arbustes en fleurs et j'oubliai complètement les faës. Devant nous, le sentier bifurqua dans trois directions. Les chemins de droite et de gauche menaient vers d'autres immenses jardins. Juste devant nous se trouvait une grande étendue de terrain herbeux parsemé d'arbres et de fleurs, qui descendait vers un petit lac aux eaux miroitantes. Au milieu du lac se dressait un pavillon blanc, accessible par une passerelle en bois.

Il y avait des faës partout, qui se promenaient tranquillement ou paressaient sur les nombreux bancs, seuls ou en petits groupes. Je n'avais jamais vu de faës de la cour ensemble. Chaque adulte mesurait au moins un mètre quatre-vingts, les femmes étaient minces et les hommes affichaient une carrure athlétique naturelle. Contrairement à Lukas et à ses hommes, tout le monde avait de longs cheveux raides, même si quelques femmes osaient des coiffures variées.

Tout le monde était magnifique et élégamment vêtu, comme à une garden-party sur un yacht. Et même s'ils avaient tous des traits différents, ils partageaient une ressemblance un peu troublante dans un monde si divers.

— On va vers le lac ? proposa Faris.

— Oui. Je peux te demander quelque chose ?

— Tu dois avoir beaucoup de questions. Tu peux me demander ce que tu veux.

Je cherchai la meilleure manière de le formuler.

— Tout le monde donne l'impression de se promener, comme un dimanche. Est-ce que les faës de la cour travaillent ? Je sais que certains sont des gardes ou travaillent avec le roi, mais le reste de la cour ?

— Certains oui, mais en général non.

— Ça a l'air d'être une vie ennuyeuse pour un immortel. Comment font-ils pour rester sains d'esprit ?

— Ils organisent de nombreux rassemblements, des fêtes, et passent leur temps à essayer d'améliorer leur statut à la cour.

Il ne plaisantait pas.

Il poussa mon épaule avec son bras.

— Ce n'est pas si mal.

— Pour toi ! Tu es un membre d'élite de la garde royale.

Je commençais à comprendre pourquoi tant de faës trouvaient mon monde attirant. Il était loin d'être parfait, mais il était dynamique et bien plus excitant.

Une pensée me traversa l'esprit.

— Il existe des femmes gardes royales ?

— Oui. La garde personnelle de la consort est entièrement féminine, tout comme celle de la princesse Roswen.

J'avais appris que la princesse Roswen était la sœur cadette de Lukas. Il avait aussi un frère plus jeune nommé Kellen. Allais-je rencontrer sa famille ? Pour le moment, il n'avait pas abordé le sujet.

— Qu'est-ce que tu penses du domaine ? voulut savoir Faris.

— C'est magnifique. Ça sent tellement la fraîcheur et la propreté ! Je ne pense pas avoir déjà été dans un lieu aussi silencieux et paisible. C'est étrange de ne pas voir de bâtiments, de ne pas entendre les bruits de la ville.

— Ma première visite dans le monde humain a été désagréable. Ce n'est pas seulement le fer. Je n'avais jamais vu de ville ni de voitures. C'est toujours bruyant, et il y a cette odeur chimique dans l'air qui ne part jamais. Il faut du temps pour s'ajuster à un nouveau monde.

— Tu n'as pas tort.

Nous continuâmes notre marche. Maintenant que j'avais vu l'endroit pour la première fois, j'étais capable de remarquer d'autres détails. Par exemple, les parents étaient fous de leurs enfants. Ils jouaient et interagissaient avec eux au lieu de les regarder courir partout comme les gens le faisaient dans les parcs de mon monde. Une autre chose que je constatai, c'était comment les gens se comportaient en présence de Faris. Ils s'écartaient sur notre passage en chemin et le regardaient tous avec déférence. Sûrement parce qu'il faisait partie de la royauté ou qu'il était un garde royal.

Au lac, la surface ondula et j'aperçus une queue argentée trop grande pour appartenir à un poisson.

— Qu'est-ce que c'était ?

— Une sirène. Il y en a quelques-unes dans le lac.

— Vraiment ?

Je m'étais renseignée sur les sirènes, mais les voir de près était rare dans mon monde. Elles étaient semblables aux sirènes de notre mythologie, et leur chant était si beau qu'il fascinait tout humain qui l'entendait.

— Tu ne comptes pas reprendre ton ancien métier ici, pas vrai ? Je pense que le roi Oseron tient particulièrement aux habitants de son lac.

— Mon intérêt est purement académique. Je suis impatiente de tout raconter à maman et à papa.

Un faë en uniforme de la cour s'adressa à Faris.

— Je dois partir quelques minutes. Tu permets ?

— Vas-y. J'ai envie d'observer ces sirènes.

Je m'asseyais sur un banc lorsque j'entendis un petit plouf tout près. Je crus avoir entrevu des cheveux noirs, mais je n'en étais pas sûre : mes yeux me jouaient peut-être des tours.

— Quelle affreuse couleur ! Et ces boucles ! critiqua une femme d'une voix traînante, pénétrant mes pensées.

— Et sa peau, renchérit une autre. Les humains appellent ça des taches de rousseur.

— Je ne sais pas, hésita une troisième. Ça lui donne un air exotique.

Les voix s'étaient exprimées dans un anglais parfait – et je reconnus l'une d'entre elles. Je maîtrisai mon expression pour paraître aussi sereine que le lac alors que trois faës s'approchaient de moi.

Dariyah était flanquée de deux femmes que je ne connaissais pas, son faux sourire n'atteignant pas ses yeux verts qui scintillaient de méchanceté. L'une de ses compagnes avait les cheveux noirs et lui ressemblait suffisamment pour être sa sœur ou sa cousine. La troisième était blonde et le petit sourire qu'elle m'adressa était timide, comme si elle ignorait comment me saluer.

— Josie, quel plaisir de te revoir, dit Dariyah avec un sourire satisfait. Bienvenue à Unseelie.

Je souris un peu plus.

— Merci, Dalilah. C'est sympa ici.

Son amie blonde émit un bruit et pinça les lèvres. Le sourire de Dariyah disparut un instant.

— C'est Dariyah. L'amie de… Vaerik.

Elle disait « amie » comme si elle était bien plus que cela pour lui. Mon cœur se serra, car à vrai dire, j'ignorais qui elle était pour Lukas. Plutôt mourir que de lui faire savoir que ces paroles avaient fait mouche.

— Désolée, répondis-je, l'air de dire « oups ». J'avais oublié, parce qu'il ne me parle jamais de toi.

Cette fois-ci, ce fut son amie brune qui parvint à peine à garder son sérieux.

L'air suffisant de Dariyah disparut et je m'attendis presque à ce qu'elle se jette sur moi. Pourtant, elle retrouva son calme si rapidement que j'en fus impressionnée.

— Nous avons entendu dire que tu étais très malade hier soir. Dommage que ta première nuit dans le royaume des faës ait été gâchée.

Elle chuchota :

— Vomir partout n'a rien de honteux.

Je lui adressai mon sourire le plus charmant.

— C'est ce que Lukas – Vaerik – a dit quand je me suis réveillée ce matin. Il est resté toute la nuit pour prendre soin de moi.

Je n'en savais rien, mais Dariyah non plus. Ses lèvres se pincèrent et ses yeux se plissèrent. Elle n'était qu'à quelques secondes d'exploser, mais je m'en fichais. Je ne me laisserais pas intimider ni dévaloriser, et elle ferait mieux de l'apprendre maintenant.

La blonde pâlit et la brune inspira vivement. J'avais été la cible des colères de Dariyah et elle aboyait plus qu'elle ne mordait.

Ce ne fut qu'en entendant d'autres exclamations et quelques mots faës empressés que je me rendis compte que les amies de Dariyah regardaient quelque chose derrière moi. Elles reculèrent encore de quelques pas et Dariyah les suivit avec un sourire malveillant.

Ce qui provoquait ce rictus n'augurait rien de bon pour moi.

10

Mon cœur bondit dans ma gorge. Je m'attendais à voir une douzaine de bunneks venus pour me mettre en pièces, mais je fus accueillie par la vue de Kaia qui filait vers moi. Elle semblait effrayante, mais au fond, ce n'était qu'une grande sentimentale.

Elle me colla de nouveau au banc. Ses grosses pattes se posèrent sur mes épaules et elle grogna gentiment avant de frotter sa tête contre la mienne. Je postillonnai, la bouche pleine de poils de lamal.

— Kaia, assise.

Elle obéit. Puis elle sauta à côté de moi sur le banc où elle sembla enfin remarquer les trois femmes pour la première fois. Elle n'aimait clairement pas ce qu'elle voyait, car elle leur montra les crocs et feula.

Je la grattai derrière l'oreille.

— Sois gentille.

— On continue notre promenade ? lança Faris.

— Avec joie !

Kaia sauta du banc et les trois femmes reculèrent tellement vite qu'elles faillirent finir dans le lac. Je mentirais en disant que je n'étais pas un peu déçue en constatant qu'elles restaient sur la terre ferme.

Nous recommençâmes notre promenade le long du lac avec Kaia à côté de moi. Je ne manquai pas les étranges regards que nous reçûmes de la part des gens alentour. À mi-voix, j'en parlai à Faris :

— Pourquoi on dirait que personne n'a jamais vu de lamal ? Lukas a dit que certains étaient élevés en captivité et domestiqués, Kaia ne peut pas être la seule ici.

— Elle ne l'est pas. Ce que tu ne sais sûrement pas sur les lamals, c'est qu'ils s'imprègnent de la personne qui les élève. Ils tolèrent les membres de la famille et les amis proches, mais ils ne montrent pas souvent d'affection pour une autre personne que leur maître. Tout le monde à la cour sait à qui appartient Kaia. Sa familiarité envers toi leur laisse penser que tu as passé beaucoup de temps avec elle et Lukas.

— J'imagine que ça ne me fera pas gagner beaucoup d'amis par ici.

— Au contraire, je dirais que ton statut à la cour vient de grimper en flèche.

Je voyais au moins une personne qui ne serait pas contente, mais je n'en parlai pas. Moins j'entendrais son nom, mieux ça vaudrait.

Comme s'il savait ce que je pensais, Faris dit :

— J'ai entendu une partie de ta conversation avec Dariyah. J'étais prêt à venir à ta rescousse, mais je ne suis pas surpris que tu n'en aies pas eu besoin.

— Dariyah est peut-être la méchante du coin, mais je viens de Brooklyn. Et elle ne s'est pas entraînée avec Faolin.

Faris rit.

— Ni frappée avec une batte en bois. Et c'était avant que tu aies commencé à t'entraîner.

— Imagine ce que je serais capable de faire avec encore plus d'entraînement. Vous allez pouvoir m'entraîner ici ? Ce n'est pas contre les règles, pas vrai ?

— Peu de règles s'appliquent aux gardes royaux, répondit-il sans un brin d'arrogance. On s'est dit que tu voudrais du temps pour t'adapter avant de recommencer ton entraînement.

— Oh, que non. Quand est-ce qu'on commence ?

Les autres faës appréciaient peut-être cette vie tranquille, mais j'avais besoin de quelque chose de plus.

L'amusement fit étinceler ses yeux.

— Je vais en parler à Faolin. Je suis sûr qu'il appréciera ton enthousiasme.

Devant, trois enfants gravissaient au pas de course une colline sous l'œil attentif de leurs parents. Cela me rappelait la conversation que Faolin et moi avions eue lors de mon premier jour d'entraînement.

— Faolin ne va pas me faire monter une montagne, si ?

— Pas au début.

Faris eut un sourire espiègle.

— Il gardera ça pour une occasion spéciale.

— Laisse tomber.

On sonna, annonçant que j'avais un invité, et je lissai mes cheveux tout en courant pour ouvrir la porte. Lukas avait dit qu'il serait là pour le dîner et l'heure approchait. Je l'avais à peine vu depuis que nous étions arrivés au royaume des faës, et j'étais impatiente de passer la soirée avec lui.

J'ouvris la porte sur un Conlan tout sourire. En le voyant, je sus que Lukas ne viendrait pas. Mon sourire disparut.

— Est-ce qu'il discute encore avec le roi ? demandai-je en essayant de paraître nonchalante.

— Le roi organise une soirée, et la présence de Vaerik est obligatoire. Il m'a demandé de te dire qu'il ne pourrait pas manger avec toi ce soir.

— Je suppose que même le prince héritier ne peut pas dire non au roi.

Conlan s'assit sur le canapé.

— Le roi peut se montrer exigeant avec le temps de Vaerik lorsqu'il est chez lui. C'est une des raisons pour lesquelles il aime s'éloigner de la cour.

Je me mordis la lèvre. J'étais contrariée de ne pas voir Lukas, mais c'était lui qui n'avait pas le choix. J'avais bien conscience, en arrivant ici, qu'il aurait beaucoup de responsabilités et d'obligations, et je ne pouvais pas m'attendre à ce qu'il soit toujours disponible pour moi.

Ce dont j'avais besoin, c'était occuper mon temps et ne pas être dépendante de Lukas et des autres pour tout. Chez moi, j'avais ma famille, un travail et mon indépendance. Ici, je n'avais rien à faire, et ma vie à New York me manquait déjà.

— Petite veinarde, tu as le droit de dîner avec nous ce soir !

— Nous ?

— Iian et Kerr arriveront bientôt. Ils apportent le repas.

Je le rejoignis sur le canapé.

— Vous n'avez pas besoin de me tenir compagnie. Et vos familles ?

À l'exception de Faris et Faolin, qui étaient frères, je ne savais rien de leur vie de famille. Pourquoi ?

— Ma mère et ma sœur sont dans notre maison près de l'océan, répondit-il. Mon père est un conseiller du roi et ce rôle l'occupe beaucoup.

Sa réponse me surprit.

— Je pensais que tous les membres de la cour vivaient à la cour.

— Beaucoup, oui, mais nous avons tous des propriétés familiales éloignées. Certains, comme ma famille, préfèrent la vie plus tranquille loin de la cour. Les propriétés familiales d'Iian et de Kerr sont proches des miennes. Celles de Faris et de Faolin sont dans les montagnes de Daerig, mais ils passent la majorité de leur vie ici. Leur mère est conseillère du roi et leur père est le responsable de la sécurité de la cour.

— Pourquoi est-ce que je ne suis pas surprise que le père de Faolin soit le responsable de la sécurité ? dis-je avec ironie. Il est aussi adorable que son fils ?

— Si tu penses que t'entraîner avec Faolin est difficile, tu aurais dû voir ce que Korrigan nous a fait subir. Pas un jour ne passait durant la première année d'entraînement sans qu'au moins l'un d'entre nous ne vomisse ou ne s'évanouisse.

— Vous aviez quel âge quand vous avez commencé à vous entraîner ?

— Dix ans.

— Dix ?

Iian et Kerr entrèrent en portant des plateaux chargés de nourritures et de boissons, qu'ils posèrent sur la table de la salle à manger.

Conlan se leva.

— Juste à temps ! J'allais raconter à Jesse comment c'était de s'entraîner avec Korrigan.

— Super.

Iian fit un rapide sourire et m'accorda une petite révérence.

— Le dîner est servi.

Quelques heures plus tard, j'étais sur le balcon à contempler les étoiles lorsque ma porte s'ouvrit. Lukas entra avec Kaia. J'avais abandonné tout espoir de le voir ce soir.

Nos yeux se croisèrent et il sourit, libérant des papillons dans mon ventre.

— J'ignorais si tu serais encore debout, dit-il en s'accoudant contre la rambarde. Je voulais savoir comment s'était passée ta journée.

— C'était bien. Faris et moi avons passé la moitié de la journée dehors et j'ai dîné avec Conlan, Iian et Kerr.

— Je suis désolé de ne pas avoir été très présent depuis notre arrivée. Cette affaire avec la barrière prend plus de temps que prévu. Et puis, il y a mon père...

Il se perdit dans ses pensées.

— Tu n'as pas à t'excuser. Je sais que tu as beaucoup de responsabilités ici.

Il semblait porter le poids du monde sur ses épaules. Cette impression disparut, mais je savais que je ne l'avais pas imaginée. Il était accablé par quelque chose et j'aurais aimé savoir comment l'aider.

Je me tournai vers la vallée plongée dans l'obscurité. Au loin, la foudre frappait au-dessus de l'océan. La tempête était trop lointaine pour nous affecter, mais sa vue me troubla.

— Tu as froid ? Les nuits peuvent être fraîches à cette époque de l'année.

Lukas se tourna et passa un bras autour de moi, m'attirant contre lui comme s'il le faisait tout le temps. Je m'appuyai contre son corps chaud et réprimai un soupir de satisfaction. Il faisait doux ici par rapport à New York, mais il était hors de question que je le lui dise.

— Je sais que mes parents sont à l'abri de Davian sur ton île, mais s'il y a une tempête et que je ne suis pas là pour leur porter secours ?

— Les tempêtes ne se sont produites que dans les villes où les portails étaient le plus utilisés, ta famille est en sécurité dans ce lieu éloigné. J'ai quatre gardes fiables postés là-bas comme protection supplémentaire, et pour me tenir informé quotidiennement.

— Ah bon ?

Son visage était caché dans l'obscurité.

— La sécurité de ta famille est une priorité pour moi. N'en doute jamais. Je vais bientôt t'emmener les voir.

Ses paroles me rendirent ivre de bonheur.

— C'est vrai ?

— Je le promets.

Je reposai ma tête dans le creux de son épaule.

— Puis-je te demander si tu as progressé pour réparer la barrière ?

Il passa sa main libre dans ses cheveux.

— Nous nous sommes tous mis d'accord sur le fait que ni Unseelie ni Seelie ne pouvaient faire ça tout seuls. Le nécessaire est mis en œuvre pour organiser une rencontre avec Seelie et trouver une solution ensemble.

— Comment ça va fonctionner ? La reine Anwyn a provoqué tout ça en faisant voler le ke'tain.

— Nous n'avons pas de preuves de son implication, répondit-il, aussi mécontent que moi à ce sujet. Nous devons mettre de côté nos différends pour le bien du royaume des faës.

Je comprenais l'importance et le rôle de la diplomatie, mais j'étais contente de ne pas avoir à parler à la reine de Seelie. Impossible d'être polie avec celle qui avait failli détruire ma famille.

— J'ai des affaires à régler demain matin, mais j'ai libéré mon après-midi. Ça te dirait d'aller visiter la ville avec moi demain ?

— Tu as vraiment besoin de le demander ? Je veux tout voir !

Il me surprit en se penchant pour me faire un très léger baiser sur le front. Le geste n'avait rien de sensuel, mais mes terminaisons nerveuses réagirent.

Lukas resta pendant encore une heure et nous bavardâmes. Pour l'essentiel, nous restâmes sans parler, à écouter les sons éloignés de la vallée. Bien après qu'il m'eut souhaité bonne nuit, je restai au lit, incapable de dormir, songeant à notre sortie du lendemain.

Lorsque je m'endormis enfin, je rêvai de Gus, qui n'était plus le minuscule drakkan que j'avais connu. Il était aussi grand que celui que j'avais vu hier, et ses écailles rouges et or ondulaient comme les flammes sous le soleil. Je l'appelai, mais il ne se souvenait pas de moi. La tristesse m'envahit alors qu'il s'envolait jusqu'à n'être plus qu'un point dans le ciel.

— Prête ? demanda Lukas lorsque je lui ouvris la porte, à lui et à Kaia, le lendemain.

— Tu plaisantes ? Si tu étais venu une minute plus tard, je serais partie sans toi.

— Tu as toujours été aussi impatiente ?

— Non, mais il faut dire que je n'ai jamais eu besoin de passer toute la matinée à me faire mesurer sous toutes les coutures pour refaire ma garde-robe. Qui aurait cru que ça puisse être aussi épuisant ?

Je m'étais réveillée de bonne humeur, et cela avait duré jusqu'à l'arrivée de Sereia pour m'aider à choisir des tenues. Après une dispute pour savoir quelles couleurs iraient mieux avec mes cheveux et mon teint, nous avions passé encore une heure à nous chamailler à propos de mes vêtements. Si je lui avais laissé le choix, j'aurais porté des robes tous les jours. C'était peut-être le style de la majorité des femmes à la cour, mais je préférais les pantalons au quotidien et les robes pour les occasions plus formelles.

Lukas rit en entendant mon histoire. Ma voix nous avait certainement devancés, car lorsque nous atteignîmes la cour à ce niveau, la douzaine de personnes présentes attendaient sa venue. C'était la première fois que je sortais de mes quartiers avec lui, et c'était surréaliste de voir tout le monde s'incliner ou faire la révérence.

Je ne fus pas surprise, pourtant, en recevant quelques regards furtifs. La veille, j'avais été l'objet de curiosité, car j'étais la « nouvelle » faë. Aujourd'-hui, j'étais en compagnie du prince héritier.

— Vaerik, fit une voix féminine sensuelle.

C'était la même qui m'avait fusillée du regard le jour où j'étais arrivée, mais on aurait dit que j'étais invisible maintenant. Elle n'avait d'yeux que pour Lukas.

— Jesse, voici Rashari.

— Enchantée.

Je lui adressai un sourire aussi faux que le sien.

— Ah oui, la petite protégée de Vaerik, dit-elle comme si elle parlait à un enfant. Quel plaisir de te rencontrer.

Elle n'attendit pas que je réponde avant de tourner son regard affamé vers Lukas.

— Je suis si contente d'être tombée sur vous. Je voulais vous dire que j'avais passé une très belle soirée.

Mon corps se raidit et je sentis un élancement de douleur dans ma poitrine. Lukas m'avait dit qu'il avait dîné avec son père.

— Le roi mérite toutes vos louanges, fit Lukas poliment. Il aime organiser des dîners.

Rashari sourit avec coquetterie.

— Je suis honorée d'y avoir été invitée. J'ai hâte de recommencer.

— Je suis content que vous ayez apprécié. Je m'excuse de partir précipitamment, mais Jesse et moi allons en ville aujourd'hui.

Lukas n'attendit pas qu'elle réponde avant de me prendre le bras pour commencer à s'éloigner. J'osai regarder Rashari, dont le sourire crispé ne cachait pas son dépit.

— Profitez de votre visite de la ville, lança-t-elle sans enthousiasme.

Lukas et moi gardâmes le silence en entrant dans l'ascenseur.

— Mon père organise souvent des dîners pour parler des affaires de la cour avec ses conseillers principaux, lâcha Lukas. Certains de ses conseillers ont des filles qu'il juge de bons partis pour moi et il aime les inviter à dîner avec nous.

— Il veut que tu choisisses l'une d'elles comme future épouse, dis-je, la gorge nouée.

— Comment es-tu au courant ?

J'hésitai avant de répondre. Je ne voulais pas lui raconter ma dispute avec Dariyah, mais il n'y avait pas d'échappatoire. J'avais le désagréable sentiment que rien de ce qu'elle m'avait dit n'était faux, même si j'en détestais la source.

— Jesse ?

— Dariyah me l'a dit, il y a quelques mois.

— Dariyah ? répéta-t-il vivement. Quand est-ce que tu l'as vue en dehors du jour où elle est venue chez moi ?

Serrant les dents, je répondis :

— Elle m'attendait devant mon immeuble, un jour après que Tennin a partagé en ligne ces photos de toi et moi. Elle m'a dit que tu devais choisir une partenaire de sang bleu pour produire de puissants héritiers.

L'expression de Lukas s'assombrit.

— Elle n'avait pas le droit d'aller chez toi ni de te dire ça ! Je vais m'assurer qu'elle ne te harcèle plus.

Kaia, captant sa colère, approuva en grognant.

Je posai une main sur son bras.

— C'est gentil que tu veuilles me protéger, mais je peux me débrouiller. J'ai affronté bien pire que Dariyah.

— C'est vrai.

L'ascenseur ralentit et je fus surprise de voir Faris, Conlan, Iian et Kerr qui nous attendaient au rez-de-chaussée armés d'épées. Lukas m'expliqua qu'une garde l'accompagnait toujours lorsqu'il quittait la cour.

Nous sortîmes de l'ascenseur et un homme en uniforme de la cour s'empressa jusqu'à nous. C'était le même domestique qui était venu chercher Lukas dès que nous étions arrivés en Unseelie. Je n'avais pas besoin de comprendre le faë pour savoir qu'il était là au nom du roi.

— Dites à mon père que j'ai des choses prévues pour le reste de la journée et que je le verrai demain, répondit Lukas en anglais.

Apparemment, à voir sa mine, le domestique allait obéir de mauvaise grâce. S'inclinant devant Lukas, il se retourna et partit à la hâte.

Nous rejoignîmes une sortie différente de celle que Faris et moi avions empruntée la veille. C'était la grande salle, et elle possédait deux immenses portes que je ne pensais pas pouvoir ouvrir avec ma simple force. Quatre gardes se mirent au garde-à-vous et s'inclinèrent devant Lukas lorsque nous entrâmes.

Au lieu de sortir par les immenses portes, nous allâmes jusqu'à une porte de taille normale que je n'avais pas remarquée. Iian l'ouvrit et nous émergeâmes dans une zone circulaire pavée de pierres plates. Dans le cercle se trouvait une calèche blanche ouverte. Elle était tirée par quatre imposantes créatures équines nommées tarrans, au visage anguleux et avec deux petites cornes sur le front. Un homme en livrée était assis sur le siège du cocher et tenait les rênes. Quatre autres tarrans se trouvaient à proximité et portaient quatre selles légères similaires à celles utilisées par les jockeys humains, mais avec de grands étriers.

Kerr s'inclina devant moi avec exagération.

— Votre calèche vous attend, madame.

— Je vous remercie, monsieur.

Je le laissai m'aider à y monter.

Lukas s'assit à côté de moi. La calèche était assez grande pour contenir six personnes, mais Faris, Conlan, Iian et Kerr montèrent les tarrans et prirent position de chaque côté de notre attelage. Lukas dit quelque chose au cocher et nous partîmes avec une petite embardée.

— Où est Kaia ?

Lukas m'arrêta.

— Elle aime courir. C'est de l'exercice pour elle.

Il indiqua quelque chose, de son côté.

— Là.

Je me penchai contre lui pour regarder vers le lamal qui courait devant le tarran de tête avec de grandes enjambées. Elle s'accroupit tout à coup et remua son postérieur, puis elle fila en poursuivant quelque chose dans les buissons.

Je me rassis et pris un instant pour savourer l'expérience. C'était un jour magnifique et j'étais seule dans une calèche avec Lukas, à l'occasion de ma première sortie dans une ville faë. J'avais eu un début difficile lors de mon séjour en Unseelie, mais cette horrible journée était désormais un souvenir lointain.

La calèche ralentit alors que nous atteignions une bifurcation. La route de gauche semblait plus empruntée et la droite serpentait jusque dans les arbres.

— Où est-ce que ça mène ?

— Vers la forêt de Cadian, répondit Lukas. Il y a un petit village d'elfes à la lisière de la forêt, mais la majorité des elfes sont partis vivre en ville. La route est principalement utilisée par des chasseurs.

— À quelle distance se trouve la ville ? demandai-je alors que nous sortions du couvert des arbres et que des collines vallonnées apparaissaient.

— À trois kilomètres.

— Ce n'est pas loin du tout. On aurait pu marcher.

Conlan, qui chevauchait le plus près de nous, réagit en ricanant.

— Le prince héritier ne marche pas jusqu'à la ville. Il doit avoir un moyen de transport plus majestueux.

— D'habitude, je chevauche avec eux, se défendit Lukas. Mais tu n'as jamais chevauché de tarran et ça demande de l'entraînement.

— Tu aurais pu monter avec lui, mais ça provoquerait un gros scandale en ville, plaisanta Conlan assez fort pour que les autres entendent.

— Non, merci, dis-je par-dessus leur rire.

La route de gravier tourna et les collines devinrent des terres cultivées. D'un côté, il y avait des champs de légumes feuillus et des animaux qui broutaient, et de l'autre des orchidées. Je reconnus certains fruits que je mangeais chez moi. Le paysage était vert et pittoresque comme la campagne italienne.

On aurait pu se croire en Toscane si les personnes travaillant les champs n'étaient pas des trolls et des nains, et si les vaches n'étaient pas en réalité de petites créatures laineuses aux allures de mammouths.

Nous passâmes sur un pont de pierres et je laissai échapper un petit cri de plaisir lorsque nous entrâmes dans la ville. J'avais l'impression de remonter le temps vers une ville médiévale, mais sans les chevaliers et les paysans.

Le chemin de graviers céda la place à une rue pavée plus plate, suffisamment large pour deux calèches. Les bâtiments à deux ou trois étages bien entretenus le long de la route étaient blancs, brun clair ou marron, avec beaucoup de fenêtres et de balcons qui leur donnaient un aspect lumineux et spacieux. Certains des immeubles avaient des magasins au rez-de-chaussée et j'aurais aimé m'arrêter pour tous les visiter.

Des gens nous faisaient des signes depuis les balcons et les trottoirs, et des enfants aux yeux émerveillés nous regardaient passer. Contrairement à la cour, les villageois étaient un mélange de faës nobles, d'elfes, de nains et même de trolls. C'était bizarre de voir des trolls vaquer paisiblement à leurs occupations et je me demandai si seuls les fauteurs de troubles venaient dans mon monde.

Alors que nous approchions du centre-ville, les rues devinrent plus encombrées et des bannières colorées apparurent.

— C'est une fête foraine ou un truc de ce genre ? demandai-je à Lukas.

— C'est jour de marché. J'ai pensé que ça te plairait.

Nous nous arrêtâmes à côté d'une fontaine au milieu de la grande place. Depuis ma position surélevée, j'avais une vue à trois cent soixante degrés sur le marché et je faillis me dévisser le cou pour tout regarder.

Des stands et des étals bordaient la place. On y vendait de tout, depuis la charcuterie, les fromages et la boulangerie jusqu'aux vêtements, bijoux, œuvres d'art, livres et bien plus encore. La musique s'élevait avec le fredonnement de plusieurs voix, cris, rires et gloussements enfantins. Les odeurs d'épices exotiques, de viandes salées et de pâtisseries me donnèrent l'eau à la bouche.

Je vis quelques personnes de la cour qui se démarquaient avec leurs beaux vêtements. Pour l'essentiel, les villageois s'habillaient plus simplement, pantalons, jupes et t-shirts. Tout le monde se tenait à bonne distance de la calèche et l'on s'inclina devant Lukas lorsqu'il sortit. Il pencha la tête en reconnaissance et m'aida à descendre. J'aurais pu le faire seule, mais c'était sa façon de respecter les bonnes manières plus que de m'aider. Conlan et les autres descendirent et Kaia rejoignit leurs jambes pour prendre position de l'autre côté de Lukas.

— Qu'est-ce que tu veux voir ? me demanda ce dernier.

— Tout.

En riant, il posa une main dans mon dos et me guida vers les étals les plus proches. Les gens s'écartaient de notre chemin, nous laissant le champ libre. Apparemment, on ne voyait pas souvent le prince héritier au marché et c'était un plaisir pour eux.

Le premier étal auquel nous nous arrêtâmes vendait des bijoux et je fus étonnée par le grand choix de cristaux et de babioles clinquantes. Il y avait des bagues, des bracelets, des colliers, des accessoires pour cheveux. Je pris un bracelet en eyranth brillant et admirai les détails complexes du bracelet de métal. Lukas traduisait mes louages à la vendeuse elfe qui semblait à la fois troublée et honorée d'avoir le prince à son étal.

Je lui posai quelques questions sur certaines pierres et son travail pour la mettre à son aise. Lorsque nous passâmes à l'étal voisin, la fierté causée par certains compliments de Lukas la fit rougir.

Le prochain vendeur vendait des pâtisseries et il ne fallut pas beaucoup m'amadouer pour que j'en goûte une. La spécialité sucrée et friable fondait sur ma langue et je lui avouai, avec l'aide de Lukas, que c'était la meilleure que j'aie jamais mangée. Le vendeur au grand sourire m'en proposa d'autres, mais je lui répondis que je devais garder de la place pour les autres délices.

Lukas et moi errâmes d'étal en étal. J'étais au degré de bonheur le plus haut jamais atteint depuis mon arrivée dans le royaume des faës et je me sentais plus à l'aise ici, où le protocole était moins formel et avec tant de personnes différentes. La cour était somptueuse, mais elle n'avait pas le dynamisme et la chaleur de cette ville.

Les hommes de Lukas restèrent suffisamment proches pour réagir à n'importe quelle menace contre leur prince tout en évitant de s'attrouper autour de nous. Ce n'était pas comme dans mon monde, où ils marchaient à côté de lui comme ses égaux. Ils étaient peut-être ses meilleurs amis, mais ils avaient l'air de simples gardes royaux.

Parfois, des faës de la cour nous abordaient et Lukas s'arrêtait pour leur dire quelques mots. Certaines femmes essayaient de l'accaparer, mais il ne restait jamais longtemps avec elles, à leur grand désarroi. Je ne manquai pas non plus le fait qu'il parlait toujours anglais en ma présence.

Un musicien installait un instrument à cordes rectangulaire. Il pinça quelques cordes et la joie me remplit. Cela ressemblait à une guitare classique. Mes doigts avaient envie de l'essayer. Peut-être que je pouvais en trouver une identique, vu que j'avais dû laisser mes instruments chez moi.

Le musicien me fit signe d'approcher. Il dit quelque chose en faë et je secouai la tête pour montrer que je ne pouvais pas le comprendre. Un froncement de sourcils creusa son front, puis il sourit et me tendit l'instrument.

Les mains me démangeaient de le prendre et je m'assis sur le banc de pierre derrière lui. Au début, tenir l'instrument était bizarre, car les cordes étaient d'une fibre que je n'avais jamais vue. Les premières que je pinçai me firent grimacer et il me fallut une minute pour que mes doigts s'habituent à leur contact. Comme s'ils possédaient leur volonté propre, ils commencèrent à jouer *Annie's Song*. Ce n'était pas vraiment comme lorsque je jouais cet air sur ma guitare, mais je me perdis dans la mélodie familière. Le marché disparut et je fus de retour dans ma chambre, chez moi, à jouer pour Finch et Aisla.

La chanson se termina et des applaudissements me ramenèrent au présent. Une foule m'encourageait. En souriant, je me levai et rendis son instrument au musicien.

— Merci, lui dis-je.

Une petite fille elfe avec un rika courut jusqu'à moi et me tira les cheveux.

— *Misse*, dit-elle en faë d'un air émerveillé.

Une adulte accourut et retira gentiment la main de la fille de mes cheveux. Le visage de la femme était anxieux comme celui d'une mère craignant que son enfant ait fait quelque chose de mal.

— Tout va bien, dis-je, mais mes paroles semblèrent la bouleverser encore davantage.

Je cherchai de l'aide aux alentours et fus soulagée lorsque Faris apparut.

Il dit quelque chose à la mère de l'enfant, qui répondit timidement, croisant à peine son regard. Elle m'adressa un petit sourire. Je lui souris en retour et elle inclina la tête pour ensuite éloigner sa fille à travers la foule.

— Je ne voulais pas l'effrayer, murmurai-je à Faris.

— Ce n'est pas toi. Elle avait peur que son enfant soit punie pour avoir touché l'amie du prince.

— Mais ça n'arriverait pas, si ?

— Personne n'oserait faire du mal à un enfant, mais il y a certaines personnes à la cour qui considèrent que les villageois sont indignes d'eux. Ils auraient passé un savon à la mère.

Ma bonne humeur fut atténuée : quel que soit le monde, il y aurait toujours *ce genre* de personnes.

— La petite fille a dit quelque chose en touchant mes cheveux. Qu'est-ce que « misse » veut dire ?

Faris sourit.

— Ça veut dire « beau ».

Il m'escorta auprès de Lukas, qui se pencha pour dire :

— Tu n'as jamais joué pour moi.

L'espièglerie dans sa voix me mit l'estomac sens dessus dessous.

— Demande gentiment et je pourrais bien le faire.

J'eus le souffle coupé. Est-ce que je flirtais avec lui ? Et lui, est-ce qu'il flirtait en retour ?

Je repérai un stand de librairie.

— Oh, Lukas, nous devons nous arrêter là !

Une exclamation toute proche me signala ma maladresse et mon visage rougit. Je baissai la voix.

— Je n'arrête pas d'oublier que tu es le prince héritier.

— Tu es peut-être la seule personne de tout Unseelie qui l'oublie, murmura-t-il.

Je n'arrivais pas à savoir s'il en était déçu.

— Je suis désolée.

— J'aime bien. Ça reste entre nous.

Sa bouche frémit en un sourire, que je lui rendis aussitôt.

— Mes lèvres sont scellées.

Nous nous dirigeâmes vers le stand qui possédait des étagères de livres et plus encore dans des caisses en bois. Chacun avait une couverture reliée en tissu avec un simple titre en relief. La plupart étaient des œuvres de fiction, d'après Lukas. Ils étaient tous écrits en faë, je ne pouvais pas les lire... pour le moment. J'en feuilletai certains, intriguée par l'écriture fluide. Il était difficile de croire que je serais bientôt capable de parler et d'écrire en faë, et que je finirais même par comprendre tous les langages humains.

Je découvris sur un livre vert qu'une page sur deux était un dessin détaillé d'une plante faë. Lorsque je le montrai à Lukas, il m'informa que le texte sur la page opposée décrivait la plante et ses usages culinaires et médicinaux. Mes parents aimeraient le livre, même s'ils ne pouvaient pas le déchiffrer. Connaissant maman, elle le ferait traduire par quelqu'un dès que je le lui offrirais.

Malheureusement, je n'avais pas d'argent sur moi. J'avais vu des personnes échangeant des pièces de métal très fines utilisées comme monnaie, mais je n'en possédais aucune.

J'allais remettre le livre là où je l'avais trouvé lorsqu'une main m'arrêta. Lukas me prit le livre et le donna au vendeur, qui hocha la tête et s'inclina.

— Tu n'as pas besoin d'argent ici, me dit Lukas. Tous les marchands savent que la cour paiera pour tes achats. Il va apporter le livre à la calèche.

— Ça enlève un peu le plaisir, lançai-je malicieusement. Mais merci.

Quelques minutes plus tard, j'étais devant un stand vendant des baies séchées à la texture croustillante et à la saveur similaire aux mûres. Lorsque

Lukas me dit qu'il s'agissait d'une friandise populaire auprès des enfants, j'en achetai un sachet pour Finch et Aisla.

À un autre stand, je trouvai un pendentif avec un minuscule cristal violet dans une délicate cage d'eyranth qui rendrait Violet complètement folle. Mais l'eyranth était cher, et je souris avec regret à la vendeuse avant de poursuivre ma route.

— Tu le veux ? demanda Lukas.

— Je pensais que Violet l'aimerait, mais je vais lui prendre quelque chose de moins tape-à-l'œil.

Lukas se tourna vers la vendeuse et lui dit quelque chose en faë. Cette dernière lui rendit un grand sourire et enleva le pendentif de la vitrine.

— Tu n'as pas à faire ça, protesté-je lorsqu'il me rejoignit.

— Ça me fait plaisir.

Nous continuâmes notre marche et il nota :

— Tu as acheté des choses pour tout le monde sauf toi. Il y a quelque chose que tu veux ?

— Je veux goûter tout ce qui sent aussi bon, absolument tout.

Nous continuâmes notre circuit et je mangeai et bus à ne plus en pouvoir.

Cela avait été un très bel après-midi, mais il était temps de retourner à la cour.

Lukas m'aida à monter dans la calèche, où je trouvai mon livre ainsi qu'un objet long enveloppé dans du tissu. Je jetai un regard interrogateur à Lukas.

Il sourit.

— Tu ne peux pas jouer pour moi sans instrument.

Je voulus lui faire un câlin, mais je me rappelai où nous étions.

— Tu m'as acheté un... ?

— Ça s'appelle un bugu.

— Merci.

Le prince entrelaça ses doigts aux miens, ce qui me fit des chatouillis dans le bras. Conlan et les autres montèrent leur tarran et la foule s'écarta pour laisser passer la calèche.

— Tu as apprécié ton premier voyage en ville ? demanda Lukas alors que nous parcourions le chemin en sens inverse.

— C'était parfait.

— Mon emploi du temps est très chargé en ce moment, mais je te promets que ça ne sera pas tout le temps comme ça, dit-il. Nous aurons bien d'autres jours comme celui-ci.

— Je vais te prendre au mot, répondis-je à la légère.

— Je l'espère.

Je ne savais pas s'il parlait d'amitié ou d'autre chose, mais la façon dont il me regardait et tenait ma main en promettait davantage. Je ne désirais rien d'autre en ce moment que de sentir ses lèvres sur les miennes. Il ne pouvait pas m'embrasser alors que nous étions ainsi à l'honneur, mais peut-être que plus tard, à huis clos...

Je me détournai pour rougir, qu'il ne puisse pas deviner où mes pensées m'avaient emmenée. Mon regard se porta sur ma gauche et ma droite avant d'atterrir sur un Conlan amusé qui chevauchait à côté de la calèche. Il esquissa un sourire narquois devant ma désinvolture feinte.

— Qu'est-ce que tu as le plus aimé au marché ? demanda Lukas alors que nous franchissions le pont de pierres en dehors de la ville.

— C'est plus facile de me demander ce que je n'ai pas aimé.

— C'est-à-dire ?

— Le départ. J'aurais aimé que cette journée ne se termine pas.

Ses doigts serrèrent les miens.

— Ce n'est pas encore fini. Que dirais-tu de dîner avec mon frère et ma sœur ?

— Tu veux que je rencontre ta famille ?

— Seulement Roswen et Kellan.

L'amusement fit briller ses yeux.

— À moins que tu n'aies le courage de faire face à toute ma famille d'un coup.

Je déglutis avec nervosité à l'idée de rencontrer le roi d'Unseelie.

— Peut-être juste ton frère et ta sœur ce soir.

— Roswen me demande sans arrêt quand elle pourra te rencontrer et je ne peux rien lui refuser.

— Quoi ?

Je fis semblant d'être surprise.

— C'est donc quelqu'un à qui tu ne peux pas donner d'ordres ?

Il fit semblant de faire les gros yeux.

— Peut-être que je ne devrais pas vous présenter.

J'ouvris la bouche pour rétorquer, mais je fus interrompue par un remue-ménage dans un champ sur notre droite. Un troupeau de ce qui ressemblait à des oies roses faisait un raffut de tous les diables, courant et volant dans le champ, poursuivi par une silhouette sombre. Un nain les pourchassait en criant et agitant les bras, essayant de sauver son troupeau du prédateur qui semblait *très* familier.

Lukas appela le cocher et la calèche ralentit. En se levant, il cria :

— Kaia !

Si le lamal l'avait entendu, elle s'amusait trop pour répondre à son appel.

Elle bondit sur l'un des oiseaux et je mis la main sur ma bouche, m'attendant au pire. Le volatile s'envola à la dernière seconde, s'échappant en perdant seulement quelques plumes. Kaia bondit et fila vers une autre oie.

— Tu vas devoir aller la chercher ! railla Conlan.

— Je sais.

Lukas sauta de la calèche et partit dans le champ, suivi par les éclats de rire de ses hommes. Iian et Kerr lui donnèrent une petite longueur d'avance avant de descendre de leurs montures pour lui prêter main forte.

Le corps musclé de Lukas se déplaçait avec la grâce puissante de son lamal, alors qu'il marchait à grandes enjambées vers le chaos. Il ressemblait lui-même en tout point à un prédateur, et s'il me traquait, cela ne me dérangerait pas.

Je restai bouche bée en voyant des silhouettes ailées dans le ciel au-dessus de nous. De loin, les drakkans étaient gros, mais d'aussi près, ils étaient énormes. Celui juste au-dessus de nous devait être plus gros qu'un moteur d'avion.

— Il ne te fera pas de mal, dit Faris, interprétant mon émerveillement comme de la peur. Les drakkans n'attaquent jamais les gens dans la vallée.

Le drakkan vola sur cinq cents mètres et se tourna pour revenir faire un autre passage. Il était plus bas, cette fois-ci, et ses écailles brillaient telles des flammes au soleil. Des flammes d'une couleur or rougeâtre.

Impossible. Mon cœur tressaillit. Il devait y avoir beaucoup de drakkans dotés d'écailles de cette couleur et il était impossible qu'il se soit développé autant durant les deux mois qui s'étaient écoulés depuis la dernière fois que je l'avais vu.

Mes yeux étaient rivés sur le drakkan qui plongeait en rase-mottes, me donnant une vue parfaite sur le motif doré et rouge de son dos, que je ne connaissais que trop bien.

— Gus !

Sa tête cornue me scruta, ses yeux comme des rayons laser.

Je fus hypnotisée. Quelqu'un cria, mais je pouvais à peine l'entendre par-dessus le battement d'ailes parcheminées. Il venait droit sur moi. Je me mis à l'abri.

Ma tête fut projetée en arrière lorsque l'énorme patte griffue m'enveloppa par-derrière et m'arracha de la calèche. Tout se passa si rapidement que c'était flou. La seule chose dont je me souvienne clairement, ce fut Lukas qui courait dans le champ en criant mon nom.

11

LES PUISSANTES AILES du drakkan battaient dans l'air, nous emportant à une vitesse inouïe. En quelques secondes, Lukas et les autres disparurent et je fermai les yeux pour chasser ce flou qui donnait le tournis, la vision du sol qui défilait trente mètres plus bas. Je m'accrochai à la patte autour de moi, terrifiée qu'elle puisse m'envoyer m'écraser au sol.

Après quelques minutes, je ne pus plus supporter de ne pas savoir ce qu'il se passait et j'ouvris les yeux. En contrebas, des fermes et des champs verts défilaient et quelques personnes nous montraient du doigt. Ce n'était sûrement pas un spectacle courant.

La bête ressemblait à Gus, mais cela ne voulait pas dire que c'était lui. Et même si c'était le drakkan que j'avais secouru, il avait tellement changé que j'ignorais ce qu'il ferait.

Nous passâmes au-dessus d'un champ de blé sur lequel était projetée la grosse ombre du drakkan. Des bribes de souvenir me narguaient. Non, pas un *souvenir*. C'était plus comme un rêve, mais comment aurais-je pu rêver d'un endroit que je n'avais jamais vu ?

Plus loin, la grande rivière traversait la vallée et je pus prévoir que nous allions tourner à gauche. Lorsqu'il passa au-dessus de quelques bateaux, je me demandai avec effroi si je pourrais un jour emprunter un bateau sur cette rivière ou si c'était la dernière fois que j'en voyais un.

Nous déviâmes du cours d'eau et le drakkan prit de la vitesse alors que nous approchions de ce qui devait être son antre.

Il commença à monter à une allure vertigineuse qui me remua l'estomac.

Je dus fermer les yeux avant que tout ce que j'avais mangé au marché ne remonte.

L'air tourna tout à coup et ce fut comme si nous flottions. Je forçai mes yeux à s'ouvrir pour voir que nous avions atteint le sommet de la falaise et que nous entrions dans un monde au-delà de mon imagination.

Les falaises escarpées s'étendaient sur des kilomètres et mon champ de vision était rempli de drakkans, des centaines de chaque couleur et de tailles différentes. Certains jouaient ensemble ou mangeaient, d'autres étaient nichés dans des nids d'aigles et d'autres encore montaient la garde pour guetter les menaces. Deux se battaient pour ce qui semblait être un poisson-chat de la taille d'un thon et deux autres paraissaient occupés à faire combattre d'autres drakkans.

Nous volâmes hors de portée des autres, mais suffisamment proches pour voir leur visage hargneux et entendre leurs grognements alors qu'ils nous regardaient. L'un d'eux gronda et bondit vers nous, mon cœur menaçant de jaillir de ma cage thoracique. Si mon ravisseur me laissait ici, je n'aurais pas à m'inquiéter de la chute qui me tuerait. Les crocs et les griffes me réduiraient en lambeaux.

Il ne me lâcha pas et n'atterrit pas sur les falaises comme je m'y attendais. Nous atteignîmes l'extrémité qui surplombait l'océan et il continua droit vers la mer, où il n'y avait rien que l'horizon devant nous.

À un kilomètre de la falaise, il leva les jambes et je me retrouvai blottie contre son ventre chaud, à l'abri du vent. Je ne savais pas s'il faisait cela pour moi ou pour aller plus vite, mais j'avais moins l'impression que j'allais tomber dans l'océan. Il volait à une vitesse que je ne pensais jusqu'alors pas possible pour un être vivant.

Après plusieurs heures, je repérai une forme sombre, des kilomètres devant nous. Plus nous en approchions, plus je pouvais distinguer les détails d'une île. Elle était petite, pas plus large que quatre cents mètres, avec un rivage rocheux, quelques arbres et une colline au centre. En haut se trouvait un bâtiment en pierres dressé sur la roche. À l'exception de quelques oiseaux marins, l'île semblait inoccupée.

Le drakkan fit le tour de l'île une fois avant d'atterrir au sommet, mon corps toujours contre son ventre. Je retins ma respiration lorsqu'il me libéra.

Je trébuchai au sol, mes jambes cotonneuses à cause du vol. Il me dominait avec ses ailes repliées contre son corps, et ses yeux plissés m'examinaient avec la même prudence que la mienne envers lui. Il ressemblait à Gus, mais j'avais vu d'autres drakkans avec la même coloration sur les falaises. Comment être certaine que c'était celui que j'avais secouru ?

J'humectai mes lèvres desséchées. J'aurais voulu avoir de l'eau. M'éclaircissant la voix, je tentai :

— Gus ?

Il pencha la tête sur le côté. Gus aussi faisait cela, mais tous les drakkans devaient avoir la même gestuelle.

Je lui adressai un sourire triste.

— J'aimerais que Finch soit là. Il saurait si tu es notre Gus.

Le drakkan se mit tout à coup sur le ventre, son immense queue pointue fouettant de droite à gauche et de petits nuages de fumée sortant de ses naseaux. Il posa la tête sur le sol et me contempla avec une expression pleine d'espoir. Je connaissais ce regard. C'était le même qu'il arborait lorsque Finch jouait avec lui.

— Gus, c'est bien toi !

Des larmes me piquaient les yeux.

— J'ai hâte de dire à Finch à quel point tu es devenu énorme.

Sa queue bougea plus rapidement au prénom de Finch. Gus me reconnaissait peut-être comme la personne qui l'avait nourri, mais il avait passé plus de temps avec mon frère que n'importe qui d'autre. Qu'est-ce que le drakkan ferait lorsqu'il se rendrait compte que Finch n'était pas là ?

Les bonnes questions étaient plutôt : *où est-ce que je suis, bon sang, et comment est-ce que je vais rentrer ?* Le bâtiment n'était pas plus grand qu'une cabane, avec un toit irrégulier et un trou en guise de porte, à peine assez haut pour un faë de la cour.

Plus je m'approchais, plus l'attirance était forte. La partie logique de mon cerveau m'avertissait qu'une force m'obligeant à agir ne pouvait pas être bonne. Mon instinct me disait que ce n'était pas une coïncidence si Gus avait volé jusqu'à cette île au milieu de l'océan. Je devais être là, et je devais trouver pourquoi.

Je me tins dans l'embrasure de la porte pour laisser mes yeux s'accoutumer à la pénombre. Il y avait des marches menant en bas et une faible lueur. Je m'autorisai à souffler. Cet endroit ne pouvait pas être abandonné s'il y avait de la lumière.

Réconfortée, mais toujours prudente, je descendis les marches grossièrement taillées vers une pièce ronde qui faisait moins de cinq mètres. Au centre se trouvait un étroit piédestal en pierres sur lequel une coupe en verre remplie de cristaux *laevik* projetait suffisamment de lumière pour me permettre de voir où je mettais les pieds. À ma droite, il y avait un tunnel étroit éclairé par des chandeliers. En face, un porche voûté menant à une autre pièce plus grande et lumineuse.

J'eus le souffle coupé en comprenant tout à coup où je me trouvais.

La pièce ronde et basse mesurait facilement trois fois la première et elle possédait un haut plafond avec des lumières en cristal. Les murs étaient en pierres apparentes, et en face de l'entrée se dressait un autel de pierres blanches. En son centre trônait le ke'tain.

Je descendis les marches jusqu'à la pièce et sursautai en percevant un mouvement, du coin de l'œil. Sur ma gauche attendaient deux faës en uniforme argenté et bleu de la cour d'Unseelie. Sur ma droite, deux autres faës vêtus de tuniques dorées et blanches, sans doute les couleurs de Seelie. Les quatre gardes me regardaient avec suspicion, mais aucun d'eux ne me parla ni ne m'approcha.

La pierre sur l'autel suscita beaucoup d'émotions contradictoires en moi, et je fus déchirée entre l'envie de quitter cet endroit et celle de m'en approcher.

L'influence du ke'tain l'emporta et je marchai vers lui. À un mètre, je me heurtai contre un mur invisible qui m'empêcha d'approcher. Ce devait être la nouvelle protection qu'ils avaient ajoutée au temple pour protéger le ke'tain.

En tant qu'humaine, je n'avais pas pu sentir la magie du ke'tain. Mais en tant que faë, je trouvais cette énergie presque écrasante. Comment Conlan avait-il pu s'en approcher à trente centimètres l'autre jour, dans le bureau de la librairie ?

— Tu peux le sentir ?

Je sursautai. Celle qui s'adressait à moi portait une longue robe blanche ornée d'une ceinture en eyranth et une chaleur émanait d'elle. Je ne savais pas comment ni où, mais chaque cellule de mon corps me disait que je l'avais déjà rencontrée avant.

Elle sourit avec tendresse.

— Tu peux sentir le pouvoir, Jesse ?

— Oui, répondis-je à voix basse, incapable de détourner le regard de ses yeux gris intemporels.

Elle hocha la tête, satisfaite.

— Bien.

— Pourquoi est-ce bien ? demandai-je comme elle ne disait rien de plus. Tout le monde ne peut pas le sentir ?

— Pas comme toi.

Lorsqu'elle tendit la main et toucha la pierre cachée dans mes cheveux, une petite dose d'énergie me secoua. Elle ne faisait pas mal, mais me laissa essoufflée et convaincue que mon amie n'était pas une faë ordinaire.

— À qui tu parles ? lança soudain une voix d'homme.

C'était l'un des gardes de Seelie, à quelques mètres de là. Il me regarda avec méfiance, une main sur le pommeau de son épée. Derrière lui, je vis trois autres paires d'yeux sur moi. Pourquoi me regardaient-ils ainsi ?

Soudain, je compris. J'étais la seule dans la pièce capable de voir la femme.

— Je t'ai demandé à qui tu parlais, répéta le faë.

— À moi-même, laissai-je échapper, troublée. Ça m'arrive parfois.

Son regard dur s'attarda sur mes cheveux. À moins qu'il n'ait été coincé sur cette île pendant deux mois, il devait savoir qui j'étais.

— Pardon.

Je le contournai et me dirigeai vers les marches sans voir si la femme était encore là. Je les montai presque en courant, traversai la pièce extérieure et continuai jusqu'à émerger dans la lumière du jour qui faiblissait.

Gus était là où je l'avais laissé. Il dormait. Ses yeux s'ouvrirent et il me regarda nonchalamment alors que je me précipitais vers lui. Il ne semblait pas pressé de s'en aller et je me demandai comment j'allais rentrer chez moi. Il pouvait m'emmener n'importe où et je n'avais aucun moyen de lui dire où je devais me rendre.

Je pris une grande inspiration. Ces gardes devaient être venus ici d'une manière ou d'une autre. J'allais leur demander comment retourner en Unseelie. Les deux de Seelie ne m'aideraient peut-être pas, mais je n'hésiterais pas à utiliser le nom de Lukas pour obtenir de l'aide.

Je faillis percuter l'étrange femme du temple. J'avais un soupçon sur son identité.

— Tu es... Aedhna ? demandai-je.

— Oui. C'est bon de te voir, Jesse.

Son sourire chassa mon inquiétude.

C'était la déesse des faës, celle qui avait créé le royaume des faës et tout ce qui s'y trouvait. J'étais en présence d'une divinité, et la seule chose à laquelle je pensai, ce fut :

— Est-ce qu'on se connaît ?

Elle réduisit la distance entre nous pour prendre mon menton. Des images et des bribes de conversation emplirent mon esprit, tournoyant et s'assemblant pour créer des souvenirs oubliés. Je vis mon corps sur le sol, entouré de brouillard, alors que Lukas et les autres utilisaient leur pouvoir pour me sauver. Je me remémorai la douleur, mais elle était atténuée et la déesse était là, à côté de moi, m'aidant à traverser le pire.

Aedhna me lâcha enfin le menton pour essuyer avec douceur les larmes sur mon visage.

— Tu as été si courageuse et forte. Grâce à toi, le ke'tain est retourné à sa place.

— Mais je suis arrivée trop tard. La barrière est faible et les tempêtes ne s'en vont pas.

L'espoir s'épanouit dans ma poitrine.

— Tu vas réparer la barrière ? C'est pour ça que tu es ici ?

Elle sourit de nouveau, mais avec un brin de tristesse.

— Elle peut être guérie, mais pas par moi.

— Unseelie et Seelie vont se rencontrer pour trouver une solution, dis-je, ragaillardie.

— Je suis ravie de les voir se rassembler, mais je crains qu'ils n'aient été séparés pendant trop longtemps pour y parvenir.

Elle avait raison. Je ne savais pas grand-chose sur le roi Oseron, mais d'après ce que j'avais entendu, il souhaitait absolument réparer la barrière. Quant à la reine Anwyn, en revanche, c'était une autre paire de manches. Elle avait provoqué tout cela, et sachant ce que je savais à son sujet, je ne la voyais pas entreprendre quoi que ce soit pour le bien d'autrui.

— Tu es la déesse. Tu ne peux pas les faire s'entendre et travailler ensemble ? demandai-je.

— Lorsque j'ai créé ce royaume et tout ce qui s'y trouvait, je leur ai offert le libre arbitre, expliqua Aedhna. Les derniers faës à me voir ont été les Asrai, qui gardaient mon temple il y a des milliers d'années.

Un coup de vent m'envoya les cheveux dans le visage et je les chassai avec irritation.

— Tu es venue à moi.

— Tu étais humaine, et bien que tu sois faë, tu appartiens aux deux mondes. Tu portes la pierre dont je t'ai fait cadeau et tu t'es montrée brave, digne de ma bénédiction et de la tâche pour laquelle je t'ai choisie.

Ses louanges me réchauffèrent.

— Je recommencerais pour protéger ma famille et mes amis.

Elle posa une main sur mon épaule.

— C'est pourquoi je sais que tu réussiras à faire ce que je te demande.

— C'est-à-dire ?

— Sois mes mains. Je vais te transmettre la connaissance pour guérir mon monde.

— Moi ? Je suis faë depuis quelques mois seulement. Ça ne serait pas mieux de demander à quelqu'un de plus fort, comme un membre de la famille royale ?

— Cette tâche nécessite plus que de la force physique. Tu le verras le moment venu. Je ne te choisirais pas si je ne croyais pas en toi.

Je respirai plusieurs fois pour reprendre mes esprits. Ma tête tournait et je me sentais un peu nauséeuse, mais je réussis à parler.

— Tu ne m'as pas amenée ici pour le faire maintenant ?

— Le temps n'est pas encore venu. Je viendrai à toi lorsque tu devras commencer. Pour te protéger, tu ne devras en parler à personne.

— Qui y croirait, de toute manière ?

Elle sourit à nouveau.

— À bientôt, Jesse.

Puis elle disparut. Je fis un tour sur moi-même, mais j'étais seule à l'exception de Gus.

Ce dernier se leva et battit des ailes comme s'il s'apprêtait à voler. Il posa son regard brillant sur moi et lorsqu'il vit que je ne bougeais pas, il émit ce grognement d'impatience que je ne connaissais que trop bien. Le seul problème, c'était qu'il faisait le même son lorsqu'il voulait son dîner. Je pensai à ses petites dents pointues dévorant le poulet cru avec lequel je l'avais nourri, à la maison, et j'essayai de ne pas imaginer ce que ses crocs de la taille de ceux d'un dragon pourraient me faire à présent.

Aedhna ne m'aurait pas laissée avec lui si elle pensait qu'il me ferait du mal. N'est-ce pas ?

Lorsque je fus à quelques mètres, il étira ses puissantes ailes et s'éleva dans les airs. J'aurais dû y être préparée, mais je poussai un cri de surprise quand l'une de ses pattes griffues jaillit pour me prendre et m'attirer près de son ventre. Après quoi, nous partîmes.

Je m'assoupis moins de trente minutes après notre envol au-dessus de l'océan et me réveillai pour voir que la nuit était tombée et que nous approchions la terre. Devant nous s'ouvrait une grande vallée entourée par des montagnes et de grandes falaises noires et transparentes.

Des lumières se déplaçaient en contrebas alors que nous survolions la vallée et je me rendis compte qu'il s'agissait de torches tenues par des faës chevauchant des tarrans. Était-ce une équipe de recherche pour moi ?

Je les appelai, mais mes cris furent noyés par le vent et le battement des ailes du drakkan. Lukas y était-il avec Conlan, Faris et les autres ? Ils devaient être morts d'inquiétude, sans savoir si j'étais morte ou en vie.

Je distinguai enfin le lac et le vaste domaine éclairés par des torches. Des gens se promenaient et se mêlaient les uns aux autres sans se rendre compte de notre approche. Je les examinai, habillés de leurs plus beaux atours de la cour, et me demandai comment ils pouvaient mener cette vie de luxe oisive jour après jour, année après année sans devenir complètement fous d'ennui. Il ne m'avait fallu que quelques jours de vie à la cour pour savoir que je ne pourrais jamais être heureuse en vivant comme eux.

Gus tourna autour du domaine, descendant un peu plus à chaque passage. Des cris retentirent en bas et les gens se dispersèrent lorsqu'il survola le périmètre du lac. Un groupe fut trop lent pour s'écarter de son chemin et j'entendis des cris féminins et des éclaboussures lorsqu'elles tombèrent dans l'eau.

Le drakkan atterrit sur une pente herbeuse, près du lac, et me posa délicatement au sol. Je tombai tout de suite sur les fesses.

— Merci, Gus.

Il renâcla et de la fumée sortit en volutes de ses naseaux. Sa grosse tête se baissa et il me donna un coup assez puissant pour me faire tituber. Puis je sentis une grosse bourrasque alors qu'il s'envolait dans les airs, me projetant sur l'herbe.

Je restai là, à le regarder s'élever de plus en plus haut jusqu'à ce que les ténèbres l'engloutissent.

Je jetai ensuite un œil aux étoiles étincelantes. Soudain, j'entendis des pas.

— C'est vous !

Un des gardes se précipita vers moi pour m'aider à me lever.

— Vous êtes blessée ? Avez-vous besoin d'un guérisseur ?

Je n'avais pas besoin de son aide, mais j'acceptai sa main.

— Je vais bien, merci.

— Quelle surprise de voir le drakkan vous poser ! continua-t-il. La moitié de la cour vous croit morte.

— On n'a pas traîné à me voir mourir, plaisantai-je en enlevant l'herbe et la terre de mes vêtements.

— C'est compréhensible, vous avez été emmenée par un drakkan.

Le second garde parla pour la première fois :

— Le prince Vaerik et la moitié de la garde sont à votre recherche. Nous allons vous escorter à l'intérieur et lui faire savoir que vous êtes de retour.

— Je n'ai pas besoin d'une escorte. Je peux trouver mon chemin.

— Nous avons l'ordre de vous accompagner si vous retourniez avant Son Altesse.

Résignée, je hochai la tête et ils m'emboîtèrent le pas, de chaque côté, toujours avec des regards curieux.

Nous entrâmes dans la montagne et prîmes l'ascenseur vers les étages supérieurs. Lorsqu'il s'arrêta, je fus étonnée de découvrir la grande terrasse intérieure devant laquelle j'étais passée lors de mon premier jour ici. Les deux gardes tout en noir postés là n'étaient pas les mêmes que j'avais vus lors de mon arrivée, mais ils étaient tout aussi menaçants devant l'ascenseur, à guetter qui avait osé entrer sur leur territoire. Lorsqu'ils me virent, leur expression changea à peine.

— Ce n'est pas mon niveau, protestai-je alors que l'on me faisait sortir de l'ascenseur.

— Nous allons prendre la relève, prévint l'un des gardes en noir.

Tout à coup, mon escorte disparut dans l'ascenseur et le garde qui avait parlé me dirigea vers la cour dans laquelle j'étais arrivée en Unseelie la première fois.

Nous y entrâmes et la traversâmes jusqu'à une double porte que j'avais remarquée lors de ma première visite. Le garde posa une main contre le bois et il y eut un bruit sec quand elle se déverrouilla. L'instant d'après, la porte se fermait derrière moi.

— Hé !

J'étais enfermée.

— Ça craint, grognai-je avec mauvaise humeur, me retournant pour voir ma prison.

En réalité, elle était au moins deux fois plus grande que ma vaste suite, avec plus de canapés que la mienne et une salle à manger qui pouvait accueillir huit personnes. Elle était légèrement éclairée par des lampes en cristal, mais les tissus plus foncés et la collection d'armes sur un mur lui conféraient un côté masculin.

J'inspectai un t-shirt gris anthracite négligemment jeté sur le dossier d'un canapé. Soudain, je compris et le ramassai pour le renifler. C'était le t-shirt que Lukas portait en ville, et il gardait toujours son odeur. Cela ne signifiait qu'une chose : j'étais dans ses appartements privés.

Tenant le t-shirt contre ma poitrine, j'explorai la suite. Elle était aménagée d'une façon très similaire à la mienne, si ce n'est qu'elle était bien plus grande. Son balcon s'étendait sur toute la longueur de la suite, du salon jusqu'à la chambre.

Ce fut son lit qui attira vraiment mon attention. La tête de lit noire et sculptée arrivait à mi-hauteur du haut plafond et le couvre-lit bleu était si foncé qu'il semblait presque noir. Son lit dans mon monde était grand, mais celui-ci pouvait aisément contenir toute sa garde personnelle. J'eus un grand sourire en m'imaginant les six faës imposants couchés côte à côte. Cette image fut remplacée par celle de Lukas et moi, tout seuls au même endroit, et la chaleur se répandit dans tout mon corps.

Cédant à la tentation, je m'allongeai sur le lit, les bras en croix. Le couvre-lit était comme de la soie sous mes doigts et l'odeur familière de Lukas m'enveloppa. Je me serais lovée et aurais dormi là, mais la dernière chose que je voulais, c'était que Lukas rentre et me trouve dans son lit comme une intruse obsédée.

Quant à la salle de bain, la vue était la même que celle de ma suite située deux niveaux en dessous. Appuyée contre la balustrade, je cherchai du regard les torches que j'avais vues dans la vallée lorsque nous l'avions survolée, mais elles n'étaient pas visibles depuis cette hauteur.

J'aperçus un immense fauteuil derrière moi et me mis à l'aise sur les coussins moelleux. Je rentrai les jambes et essayai de digérer ce qu'il s'était passé aujourd'hui. J'avais rencontré la déesse... une nouvelle fois. Elle m'avait accompagnée durant ma transformation et c'était grâce à elle que j'avais survécu.

Elle voulait que je réussisse un exploit qu'apparemment personne d'autre dans ce royaume ne pouvait accomplir. Et si elle avait tort à mon sujet, si je ne pouvais pas faire ce qui devait être fait pour sauver le royaume des faës ?

Je posai ma tête contre le coussin dans la contemplation de la nuit étoilée. Je ne pouvais pas penser ainsi, il y avait trop de choses en jeu pour que j'échoue. Aedhna ne me confierait pas le destin de son monde si elle n'était pas certaine que je puisse réussir la mission. J'espérais simplement qu'elle me dirait pourquoi elle m'avait choisie. Cela faciliterait beaucoup l'attente.

Des éclats de voix me surprirent. J'avais dû m'assoupir. Un homme s'exprimait à l'intérieur de la suite :

— Je l'ai amenée ici moi-même, Votre Altesse, et elle n'est pas partie.

La voix de Faolin suivit.

— Elle doit être dans le coin, Vaerik.

Je rencontrai Kaia, au balcon, qui se frotta contre mes jambes et faillit me renverser. Tout en caressant sa tête velue, j'allai vers les portes où je découvris Lukas avec Faolin et le garde qui m'avait escortée. Lukas et Faolin portaient un pantalon et un blouson composés d'une sorte de cuir foncé, avec des épées à la ceinture.

Faolin m'aperçut à l'instant où j'apparus sur le pas de la porte. Il inclina la tête vers moi et Lukas se retourna. Son regard farouche fit battre la chamade à mon cœur.

— Jesse.

Il avait traversé la pièce avant que je puisse parler, ses bras m'entourant pour m'attirer fermement contre lui.

— Je pensais... je ne savais pas si tu étais...

La souffrance dans sa voix me noua douloureusement la gorge. Je passai mes bras autour de sa taille et le serrai à mon tour tout en respirant son odeur. Il sentait l'air frais, le cuir et la légère odeur musquée du tarran qui me fit plisser le nez. De toute façon, il pouvait empester comme un putois, je m'en ficherais tant qu'il continuait de m'étreindre comme ça.

La porte se ferma avec un déclic, nous laissant dans l'intimité.

— Je suis désolée, murmurai-je, la tête contre son t-shirt.

Ce qui s'était passé n'était pas ma faute, mais je ne pouvais penser à rien d'autre.

— Tu n'y es pour rien.

Il desserra son étreinte et glissa une main sous mon menton pour incliner mon visage vers le sien.

— J'aurais dû te protéger. Si on t'avait fait du mal...

Je vis à peine sa tête se pencher avant que sa bouche ne se referme sur la mienne. En cet instant, une seule pensée me passa par la tête : *Enfin !*

Son baiser était ferme et possessif, embrasant mes entrailles. Je n'y cédai pas simplement, j'y répondis avec tout mon désir et mes émotions refoulées. Mes mains remontèrent sur son torse et empoignèrent le haut de son t-shirt pour le maintenir exactement là où je le voulais.

Le torse de Lukas gronda de plaisir et il me souleva jusqu'à ce que mes jambes puissent entourer sa taille, mon visage au même niveau que le sien. Il mit fin au baiser pour me regarder et mes membres devinrent flageolants devant son désir évident. Puis il reprit possession de mes lèvres avec la même violence. S'il me le demandait, je me donnerais complètement à lui.

— Vaerik, je vois que tu as retrouvé ton amie disparue, fit alors une voix masculine amusée de l'autre côté de la pièce.

Je poussai un cri de surprise et lâchai Lukas comme s'il me brûlait. Il me rattrapa pour éviter ma chute. Son sourire ne fit rien pour me rassurer et mon visage était en feu lorsque je saluai le nouveau venu.

L'homme aurait facilement pu être le jumeau de Lukas. Ses longs cheveux noirs étaient communs à la majorité des faës, mais son visage était presque le miroir de celui de Lukas. Même si ses vêtements étaient du même style élégant privilégié par les hommes de la cour, son charisme démontrait qu'il n'était pas un faë ordinaire.

Bien sûr ! C'était le frère de Lukas, Kellen, que j'étais censée rencontrer au dîner de ce soir. Je résistai à la tentation de baisser le regard vers mes vêtements sales et froissés. Ce n'était pas de cette façon que je voulais rencontrer la famille de Lukas. J'étais dans un sale état et Kellen venait juste de me surprendre en train d'embrasser son frère.

— C'est plutôt elle qui nous a retrouvés.

La main de Lukas serra la mienne avec délicatesse.

— Père, je te présente Jesse James.

Il fallut quelques secondes à ses paroles pour produire leur effet. Enfin, la stupéfaction me percuta. *Père ?*

Je me tenais devant le roi d'Unseelie... qui venait de me voir grimper sur son fils héritier.

Où était le drakkan pour m'emporter lorsque j'en avais besoin ?

12

———

——JESSE, FIT LE ROI OSERON en nous rejoignant. J'ai beaucoup entendu parler de toi.

Je n'avais jamais appris à faire une révérence, et elle fut maladroite.

— C'est un honneur de vous rencontrer, Votre Majesté. Moi aussi, j'ai entendu beaucoup de choses à votre sujet.

Il me rendit un sourire chaleureux.

— Oui, il paraît que je suis l'objet de beaucoup de curiosité et de spéculation dans le monde des humains. Suis-je à la hauteur de ma réputation ?

Je ne m'étais pas attendue à ce que le roi d'Unseelie me parle d'une façon aussi familière et son attitude me déstabilisait. Comment étais-je censée répondre à une telle question ?

— Père, dit Lukas sur un ton légèrement agacé.

Le roi le chassa d'un revers de la main

— Il n'y a rien d'inapproprié dans cette question.

— Non, je parle par expérience en disant que Jesse n'a pas de scrupules à dire exactement ce qu'elle pense.

Le roi Oseron rejeta la tête en arrière pour éclater de rire. Son regard croisa à nouveau le mien. Ses yeux étaient bleus, mais pas du même bleu nuit que ceux de son fils. Ceux-ci semblaient plus vieux, d'une certaine manière. De près, leurs visages présentaient d'autres différences. La mâchoire du roi était carrée et ses lèvres pas aussi rebondies que celles de Lukas. Bien que leurs sourires soient similaires, celui du roi n'avait pas le pouvoir de réduire mes entrailles en bouillie. Seule une personne exerçait ce charme sur moi.

— Je n'en attendais pas moins de la fille qui nous a rendu le ke'tain.

Le roi tendit les mains et prit l'une des miennes.

— Au nom d'Unseelie, merci.

— Je... de rien, dis-je sur un ton aigu en retrouvant enfin l'usage de ma voix.

Jamais de la vie je ne m'étais imaginé qu'un jour je serais face à face avec le roi d'Unseelie pendant qu'il me tenait la main. Cette journée pouvait-elle être encore plus dingue ?

Je découvris la réponse lorsque la porte s'ouvrit et qu'une femme aux cheveux noirs entra. Elle se tenait avec tant de majesté que je compris tout de suite qu'il s'agissait de la mère de Lukas, Maurelle.

Maurelle m'embrassa sur les deux joues.

— Jesse, je suis tellement heureuse que tu aies pu revenir saine et sauve de ton épreuve.

— Merci, Consort, répondis-je en bégayant.

— Appelle-moi Maurelle. Vaerik et ses amis parlent de toi avec tant d'affection que j'ai l'impression de déjà te connaître. J'aurais aimé pouvoir te rencontrer dans des circonstances normales, mais si j'attendais que mon fils te présente, seule la déesse sait quand il l'aurait fait.

— Jesse n'est dans le royaume des faës que depuis deux jours, mère, rappela Lukas sur un ton amusé. Je me suis dit qu'elle aimerait s'installer un peu avant que je ne la soumette à une enquête royale.

— Vaerik.

Elle lui jeta un regard de réprimande et le roi Oseron ricana.

— Tu apprécies ta première fois dans le royaume des faës, Jesse ?

Je me mordis l'intérieur de la joue. Tu parles d'une question piège ! Je n'étais ici que depuis quelques jours et j'avais déjà été empoisonnée et emportée par un drakkan. De plus, je devais rester à me tourner les pouces pendant qu'il essayait d'assortir Lukas à une partenaire « appropriée ».

— C'est encore plus magnifique que je n'aurais pu l'imaginer, lui répondis-je avec honnêteté. Je suis impatiente d'en voir plus.

Il sourit, enchanté de ma réponse.

— Il y a beaucoup à voir. Es-tu une aventurière, Jesse ?

— Je n'ai vécu qu'en ville, mais j'espère voyager un jour. Je ne sais pas si ça fait de moi une aventurière.

— Nous allons devoir le découvrir. En tant que faë, tu as les moyens d'explorer les deux mondes. Préfères-tu les montagnes, le désert ou l'océan ?

— Père !

Le ton de Lukas était vif, cette fois-ci, avec plus qu'une pointe d'agacement.

Le roi fronça les sourcils et ils échangèrent un regard que je ne pouvais pas comprendre. Je ne connaissais pas assez leur relation pour déchiffrer leur langage corporel, mais j'avais l'impression de m'immiscer dans une conversation privée.

Maurelle posa une main sur le bras de son partenaire.

— Jesse a passé une journée passionnante et elle doit être épuisée. Pourquoi est-ce qu'on ne les laisserait pas, Vaerik et elle, passer du temps ensemble ?

Le roi se renfrogna.

— Il y a un sujet important dont je souhaite parler avec Vaerik en premier.

— Je vais y aller pour que vous puissiez discuter, alors, proposai-je.

Mais la main de Lukas saisit la mienne avant que je puisse m'éloigner de lui.

— Il est tard et je suis sûr que la discussion peut attendre jusqu'au matin.

Pour la première fois depuis qu'il était arrivé, j'aperçus une lueur de mécontentement dans le regard du roi d'Oseron.

— Seelie a accepté une rencontre dans deux semaines et il y a beaucoup à faire pour nous y préparer.

— Il vaudrait mieux voir ça avec le conseil, répondit Lukas avec fermeté. Si tu veux, nous pouvons en parler au petit-déjeuner.

J'étais certaine que le roi insisterait, mais il me surprit en capitulant. Il ne semblait pas homme à voir son autorité souvent défiée. Ceci étant dit, Lukas non plus, ils se valaient dans ce domaine.

— Je te verrai au petit-déjeuner, dit-il à Lukas.

Avec un nouveau sourire, il se tourna vers moi :

— Je suis content que tu sois revenue saine et sauve, Jesse.

J'étais un peu moins impressionnée, à présent, et je perçus la sincérité dans sa voix. Je me détendis un peu plus.

Maurelle m'adressa un sourire maternel.

— J'ai fait préparer un repas chaud pour toi. Il sera là sous peu.

— Merci.

Lukas raccompagna sa mère et son père à la porte et ils s'arrêtèrent un moment pour discuter à voix basse. Cela aurait paru grossier de les regarder, alors je me retirai vers le balcon pour l'attendre. Kaia me suivit et je caressai sa tête en admirant l'océan au loin, espérant qu'il n'y avait plus de surprises pour moi aujourd'hui. J'avais atteint ma limite, à la fois mentale et physique.

J'étais tellement perdue dans mes pensées que je ne fis pas attention à

Lukas qui vint s'appuyer contre la balustrade à côté de moi. Il était assez proche pour que nos bras se touchent et je me penchai vers lui, posant ma tête sur son épaule.

Il passa son bras autour de moi.

— Je suis désolé pour ça, Jesse. La dernière chose dont tu avais besoin ce soir, c'était de rencontrer mes parents.

À l'entendre, on n'aurait pas dit qu'il faisait référence au roi d'Unseelie et à sa consort.

— Ce n'est pas grave. Ils étaient gentils.

— Oui, mais ils n'avaient aucune idée de la condition dans laquelle tu serais après ce qu'il t'était arrivé et ils auraient dû attendre un moment plus opportun pour se présenter. Tu me le dirais si tu étais blessée ?

Je me tournai vers lui, une main contre son torse.

— Je te promets que Gus ne m'a pas fait de mal. À part me faire frôler la crise cardiaque, du moins.

— Gus...

Je fis un grand sourire, me sentant tout à coup plus légère.

— Tu te souviens du drakkan que j'ai sauvé chez moi ? Eh bien, il n'est plus aussi petit.

— C'était *ton* drakkan ? Et il se souvient de toi ?

— Oui.

Son expression stupéfaite me dérida.

— Crois-moi, je ne pouvais pas non plus y croire, et pourtant il était sous mes yeux.

— Tu dois me dire précisément ce qui s'est passé aujourd'hui.

Lukas me prit la main et me guida à l'intérieur, vers l'un des canapés. Enlevant mes chaussures négligemment, je m'assis, dos contre l'accoudoir et les pieds relevés, mais il les déplaça pour les poser sur ses genoux. Lorsque nous fûmes tous les deux installés, il dit :

— Parle-moi.

Je lui racontai tout, depuis notre vol jusqu'aux falaises jusqu'à l'île, omettant ma rencontre avec la déesse. Ce n'était pas difficile, car elle m'avait infligé quelque chose qui m'empêchait de parler de mon instant avec elle. Je n'aimais pas être contrôlée, mais son emprise atténuait ma culpabilité de cacher un fait aussi important à Lukas.

— Il t'a emmenée directement vers le ke'tain ?

— Peut-être qu'il est attiré vers lui, vu qu'il l'a gardé en lui pendant quelques mois, suggérai-je, espérant que ce serait suffisamment plausible pour le satisfaire.

Il y réfléchit.

— C'est possible. L'île est au milieu de la mer d'Ellyon. Les drakkans ne vont pas là-bas, car la chasse est meilleure près du continent.

— En parlant de l'île, comment est-ce que les gardes s'y rendent ? demandai-je. Ils vivent dans le temple jusqu'à ce que quelqu'un les relève ?

— Il y a des portails dédiés dans Unseelie et Seelie, qui autorisent le voyage vers et en provenance de l'île. Les gardes les utilisent pour se relayer une fois par jour.

J'absorbai ces quelques informations.

— Tout le monde peut utiliser les portails ?

— Oui et non. Tout le monde d'Unseelie peut utiliser nos portails, mais les portails ne fonctionnent pas pour quelqu'un de Seelie. Il en va de même pour leurs portails.

— C'est logique.

Nous fûmes interrompus par une sonnette. Lukas retira mes jambes et alla ouvrir la porte. Un elfe en uniforme entra avec un grand plateau couvert, que Lukas lui ordonna de poser sur la petite table près du canapé. L'elfe partit et Lukas enleva la cloche du plateau pour dévoiler un bol de harpon assaisonné garni de viande, accompagné d'une épaisse sauce à la crème. La viande était du raha, la version faë du poulet, l'un de mes aliments préférés. Il y avait aussi une salade de légumes à feuilles, un morceau de pain croustillant et un verre de jus.

Lukas leva le plateau et le posa sur mes genoux. Ma bouche salivait et mon ventre gargouillait : c'était le premier repas que je voyais depuis le marché, qui me semblait déjà remonter à des lustres.

Je pris la fourchette, touchée par la sollicitude de Maurelle.

— Et toi ? Tu n'as pas faim ?

Il prit place.

— Faolin et les autres se sont assurés que je mange pendant les recherches. On ne peut pas laisser le prince héritier s'évanouir de faim et tomber de sa monture.

J'éclatai de rire à cette image.

— Sûrement pas.

Je mangeai quelques morceaux de viande pour faire taire mon ventre bruyant.

— J'ai vu un groupe de personnes avec des torches sur des tarrans quand Gus m'a ramenée. Tu étais avec eux ?

— C'est possible. Nous avions des personnes qui te cherchaient dans toute la vallée.

Mon repas perdit toute sa saveur et je posai ma fourchette.

— Ne t'excuse pas.

Il me regarda avec sévérité.

— Tu as appelé ce drakkan et lui as ordonné de t'emmener ?

— Non, mais tu as des choses plus importantes à faire que de t'inquiéter pour moi. D'abord, je tombe malade, puis je me fais emporter par un drakkan. Il aurait peut-être mieux valu que j'accompagne mes parents sur ton île.

Sa mâchoire se crispa.

— Jesse, tu n'es pas tombée malade, tu as été empoisonnée ! Faolin *va* trouver le responsable. Tu penses vraiment que je ne m'inquiéterais pas pour toi si tu étais partie avec tes parents ? T'avoir ici, où il est impossible pour Davian de t'atteindre, est la seule chose qui me permet de me concentrer sur le reste.

Mon cœur se serra face à son aveu et je lui fis un petit sourire.

— N'oublie pas que tu as dit ça, la prochaine fois qu'il se passera quelque chose.

— La prochaine fois ?

Il eut un rire peiné avant d'ajouter :

— Tu causais autant de problèmes à New York ?

Je lui répondis avec un grand sourire.

— Waouh, tu as la mémoire courte !

— Mange ton repas avant qu'il ne refroidisse.

J'obéis volontiers. Ce n'était pas vraiment ce qu'il avait voulu dire en me proposant de dîner avec lui ce soir. C'était mieux encore. Je voulais rencontrer son frère et sa sœur, mais je préférais avoir du temps seule avec lui à chaque occasion.

— Tu aimes ?

— C'est délicieux, répondis-je, la bouche pleine de pain.

Il me dévisageait avec une expression réfléchie.

— Quoi ?

— J'ai posé cette question en faë. Quand est-ce que la langue t'est venue ?

Déglutissant, je répondis :

— Tu as parlé en faë ? Dis quelque chose d'autre.

— Tu as de la sauce à la crème sur le menton, dit-il avec un grand sourire lorsque je l'enlevai avec mon doigt.

Je poussai un cri perçant.

— Je peux comprendre le faë !

— Tu le parles aussi. Je me suis rendu compte que nous avons parlé faë pendant tout le temps que mes parents étaient là. J'étais trop préoccupé pour m'en apercevoir.

— C'est comme ça que ça fonctionne ? Je commence à parler la langue sans même m'en rendre compte ?

Je ne savais pas quand cela avait commencé.

Lukas semblait aussi essayer de le comprendre.

— De ce que j'ai entendu, ça arrive petit à petit pendant une semaine ou deux. Tu ne pouvais pas comprendre un mot de faë au marché. Quelque chose s'est passé sur l'île que tu as oublié de me dire ?

Je fis semblant d'y réfléchir – quel autre choix avais-je ?

— Je suis entrée dans le temple, j'ai vu le ke'tain puis parlé à un garde. Il était suspicieux quand je suis arrivée.

— Il t'a parlé en faë ? demanda Lukas.

— Je ne sais pas...

Je rejouai la rencontre mentalement.

— Sans doute. Tout le monde ici me parle en faë à moins qu'on ne leur demande de parler anglais.

— Ça doit être le ke'tain, alors. Ou ta pierre de la déesse.

— Peut-être les deux.

J'avais de forts soupçons sur la responsabilité d'Aedhna, mais je ne pouvais pas me confier.

Je cachais à Lukas secret sur secret depuis que je l'avais rencontré, et j'avais cru naïvement en avoir fini avec ça. Maintenant, j'étais forcée à lui cacher le plus important d'entre eux et je détestais ça. Je ressentis tout à coup le poids de la responsabilité qu'Aedhna avait placé sur moi et j'aurais voulu me confier à Lukas.

Il ferait son possible pour m'aider et je n'aurais pas à lui mentir.

— Tu vas bien ?

La voix de Lukas me sortit de mes pensées négatives et je lui accordai un regard confus.

— Hein ?

— Tu es devenue silencieuse pendant quelques minutes.

Il sourit avec tendresse.

— Tu as eu une journée éprouvante, tu dois être fatiguée. Tu veux aller dans tes quartiers et te reposer ?

— Non, laissai-je échapper. Je veux dire, j'aimerais rester ici un peu plus longtemps, à moins que tu aies des choses à faire. Je sais à quel point tu es occupé. Ton père...

— ... peut attendre jusqu'à demain.

Il posa une main chaleureuse sur mon pied.

— Tu peux rester ici autant que tu voudras.

Il n'y avait rien de sexuel dans son intonation ou le regard qu'il m'adressa, mais l'idée de passer la nuit ici, avec lui, me diffusa des papillons dans le ventre. Est-ce qu'il m'embrasserait de nouveau ? Peut-être qu'il ferait plus que ça ?

— Finis ton repas, ordonna Lukas, ignorant fort heureusement mes pensées. Tu n'as pas assez mangé.

Je me replongeai dans mon assiette, et entre deux bouchées, lui parlai de mon vol avec Gus. Je lui demandai s'ils utilisaient des drakkans pour les patrouilles. Il rétorqua que les drakkans étaient trop sauvages et imprévisibles pour être apprivoisés ou domestiqués. Ils protégeaient leur territoire, ce qui en faisait d'excellents gardiens de la vallée, mais ils n'avaient jamais attaqué ni emmené quelqu'un d'Unseelie. Du moins jusqu'à aujourd'hui.

Je réfléchis à Gus et à son comportement envers moi. Il avait certes un côté sauvage qui m'avait effrayée au début, mais plus j'étais avec lui, plus il était comme avant. Il ne devait pas avoir plus de quelques mois lorsque je l'avais secouru, à un âge où il aurait dû être dans son nid, protégé du monde par ses parents. Sa petite enfance n'aurait pas pu être plus différente des autres drakkans.

— Gus a éclos dans mon monde, éloigné de ses parents. Jusqu'à ce qu'il vienne chez moi, il ne connaissait que les personnes qui l'avaient volé et ma famille. C'était un petit gars grincheux, mais je pense qu'il se sentait en sécurité avec nous. C'est pour ça qu'il a agi comme il l'a fait et ne m'a pas fait de mal.

— Tu as peut-être raison. Les lamal ne peuvent être domestiqués que lorsqu'ils sont élevés par leur propriétaire dès la naissance.

Kaia était lovée sur un tapis comme un gros chat domestique. Il était difficile de croire que j'avais eu peur d'elle.

— Personne ici n'a essayé d'élever un drakkan ?

— C'est trop dangereux. Si tu réussissais à voler un œuf, leurs parents repéreraient l'odeur et attaqueraient jusqu'à ce qu'ils récupèrent leur œuf. Ton drakkan a été emmené par un portail, ses parents ne pouvaient pas suivre.

Je posai ma fourchette sur le plateau.

— Pauvre Gus. Faris m'a dit que ses parents ne voulaient pas l'accepter dans leur nid. J'étais inquiète pour lui. Je me demande si je le reverrai.

— Je suis sûr que oui.

Lukas prit mon plateau et le posa sur la table. Il se rassit et me regarda assez attentivement pour être gênant. J'enfonçai mon pied dans sa cuisse.

— C'est impoli de fixer les gens comme ça.

Il sourit.

— Quelque chose a changé chez toi ce soir. Tu es comme la Jesse que j'ai connue à New York.

— J'étais censée être quelqu'un d'autre ?

— Non, mais tu n'as pas été toi-même depuis ton arrivée dans le royaume des faës et je ne l'ai pas remarqué avant maintenant.

Son regard paraissait tourmenté.

— Je sais que ce n'est pas pareil que New York et que tu n'as pas vraiment eu un début facile. Tu es malheureuse ici ?

— Je mentirais en te disant que tout a été rose. Il faut sans doute s'adapter, et ma famille et Violet me manquent. Le plus dur, c'est que je n'ai pas de but ici.

Il commença à répondre, mais je l'interrompis :

— Toute ma vie, j'ai travaillé pour quelque chose. À l'école, j'ai travaillé dur pour entrer dans une bonne université. Mes parents ont disparu et j'ai dû les retrouver et m'occuper de Finch. Puis j'ai dû trouver le ke'tain et subvenir aux besoins des miens. Je viens ici, et tout ce qu'on attend de moi, c'est que je porte de beaux vêtements et que je laisse les autres me servir.

À son regard, je vis qu'il comprenait.

— J'étais si concentré sur le fait de te protéger que je n'ai pas pensé à ce que je t'enlevais. Comment est-ce que je peux t'aider ?

— Je veux reprendre l'entraînement, répondis-je sans hésiter.

Dieu seul savait ce qu'Aedhna me réservait et je voulais y être prête.

— C'est un début, et aussi trouver un emploi.

— Va pour l'entraînement. On s'occupera du travail plus tard. Tu veux commencer demain ?

— Oui. Je me fiche que ce soit avec Faolin.

— Quel est ce proverbe humain, déjà ? Faites attention aux vœux que vous formulez.

— Au moins, je sais déjà dans quoi je m'embarque avec lui.

Bien au chaud et satisfaite, j'ajustai l'oreiller derrière moi et m'installai dans une position plus détendue. Je lâchai un bâillement sonore. Peut-être qu'un repas complet aussi tard n'était pas une si bonne idée.

Lukas me massa le pied.

— Fatiguée ?

— Pas du tout, mentis-je. J'essaie simplement ton canapé. Il est plus confortable que le mien.

— N'hésite pas à t'en servir quand tu veux.

— Merci.

— Jesse.

— Hmm ?

J'ouvris les yeux.

— Je reste réveillé.

— C'est bon à savoir.

Il bougea, puis je sentis une couverture douce sur moi.

— Dors bien, *mi'calaech*.

Je soupirai d'aise.

— Toi aussi.

Je me réveillai tout à coup et me redressai dans le lit. Le rêve que j'avais eu me collait encore et je frottai mes yeux fatigués pour m'en débarrasser. Dans mon rêve, j'avais volé au-dessus de l'océan avec Gus, mais il n'arrêtait pas de me lâcher dans l'eau glacée. La dernière fois, il m'en avait sortie juste avant qu'un énorme poisson ne fasse de moi son dîner.

Or ce n'était pas mon lit.

Je me creusai les méninges pour me souvenir comment j'étais arrivée ici. J'avais parlé à Lukas sur le canapé. Après ça, rien.

J'avais dû m'endormir et il m'avait portée jusqu'à son lit – le même dans lequel j'étais il y a de cela quelques heures. Cependant, dans mon fantasme, je n'étais pas seule.

Je m'aventurai vers la pièce principale à la recherche de Lukas. Je le trouvai près de la porte, en train de parler à voix basse avec Conlan.

— Je ne voulais pas vous interrompre.

Le visage de Lukas s'adoucit.

— Pas du tout. Je suis désolé de t'avoir réveillée.

— J'en suis désolée, moi aussi.

— Il n'y a rien de pire que d'avoir une bonne nuit de sommeil interrompue.

Lukas jeta à son ami un regard sévère. Conlan ricana et me fit un clin d'œil.

En bâillant, je demandai :

— Quelle heure est-il ?

— Tôt. Va te recoucher, répondit Lukas alors que je me rendais compte qu'il portait des vêtements différents de la veille. Mon père veut me voir avant la réunion avec son conseil aujourd'hui.

J'allai m'asseoir sur le canapé.

— Je pensais que seuls les humains étaient des bourreaux de travail.

— Tu n'as pas besoin de partir, précisa Lukas lorsque je pris les chaussures que j'avais enlevées la veille au soir.

Je les chaussai.

— Tu as une journée chargée en perspective et je doute que je puisse retourner dormir.

Ce que je ne disais pas, c'était qu'il vaudrait mieux que je retourne dans mes quartiers pendant que tout le monde dormait encore. Il était clair que j'étais déjà le sujet de conversation de toute la cour après ce qui s'était passé, et je n'avais aucune envie de leur fournir plus de racontars. Si j'étais aperçue quittant la suite de Lukas dans les mêmes vêtements que la veille, voilà qui ferait certainement des remous.

— On se voit plus tard dans la journée, pour que je sache comment ton entraînement s'est passé, dit-il.

Conlan ne cacha pas son sourire en coin en me tendant la main.

— Laisse-moi te raccompagner dans tes quartiers.

— Je peux trouver mon chemin sans me perdre, répondis-je avec humeur, ce qui ne fit que l'amuser davantage.

Il haussa les épaules.

— On ne sait jamais quand un drakkan pourrait venir t'emporter. Tu pourrais tout aussi bien rencontrer l'une des admiratrices jalouses de Vaerik. Il y a des dangers partout.

— Quel rigolo !

Je souris avec mépris en passant devant lui.

— Et dire que tu étais mon favori.

— Ah oui ? fit-il gaiement. Attends. Je l'*étais* ?

— À plus tard. Bonne réunion.

J'avais traversé la moitié de la cour lorsque la porte s'ouvrit derrière moi. J'entendis Conlan s'exclamer :

— J'ai pris une balle pour toi. C'est *moi* qui suis ton favori !

— Où est la salle de sport ? demandai-je à Faris alors que nous entrions dans l'ascenseur situé à mon niveau.

— La salle d'entraînement est au rez-de-chaussée.

— Et elle est disponible pour tout le monde à la cour ?

Faris secoua la tête.

— Je doute que la majorité des gens ici sache où elle se situe. Nous n'avons pas besoin de faire d'exercice pour rester en forme comme les humains. Certains s'entraînent pour servir la couronne, et d'autres parce qu'ils ont des missions qui pourraient les mettre en danger.

— Comme Lukas ?

— Oui. Il s'entraîne avec nous depuis l'enfance. Après Faolin, c'est le combattant le plus doué dans Unseelie, répondit Faris avec fierté.

L'ascenseur s'arrêta et nous en sortîmes. Faris me mena dans un couloir que je n'avais pas encore emprunté et nous arrivâmes devant une double porte en bois grossier qui me rappela celle d'un château médiéval. Tout le rez-de-chaussée dégageait cette atmosphère, maintenant que j'y pensais, et ça me plaisait bien. C'était comme si nous avions voyagé dans le temps.

Il ouvrit l'une des portes et me fit signe d'entrer dans une pièce sans fenêtres, qui devait être aussi grande que le gymnase de mon ancien lycée. Les murs et le plafond étaient en pierre brute et le sol était garni d'un rembourrage gris.

Sur chaque mur se trouvaient des présentoirs d'armes utilisées pour le combat au corps à corps, et un frisson d'excitation s'empara de moi. Aucun de mes entraînements antérieurs n'incluait d'armes et j'étais impatiente de commencer.

La pièce était occupée par au moins trente personnes qui, pour la plupart, nous ignorèrent, s'exerçant seules ou en duo. Deux femmes s'entraînaient avec des épées, leurs mouvements si fluides et puissants qu'ils rendraient jaloux les samouraïs. Je me demandai si je serais aussi douée un jour.

Nous enlevâmes négligemment nos chaussures à la porte et traversâmes la salle, où Faolin dictait les étapes d'un enchaînement complexe au bâton. Je l'avais vu utiliser un bâton chez Lukas, à New York, mais il était évident qu'il se retenait. Je n'avais jamais vu quelqu'un se mouvoir aussi vite ni avec une telle précision, et essayer de suivre ses mouvements me donna presque le vertige.

Faolin termina sa démonstration.

— Aujourd'hui, tu débutes ton entraînement aux armes. Nous allons commencer avec le bâton.

— Bonjour à toi aussi, dis-je sèchement.

Ses yeux perçants me toisèrent, depuis mon t-shirt bleu et mon legging noir jusqu'à mes cheveux tirés en arrière en queue de cheval serrée. C'était la même tenue basique que je portais pour notre entraînement, dans mon monde.

— Bonjour. J'espère que tu t'es bien reposée même si tu t'es levée tôt, répondit-il, narquois.

J'aurais dû me douter que Conlan vendrait la mèche aux autres.

Faolin prit un bâton en bois contre le mur et me le donna. En le redressant, je m'aperçus qu'il était plus court que le sien, et qu'il ne possédait pas de métal au bout.

— C'est un bâton d'entraînement, m'informa-t-il. Tu l'utiliseras jusqu'à être assez compétente pour manipuler un vrai bâton de combat.

Je soupesai l'arme.

— D'accord. On commence où ?

— D'abord, tu vas apprendre comment te tenir et bien le tenir. Il y a différentes prises, mais voilà par laquelle tu commenceras.

Il repositionna mes mains sur le tiers central du bâton. Puis il me montra les différentes postures et celles à employer.

— On va commencer avec les attaques et les techniques pour parer, que tu puisses t'habituer à la sensation de l'arme. Une fois que tu pourras effectuer toutes les attaques, tu apprendras à les utiliser ensemble. Après ça, tu pourras t'exercer avec un partenaire.

— Combien de temps va prendre l'entraînement ?

Il se déplaça pour récupérer son bâton.

— Ça dépend de toi.

Et ainsi commença ma première session de maniement du bâton. Faolin me montra un coup et je dus lui demander de ralentir et de le répéter plusieurs fois. Puis je l'essayai et il corrigea ma position et l'enchaînement. C'était un travail fastidieux, et il était critique à l'égard de chacun de mes mouvements, mais j'étais récompensée par un frisson de satisfaction chaque fois qu'il approuvait d'un hochement sec de la tête et enchaînait avec la prochaine attaque.

À mesure que je devenais plus à l'aise avec le bâton, je prenais conscience que mon équilibre et mon agilité s'amélioraient. C'était en partie parce que j'étais faë, mais je suspectais aussi mes mois d'entraînement avec Faolin et les autres. C'était bon de savoir que toute cette course, à monter et descendre les escaliers, n'avait pas été vaine.

Après m'avoir aboyé des ordres pendant deux heures, Faolin dut s'éclipser. Il me dit de continuer pendant encore une heure au moins, et que nous reprendrions où l'on s'était arrêté le lendemain. Mes bras et mes épaules étaient fatigués, mais je persévérai, déterminée à maîtriser les coups qu'il m'avait montrés jusqu'ici.

— Tu es naturellement douée avec le bâton, me complimenta une femme du groupe de gardes qui s'entraînait à l'autre bout de la salle, en face de moi. À moi, il m'a fallu deux jours pour effectuer une attaque satisfaisante pour mon entraîneur.

Elle avait des cheveux noirs et un sourire avenant – chose dont je n'avais pas l'habitude chez les femmes de la cour. Elle me semblait vaguement familière, mais je n'arrivais pas à me souvenir de l'avoir vue parmi les gardes en service.

— J'imagine que ton entraîneur n'était pas Faolin ?

La garde rit.

— Oh, que non. Tu es plus courageuse que la plupart d'entre nous.

— Ou alors, je ne suis pas aussi intelligente que vous.

Les autres femmes avec elle rirent en chœur et je pris un instant pour étudier leurs tenues. Elles portaient un pantalon noir ajusté et un haut noir avec un corset en dentelle et de fines manches. Leurs pieds étaient nus et il y avait un tas de bottes noires tout près.

— C'est une bonne chose que tu ne le craignes pas, dit une femme blonde. Si tu survis à l'entraînement avec lui, tu seras un jour une guerrière féroce.

Moi, une guerrière ? Ça me plaisait bien.

— J'aime tes cheveux, reprit la brune. Je n'avais encore jamais vu une telle teinte.

— Alors, c'est que tu n'es jamais allée dans mon royaume. C'est banal là-bas, surtout dans certaines parties du monde.

Elle secoua tristement la tête.

— J'espère y aller un jour.

— J'aime vos tenues. Elles semblent bien plus confortables que les vêtements habituels de la cour.

— Tu n'aimes pas tes vêtements ? demanda-t-elle.

— Ils sont bien, m'empressai-je de dire pour ne pas insulter les tendances de la cour. C'est juste que je suis habituée à des habits plus décontractés. Je me sens toujours trop habillée ici.

La première à avoir pris la parole me dit :

— Je vais t'envoyer ma tailleuse personnelle. Elle te fera tous tes vêtements.

— Ça serait super. Merci.

J'avançai.

— Oh, je suis désolée. Je ne me suis même pas présentée.

Ses yeux pétillaient.

— Oh, je sais qui tu es, Jesse James. J'ai beaucoup entendu parler de toi grâce à mon frère.

— Ton frère ?

— Vaerik.

Elle m'adressa un grand sourire.

— Je suis Roswen. J'avais espéré te rencontrer hier soir, mais il semble qu'un drakkan avait d'autres projets pour toi.

— Princesse Roswen, bégayai-je.

J'ignorais comment on était censé saluer un membre de la famille royale en dehors du cadre social.

— Je t'en prie, appelle-moi Roswen, dit-elle. Après avoir entendu les histoires de Vaerik à ton sujet, j'ai déjà l'impression que nous sommes amies.

— D'accord, répondis-je lentement, me demandant ce que Lukas lui avait dit exactement. Ça me va.

Elle fit un grand sourire comme si je lui avais offert un cadeau. Je ne savais pas à quoi m'attendre en rencontrant la sœur de Lukas, mais certainement pas à une fille aussi simple et amicale, qui s'entraînait comme n'importe quel garde.

— Ce sont mes gardes personnelles et mes meilleures amies.

Roswen indiqua ses quatre amies, à commencer par la blonde.

— Parisa, Tiannan, Cyrene et Ellette. Parisa est la responsable de ma sécurité, mais elle est gentille et loin d'être aussi flippante que Faolin.

— Je peux faire peur si je veux.

La blonde m'adressa un faux rictus qui les amusa.

Je répondis en souriant, espérant ne pas oublier leurs prénoms.

— Salut.

— Maintenant que nous sommes amies, on veut tout savoir de tes aventures.

Roswen me prit la main et m'attira au sol, où je m'assis avec elle. Les autres en firent de même et elles écoutèrent toutes avec passion mon récit : comment j'avais secouru Gus à New York et comment j'avais dû le renvoyer au royaume des faës. Puis je leur parlai de mes retrouvailles avec lui, la veille.

— Toute la cour pensait que tu étais disparue à jamais, dit Roswen – les autres hochèrent la tête. C'était la première fois qu'une telle chose se produisait.

Je grimaçai.

— Pendant un moment, j'ai cru que j'étais fichue, moi aussi.

Ellette s'approcha.

— Quelle entrée tu as faite à ton retour ! Rashari et Delphine ne l'oublieront pas de sitôt.

— Pourquoi ? demandai-je par-dessus leurs rires.

Je n'avais jamais entendu parler de Delphine, mais Rashari devait être celle que j'avais déjà rencontrée.

— Ton drakkan les a fait tomber dans le lac, me dit Tiannan joyeusement. Bon sang, j'aurais voulu être là pour voir ça. J'ai entendu dire qu'elles sont sorties couvertes de boue gluante.

Parisa prit un air renfrogné.

— Il était grand temps que quelqu'un les remette à leur place, celles-là.

J'espère sincèrement qu'aucune d'elles ne sera choisie comme la consort de Vaerik.

— Pas plus que Dariyah, dit Cyrene en ajoutant son grain de sel. C'est la pire de toutes.

J'eus l'impression que l'on m'avait donné un coup de poing dans le ventre. Était-ce bien connu ? Est-ce qu'ils s'attendaient tous à ce que Lukas prenne l'un des bons partis proposés par son père comme partenaire et consort ?

— Vaerik est trop intelligent pour se laisser berner et il ne choisira pas quelqu'un pour faire plaisir à notre père, déclara Roswen. Seule une femme désintéressée et forte, avec un bon cœur, pourrait gagner le cœur de mon frère.

Je souris à sa tentative évidente de me rassurer, mais sans succès. Lukas tenait à moi, et la façon dont il m'avait embrassée ne laissait aucun doute sur son attirance. Mais nous n'avions jamais parlé de nos sentiments. Était-ce parce qu'il savait qu'il ne pourrait jamais rien y avoir entre nous et qu'il ne voulait pas me blesser ?

Un homme en uniforme nous approcha et Parisa se leva aussitôt.

— Oui ? fit-elle.

— Consort Maurelle souhaite que la princesse Roswen chevauche avec elle ce matin, répondit l'homme.

Le visage de Roswen s'illumina.

— Dites-lui que j'arrive dans l'heure.

— Oui, princesse.

L'homme lui fit une révérence et partit.

Le reste du groupe se leva et Roswen se tourna vers moi.

— Les sorties à dos de tarran sont l'un de mes passe-temps favoris. Tu en fais, toi ?

— Non.

Je songeai aux immenses et majestueux tarrans que Conlan et les autres avaient chevauchés lorsque nous étions allés en ville.

— Pas encore.

— Tu dois demander à Vaerik de t'emmener. C'est tellement amusant, et il est un bon professeur.

Elle récupéra ses bottes et les enfila.

— Je suis contente d'avoir enfin pu te rencontrer, Jesse. Peut-être qu'on se reverra ici demain.

— Je serai là de bonne heure.

Je pris mon bâton d'entraînement.

— Sauf si je m'assomme avec ce truc.

Roswen éclata de rire.

— Ça n'arrivera pas. Je peux déjà dire que tu es naturellement douée.

Elle me fit un petit salut de la main et se dirigea vers la porte avec ses gardes. Violet me manquait tant que ça me faisait mal. Nous n'avions jamais été séparées aussi longtemps et je ne pouvais même pas prendre un téléphone pour l'appeler.

Chassant ma mélancolie, je repris de plus belle mon entraînement. Plus vite j'apprenais à me battre et à me défendre, plus vite je pourrais rentrer chez moi sans avoir peur de Davian et de ses sbires. Je serrai les dents et répétai les coups que j'avais appris, encore et encore, jusqu'à ce que même Faolin ne puisse rien trouver à redire.

Un courant d'air souleva les cheveux qui n'étaient pas collés à mon visage en sueur alors que je passais devant le lac aux sirènes en direction du domaine impeccable. J'aurais pensé que les gens se seraient habitués à me voir, mais j'avais sous-estimé l'intérêt des curieux qui n'avaient rien d'autre à faire de leurs journées.

L'eau gicla encore et j'abandonnai l'idée d'essayer de voir les sirènes insaisissables. Je n'avais eu qu'un aperçu d'un bout de queue argentée. Bon sang, elles étaient furtives. J'étais passée devant le lac deux fois par jour pendant une semaine et je n'en avais pas encore vu une seule.

Lors de mon second jour d'entraînement au bâton avec Faolin, il m'avait parlé d'une petite montée dans les environs, qui serait bénéfique pour la mise en condition physique et pour mon endurance. C'était là où lui, Lukas et les autres avaient commencé avant de débuter leur véritable entraînement. Je lui avais demandé de me montrer où c'était et j'avais éclaté de rire à la vue de la côte raide et rocheuse qu'il qualifiait de simple montée.

À ma première tentative, j'avais fini par me traîner jusqu'en haut, où j'avais eu besoin de temps pour récupérer avant de redescendre. Le second jour, j'avais appris à me réguler. J'en étais à mon cinquième jour et je pouvais achever l'ascension sans avoir besoin d'un masque à oxygène.

La côte ne fut pas le seul défi dans lequel je m'étais plongée. Je m'entraînais au bâton pendant deux heures chaque matin, avec Faolin ou Faris. Après cela, je m'exerçais seule pendant une heure encore, et mon travail acharné avait porté ses fruits. En quelques jours, j'avais progressé jusqu'au combat, chose que j'appréciais bien plus que de réaliser mes mouvements toute seule.

La plupart du temps, Roswen et ses gardes se trouvaient dans la salle d'entraînement et nous prenions le temps de bavarder. Je les appréciais toutes, et cela faisait du bien d'avoir des amies en dehors de Lukas et ses hommes. Elles se relayaient même pour combattre avec moi, tout en douceur bien sûr. En tant que garde personnelle de la princesse, Parisa et les autres figuraient parmi les meilleures combattantes d'Unseelie, et Roswen était presque aussi douée qu'elles.

Des rires féminins détournèrent mon attention du lac vers un groupe de quatre personnes. Ma bonne humeur s'atténua lorsque je vis Rashari et une autre blonde que je reconnaissais maintenant comme étant son amie, Delphine. Elles étaient accompagnées par un homme aux cheveux noirs que j'avais déjà vu avec elles, et Sereia, la tailleuse revêche qui m'avait fait ma première garde-robe. Pourquoi n'étais-je pas surprise de la voir en compagnie de Rashari et de ses amis ?

J'envisageai de traverser l'herbe pour les éviter, mais Rashari m'avait déjà repérée. Impossible que je lui laisse croire un instant qu'elle m'avait fait peur.

— Elle a vraiment l'air d'une sauvage, cracha Rashari, un ricanement dans sa voix. Est-ce qu'elle prend des bains au moins ? — Attention. Elle pourrait être féroce, lança malicieusement Delphine, déclenchant des gloussements.

Sereia ajouta :

— Elle ne veut pas porter les vêtements que je lui ai faits.

Elle baissa la voix, mais pas suffisamment pour que je ne l'entende pas.

— Et j'ai entendu dire qu'elle s'entraîne avec les gardes tous les jours.

Rashari pouffa.

— Que peut-on attendre chez quelqu'un de si basse extraction ? Je n'en reviens toujours pas qu'on lui ait donné ses quartiers à notre niveau. C'est un affront à nous toutes.

Je souris en direction de l'eau tout en les écoutant parler de moi. Ce n'était pas un secret qu'elles ne m'aimaient pas, et mon amitié avec Lukas ne leur plaisait pas, alors rien de ce qu'elles disaient ne me dérangeait. Elles parlaient en faë, sans doute pour éviter que j'entende leur conversation. Seules les personnes à qui je m'adressais souvent savaient que je parlais couramment la langue depuis peu.

Rashari passa à l'anglais.

— Salut, Jesse. En route pour ta randonnée quotidienne dans la nature ?

Je répondis sur le même ton, en anglais :

— Ça fait beaucoup de bien. Tu devrais essayer.

Elle me regarda d'un air hautain.

— J'ai de meilleures façons d'occuper mon temps.

Je savais ce qu'elle voulait dire. À l'exception des personnes au service de la couronne, la majorité des sang-bleu vivant à la cour consacrait leur temps et leur énergie à gagner ou à garder les faveurs de la famille royale. Ce qui impliquait beaucoup de socialisation, de fêtes et de machinations, en somme, une existence pathétique.

— Ça doit te prendre beaucoup de travail pour être aussi magnifique.

Elle sourit avec vanité jusqu'à ce que le double sens de mes paroles fasse son effet. Puis ses yeux brillèrent de satisfaction et je sus ce qui allait arriver ensuite.

— J'avoue que j'aime prendre un peu plus de temps pour me préparer lorsque je suis invitée à dîner avec le prince Vaerik à la table du roi.

Elle pencha la tête sur le côté.

— Deux fois depuis qu'il est revenu à la cour.

La pique blessait, mais pas autant qu'elle l'avait escompté. Roswen s'était plainte hier à propos de sa présence aux dîners ennuyeux « d'entremise » organisés par son père pour Vaerik. Je n'avais pas réussi à cacher ma réaction assez rapidement et elle s'était empressée d'ajouter que Vaerik les détestait encore plus qu'elle. Selon elle, les seules personnes à vraiment apprécier les fêtes étaient les femmes invitées à s'asseoir à côté du prince.

Delphine plissa les yeux pour jeter un regard sombre à son amie, visiblement plus énervée par les commentaires de Rashari que moi. Elles étaient deux compétitrices qui restaient proches de leurs ennemies, rien de plus.

— Je vois pourquoi le prince Vaerik la garde, commenta alors l'homme en faë tout en me lorgnant. Elle est différente, ce doit être un jouet amusant une fois propre.

— Plutôt un animal de compagnie bâtard, rétorqua Rashari dans leur langue, ils s'esclaffèrent tous. Elle ne sait même pas s'habiller correctement.

— Tu n'aimes pas mes vêtements ? demandai-je en faë, prenant plaisir à voir leurs mines interloquées. Roswen m'a envoyé sa tailleuse personnelle pour me faire les mêmes tenues qu'elle et ses gardes. Alors, je me trouve jolie.

Personne ne parla. Sereia parut horrifiée. L'homme se tortillait de gêne. Quant à Rashari et Delphine, elles se demandaient sûrement comment répondre sans insulter indirectement la princesse.

— Mais, continuai-je joyeusement, peut-être que ces vêtements ne sont pas à ton goût. J'ai entendu dire quelque part que la vase du lac est la toute nouvelle mode.

Delphine prit une grande inspiration. Les yeux de Rashari se réduisirent à deux fentes et elle serra les poings. Je me crispai en prévision d'une attaque qui ne vint jamais.

— Jesse.

Nous nous tournâmes tous les cinq pour voir Lukas marcher à grands pas vers nous. Un coup d'œil vers son air sérieux me confirma que sa présence ici ne pouvait signifier qu'une chose.

Je frôlai Rashari en passant et courus vers lui.

— Il est arrivé quelque chose à ma famille. Est-ce qu'ils vont bien ?

Il plaça ses mains sur mes épaules.

— Ils vont bien. Ton père a fait savoir que ta mère avait eu une petite rechute et il m'a demandé de te conduire auprès d'eux.

Une rechute ? La peur me tordit le ventre. Ce devait être grave pour que papa m'appelle. Ce que nous redoutions était arrivé.

La mémoire de ma mère lui était revenue.

13

PAPA M'ATTENDAIT lorsque Lukas et moi sortîmes du portail dans le grand salon de la maison de Lukas, sur son île. En voyant la fatigue inscrite sur son visage, je me jetai dans ses bras. Il m'étreignit avec force pendant un long moment comme s'il ne me lâcherait jamais.

— Bon sang, tu m'as manqué, dit-il d'une voix rauque, la tête contre mes cheveux.

Je le serrai plus fort.

— Tu m'as manqué aussi. Comment va maman ?

Il expira et me lâcha.

— Elle dort. Je l'ai mise sous sédatif avec les comprimés donnés par son docteur. Elle sera inconsciente pendant un moment.

— C'est si grave que ça ?

— Elle ira mieux quand elle se réveillera et te verra.

Lukas posa mon sac sur le sol.

— Est-ce que je peux faire quelque chose pour vous aider ? Je peux demander à ce qu'un docteur prenne l'avion jusqu'ici, si elle en a besoin.

Papa lui adressa un sourire reconnaissant.

— Merci, Lukas, mais je pense qu'elle n'a besoin que de Jesse. Nos docteurs nous ont dit que c'était normal d'avoir des revers émotionnels durant les six premiers mois en dehors de l'hôpital et ça a été plus difficile pour Caroline, puisque nous étions loin de la maison.

— Je vais rester au cas où tu aurais besoin de moi.

Je regardai mon père. Il voulait dire autre chose, mais visiblement pas devant Lukas.

— Tu devrais rentrer, lui dis-je. La réunion avec Seelie n'est que dans une semaine et ils comptent sur toi là-bas.

Je lui pris la main.

— Nous avons tes gardes ici, ils te feront savoir si on a besoin de quelque chose.

Il glissa une mèche de mes cheveux derrière mon oreille.

— Tu en es sûre ?

— Oui.

Il m'embrassa très légèrement sur le front.

— À bientôt.

Je pouvais toujours sentir ses lèvres contre ma peau alors qu'il créait un portail et le traversait jusqu'à sa cour.

— Il tient à toi, souligna papa.

— Je sais.

— Et tu l'aimes.

— Oui.

Mon père me connaissait trop bien pour que j'essaie de le nier.

— Il ne le sait pas.

— S'il ne le voit pas, c'est un imbécile, et le prince d'Unseelie est tout sauf un imbécile.

Il me scruta un instant de plus.

— La question la plus importante est : es-tu heureuse ?

Si j'étais trop honnête, cela ne ferait que l'inquiéter davantage. Si je mentais, il le verrait directement.

— Vous et la maison me manquez, mais je me fais des amies et je trouve ma place là-bas. Le royaume des faës est super.

Les rides d'anxiété sur son front s'atténuèrent et il désigna la grande terrasse couverte.

— Asseyons-nous et discutons un peu.

Je le suivis en franchissant les portes vitrées ouvertes vers le grand coin salon qui donnait sur une plage de sable doré.

Devant nous, des marches descendaient vers une piscine à débordement avec des parois vitrées qui s'étendaient le long de la terrasse couverte, et plus loin, les vagues déferlaient doucement sur le rivage. La maison était entourée de grands palmiers dans une crique en croissant de lune, avec un quai de l'autre côté.

Le vent chaud faisait flotter mes cheveux devant mon visage et je les écartai tout en m'asseyant.

— Waouh. Cet endroit est magnifique.

— Et isolé, répondit papa. Le continent se trouve à une heure et on ne voit pas beaucoup de bateaux qui passent de ce côté de l'île.

— Où sont les faës que Lukas a laissés avec vous ?

— Il y a une seconde maison, de l'autre côté de l'île. Ils restent là-bas pour nous laisser un peu d'intimité et ils viennent plusieurs fois par jour.

Il leva le pouce au-dessus de son épaule.

— Derrière cette maison, un sentier s'enfonce dans les bois. Il fait moins de quatre cents mètres.

— Ça te plaît ici ? demandai-je.

Mes parents étaient habitués au bruit et à l'agitation de New York, habitués à être actifs et en mouvement tout le temps. Ce devait être un gros changement pour eux.

— Que demander de plus ?

Je détestais que ma famille doive se cacher à cause de moi. Ils devaient guérir à la maison, entourés des choses et des personnes qu'ils connaissaient au lieu d'être enfermés ici. Un paradis n'en était un que lorsque l'on était libre d'en partir. Le reste était une prison.

— Arrête, Jesse, dit-il à voix basse. Si tu veux rejeter la faute sur quelqu'un, fais-le sur la reine de Seelie et les personnes qui nous ont enlevés, ou Davian Woods pour ce qu'il t'a fait. Tu n'as pas provoqué tous les problèmes qui nous ont menés ici, et ta mère et moi n'allons pas te laisser te sentir coupable pour quelque chose que tu n'as pas fait. On ne pourrait pas être plus fiers de toi.

Son discours m'émut.

— Tu peux me dire ce qui s'est passé ?

— C'était ma faute. J'ai tout fait pour la tenir à l'écart d'internet et des émissions de télé. Je me suis assuré qu'il n'y ait pas de magazines ni rien qui puisse évoquer le prince Rhys. Nous nous sommes fait livrer de la nourriture ce matin, et parfois ils mettent des journaux ou des magazines dans les sacs. Je n'ai pas pensé à regarder avant qu'elle commence à ranger les affaires, et elle a trouvé une copie du *Faë d'Aujourd'hui*. Il était sur la couverture.

Mes doigts agrippèrent les accoudoirs en bois de ma chaise.

— Et elle a retrouvé la mémoire ?

— Pas au début. Elle plaisantait en disant que le prince me ressemblait beaucoup au même âge et elle a demandé si je n'avais pas quelque chose à lui avouer. Nous avons ri et j'ai pensé que c'était bon.

Il se frotta la mâchoire.

— Une heure plus tard, elle a commencé à pleurer et à demander où tu étais. Puis elle a demandé pourquoi Caleb n'était pas là. Plus j'essayais de la calmer, plus elle s'agitait jusqu'à ce qu'elle devienne hystérique et hurle que la reine lui avait pris ses enfants.

Les larmes que j'avais retenues se déversèrent.

— Oh, mon Dieu.

— J'ai réussi à la mettre sous sédatif avant que les faës déboulent. Ils ont entendu ses cris jusqu'à leur côté de l'île et ils ont cru que nous étions attaqués. Ils sont au courant pour notre addiction au goren, alors je leur ai dit que c'était une rechute en leur demandant d'aller te chercher.

C'était exactement ma crainte pour le moment où les souvenirs de maman reviendraient. Papa et moi avions convenu que nous ne dirions à personne la vérité au sujet de Caleb, mais... et si nous ne pouvions pas l'aider à surmonter cela nous-mêmes ?

— Elle est forte, Jesse, dit-il lorsque je lui confiai ma peur. Quand elle te verra et saura que tu es en sécurité, elle sera plus calme. Ça va être dur pour elle de revivre son passé, mais c'est le seul moyen.

Il faudrait bien que ça arrive un jour, et mieux valait que ça se passe ici, où nous pouvions garder le secret.

— Je peux la voir ?

— Bien sûr. Finch et Aisla sont avec elle depuis que je l'ai mise au lit, mais ça l'aidera si tu es là quand elle se réveillera.

Nous entrâmes dans la maison et il me conduisit vers la chambre principale. Il ouvrit la porte et mes yeux se dirigèrent tout de suite vers la silhouette couchée au milieu de la pièce. Ma mère paraissait petite et livide, et une nouvelle vague de chagrin et de colère me submergea à cause de tout ce qu'elle avait souffert.

Un sifflement retentit et une minuscule silhouette bleue traversa en trombe le couvre-lit blanc. Je courus et attrapai Finch lorsqu'il sauta vers moi. Pour un petit gars, il avait une bonne poigne. Il passa ses bras minces autour de mon cou. Je lui caressai le dos et cherchai Aisla. Je l'aperçus qui jetait un coup d'œil vers moi derrière une lampe de chevet. La nixie me sourit avec un timide signe de la main avant de disparaître.

— Contente de te voir aussi, murmurai-je à Finch qui reculait enfin pour me regarder. J'ai hâte de te parler du royaume des faës, mais je dois déjà voir maman.

Il me lâcha le cou pour dire en langue des signes : *maman a beaucoup crié. C'était effrayant.*

— J'imagine. Nous allons l'aider à aller mieux, pas vrai ?

Il se lova au creux de mon cou. Je le retins à cet endroit-là et allai voir ma mère. Tendant la main vers la sienne, je la serrai pendant qu'elle dormait le temps que son organisme absorbe les médicaments.

— Jesse ? fit enfin maman d'une voix rauque.

Mes yeux s'ouvrirent d'un coup devant les siens, troubles et rouges.

— Salut, maman.

Une larme s'écoula du coin de son œil et disparut dans ses cheveux.

— Tu es vraiment là ?

Je serrai sa main.

— Oui.

Elle cligna des yeux quelques fois, essayant de se débarrasser de l'effet de la sédation. Puis elle se mit sur le côté et me fit un faible câlin.

— J'ai rêvé de toi et de Caleb. Sauf qu'il n'était pas un bébé. C'était un jeune homme, et il...

Son expression se figea d'horreur.

— Caleb n'est pas mort. Mon petit garçon est en vie.

— Oui.

C'était compliqué de parler, avec la pierre dans ma gorge. L'impuissance déferla en moi lorsque ma mère commença à trembler et à gémir tel un animal blessé.

Puis mon père arriva. Il monta sur le lit de l'autre côté et la serra dans ses bras. De gros sanglots ébranlèrent son corps et il murmura d'une voix douce jusqu'à ce qu'elle finisse par se calmer et que ses cris se changent en hoquets. J'avais traversé beaucoup de choses cette année, mais rien n'avait été aussi dur que de voir ma mère robuste craquer ainsi.

— Tu veux que je parte ? lui murmurai-je.

— Non.

Je pris sa main tremblante.

Nous restâmes tous les trois allongés là pendant plus d'une heure. Maman cessa d'avoir le hoquet et sa respiration redevint normale. Quand je pensais qu'elle s'était endormie, elle parla :

— Tu le savais depuis combien de temps, Patrick ?

— Mes souvenirs sont revenus deux semaines avant que tu quittes l'hôpital, lui répondit papa à voix basse.

— Comment as-tu pu me le cacher ?

— Caroline, tu as entendu ce que les docteurs ont dit. Aucun stress ni rien qui puisse provoquer une rechute. Ça m'a fait beaucoup souffrir quand tout est revenu et je ne pouvais pas te faire subir ça avant que tu sois prête. J'ai décidé qu'il valait mieux attendre que tes souvenirs reviennent d'eux-mêmes.

Maman garda le silence pendant un long moment.

— Et Jesse ? Elle le sait depuis combien de temps ?

— J'étais avec lui quand il s'en est souvenu.

Elle se mit sur le dos et remonta pour s'incliner contre les coussins. Les traits de son visage étaient tirés, son visage plein de larmes et ses yeux rouges. À l'aide d'un coin de drap, elle se sécha le visage avant de serrer un oreiller contre elle. Papa et moi nous taisions en attendant sa réaction.

Maman regarda droit devant elle comme si elle voyait quelque chose que nous ne pouvions pas voir.

— Je savais qu'il était en vie. Pendant toutes ces années, une partie de moi n'a jamais pu croire qu'il était mort. Puis je l'ai vu. Mon bébé. Mon Caleb. Lorsqu'il est né, il avait mes cheveux, mais j'ai dit qu'il ressemblerait à son père en grandissant. J'avais raison.

— Je sais. Papa m'a montré les photos de lui plus jeune. On aurait dit des jumeaux.

Elle tenait l'oreiller dans une prise redoutable.

— Ils ont volé mon petit garçon et ont essayé de me faire croire qu'il était mort. Puis ils l'ont transformé en l'un d'eux. Pourquoi ? Pourquoi est-ce qu'ils ont pris Caleb ?

— Je ne sais pas.

La voix de papa était douce, en contradiction avec la douleur dans son regard.

Je séchai les larmes qui coulaient sur mes joues. Ma poitrine était comme oppressée par une bande en métal brûlante et je regardai, impuissante, mes parents souffrir.

— C'est la reine de Seelie qui a fait ça. Elle l'a volé et l'a élevé comme son fils, continua maman comme si papa n'avait pas parlé. Pensait-elle que nous ne reconnaîtrions pas notre fils en le voyant ?

— C'est peut-être pour ça qu'elle ne voulait pas qu'il vienne ici, dis-je, me remémorant une conversation que j'avais eue avec le prince Rhys. Comme il a refusé de rester en Seelie, elle a sûrement espéré l'avoir changé suffisamment et que vous ne verriez pas de ressemblance. En fait, moi-même je le connais et je ne l'ai pas vu jusqu'à ce que papa me le fasse remarquer.

Dès que les mots sortirent de ma bouche, je compris que j'avais foiré. Papa et moi n'avions pas parlé du prince Rhys quand maman était dans les parages, et cela incluait mon amitié avec lui.

— Tu le connais ?

— Je lui ai parlé quelques fois, mais je ne dirais pas que je le connais bien.

Elle tendit la main pour attraper la mienne.

— De quoi avez-vous parlé ?

— Il est gentil, et c'était surtout des bavardages anodins. Il a appris que j'étais une chasseuse de primes et il voulait en savoir plus. Il n'a pas beaucoup parlé de sa vie en Seelie.

Je marquai une pause.

— De ce qu'il a dit, il a eu une enfance heureuse.

La colère transparut dans son regard.

— Il ne sait pas qu'il a été volé à sa vraie famille. Comment se sentira-t-il en apprenant la vérité ?

— Caroline, commença papa à voix basse. Nous ne pouvons pas dire au prince Rhys la vérité.

Maman s'y opposa, mais il l'interrompit.

— La garde de la reine a essayé de nous faire tuer, car nous l'avons reconnu. Ils ont conseillé à Jesse de rester à l'écart. Ils ont travaillé trop dur pour dissimuler ce qu'ils ont fait, ce n'est pas pour nous laisser les démasquer. Nous n'avons aucune preuve et nous ne ferions que mettre toute notre famille en danger.

— Aucune preuve ? Et l'enfant que nous avons enterré ? Nous pouvons faire des tests ADN pour prouver que ce n'est pas Caleb.

Je me mordis la lèvre en attendant que papa lui dise que la tempête au cimetière avait détruit la tombe. Mais il savait tout aussi bien que moi qu'elle n'était pas prête à entendre la vérité.

— Les tests ADN prouveront que ce bébé n'est pas le nôtre, mais ça ne mettra pas du tout en cause Seelie. Il ne reste plus d'ADN humain du prince à tester et personne ne croira qu'il est Caleb, même s'il me ressemble beaucoup.

Il posa sa main sur les siennes.

— Les seules personnes qui connaissent la vérité sont nous trois et Maurice. Je voulais qu'il soit au courant, au cas où quelque chose nous arriverait. Nous ne pouvons raconter à personne que nous avons retrouvé nos souvenirs. C'est la seule manière de protéger nos enfants.

Elle regarda papa, puis moi, d'un air incrédule et je sus exactement quand elle comprit ce qu'il disait. Ma magnifique et courageuse mère s'effondra devant mes yeux.

Papa la prit dans ses bras et elle enfouit son visage contre son t-shirt tout en craquant à nouveau. Quant à moi, je sortis du lit et de la chambre.

Épuisée émotionnellement, je trouvai une salle de bain et me passai de l'eau sur le visage avant de me mettre à la recherche de Finch et Aisla. Je sortis sur la terrasse couverte. Là, j'eus la surprise de ma vie en découvrant les deux minuscules silhouettes en train de jouer dans le sable. Finch, qui n'était jamais allé dehors à l'exception du jardin protégé de Lukas, était à l'air libre.

Je restai debout, sans faire de bruit, alors qu'il s'allongeait sur le sable sec près de l'eau et faisait un ange avec ses bras. Aisla aussi réalisa un ange dans le sable. Leur joie était presque palpable et je souris en dépit de mon cœur lourd.

Aisla me vit et me fit l'un de ses timides saluts. Je marchai jusqu'à eux et m'assis sur le sable chaud. Tout de suite, Finch me demanda comment allait maman.

— Elle est triste, mais ça ira. Et vous deux ? Vous vous plaisez ici ?

Ils hochèrent la tête avec enthousiasme et Finch dit en langue des signes :

Tu vas vivre ici avec nous ?

— Je vais rester pendant un moment, mais je devrai repartir.

Mon sourire s'agrandit lorsque je me rappelai la surprise que j'avais pour lui.

— Devine qui j'ai vu dans le royaume des faës.

Gus ?

— Eh oui. Il est venu me voir. Et devine quoi ? Il est immense comme les dragons dans ce dessin animé que tu aimes regarder. Il m'a prise et m'a fait voler dans les environs. C'était super.

Finch exigea que je lui raconte tout sur Gus. Lorsque je dis qu'il se souvenait de lui, il sautilla sur place dans le sable

Est-ce que Gus peut venir nous voir ?

— Je ne pense pas, mais je peux t'emmener le voir un de ces jours, quand maman et papa seront d'accord.

Finch y réfléchit. Six mois plus tôt, il pouvait seulement se rendre jusqu'aux fenêtres de notre appartement. Aujourd'hui, il jouait dans le sable sur une île tropicale et envisageait d'aller dans un autre royaume. La vie avait tellement changé pour tout le monde dans ma famille.

Est-ce que maman et papa peuvent aussi venir ? demanda-t-il avec espoir.

— Les humains ne peuvent pas aller au royaume des faës, tu te souviens ? Mais nous pouvons leur rapporter beaucoup de cadeaux et leur raconter comment on s'est amusé.

Cela me rappela ma sortie au marché et je leur fis un grand sourire.

— En fait, il se peut que j'aie quelque chose pour vous dans mon sac.

Les deux se ruèrent vers les marches de la terrasse couverte. J'enlevai le sable de mon pantalon et les suivis dans la maison.

Deux jours passèrent avant que ma mère soit assez forte pour quitter sa chambre. Elle n'avait pas besoin d'être sous sédatif, mais papa et moi dûmes nous battre pour la faire manger et boire. Lorsqu'elle ne dormait pas, nous

nous relayions pour rester avec elle afin qu'elle ne soit pas abattue. Chaque fois, elle me bombardait de questions sur le prince Rhys.

Quand je n'étais pas avec eux, je jouais dehors avec Finch et Aisla. Je leur montrais comment construire des châteaux de sable et je créais des pataugeoires peu profondes dans lesquelles ils s'amusaient pendant des heures. J'aimais les regarder jouer ensemble. Ils prenaient plaisir dans les choses les plus simples et ne demandaient jamais plus que ma compagnie. Les humains pouvaient apprendre beaucoup de choses des lutins et des nixies, notamment comment profiter de la vie. Tout comme les faës de la cour, d'ailleurs.

Il fallut attendre ma deuxième soirée pour que papa et moi soyons capables de nous asseoir et de parler à nouveau. Il m'interrogea sur le royaume des faës, et dès que je commençai, tout jaillit comme si des vannes avaient cédé. Je décrivis la cour, la ville et les gens qui y vivaient. Je lui racontai ma maladie et il me posa une tonne de questions quand j'en vins au marché.

Puis j'arrivai à la réunion avec Gus. Je racontai aussi le vol stressant à travers la vallée et les falaises, puis au-dessus de l'océan jusqu'à l'île. J'évoquai le ke'tain dans le temple, et j'ignore qui de nous deux fut le plus choqué lorsque je dis :

— Tout à coup, Aedhna était à côté de moi, à me demander si je pouvais sentir le pouvoir du ke'tain.

Mon père me regarda comme s'il ne savait pas si je plaisantais ou si je délirais.

— Aedhna, la déesse des faës, t'est apparue ?

— Oui, répondis-je avec hésitation.

Son bâillon magique ne fonctionnait pas ici.

— Jesse, mais de quoi tu parles ? Tu dis n'importe quoi.

Je m'enfonçai sur ma chaise.

— Attends d'avoir entendu la suite.

Il écouta avec intérêt pendant que je racontais toute ma conversation avec Aedhna, y compris sa révélation stupéfiante, à savoir que je l'aiderais à réparer la barrière entre nos mondes. Je conclus avec sa disparition et Gus qui m'avait ramenée à la cour. J'omis la partie où le roi nous avait surpris, Lukas et moi, en train de nous embrasser.

— Elle a dit que je ne pourrais le dire à quelqu'un qu'après que la mission aura été remplie.

Je m'attendais presque à ce qu'un éclair de magie jaillisse de nulle part. Comme rien ne se passait, j'expirai.

— Soit la magie n'agit pas sur moi ici, soit ça ne s'applique que si j'en parle à d'autres faës.

— Elle ne t'a pas donné d'indice sur ce que tu dois faire ? Ou quand ?

— Elle a juste dit que je saurais quand le moment serait venu.

Je repliai les jambes sous mes fesses.

— Qu'est-ce que je peux faire pour elle que Lukas ou le roi ne peuvent pas réaliser ?

— Peut-être que ça a un rapport avec le fait que tu sois une nouvelle faë. Ou ça pourrait être ta pierre de la déesse. Peut-être qu'elle te permet de faire des choses que d'autres faës ne peuvent pas accomplir.

J'y avais déjà réfléchi.

— Pourquoi, alors, est-ce qu'elle ne veut pas me le dire ?

Il caressa son menton.

— Tu me demandes d'expliquer la logique d'une divinité faë ?

— Eh bien, dit comme ça... ! Je suis complètement dépassée, papa.

— Tu peux tout faire si tu y mets du tien, et je ne dis pas ça parce que je suis ton père. Tu es comme ça depuis que tu es petite. Regarde ce que tu as fait pendant les six derniers mois. Aedhna t'a donné une pierre de la déesse, parce qu'elle a vu ce que je vois en toi. Si elle croit que tu peux le faire, tu devrais aussi le croire. Moi, en tout cas, je le crois.

Je me décalai sur le canapé pour lui faire un câlin. Je ne m'étais pas rendu compte à quel point j'avais besoin d'entendre ça de sa part jusqu'à maintenant.

Un téléphone sonna à l'intérieur de la maison et je me retirai pour qu'il puisse aller y répondre. C'était la première fois que j'entendais ce son depuis des semaines. Ce serait bizarre quand je retournerais à la vie urbaine.

Papa revint quelques minutes plus tard en souriant.

— C'était Maurice qui prenait des nouvelles. Il te passe le bonjour. Et ta mère est debout et veut savoir ce qu'on mange.

C'était la première fois que maman manifestait un intérêt pour la nourriture depuis que j'étais là.

— Tout ce qu'elle veut.

La lune créait un chemin sur l'océan et éclairait la plage alors que je marchais pieds nus dans le sable. Une petite brise tropicale fit bruire les feuilles de palmiers, et quelque part dans le taillis, une petite créature remua. Le seul autre son était le doux clapotement de l'eau sur le rivage.

Derrière moi, la maison où ma famille dormait était sombre et silencieuse. Je ne savais pas pourquoi je ne dormais pas non plus, seulement que quelque chose m'avait attirée dehors, vers la plage. C'était étrange quand j'y pensais. J'étais sur l'île depuis cinq jours et c'était la première fois que je ressentais le besoin de faire une promenade de minuit.

Quelque chose produisit des éclaboussures dans l'eau. Quelques secondes plus tard, la surface ondulait plus près du rivage. Une forme blanche émergea lentement de l'océan, la tête d'un cheval.

Le kelpie se dirigea vers moi, sa robe d'un blanc brillant comme de l'argent au clair de lune. Je n'eus pas peur quand il sortit de l'eau. À moins d'un mètre, il baissa la tête et lâcha quelque chose dans le sable. Puis il me regarda dans les yeux, courba une jambe et s'inclina devant moi.

Je me contentai de regarder le kelpie alors qu'il se levait et retournait vers l'océan. Ce ne fut que lorsque la majestueuse tête disparut sous la surface que je me souvins de l'objet qu'il m'avait apporté. Je m'agenouillai dans le sable et ramassai une petite pierre blanche qui prit tout à coup la couleur de mes cheveux.

— Jesse, fit une voix de femme déformée. Il est temps de rentrer.

J'étais seule.

— Euh... bonjour ?

— Jesse, dit de nouveau la voix.

— Où êtes-vous ?

Quelque chose toucha mon épaule et me secoua doucement.

— Tu rêves, Jesse. Réveille-toi.

J'ouvris les yeux et regardai ma mère penchée sur moi. Elle sourit en se redressant.

— Quel rêve ça a dû être.

— C'était vraiment bizarre.

Je bâillai et me frottai les yeux.

— Il est quelle heure ?

— Sept heures et demie. J'allais te laisser dormir, mais tu n'arrêtais pas d'appeler. Ça te dit que je nous prépare un petit-déjeuner ?

— Des pancakes ? demandai-je avec espoir.

— Bien sûr.

Elle marcha jusqu'à la porte de la chambre.

— Ils seront prêts dans dix minutes.

J'étirai les bras au-dessus de ma tête et souris vers le plafond. Les premiers jours avaient été difficiles, mais ma mère redevenait chaque jour comme avant. Lorsque le moment viendrait pour moi de retourner dans le royaume des faës, je pourrais le faire en sachant qu'elle allait s'en sortir.

J'enlevai la couverture, sortis du lit et me figeai en baissant les yeux vers mes pieds. Il y avait toujours du sable séché dessus. Revenant vers le lit, je retirai le drap et regardai le matelas.

Aussitôt, je m'y laissai tomber lourdement. Ce n'était pas un rêve. J'avais compris.

Aedhna m'avait rappelée dans le royaume des faës.

14

J'ATTEIGNIS LE sommet de la colline et poussai un cri de joie en brandissant le poing. *Je l'avais fait !*

Respirant difficilement, je me pliai en deux, les mains sur mes jambes. J'avais chaud, j'étais en sueur et ma poitrine me faisait mal à cause de l'effort, mais cela ne diminuait pas ma joie. J'avais réussi ma première montée de la pente raide sans m'arrêter une seule fois pour me reposer, et ça faisait du bien.

Après quelques mètres, je me couchai sur le dos, sur un petit carré d'herbe drue, pour sourire en direction du ciel bleu. De légers bruits de pas se firent entendre, mais je ne tournai pas la tête pour regarder mon amie qui s'affalait sur le ventre à côté de moi. Je tendis la main et grattai la tête de Kaia, qui émit un grognement agacé.

— Eh, tu n'étais pas obligée de venir avec moi, dis-je au lamal qui boudait, mais qui m'avait accompagnée lors de mes sorties quotidiennes depuis mon retour au royaume des faës, trois jours plus tôt.

Elle préférait traverser la pelouse, car il n'y avait pas grand-chose pour elle à chasser sur la colline, mais elle n'aimait pas me perdre de vue quand nous étions loin de la cour.

Elle bougea de sorte que sa lourde tête se retrouve sur mon ventre. Je ris en lui caressant la nuque, la faisant ronronner. Ce n'était pas la chienne que j'avais toujours voulue, mais elle était d'une excellente compagnie, surtout maintenant.

J'avais vu Lukas deux fois depuis mon retour. Il passait ses journées à huis clos avec le roi et ses conseillers, à se préparer pour l'importante réunion avec Seelie. Faolin et le reste de sa garde étaient aussi occupés, si bien que je m'entraînais seule et passais la majorité de mon temps sans personne. Même Roswen et sa garde avaient été absentes ces trois derniers jours.

Toute la cour bourdonnait d'activité en prévision de l'arrivée de la reine de Seelie aujourd'hui. Pour ma part, j'étais trop anxieuse quant au moment où Aedhna finirait enfin par m'envoyer en mission pour être touchée par l'enthousiasme général. Mon instinct me disait que c'était pour bientôt et l'attente me tuait.

Lorsque ma respiration redevint normale, je poussai la tête de Kaia et me redressai. Elle grogna en se levant, me fixant d'un regard énervé qui me fit glousser. Je n'avais jamais vu d'animal qui puisse représenter des émotions humaines comme elle.

Je commençai à descendre la colline. Kaia courut devant moi, s'arrêtant de temps à autre pour regarder en arrière et s'assurer que je sois toujours derrière elle. Alors que j'approchais du bas, je fus surprise de voir Conlan. Je ne m'étais pas attendue à le voir, ni lui ni aucun des hommes de Lukas durant les deux prochains jours.

— Faolin a dit que tu serais ici, me dit Conlan. Il semble que tu aies conquis la colline.

Je lui fis un grand sourire.

— Clairement.

Il esquissa un demi-sourire.

— Dois-je dire à Faolin que tu es prête à en gravir une plus grande ?

— Pas si tu veux que je te tue dans ton sommeil, rétorquai-je.

Il ricana et nous commençâmes le trajet du retour, Kaia en tête. Tout à coup, elle partit en courant dans l'herbe haute. Il y eut un couinement suivi par un bruissement, et j'espérai que ce qu'elle chassait s'était échappé.

— Ce n'est pas que je n'apprécie pas ta compagnie, mais tu n'es pas censé être avec Lukas en ce moment pour l'arrivée de la reine ? demandai-je.

— Tu ne vas jamais l'appeler Vaerik, je me trompe ? répondit-il sur un ton taquin.

— Je n'arrête pas d'oublier. C'est Vaerik pour tout le monde ici, mais je l'ai connu sous le nom de Lukas.

— Eh bien, *Lukas* m'a envoyé pour te demander si tu aimerais être présente à la réunion de ce matin.

— La réunion à huis clos avec le roi et la reine de Seelie à laquelle personne n'est autorisé à assister ?

— Ça m'en a tout l'air. Vaerik a dit au roi que tu avais gagné le droit d'y être, après ton sacrifice pour le royaume des faës. Le roi Oseron y a consenti.

Vaerik ne pouvait pas partir, alors il m'a demandé de t'amener à la réunion. Tu ne seras qu'observatrice, mais tu entendras de vive voix ce dont il est question. Ça te dirait ?

— Tu crois nécessaire de me le demander ?

— Tu vas avoir besoin de te nettoyer et de te changer. Si nous nous dépêchons, nous y serons avant que ça commence.

J'accélérai mon allure, et en moins de vingt minutes, nous étions dans mes quartiers. Il attendit sur le balcon pendant que je me douchais et me changeais. Je jetai un regard envieux vers mes nouvelles tenues tout en enfilant les vêtements de la cour que Sereia m'avait faits. Je laissai mes cheveux détachés, à l'exception de deux sections sur le côté, que je tirai pour former une tresse sur le sommet de mon crâne.

— Comment je suis ? demandai-je en le rejoignant.

Il sourit d'un air approbateur.

— Tu feras l'affaire.

Nous quittâmes mes quartiers vers l'ascenseur. Je m'attendais à y monter, mais il me surprit en nous emmenant au rez-de-chaussée. Nous traversâmes un labyrinthe de tunnels, nous enfonçant davantage sous la montagne. J'étais complètement perdue lorsque nous arrivâmes dans une zone ouverte avec deux autres tunnels qui bifurquaient.

Au lieu d'emprunter l'un d'eux, nous traversâmes les lieux pour nous arrêter devant un mur de pierres. Conlan leva la main et marmonna quelque chose. Quelques secondes plus tard, les pierres scintillèrent et un portail apparut. Nous le traversâmes pour déboucher dans une pièce entièrement blanche, des murs jusqu'au sol, avec une double porte d'un blanc étincelant.

— On est encore en Unseelie ? murmurai-je à Conlan alors que nous marchions vers les portes.

— Oui. Dans une partie de la montagne qui n'est accessible que par un portail, et seulement pour ceux qui y sont autorisés.

Il ouvrit l'une des portes et me mena dans la pièce au-delà. Nous longeâmes le mur vers un endroit à trois mètres de la porte, puis je me retournai pour regarder autour de moi.

Nous nous trouvions dans une pièce ovale terminée par deux doubles portes à chaque extrémité. Deux rangées de sièges étaient positionnées en demi-cercle devant chaque sortie, et au centre de la salle se trouvait un petit piédestal avec un brasero au-dessus. En guise de feu, le brasero comportait des cristaux *laevik* qui brillaient doucement.

Les murs étaient complètement recouverts de tapisseries représentant Aedhna en différents lieux. J'en examinai un et m'étonnai que l'artiste ait parfaitement retranscrit son image. À moins que ce soit l'image qu'elle présentait à ceux d'entre nous à qui elle apparaissait.

Conlan et moi fûmes les premiers à arriver. Quelques minutes plus tard, la porte proche de nous s'ouvrit et six gardes royaux firent leur entrée. Après qu'ils se furent postés le long du mur derrière les sièges, la porte du fond s'ouvrit et huit faës entrèrent pour s'installer à l'autre bout.

D'autres gardes franchirent la porte de notre côté, précédant le roi Oseron qui portait une simple couronne et une longue toge bleue. Il était accompagné par la consort Maurelle vêtue d'une robe blanc cassé avec, sur la tête, un bandeau orné d'une seule pierre bleue assortie à la tenue du roi. Ils descendirent pour prendre place au milieu du premier rang.

Faolin et Faris vinrent ensuite, suivis par Lukas avec une couronne classique et une tunique ceinturée d'un bleu nuit, avec un ourlet doré. Son pantalon était d'un bleu plus clair, avec la même ganse sur les côtés. C'était la première fois que je le voyais dans son uniforme royal et il me coupa littéralement le souffle. Un véritable prince de conte de fées !

Lukas ne regarda pas vers nous avant de prendre place de l'autre côté de son père. Puis vint une procession de personnes que je n'avais jamais vues, sans doute les conseillers du roi. Ils remplirent les sièges restants. Faolin, Faris et les autres prirent position près des extrémités des rangs.

Enfin, la porte du fond se rouvrit et je retins mon souffle en voyant les deux nouveaux venus. C'étaient les gardes de la reine, qui m'avaient menacée à New York, m'ordonnant de rester loin du prince Rhys. Mes yeux s'arrêtèrent sur une blonde en robe vert émeraude brodée d'or. Je n'avais pas besoin de voir sa couronne sertie de joyaux pour savoir que cette invitée noble et détachée était la reine de Seelie.

La reine Anwyn prit place juste en face du roi Oseron. Je ne pouvais pas détourner le regard de celle qui avait dévasté mes parents et essayé de m'enlever tout ce qui m'était cher. Savoir qu'il n'y avait rien que je puisse faire pour obtenir justice pour ma famille me fit serrer les poings.

Un gentil coup d'épaule de Conlan me fit prendre conscience de ma rigidité et de ma mine renfrognée. Je forçai mon corps à se détendre et détournai le regard de la reine pour m'intéresser au reste du groupe représentatif de Seelie. Sur sa droite se trouvait un blond avec une couronne, certainement son consort. Il affichait l'expression fade et ennuyée de quelqu'un qui avait mieux à faire que d'être présent à une réunion pour parler du destin du monde. Je me demandai s'il avait toujours été aussi indifférent ou si la fréquentation de la reine Anwyn l'avait rendu ainsi.

La reine se pencha légèrement sur sa gauche pour parler à la personne qui l'accompagnait et je sursautai en découvrant le prince Rhys. Elle ne semblait s'intéresser qu'au prince.

Depuis que mon père m'avait dit qui était Rhys, j'avais essayé de comprendre la raison pour laquelle la reine de Seelie prendrait un enfant humain pour le transformer et l'élever comme son héritier. Pour l'instant, je n'avais pas trouvé de raison logique. Je ne pensais pas que Rhys sache la vérité, d'ailleurs l'ensemble de Seelie devait ignorer la situation. Si les sang-bleu de Seelie étaient comme ceux d'ici, le statut et l'origine comptaient plus que tout pour eux. Ils ne toléreraient jamais qu'un sang-mêlé devienne un jour leur roi.

J'étais tellement perdue dans mes pensées qu'il me fallut quelques secondes pour me rendre compte que le regard du prince Rhys était rivé sur moi. Il semblait aussi surpris par ma présence que je l'étais par la sienne. Il sourit et je lui rendis son sourire.

Le roi s'inclina devant la reine de Seelie.

— Reine Anwyn, bienvenue en Unseelie. Nous sommes honorés de vous accueillir, vous et votre conseil, pour ces discussions importantes. Je suis confiant, la coopération de nos deux régions conduira à une solution pour guérir la barrière entre le royaume des faës et celui des humains.

La reine Anwyn pencha la tête en avant en signe de reconnaissance et l'ombre d'un sourire apparut sur ses lèvres.

— Merci, roi Oseron. Nous sommes ravis d'être là et avons hâte de travailler avec vous pour éliminer cette menace de notre monde.

Il sourit et ils entamèrent le processus fastidieux des présentations. Je les entendais à peine, furieuse du ridicule de la situation. Chacun était là, à échanger des banalités, faisant comme si la reine Anwyn n'était pas à l'origine de la menace qui les amenait tous ici. C'était sûrement une très bonne chose que je sois seulement spectatrice durant cette réunion, car je ne pourrais pas faire semblant, même par souci de diplomatie.

Après toutes les formalités, l'un des conseillers du roi se leva pour présenter la première proposition.

— Chaque fois qu'un portail est créé, cela entraîne une fuite de la magie dans le monde humain. Si nous interdisons tous les voyages entre nos mondes pendant un temps, cela pourrait contribuer à ralentir la fuite d'énergie du nôtre.

Les deux parties commencèrent à débattre de la proposition, pesant le pour et le contre et discutant la durée d'une interdiction de voyage vers le monde humain. La perspective de ne pas pouvoir rentrer chez moi et de ne pas voir ma famille pendant un certain temps me remplit d'anxiété. Je pouvais aller les voir avant que l'interdiction n'entre en vigueur, mais je devais être dans le royaume des faës pour accomplir ce qu'Aedhna voulait que je fasse.

Un autre des conseillers d'Unseelie se leva.

— En plus de l'interdiction des voyages vers l'autre monde, nous pensons que les faës de la cour doivent être rappelés ici, au royaume des faës. Beaucoup parmi notre peuple possèdent des résidences permanentes dans le royaume des humains et ne reviennent ici que pour restaurer leur magie. Leur présence pourrait aider à rétablir l'équilibre de la magie.

Sa suggestion déclencha une autre série de discussions et entraîna une hausse de mon anxiété. S'ils se mettaient d'accord sur ce plan d'action, qui sait combien de temps il faudrait avant que je ne sois autorisée à rendre visite à ma famille ? Le temps ne voulait rien dire pour les faës, mais mes parents étaient mortels. Ils avaient déjà perdu leur fils. Je refusais qu'ils perdent aussi leur fille.

La voix impérieuse de la reine Anwyn traversa le vacarme.

— Ces propositions ont du mérite, mais elles ne sont pas suffisantes.

La pièce devint silencieuse et tous les yeux convergèrent vers elle.

— Il n'y a qu'une seule façon de réparer la barrière et de protéger le royaume des faës, dit-elle au roi Oseron. Nous devons sceller la barrière entre nos mondes pour de bon.

Ses paroles me frappèrent tel un coup de poing dans le ventre, expulsant tout l'air de mon corps. Pendant quelques secondes, son visage se troubla devant mes yeux et les bruits de la pièce se changèrent en bourdonnement dans ma tête. Je ne savais pas que je m'étais adossée contre le mur jusqu'à ce que la main de Conlan ne se referme sur la mienne. Ce réconfort m'aida à garder l'équilibre et à me concentrer sur ce qui se passait autour de moi.

— Il y a deux côtés à la barrière, dit Lukas à la reine. Nous isoler du royaume humain pourrait ne pas réparer les dégâts de leur côté.

Personne ne parla, dans l'attente de sa réponse. Elle ne nous fit pas attendre longtemps.

— C'est une possibilité, mais c'est un risque que nous devons prendre.

Elle posa une main sur son cœur, comme si cela lui faisait mal de prononcer ces mots.

— Notre première obligation est de protéger le royaume des faës et tous ceux qui y vivent.

La colère bouillonnait en moi. Tout ceci était sa faute. C'était elle qui avait volé le ke'tain et l'avait enlevé du royaume des faës. Elle avait provoqué les dégâts sur la barrière et elle prévoyait maintenant de s'en laver les mains en détruisant mon monde et tous ceux que j'aimais ! Et tout le monde ici le savait pertinemment.

Le regard de la reine Anwyn se détourna tout à coup de Lukas pour croiser le mien. Je ne cachai pas mon animosité. À ses yeux plissés, il était évident qu'elle l'avait sentie, mais je soutins farouchement son regard.

J'étais consciente des quelques personnes qui se retournaient sur leur siège pour voir ce qui avait capté l'attention de la reine. Je pouvais aussi sentir la main de Conlan derrière mon t-shirt, qui me retenait pour m'empêcher de bouger.

La reine interrompit notre combat de regards et posa à nouveau ses yeux froids sur Lukas, comme si de rien n'était. Ils reprirent leur discussion, mais j'étais trop absorbée par la colère pour y prêter attention.

Conlan chuchota :

— Il est temps d'y aller.

Je ne résistai pas lorsqu'il me prit le bras. Nous traversâmes la pièce extérieure et il créa un portail pour nous ramener aux tunnels. Ce ne fut qu'une fois de retour dans une zone que je reconnaissais qu'il reprit la parole :

— La reine Anwyn nous incite depuis des années à sceller la barrière, et elle voit ça comme une occasion de nous forcer la main. Mais le roi Oseron n'y consentira pas, à moins que ça ne soit le dernier recours. C'est une possibilité à envisager, s'ils ne peuvent pas réparer les dégâts.

— Oui, dis-je d'une voix rauque.

— Ne t'inquiète pas, Jesse. Nous trouverons une solution avant que ça n'arrive.

Je ne dis pas grand-chose alors que nous prenions l'ascenseur jusqu'à mon niveau. Il m'accompagna jusqu'à ma porte. Lorsqu'il commença à me suivre à l'intérieur, je l'arrêtai.

— J'aimerais être seule pendant un moment.

— Tu en es sûre ? Je ne veux pas te quitter si tu es énervée.

— C'était beaucoup à encaisser, la voir pour la première fois, puis ce qu'elle a dit.

Je tentai de lui sourire.

— Je pense que j'irai peut-être à la salle d'entraînement pour le bâton. Le sport, ça aide toujours à vider la tête.

Il se détendit à vue d'œil.

— C'est une bonne idée. Je vais dire à Lukas que tu vas bien.

— Je doute qu'il sache que nous sommes partis, dis-je tout en me déchaussant négligemment.

— Il le sait. Il n'a pas pu nous suivre, mais il comptait sur moi pour s'assurer que tu ailles bien.

— Ah oui ? Je ne l'ai pas vu.

Conlan sourit.

— Tu n'étais pas censée le voir, dit-il avant de s'en aller.

Même au milieu d'une réunion aussi importante, Lukas prenait soin de moi. J'aurais voulu le voir ce soir, mais il serait occupé jusqu'à ce que la reine Anwyn parte.

Une femme se tenait près de la porte du balcon. J'étais si surprise que les chaussures glissèrent de mes doigts et tombèrent au sol.

— Aedhna, dis-je d'une voix étouffée. Il est temps ?

— Oui, répondit-elle.

Elle me tendit une main.

— Viens ici, mon enfant.

Mon cœur battait la chamade contre mes côtes. Lorsque je la rejoignis, elle prit ma main dans la sienne et je m'apaisai.

— C'est mieux ?

— Oui, merci.

— Je vais t'expliquer aujourd'hui ce qui doit être fait pour guérir le royaume des faës et des humains. Demain, ta mission commencera.

Je déglutis avec difficulté, incapable de répondre quoi que ce soit.

Aedhna me lâcha la main et s'approcha de la balustrade.

— Tu te souviens de ce que je t'ai dit sur les ke'tains, lors de notre première conversation ?

Les ke'tains ? Au pluriel ? Je fouillai dans ma mémoire. C'était encore un peu flou, mais tout me revint.

— Tu as dit qu'il y en avait quatre et que leur énergie maintenait le royaume des faës en vie. Et que les trois pierres cachées avaient été affaiblies, car elles avaient dû redoubler d'efforts lorsque la quatrième avait été sortie du royaume des faës.

— Nous devons corriger le déséquilibre créé.

Je la suivis vers la rambarde.

— Mais tu as dit que le monde guérirait de lui-même, une fois que le ke'tain serait de retour.

— C'est possible, mais cela prendra beaucoup de temps, et seulement s'il est complètement scellé depuis le monde humain. Cela sauvera le royaume des faës, mais pas le monde que tu considères toujours comme le tien.

— C'est ce que la reine Anwyn veut faire. Je ne peux pas le permettre.

— Le roi Oseron s'y opposera, mais il finira par l'accepter comme étant la seule solution, rétorqua Aedhna, chaque mot m'envoyant une flèche dans le cœur. À moins que nous puissions rétablir l'équilibre.

Je pris conscience d'une chose.

— Tu as attendu de venir vers moi, car tu savais ce que la reine Anwyn allait dire à la réunion et tu voulais que je l'entende.

— Oui.

— Dis-moi quoi faire et je le ferai.

Aedhna prit mes mains dans les siennes.

— Le ke'tain au temple doit retrouver tout son pouvoir. Pour cela, il doit reconstituer son énergie à partir des trois autres pierres.

— Comment ?

— Tu vas emmener le ke'tain du temple vers chacune des pierres cachées, répondit-elle comme si ce n'était pas grand-chose. Après chaque jumelage, il y aura des tempêtes, mais ne t'en inquiète pas. Le royaume des faës commencera à guérir de lui-même, à mesure que le ke'tain du temple deviendra plus puissant.

— Le ke'tain est constamment sous surveillance au temple et il est protégé par des barrières. Comment suis-je censée le prendre sans me faire arrêter ?

— La pierre dont je t'ai fait cadeau te permettra d'augmenter ta magie pour entrer dans le temple sans être vue, et à traverser les barrières autour du ke'tain.

Ma joie s'éteignit.

— Je n'ai utilisé la magie qu'une fois pour créer un portail, et ça ne s'est pas passé comme prévu.

— Je t'apprendrai à l'utiliser.

— Je vais créer des portails pour arriver aux autres ke'tains ?

— Aucun portail ne peut t'emmener où tu dois aller, dit-elle. C'est ton drakkan qui le fera, par les airs.

— Gus n'est pas vraiment *mon* drakkan, lui rappelai-je. Comment dois-je le trouver et lui demander où aller ?

— Je vais aussi te l'apprendre.

Apparemment, elle avait pensé à tout.

— D'accord. On commence où ?

Les gardes me regardaient attentivement approcher, mais aucun ne parla lorsque je traversai la salle et ouvris la petite porte. Je sortis et saluai les deux autres sentinelles postées là avant de partir vers la route menant à la ville.

Ce ne fut qu'au premier virage, quand l'entrée de la montagne disparut à ma vue, que je parvins à respirer normalement. Les gens quittaient la cour en permanence pour aller en ville, c'était la couverture parfaite pour mon absence d'aujourd'hui. Comme Lukas et les autres étaient pleinement occupés par la visite de Seelie, personne ne remarquerait ma disparition.

J'avais laissé une note dans mes quartiers, au cas où l'un d'entre eux passerait me chercher.

La bifurcation sur la route apparut et je jetai un coup d'œil alentour pour m'assurer que j'étais seule avant d'emprunter le chemin de droite. Les arbres étaient si grands qu'ils formaient une voûte au-dessus de la route, masquant le soleil. J'étais une citadine, capable d'affronter les ruelles et les bâtiments sombres. La forêt, beaucoup moins.

Au bout de cinq cents kilomètres, j'arrivai à un endroit où les arbres s'éclaircissaient pour dévoiler un grand bout de ciel bleu. Je m'arrêtai, aux aguets, mais je n'entendais que les oiseaux.

Je tendis la main et touchai la pierre de la déesse dans mes cheveux. Fermant les yeux, j'imaginai Gus et une image de lui se forma, perché sur le bord d'une falaise en train de manger une sorte de poisson doté de tentacules. *Gus*, dis-je dans mon esprit, et il répondit en inclinant la tête sur le côté. Je répétai : *Gus, viens à moi.*

Il lâcha aussitôt le poisson. Déployant ses ailes, il sauta de la falaise et vola vers moi.

Ça a fonctionné ! Je lâchai la pierre et sautillai sur place avec joie.

Sans rien d'autre à faire qu'attendre, je m'assis sur un arbre tombé sur le bas-côté de la route et passai le temps en revoyant mes plans pour lorsque j'arriverais sur l'île. Aedhna avait passé des heures avec moi, hier soir, à m'apprendre avec patience comment créer des illusions, mais je n'étais pas aussi confiante qu'elle en mes capacités. Tout reposait là-dessus, je n'avais pas droit à l'échec.

Le plus gros sanglier que j'aie jamais vu marchait d'un pas nonchalant sur la route, à dix mètres de moi. La créature mesurait au moins un mètre quatre-vingts au garrot, avec des poils noirs, toutes sortes de piquants et des défenses qui atteignaient ses oreilles.

Je me rappelai immédiatement ce que j'avais lu sur les sangliers faës. Dans mon monde, les sangliers sauvages pouvaient être féroces, alors je n'en attendais pas moins de ceux du royaume des faës. Les drakkans tenaient à l'écart les créatures les plus dangereuses de la vallée. Les prédateurs préféraient rester dans la forêt, où le gibier était abondant et où ils étaient protégés des drakkans. Je n'avais jamais été aussi proche des bois ni autant réfléchi aux dangers qui y rôdaient.

Le sanglier rejoignit d'un pas paisible l'autre côté de la route et renifla le sol. Je ne bougeai pas d'un pouce, respirant à peine en espérant que l'animal serait trop occupé à chercher de la nourriture pour me remarquer. Je songeai à me cacher derrière l'arbre sur lequel j'étais assise, mais rejetai cette idée, redoutant d'attirer l'attention de la bête. J'avais le bâton et l'un des couteaux reçus pour mon anniversaire, mais ils seraient inutiles contre une créature de la taille d'un élan, avec une peau plus épaisse encore que celle d'un rhinocéros.

Un oiseau s'envola des taillis et le sanglier leva son groin du sol. Il renifla avant de tourner lentement la tête vers moi jusqu'à ce que ses yeux noirs et perçants croisent les miens.

Aucun de nous ne bougea. Distancer un sanglier n'était pas une option, et le repousser non plus. Ça me laissait un seul moyen de m'en sortir. Les branches les plus basses sur la majorité des gros arbres étaient trop hautes pour que j'y grimpe, mais j'en repérai une sur laquelle me hisser. Le seul problème, c'était que je ne savais pas si je pouvais l'atteindre avant lui.

Le sanglier grogna. Puis il chargea.

Je tombai en arrière. Aussitôt, un drakkan plongea à travers le feuillage des arbres et attrapa le sanglier dans ses immenses serres. J'aperçus à peine les écailles rouge et or avant que le drakkan et le sanglier ne disparaissent dans la canopée. Je me couvris les oreilles pour bloquer les cris perçants et les bruits de lacération. Apparemment, Gus rattrapait le repas qu'il avait abandonné pour répondre à mon appel.

Je ne tremblais plus lorsqu'il sortit des bois en se léchant le museau. Il marqua une pause pour mâcher quelque chose bloqué entre ses griffes ; c'était une défense incurvée. Il la jeta sur le côté de la route et me rejoignit en trottinant, l'air calme et rassasié.

Je m'éclaircis la gorge.

— Salut, Gus.

Il s'arrêta suffisamment près de moi pour que je sente l'odeur de sang frais dans son haleine.

— Brave bête, le complimentai-je en réprimant un haut-le-cœur. Tu veux faire un petit voyage avec moi ?

Sans cesser de bouger, il inclina la tête pour me regarder avec un gros œil rouge, comme s'il attendait mes instructions.

Je frissonnai sous l'intensité de son regard.

— Je dois me rendre au temple sur l'île.

J'aurais dû être prête, mais je ne l'étais pas. Un instant, j'étais sur la route, l'instant d'après, je m'élevais dans les airs dans les serres de Gus. J'eus à peine le temps de lancer le charme d'invisibilité que nous volions au-dessus de la route principale. Les gens en dessous levaient les yeux, mais ne me montraient pas du doigt – mon charme fonctionnait.

Comme je ne pouvais pas prendre le risque d'être vue, je maintins l'illusion jusqu'à ce que nous soyons en mer. Là, je somnolai jusqu'à l'île. Puis je créai un nouveau charme afin de me cacher. En temps normal, les drakkans n'allaient pas sur l'île, mais personne ne s'en formaliserait, surtout si l'animal semblait être seul.

Gus me relâcha. J'arrachai la pierre de mes cheveux et la serrai fort dans mon poing tout en marchant vers le bâtiment qui abritait le temple. Je m'attardai dans l'embrasure de la porte, le cœur battant la chamade à la perspective de ce que je m'apprêtais à faire. Je dus souffler avant de pouvoir continuer.

La pièce circulaire au bas des marches était comme dans mes souvenirs. Je la traversai et jetai un coup d'œil dans la chambre principale. De là, je ne pouvais pas voir les gardes postés de chaque côté des escaliers avec une vue complète de l'autel.

Et si mon charme n'était pas assez fort ? Et si je trébuchais et brisais l'illusion ? Et si...

Je fis taire mon stress. J'étais là, et il n'y avait pas de retour en arrière possible. Aedhna m'en croyait capable, alors je l'étais.

Je descendis les marches et regardai en arrière, vers les deux gardes de Seelie et d'Unseelie si immobiles qu'ils auraient pu être des statues. Lukas m'avait dit que c'était un grand honneur d'être choisi pour surveiller le temple, et chaque garde de la cour demandait à faire partie de la relève. La mission était essentiellement symbolique, puisque c'était la barrière qui protégeait le ke'tain, mais cela n'avait pas d'importance pour les gardes. Je me sentais coupable de les tromper alors qu'ils prenaient au sérieux leur devoir, mais si tout se passait comme prévu, personne ne saurait que le ke'tain avait quitté le temple.

Je sentis l'énergie du ke'tain en approchant, mais ce n'était pas accablant comme la première fois. À présent, il n'y avait plus de mur invisible qui m'empêchait de rejoindre l'autel.

Le ke'tain brillait de l'intérieur. Pendant des mois, j'avais vécu tout près de lui et je l'avais tenu dans mes mains durant une courte période, mais je n'avais jamais eu le temps de l'admirer, trop occupée par l'enlèvement puis les coups de feu. Si une petite pierre pouvait contenir assez de pouvoir pour affecter l'équilibre de la magie dans le royaume, je comprenais pourquoi Aedhna avait gardé secrète l'existence des autres. Je ne voulais pas imaginer les dégâts que quelqu'un comme la reine Anwyn ferait avec les quatre ke'tains.

Jetant un nouveau coup d'œil vers les gardes, je glissai ma main libre dans ma poche et en sortis un petit sac en toile. À l'intérieur se trouvait la pierre bleue sans valeur qu'Aedhna m'avait donnée la veille au soir. Elle était de la même taille et de la même forme que le ke'tain. Si je réalisais correctement l'illusion, elle ressemblerait à l'original pour quiconque entrerait dans la pièce. Cela fonctionnait uniquement tant que personne ne s'approchait de la pierre, mais les barrières empêcheraient les gens de trop avancer.

Avec ma pierre de la déesse dans la main droite et la pierre bleue dans la gauche, je concentrai mon regard sur le ke'tain. Je fermai les yeux et visualisai la pierre bleue revêtant les propriétés physiques de l'originale. Les doigts de ma main droite furent parcourus d'un picotement qui s'intensifia tandis qu'un courant remontait le long de mon bras, dans ma poitrine puis mon bras gauche. La sensation s'atténua et j'ouvris la paume pour dévoiler la réplique exacte du ke'tain.

Presque. Plus confiante, je passai à la dernière étape. J'expulsai l'illusion qui me cachait jusqu'à ce qu'elle prenne possession de l'autel. La partie délicate consistait à représenter une image du ke'tain sur l'autel afin que les gardes ne puissent pas me voir l'échanger avec le faux. C'était vraiment l'étape sur laquelle Aedhna avait eu besoin de travailler le plus avec moi, hier soir, et j'allais bientôt savoir si ses leçons portaient leurs fruits.

À une main, je réalisai l'échange. Mes doigts étaient à la limite de la douleur lorsqu'ils touchèrent le ke'tain, mais comme Aedhna l'avait promis, ce n'était pas douloureux. Je le plaçai avec soin dans le sac qui avait contenu le faux et le fourrai dans ma poche. En retenant mon souffle, je ramenai l'illusion à moi.

L'un des gardes de Seelie s'avança.

— Qu'est-ce que c'était ?

— Qu'est-ce que tu vois ? demanda son partenaire.

— Le ke'tain... il a bougé.

Les autres gardes se redressèrent tout d'un coup. L'un d'eux attrapa le pommeau de son épée alors que les autres traversaient la pièce pour me capturer.

15

MA BOUCHE SE DESSÉCHA et mon cœur s'emballa tant que je craignis qu'ils l'entendent. L'idée de ce qu'il m'arriverait si l'on m'attrapait en train de voler le ke'tain me noua le ventre.

Les gardes se dispersèrent, mais leurs yeux restaient rivés sur la pierre. Un des gardes d'Unseelie scruta mon emplacement. Pouvait-il me voir ?

Il tourna la tête vers l'homme de Seelie qui avait parlé en premier.

— Je ne vois rien, les barrières fonctionnent.

Le garde de Seelie fit grise mine, mais garda ses yeux sur l'autel.

— Je sais ce que j'ai vu.

— Tout me semble normal à moi aussi, ajouta le second garde d'Unseelie. Mais si tu en es certain, c'est le protocole de faire venir nos responsables de sécurité.

Je signerais mon arrêt de mort s'ils faisaient venir des renforts. Ma seule option était d'essayer de me faufiler devant eux, priant la déesse pour que le faux ke'tain tienne sous un examen approfondi jusqu'à ce que je puisse récupérer l'original.

Le premier garde d'Unseelie changea de position.

— Korrigan assiste à la conférence avec le roi aujourd'hui, je ne pense pas qu'il serait judicieux de les interrompre à moins d'être sûrs qu'il y a un problème.

Les deux gardes de Seelie échangèrent un regard inquiet. Celui qui n'avait pas donné l'alerte s'immisça dans la conversation :

— Bauchan est aussi avec la reine. Tu veux que je le fasse venir ?

— Non.

Le premier garde regarda son partenaire, puis ceux d'Unseelie, avant de revenir vers le premier.

— Les barrières sont en place et personne sauf la déesse ne peut les traverser. Ce devait être un effet de lumière.

Il était évident, à en juger par l'expression des gardes, que personne dans la pièce ne voulait que les responsables de la sécurité viennent sur l'île. S'ils retournaient à leur poste, je pourrais sortir d'ici. L'illusion me rendait invisible, mais elle ne me cacherait pas si j'effleurais quelqu'un.

Par un accord tacite et mutuel, les quatre gardes se tournèrent et repartirent vers leur place contre le mur. Ils étaient plus vigilants qu'avant, mais tant qu'ils restaient là-bas, je devrais m'en sortir.

Je contournai lentement l'autel, retenant mon souffle jusqu'à être sortie à la lumière du jour. Penchée en avant, je posai les mains sur mes genoux et respirai profondément à plusieurs reprises. J'étais trop ébranlée de l'avoir échappée belle pour me réjouir de ce que j'avais fait. Et cette mission était loin d'être terminée.

Je me précipitai vers Gus qui m'attendait. Il pouvait me voir en dépit de mon charme. Je m'arrêtai devant lui et sortis le sac contenant le ke'tain. Ses naseaux se dilatèrent et il baissa la tête pour renifler le sac.

— Tu te souviens du ke'tain, pas vrai ? murmurai-je. Il y en a un autre comme celui-là, loin dans les montagnes de Duergar. J'ai besoin que tu m'y emmènes.

Gus repartit par là où nous étions venus, mais lorsque la terre apparut, il tourna vers le nord et longea la côte. De petites villes étaient parsemées çà et là, mais nous étions trop haut pour que j'en distingue les détails. Peut-être qu'un jour, lorsque je ne serais pas occupée à sauver le monde, je reviendrais pour mieux visiter.

Des heures passèrent et le relief changea, s'élevant lentement pour former une chaîne de montagnes qui s'étendait à perte de vue. Gus tourna vers l'intérieur des terres et la température baissa. J'avais chaud, blottie contre son ventre, malgré l'air froid sur mon visage.

Nous perdîmes de l'altitude en survolant les contreforts couverts d'épaisses forêts. Il faisait un peu plus chaud en bas, et je pouvais apprécier la multitude de couleurs des vallées verdoyantes avec leurs fleurs sauvages et leurs lacs si bleus presque irréels. Parfois, nous passions devant d'autres drakkans, mais ils gardaient leur distance. Il n'y avait pas la moindre trace de civilisation.

Les collines devinrent plus raides et la végétation se fit plus rare. L'air me piquait le visage. Nous franchîmes plusieurs rochers escarpés avec des familles de drakkans et je notai que ceux des montagnes étaient plus petits que ceux qui vivaient sur les falaises en Unseelie. Deux d'entre eux s'envolèrent pour chercher à nous mordre et nous grognèrent dessus, car nous étions sur leur territoire, mais ils restèrent à bonne distance de Gus qui faisait deux fois leur taille.

Nous nous élevâmes au-dessus des neiges éternelles, où l'air était plus rare et si froid que chaque respiration me brûlait. Je dus me couvrir le visage pour me protéger et je fus surprise de ne voir rien en dessous de moi que des nuages.

Gus changea de cap tout à coup et se dirigea vers l'un des promontoires enneigés. Il fit un piquet à la dernière minute et j'aperçus un point sombre sur la surface du rocher. La grotte.

Il atterrit délicatement sur le large rebord, à l'entrée de la grotte, et me posa avec soin debout. Mes jambes tremblaient et mes pieds étaient engourdis après tant d'heures dans les airs. Je m'appuyai contre sa patte avant pour me stabiliser.

— Oh mon Dieu, dis-je en claquant des dents lorsque je m'éloignai de la chaleur de Gus.

Le froid ne semblait pas l'embêter, mais je tremblais tellement que mes os me faisaient mal.

Gus me donna un léger coup de museau, un rappel pas si agréable que j'étais ici pour une raison précise. Plus tôt je faisais ce pour quoi j'étais venue, plus vite nous pourrions quitter cet endroit gelé.

Je sortis le cristal *laevik* que j'avais apporté et il illumina la grotte profonde d'environ six mètres. Me dirigeant vers le fond, je trouvai l'ouverture d'un tunnel caché aux regards par une dalle de pierre qui dépassait. Le cristal devant moi, je pénétrai dans l'étroit boyau.

Après quelques mètres, le tunnel m'offrit deux directions. Soudain, je sus exactement où j'allais, car je l'avais rêvé.

Je pris le tunnel de gauche, et sans surprise, il commença à s'incliner vers le bas. C'était aussi silencieux qu'un tombeau dans la montagne. Parfois, le tunnel était si étroit que je dus me mettre de côté et rentrer le ventre pour m'y faufiler. Je n'avais jamais fait de spéléologie. Pour tout dire, je n'aimais pas les endroits clos.

Aedhna avait bien caché ce ke'tain. Si par hasard certains trouvaient la grotte, ils auraient beaucoup de mal à passer dans les recoins exigus du tunnel à moins de mesurer ma taille. Aucun adulte faë ne pouvait y arriver.

L'air était chargé d'électricité et je me sentis exhortée à bouger. Je ne savais pas si c'était Aedhna qui me disait que j'étais proche ou les deux ke'tains qui se détectaient.

J'arrivai à un endroit où le plafond était si bas que je devais ramper. De l'autre côté, la salle s'agrandit à nouveau.

Je posai ma paume contre le mur froid. Aussitôt, le ke'tain dans ma poche vibra d'énergie et les poils de mon corps se hérissèrent. Du plus profond du rocher, un pouls battit et le mur se réchauffa. Alors, je plaquai la pierre contre la paroi.

Des ondulations se répandirent sur le mur comme de minuscules vagues à la surface d'un lac. Lorsque la perturbation diminua, le rocher m'apparut avec une clarté cristalline, et ancré bien profondément en lui brillait un petit objet. L'objet s'éleva lentement à la surface jusqu'à ce que je puisse enfin distinguer une pierre luminescente verte, de la même taille que celle dans ma main.

Les deux ke'tains entrèrent en contact et mon corps fut secoué, comme si la foudre m'avait frappée. Chaque cellule s'enflamma, ma vision devint blanche et la douleur transperça ma poitrine. Je serais tombée si ma main n'était pas scellée au mur.

En quelques secondes, la douleur disparut et ma vision revint. Sous ma paume, les ke'tains pulsaient et je sentis que celui de la grotte nourrissait celui du temple. L'énergie était pure, incommensurable, et sa beauté divine fit couler des larmes sur mes joues. Cela aurait dû me réduire en cendres, mais ma pierre de la déesse me protégeait comme Aedhna l'avait juré.

Ensuite, le processus s'inversa. C'était fini.

Je mis le ke'tain dans ma poche et séchai mes joues mouillées à l'aide de ma manche. Puis je revins dans la grotte principale, sachant que je ne serais jamais plus la même après cette expérience.

La tête de Gus pivota vers moi lorsque je sortis du tunnel devant lui.

— Tu as déjà vu quelque chose comme ça ?

Je regardai les sommets enneigés semblables à des îles dans une mer de nuages. C'était à couper le souffler et effrayant à la fois, et je ne m'étais jamais sentie aussi seule, même avec Gus à mes côtés.

Un vent glacial me coupa la respiration.

— Rentrons à la maison, Gus.

Je m'endormis avant d'arriver aux contreforts et ne me réveillai pas jusqu'à l'avertissement de mon ami ailé que nous approchions de l'île. Les quatre mêmes gardes étaient en poste lorsque j'entrai dans le temple, mais ils étaient plus détendus que lorsque je les avais quittés. J'avais hâte que la journée se termine, mais je pris mon temps pour échanger le faux ke'tain avec le vrai. Un autre faux pas comme le dernier, et les gardes ne manqueraient pas d'appeler du renfort.

C'était le crépuscule lorsque Gus me posa sur la route près de la forêt. Si j'avais trouvé l'endroit effrayant de jour, mais il l'était dix fois plus lorsque la nuit était presque tombée. J'étais trop fatiguée pour créer une autre illusion d'invisibilité, mais j'avais assez d'énergie pour courir vers la route principale.

Je tournai près de la montagne lorsqu'Iian et Kerr apparurent en chevauchant des tarrans. À l'instant où ils me virent, ils mirent pied à terre.

— On venait te chercher, me lança Iian. Vaerik a trouvé le mot que tu as laissé dans ta chambre, mais il pensait que tu serais de retour de la ville à cette heure-ci.

— Tu me connais. Il y a tant de choses à voir et à faire, et je dois tout regarder, répondis-je.

Entendre que Lukas avait pris de son temps sur les réunions avec Seelie pour me rendre visite allégea mon corps courbaturé. Combinée avec l'excitation de ce que j'avais fait aujourd'hui, c'était une sensation enivrante.

— Tu as l'air fatiguée, dit Iian.

— Tu sais parler aux filles, toi.

Kerr observa mes mains vides.

— Tu n'as rien acheté ?

— Peut-être la prochaine fois.

— Tu as vu quelque chose d'intéressant dans ton exploration ? m'interrogea Iian.

Des images de ma journée apparurent rapidement dans mon esprit.

— Oh, tu sais. Les trucs habituels.

— Apparemment, nous restons toutes les deux, dis-je le lendemain soir à Kaia, nichée de l'autre côté du canapé avec sa tête sur mes pieds.

Elle ouvrit un œil pour me regarder et le referma aussitôt. Ses puissants ronronnements emplirent la pièce.

Même si j'aimais sa compagnie, j'aurais voulu avoir un ami qui puisse me parler.

Ce soir, le roi organisait un somptueux dîner en honneur de la visite de la reine, après quoi elle et son peuple retourneraient à Seelie. Demain, la cour retrouverait sa vie normale et je verrais à nouveau Lukas, Roswen et les autres. Pour l'instant, j'étais seule.

On sonna à la porte. Je fus surprise de découvrir Gelsey, la tailleuse personnelle de Roswen qui avait fabriqué tous mes merveilleux vêtements. Les bras de Gelsey étaient chargés de robes, de chaussures et d'autres tissus, et je décidai d'alléger un peu son fardeau.

— On avait une séance d'essayage que j'ai oubliée ? demandai-je en posant les habits sur une chaise.

Les vêtements, des robes longues, étaient beaucoup trop guindés.

Elle lâcha le reste sur le canapé.

— On m'a donné l'ordre de t'aider à t'habiller pour le dîner de la reine. J'ai apporté des robes sur lesquelles je travaillais pour la princesse Roswen. Quelques ajustements et l'une d'elles sera parfaite pour toi.

— Je pense qu'il y a un malentendu. Je ne vais pas au dîner.

— Oh, mais si, il le faut. Le prince Vaerik en personne m'a demandé de m'occuper de toi.

Lukas voulait que j'aille au dîner avec lui. J'en étais ravie. Je serais avec lui, et il me guiderait dans le protocole.

L'une des robes, vert foncé, était toute en soie.

— Ça ne dérangera pas Roswen que tu arranges une robe pour moi ?

— C'était son idée.

Gelsey déploya les trois robes qui touchaient le plancher afin que nous puissions mieux les voir. En plus de la verte, il y en avait une bleu ciel et l'autre bleu nuit, toutes deux de styles différents. Elles étaient magnifiques, et n'importe laquelle irait avec mon teint et mes cheveux.

Elle prit la robe verte.

— Et si tu les essayais toutes ? Nous verrons laquelle te va le mieux.

Deux heures plus tard, je me tenais devant le miroir de ma chambre, à peine capable de croire que je regardais mon reflet. Après discussion, Gelsey avait décidé de prendre la robe bleu foncé et je compris pourquoi Roswen ne voulait que personne d'autre ne lui confectionne ses vêtements.

La robe fourreau sans bretelles m'allait comme un gant. Le corsage moulant orné de dentelle et de minuscules cristaux bleus devenait plus étroit, jusqu'à une jupe qui épousait mes hanches et tombait avec grâce à mes pieds. La jupe était recouverte d'un voile au tissu très fin qui traînait sur trente centimètres derrière moi. Il était ouvert devant et s'évasait délicatement sur les côtés.

Je portais des chaussures à talons plats de la même couleur que la robe, avec des cristaux bleus qui scintillaient à la lumière. Gelsey m'avait coiffée avec une tresse souple et élaborée, agrémentée de discrètes fleurs bleues et blanches, posée sur une épaule, laissant l'autre dénudée.

— Tu es d'une beauté à couper le souffle, complimenta Gelsey derrière moi, ses yeux brillants de larmes.

— Grâce à toi.

— J'ai simplement mis en valeur ta beauté naturelle. Avec tes cheveux et ton teint uniques, tu es sans égale et je suis honorée de pouvoir t'habiller.

Je tamponnai mes yeux.

— Heureusement que les faës ne portent pas de mascara, sinon je serais une épave là maintenant.

— J'ai entendu parler des poudres et des crèmes colorées que les humains se mettent sur le visage. C'est vrai qu'ils portent aussi de faux cils et changent la couleur de leurs cheveux ?

— C'est surtout les femmes qui portent du maquillage et des faux cils, mais quelques hommes le font aussi.

Elle parut éberluée.

— Et les hommes et les femmes se teignent les cheveux.

— C'est vraiment un monde différent d'où tu viens, fit-elle tout en ajustant le dos de ma robe. J'aimerais le voir un jour.

— Je serai contente de te le faire visiter quand tu décideras d'y aller.

On sonna. C'était Lukas.

Je m'arrêtai d'un coup en découvrant un brun inconnu dans l'entrée avec Gelsey. Il était habillé de façon formelle, avec un pantalon couleur crème et une tunique assortie à l'ourlet bleu foncé. Il semblait content de me voir.

— Je peux vous aider ?

Il exécuta une petite révérence.

— Je m'appelle Joreth. Le roi Oseron m'a envoyé pour vous escorter jusqu'au dîner.

— Mais...

Joreth s'approcha et prit ma main molle dans la sienne.

— J'ai entendu parler de notre nouvelle et charmante faë, mais les rumeurs ne vous rendent pas justice. Vous êtes un magnifique spectacle et les hommes là-bas seront envieux de moi ce soir.

— Merci.

Je jetai un regard impuissant à Gelsey.

Kaia protesta.

— Gentille, Kaia.

Elle cessa de grogner, mais continua de le fixer méchamment. Je me souvenais de ce regard depuis ma première rencontre avec elle.

Joreth s'éclaircit la voix.

— Nous devrions y aller. Il ne faut pas être en retard au dîner.

— Je vais prendre les autres robes avant d'y aller. Passez une très bonne soirée, nous souhaita Gelsey.

— Assurément, répondit Joreth à ma place.

— Tu peux laisser sortir Kaia en partant ? demandai-je à Gelsey qui acquiesça.

Dehors, Joreth plaça ma main au creux de son coude et je le laissai m'escorter jusqu'à l'ascenseur. Ce n'était pas sa faute, il devait y avoir une bonne raison si Lukas n'était pas venu pour moi.

Les quelques personnes devant lesquelles nous passâmes nous admiraient avec envie. Lorsque nous entrâmes dans l'ascenseur, Joreth me confia avec joie que le dîner de ce soir était important et que les invitations étaient très convoitées. Habillés comme nous l'étions, notre destination n'était un secret pour personne.

L'ascenseur s'arrêta au sommet et nous découvrîmes six gardes. Un homme en uniforme de la cour nous orienta et nous nous engageâmes dans un long couloir jusqu'à un porche voûté gardé par deux autres soldats. Nous entrâmes sur une grande terrasse. Une moitié était délimitée par des murs et un plafond et l'autre ouverte sur le ciel étoilé. Tout l'endroit était aménagé comme une salle à manger pour les grandes occasions.

À l'arrière, les tables étaient arrangées en demi-cercle sur une estrade de faible hauteur. Des tables plus petites pour quatre personnes étaient disposées dans la pièce pour permettre à chaque occupant de voir la table principale. Les lumières au-dessus étaient tamisées et sur chaque table dressée avec élégance se trouvait une petite assiette de cristaux *laevik* qui émettait une lumière chaude et douce.

Une femme en uniforme nous emmena à notre table, de l'autre côté de la terrasse, près de la balustrade. Nous étions aussi loin de l'estrade que possible, mais le lieu nous offrait une vue dégagée sur les nouveaux venus. Joreth paraissait un peu agacé par l'attribution des places, mais j'étais contente de siroter tranquillement le jus que l'on m'apporta en regardant les autres invités arriver.

C'était comme regarder l'événement du tapis rouge à Cannes : des couples élégamment vêtus entraient, conduits à leur siège. Rashari et Delphine étaient parmi eux et je fus soulagée qu'aucune d'elles ne soit au bras de Lukas. Ce serait déjà assez difficile de le voir avec quelqu'un d'autre.

Bientôt, les plus petites tables furent remplies et un autre couple, Fayette et Cleon, nous rejoignirent à table. Joreth fit les présentations, mais nos compagnons étaient plus intéressés par le lieu que par nous.

Le roi Oseron entra avec la reine Anwyn et ils rejoignirent l'estrade ensemble. Avant que je puisse m'interroger sur l'identité de leurs consorts, la mère de Lukas apparut au bras du consort de la reine Anwyn. Tous les yeux étaient rivés sur le roi d'Unseelie et la reine de Seelie alors qu'ils prenaient place sur deux grandes chaises au centre de l'estrade, flanqués de leurs consorts respectifs.

La reine Anwyn était resplendissante en robe d'un bleu glacier et une couronne plus grande que celle qu'elle avait lors de la réunion. Quand elle sourit à une parole du roi, j'eus presque du mal à croire qu'un cœur horrible et froid battait dans la poitrine de cette personne si magnifique et délicate.

— Je ne suis pas surprise de voir Dariyah à son bras ce soir, exulta Fayette, assise en face. Son père est conseiller du roi, après tout.

C'est alors que je vis Lukas avec Dariyah à ses côtés. Elle était radieuse, avec une robe moulante blanche et un sourire hautain qui signifiait à toutes les femmes dans la pièce que Lukas lui appartenait. Nous allions voir ça !

Lukas m'accorda un sourire. Pendant quelques secondes, personne d'autre dans la pièce n'existait. C'était moi qu'il convoitait.

Il porta son regard sur Joreth. Lukas était visiblement jaloux de mon cavalier.

Dariyah lui tirait le bras. Son sourire était soudain bien moins arrogant, mais le regard noir qu'elle me décocha me promettait que je n'avais pas encore gagné, loin de là.

Je lui souris. *Je t'attends.*

Quelqu'un prit place de l'autre côté de Dariyah. Roswen était avec un brun qui, d'après la ressemblance, devait être son frère Kellen. Quelques sièges plus loin, je fus surprise de voir Faolin et Faris. Je savais qu'ils étaient princes à part entière, mais pas que leur sang était suffisamment bleu pour leur valoir une place à la table principale.

Je guettai Conlan, Iian et Kerr, et les découvris attablés près de l'estrade. Ils étaient habillés pour les grandes occasions et en galante compagnie, mais ils étaient également proches de Lukas pour le protéger en cas de nécessité.

— Alors, c'est vrai que toi et le prince Vaerik êtes des amis proches, fit Joreth à mon oreille, me surprenant par sa proximité. Il se lie rarement d'amitié avec quelqu'un en dehors de son entourage immédiat.

Au début, je crus qu'il insinuait quelque chose de sordide entre Lukas et moi, mais il n'y avait rien de sournois ni d'évocateur dans son expression.

— C'est le cas.

Fayette et Cleon nous écoutaient, alors je n'entrai pas dans les détails.

Joreth prit ma réponse comme une invitation à aller plus loin.

— Avant ta transformation, tu étais l'une de ces chasseuses dont j'ai entendu parler, n'est-ce pas ? Tu chassais des faës qui enfreignaient la loi dans ton monde.

— Oui.

À moins qu'ils ne soient au-dessus des lois. Anwyn parlait au roi Oseron. Avec sa garde personnelle, elle ne paierait jamais pour les terribles crimes commis.

— Fascinant.

Joreth avança sa chaise un peu plus.

— C'est comme ça que tu as rencontré le prince ?

— On peut le dire. Je cherchais quelqu'un et il m'a proposé de m'aider à le trouver.

— Et tu l'as trouvé ?

— Oui.

— Puis tu nous as rendu le ke'tain, dit Joreth avec émerveillement. Et pour te récompenser, le prince héritier t'a transformée en faë.

Mon Dieu, était-ce ce que les gens pensaient ici ? Si oui, je devais mettre les choses au clair.

— Ce n'était pas une récompense. J'ai failli mourir et il a fait la transformation pour me sauver la vie.

— Et maintenant, te voilà invitée à la fête du roi, répondit Joreth avec joie, sans se rendre compte de la pointe d'agacement dans ma voix. J'ai assez de chance pour être ton cavalier. J'espère qu'à la fin de cette soirée, toi et moi serons aussi amis.

Il m'adressa un sourire discret et baissa la voix.

— Ou peut-être plus.

Je n'avais rien à répondre, alors je me contentai de boire une gorgée. Heureusement, les serveurs choisirent ce moment pour arriver avec notre premier plat.

La conversation devint plus rare et légère durant les cinq plats. Même Fayette et Cleon participèrent par moments, surtout pour parler de qui était assis avec qui et de ce qu'ils portaient. La conversation était si fade que l'ennui me donnait presque envie de pleurer au moment où le désert arriva.

J'aurais voulu ne pas apercevoir le sourire de Dariyah et le fait qu'elle s'était penchée pour lui dire quelque chose. Cela me tuait de l'admettre, mais elle avait l'air d'appartenir à la famille royale. Et elle le savait.

Ses lèvres esquissèrent un sourire satisfait et elle posa une main sur l'épaule de Lukas d'un geste qui suggérait qu'ils étaient plus intimes que des amis attablés ensemble. Lukas parlait à sa mère et ne réagit pas à son contact, mais j'en fus tout de même agacé.

Je n'étais pas la seule mécontente de la démonstration de Dariyah. À voir Delphine, elle semblait presque fomenter sa mort. Dariyrah se délectait de la jalousie de sa concurrence, ce qui ne fit que les énerver encore plus. À sa place, je ne me promènerais pas dans des couloirs sombres après cela.

Des serveurs vinrent débarrasser le dernier plat et les gens situés aux petites tables commencèrent à quitter leur siège pour aller parler aux autres invités. Dès que Fayette et Cleon nous quittèrent, Joreth plaça une main sur la mienne.

— Il paraît qu'il va y avoir un spectacle lumineux spécial après le dîner. Et si on allait dans les jardins pour le regarder ensemble ?

Je dus réprimer un geste brusque lorsque son pouce me caressa la main. Au lieu de quoi, je l'écartai doucement de sous la sienne et la posai sur mon genou.

— Je pense que la vue serait bien mieux ici. Tu n'es pas d'accord ?

Il s'approcha tellement que nos têtes se touchèrent et sa voix devint un murmure rauque :

— Il y aura du monde ici, et nous pouvons passer du temps à mieux nous connaître. J'adorerais en savoir plus sur ta vie avant que tu ne viennes au royaume des faës.

— Tu pourrais te rendre dans mon monde et le voir par toi-même.

— Et ici, ce n'est pas ton monde ?

— Je ne suis pas restée assez longtemps pour me sentir comme chez moi, répondis-je avec honnêteté.

— Alors, c'est une mission, persista-t-il sans comprendre le message.

Je pris mon verre et bus une gorgée, balayant la pièce du regard à la recherche d'un échappatoire. Faris souhaitait m'aider, mais il ne le pouvait pas. Mon regard se porta sur le fond de la table, que j'avais évité pendant la dernière demi-heure, et mon pouls s'accéléra lorsque je croisai les yeux de Lukas. En fait, il foudroyait Joreth du regard.

Ce dernier s'éloigna de moi comme si je l'avais brûlé. Il avait vu Lukas, lui aussi.

— Si ça ne t'embête pas, j'aimerais aller saluer quelques-uns de mes amis, dit-il en se levant déjà.

— Ça ne me dérange pas du tout.

En dépit de tout ce monde, j'avais l'impression que Lukas était à côté de moi.

Sa mère lui dit quelque chose et il la regarda, rompant le charme entre nous. Quelle était l'étiquette appropriée pour ces dîners ? Combien de temps attendait-on que je reste assise ici ? Était-ce impoli de partir avant le roi ?

Je pris conscience des murmures à proximité juste au moment où une voix dit :

— Jesse James, j'espérais avoir l'occasion de te parler durant notre visite.

Le prince Rhys se trouvait à quelques mètres, avec Bayard et un autre de ses gardes personnels. Le prince souriait, mais ses deux soldats ne semblaient pas contents d'être là.

— Prince Rhys... quel plaisir de vous voir, bégayai-je.

— Je pensais que tu avais accepté de me tutoyer, dit-il sur un ton taquin.

Je souris.

— Rhys, tu apprécies ta visite en Unseelie ?

— C'est plutôt ennuyeux, admit-il.

Je lui jetai un regard incrédule.

— J'ai passé une heure à la première réunion et c'était tout sauf ennuyeux.

Sa bouche se pinça.

— C'est le cas quand on est assis pendant trois jours et qu'on n'est pas autorisé à participer. Ma mère pense que je suis trop jeune et inexpérimenté pour y contribuer.

Sa franchise était inattendue.

— Pourquoi est-ce qu'elle t'a amené ici si tu ne peux pas prendre part aux discussions ?

— Pour les apparences. C'est une démonstration de force. Là où va un prince héritier, l'autre aussi.

Bayard émit un grognement désapprobateur, mais comme d'habitude, Rhys n'en fit qu'à sa tête. Je sentais que quelque chose n'allait pas entre Rhys et la reine. Quand il l'avait évoquée le jour où nous étions partis déjeuner, son intonation était affectueuse. Ce soir, il y avait une note d'irritation dans sa voix.

Je savais que la reine ne serait pas contente de voir le prince me parler, à moi en particulier. J'étais protégée ici en Unseelie, mais cela n'empêcha pas un frisson de se faufiler jusqu'en bas de ma colonne vertébrale.

— Pour le moment, qu'est-ce que tu penses du royaume des faës ? Je vois que tu as déjà maîtrisé la langue.

— J'apprends très vite. Pour l'instant, ce que j'ai vu du royaume des faës est magnifique, même si c'est différent de New York.

— Oui, ça ne ressemble en rien aux villes humaines. Je ne suis pas retournée chez moi depuis longtemps et ce monde me manque déjà.

Il regardait pensivement la vallée assombrie.

— Il y a tant de choses du royaume des faës que je n'ai pas vues. La cour d'Unseelie est très différente de la nôtre. Cette montagne est assez grande, mais je n'arrive pas à m'imaginer vivre à l'étroit avec tant d'autres personnes.

— C'est à l'étroit pour toi ? Tu n'as jamais été dans mon appartement à New York, c'est certain.

— En Seelie, seules la famille royale et leurs gardes vivent au palais. Nous avons aussi des servants, mais tout le monde habite sur des domaines ou dans la ville à proximité.

J'essayai d'imaginer ce que cela avait dû être pour lui de vivre dans un palais avec seulement ses parents et ses gardes comme compagnie. Quelle triste existence.

Bayard s'approcha du prince.

— Rhys, la reine te fait signe de la rejoindre.

— Je suis surpris qu'elle ait attendu aussi longtemps.

Il émit un soupir inaudible.

— C'était bon de te revoir, Jesse.

— De même.

En dépit d'avoir été élevé par la reine Anwyn, c'était vraiment quelqu'un de gentil. Je ressentis une pointe de tristesse envers ce que nous avions perdu en tant que frère et sœur.

Les convives, à l'exception de ceux sur l'estrade, engageaient la conversation. C'était le moment idéal pour s'éclipser.

L'idée m'avait à peine traversé l'esprit que j'aperçus Rashari et Delphine qui venaient vers moi. Leurs intentions se voyaient comme le nez au milieu de la figure. Elles ne pouvaient pas s'en prendre à Dariyah pendant qu'elle était avec Lukas, alors elles se disaient qu'elles pouvaient déverser leur méchanceté sur moi.

Aedhna, tu me testes, pas vrai ? Tu ne pouvais pas me laisser m'échapper discrètement ?

Un éclair illumina la salle, suivi de longs traits violets zébrant le ciel en direction de la montagne. Un fracas assourdissant retentit juste après et mes oreilles bourdonnèrent sous le changement de pression atmosphérique.

Puis la montagne trembla.

Une pierre de la taille d'un ballon de basket percuta le sol tout près de moi. Je levai les yeux juste à temps pour voir d'autres pierres se détacher du flanc de la montagne et dégringoler vers nous.

Les gens criaient et se bousculaient pour s'éloigner de la partie ouverte de la terrasse. Je fis volte-face pour courir vers le mur le plus proche et aperçus Delphine, figée comme un cerf devant des phares. Rashari était introuvable.

Changeant de cap, je me précipitai vers Delphine, évitant les plus petites pierres qui pleuvaient autour de moi. Je lui rentrai dedans avec toute ma force. Quelques secondes plus tard, une énorme masse percutait le sol derrière moi.

C'était un rocher qui clouait ma traîne au sol ; il avait bien failli m'aplatir. Attrapant le tissu, je tirai avec force et il se déchira.

Une vive douleur me perça le crâne. Je chancelai alors que quelque chose de chaud coulait sur ma tempe et la pièce s'obscurcit. Mes genoux cédèrent et j'entendis quelqu'un crier mon nom avant que le bruit ne se transforme en bourdonnement sourd.

16

—JESSE, JESSE, PARLE-MOI, supplia Lukas. Je t'en prie, *mi'calaech*, ouvre les yeux.

La voix d'airain de Faolin retentit, me faisant tressaillir.

— Reculez, j'ai dit. Ne me faites pas répéter.

Des mains chaudes se refermèrent de part et d'autre de mon visage.

— C'est ça, Jesse.

Je toussai et réagis immédiatement à la vive douleur dans ma tête.

— Aïe ! Qui m'a frappée ?

— La montagne, répondit Faolin, espiègle. Elle va bien, Vaerik.

J'aperçus les yeux noirs de Lukas.

— Vous savez vraiment comment faire la fête.

Des rires masculins se firent entendre à proximité, et la bouche de Lukas s'adoucit pour former un sourire qui me fit oublier mon mal de tête lancinant.

— Un guérisseur va bientôt arriver, Jesse, me rassura Faris. Tu as mal autre part qu'à la tête ?

— Non. Tout va bien. Je peux me redresser ?

Lukas me releva avec douceur.

Faolin, Conlan, Iian et Kerr formaient une barrière entre nous et un public curieux, mais j'entendais des gens parler avec enthousiasme et quelques personnes pleuraient.

— On va te sortir d'ici.

Lukas se leva et parla à Faris.

— Envoie le guérisseur chez moi.

— Je peux marcher, insistai-je, mais il m'ignora. Je pensais que tu ne voulais plus me porter comme ça.

Son torse vibra sous son rire alors qu'il se tournait vers Conlan.

— Dis à mon père que je lui parlerai après m'être occupé de Jesse.

Conlan s'éloigna, m'offrant une vue dégagée sur les spectateurs. Au premier rang se trouvait Dariyah, dont les oreilles dégageaient presque de la fumée.

Je gardai le silence lorsque Lukas m'emmena dans ses quartiers au lieu des miens. Il me posa sur son lit et alla faire entrer la guérisseuse, qui nettoya la coupure sur ma tête et me donna quelque chose de sucré à boire.

Je ne protestai pas lorsqu'elle m'aida à enlever ma robe déchirée pour enfiler l'un des t-shirts de Lukas avant de me border. Quand elle commença à ranger son sac, la douleur à ma tête avait diminué pour devenir sourde.

— Votre blessure sera guérie d'ici demain et vous n'avez aucune autre plaie.

Elle me sourit.

— J'ai entendu dire que vous vous étiez blessée en sauvant la vie de quelqu'un. C'était très courageux.

— Merci.

Je réprimai un bâillement.

— Vous m'avez donné une potion pour dormir ?

Elle secoua la tête.

— Le menak est puissant et il peut avoir un effet sédatif sur les jeunes. Vous êtes une nouvelle faë, alors cela aura le même effet.

— Oh.

Je fermai les yeux et écoutai les doux murmures de sa discussion avec Lukas dans l'autre pièce.

— Jesse.

La main de Lukas frôla ma joue et je me forçai à ouvrir les yeux.

Il sourit, mais son regard était troublé.

— Mon père a convoqué une réunion d'urgence, je dois te laisser pendant quelques heures.

— Je vais retourner dans ma chambre, alors.

— Je me sentirais mieux en te sachant ici.

Il remit la couverture sur moi.

— Elva restera jusqu'à ce que je revienne, au cas où tu aies besoin de quelque chose.

Elva était sûrement la guérisseuse.

Lukas effleura légèrement mes lèvres des siennes.

— Repose-toi. Je vais vite revenir.

— D'accord, dis-je à moitié endormie.

Je l'entendis quitter la pièce. Un instant plus tard, le lit s'enfonça légèrement et un poids chaud se posa sur mon ventre. Je tendis la main pour caresser la tête poilue.

— Salut, Kaia, dis-je avant de m'assoupir au son de ses ronronnements.

À mon réveil, j'étais nichée contre le corps chaud de Lukas, ma tête au creux de son épaule. Il portait encore ses vêtements des grandes occasions, sans le manteau.

— Je ne voulais pas te réveiller, s'excusa-t-il à voix basse. Rendors-toi.

— Quelle heure est-il ?

— Tôt.

Ses doigts jouaient avec mes cheveux presque sortis de la belle tresse que Gelsey m'avait faite en début de soirée.

— Tu te sens comment ?

Je pris le temps avant de répondre :

— Mieux. Quelqu'un d'autre a été blessé ?

— De légères blessures. Ça aurait pu être bien pire.

Il inspira.

— J'ai toujours admiré ton courage, mais quand je t'ai vu pousser Delphine pour la mettre à l'abri et que tu as failli être touchée par ce rocher, mon cœur a manqué s'arrêter de battre.

Je posai ma main sur son torse.

— Tu dois savoir, depuis le temps, qu'il faudra plus qu'une tempête pour te débarrasser de moi.

Son autre main s'approcha pour prendre la mienne, la tenant au-dessus de son cœur.

— Si tu avais été avec moi au dîner, tu n'aurais pas été en danger. C'était l'œuvre de mon père et je lui ai fait savoir que ça n'arrivera plus.

— Il ne pouvait pas savoir qu'il y aurait une tempête, dis-je alors que mon cœur s'envolait à ses paroles.

La voix de Lukas se durcit.

— Je ne lui reproche pas ta blessure. Mais il est allé trop loin en prenant des dispositions pour que quelqu'un d'autre t'escorte au dîner et en m'incitant à emmener Dariyah. J'ai supporté son ingérence pendant trop longtemps et je lui ai fait comprendre que j'en avais assez.

Je voulais croire que le roi cesserait d'essayer de trouver à son fils une partenaire idéale, mais c'était un effort inutile.

— Tu étais à la réunion pendant longtemps. Comment ça s'est passé ?

Il pinça les lèvres comme s'il réfléchissait à ce qu'il allait répondre.

— Mon père et la reine Anwyn ont accepté une interdiction temporaire de voyage entre les royaumes. Les faës dans le monde des humains seront informés qu'ils ont trois jours pour revenir chez eux avant l'interdiction.

Je restai sous le choc, abasourdie. La seule chose que j'essayais d'empêcher était en train de se produire et il n'y avait rien que je puisse faire.

— C'est une interdiction temporaire, Jesse.

La main dans mes cheveux se déplaça pour venir caresser mon dos.

— Tu reverras bientôt ta famille.

— Mais ils seront seuls si tes hommes reviennent. Qui les protégera de Davian ?

Lukas me consola avec un regard rassurant.

— Faolin travaille avec une société de sécurité pour retrouver Davian Woods. Ce sont des anciens des forces spéciales. Il va prendre des dispositions pour que la société reprenne la protection rapprochée jusqu'à notre retour. Il ne s'agit pas de *si*, mais de *quand* l'équipe trouvera Davian. Si ça arrive avant la fin de l'interdiction de voyage, ils ramèneront ta famille à New York, à moins que tu préfères que tes parents restent plus longtemps sur l'île.

Sa confiance envers l'équipe de sécurité atténua ma peur et je me détendis contre lui. Je posai ma tête sur son torse, et le rythme régulier de son cœur associé à ses doigts dans mes cheveux commença rapidement à me faire retrouver le sommeil.

— Je devrais sûrement retourner dans ma chambre, murmurai-je.

Lukas suspendit son geste dans mes cheveux.

— Tu veux y aller ?

— Non. Je ne veux pas que les gens parlent en me voyant retourner dans mes quartiers avec ma robe.

En ricanant, il remonta la couverture jusqu'à mes épaules.

— Tu es déjà le sujet de conversation de la cour après ce dîner. Une rumeur de plus, et puis quoi ?

— Argh. Tu n'aides pas.

Il passa son bras autour de moi.

— Tu resteras si je te dis que ta proximité m'aide à dormir ?

La chaleur se répandit jusqu'à mes orteils et je me blottis contre lui.

— Oui. Pour ça, je vais rester.

Lorsque je me réveillai, j'étais seule au lit, mais la place à côté de moi était encore chaude. Je sortis pour aller le trouver et arrivai à la porte ouverte de la chambre avant de me rappeler que je ne portais rien d'autre que la chemise de Lukas. Je cherchais ma robe alentour lorsque la voix du roi Oseron m'arrêta dans mon élan.

— Je l'apprécie, Vaerik. Elle a beaucoup de caractéristiques que j'admire et le service qu'elle a rendu au royaume des faës ne pourra jamais être récompensé, disait le roi. Mais ça ne change pas sa naissance. Elle n'est pas née faë ni de la royauté.

Je voulais me replier vers le lit, où je ne pourrais plus entendre la conversation, mais mes pieds refusaient de bouger.

— Père, nous en avons parlé, répondit Lukas avec humeur.

— Tu es attiré par elle. Je le comprends. Elle est jolie, vive et courageuse. Si j'avais ton âge, je la trouverais aussi attirante. Mais au bout du compte, je remplirais mon devoir envers Unseelie.

Il y eut une pause, puis :

— Penses-y, Vaerik. Rappelle-toi Onagh.

Onagh ? Lukas n'avait jamais évoqué ce nom avant. Qui était-ce et qu'est-ce qu'il avait à voir avec Lukas et moi ?

En entendant la porte qui se refermait, je retournai au lit sur la pointe des pieds. Je m'allongeai et ramenai la couverture à moi quelques secondes avant que Lukas n'entre dans la chambre. Je me demandai un instant s'il valait mieux que je fasse semblant de dormir, mais je finis par décréter que je n'étais pas une actrice assez douée pour donner le change.

Lukas s'assit sur le rebord du lit et me lança un regard désolé.

— Tu en as entendu beaucoup ?

— Suffisamment pour savoir que ton père ne me déteste pas, c'est déjà ça, dis-je avec légèreté.

Sa bouche se crispa.

— Les intentions de mon père sont bonnes, mais il a des idées bien ancrées. Il voit plus loin que l'avenir de ses enfants. Il ne prend pas en compte nos aspirations.

— Et c'est quoi, tes aspirations ? demandai-je, consciente que nous n'avions jamais parlé de ce sujet.

— Ça, murmura-t-il contre mes lèvres.

L'instant d'après, sa bouche s'emparait de la mienne en un baiser enivrant et langoureux.

Je flottai sur un nuage alors que ses lèvres se frayaient un chemin vers le creux de ma gorge.

— Ça, reprit-il avant que sa langue ne sorte pour venir goûter ma peau.

Je laissai échapper un petit gémissement ; chaque terminaison nerveuse de mon corps tout à coup réveillée.

— Lukas...

Je voulais autant que sa bouche revienne sur la mienne que je ne voulais pas qu'il arrête ce qu'il me faisait.

Enfin, il fut sur moi. Il était sur ses avant-bras, mais le reste de son corps ferme me plaquait contre le lit. La lueur possessive dans ses yeux m'électrisa alors qu'il reprenait possession de ma bouche, me faisant silencieusement savoir que j'étais sienne.

J'étais essoufflée lorsqu'il s'écarta pour se coucher à côté de moi, appuyé sur un bras. Ses lèvres continuèrent leur assaut tandis que sa main libre baissait la couverture jusqu'à ma taille.

J'eus le souffle coupé lorsque ses doigts touchèrent le bouton du chemisier entre mes seins et il s'arrêta un instant. J'acquiesçai et il sourit en déboutonnant le reste avec facilité. Sa main chaude se glissa sous le tissu doux et je me cambrai lorsqu'il prit mon sein dans sa paume.

— Je rêve de te toucher comme ça depuis si longtemps, avoua-t-il d'une voix rauque.

— Ne t'arrête pas, alors.

Nos lèvres s'étaient à peine frôlées que l'on sonna. Lukas protesta et tomba sur le dos à côté de moi.

— Si c'est mon père, je le renie.

Un rire attristé me vint. Honnêtement, je partageais sa frustration. Il alla ouvrir la porte pendant que je restais là, à revivre l'expérience la plus sensuelle de ma vie. J'imaginais ce qu'il se serait passé si l'on n'avait pas sonné et je pestai tout bas contre notre invité surprise qui tombait au pire moment.

Lukas revint dans la chambre avec un tas de vêtements.

— Roswen a envoyé Gelsey avec des tenues de rechange.

Il les jeta sur une chaise.

— Tu n'en auras pas besoin pendant quelques heures.

Mon cœur battait la chamade lorsqu'il me rejoignit au lit. Il se mit sur les coudes et se pencha pour effleurer mes lèvres par un très léger baiser.

— Où en étions-nous, *mi'calaech* ?

Mi'caleach... ma fleur de feu. La traduction du mot doux se forma dans mon esprit et je passai mes bras autour de son cou pour lui rendre son baiser.

Le tintement de la sonnette se fit à nouveau entendre et Lukas s'écarta avec un juron. J'eus pitié de quiconque était à la porte cette fois, car il semblait presque effrayant lorsqu'il sortit de la chambre à grandes enjambées. Il revint avec une expression résignée et un plateau-repas qu'il posa au pied du lit.

— Ma mère nous envoie un petit-déjeuner et espère que tu te sens mieux ce matin.

Il arrangea les oreillers sous moi et je m'y assis. Prenant le plateau, il l'installa sur mes genoux et s'assit devant moi.

— On ferait mieux de manger avant que ça refroidisse, sinon elle voudra savoir pourquoi tu n'y as pas touché.

Je fis un grand sourire et pris une pâtisserie.

— On dirait une phrase de ma mère.

— Qu'est-ce que tu aimerais faire, aujourd'hui ?

— Avec toi ? demandai-je, la bouche pleine de saveurs.

Notre moment de la veille au soir était le plus longtemps que je l'aie vu depuis des jours, et je craignais que le roi ne le tienne encore plus occupé après les derniers événements.

— Oui, avec moi. J'ai plus de temps libre pour la semaine prochaine et j'ai l'intention de la passer avec toi. On peut faire tout ce que tu veux... tant qu'on reste en Unseelie.

Ma poitrine faillit exploser. Sans le plateau sur mes genoux, je l'aurais chevauché et embrassé à pleine bouche.

— J'aimerais voir un peu plus la vallée. C'est si magnifique d'ici.

J'aurais été contente de me promener au lac tant que c'était avec lui, mais ce serait tout aussi bien de nous éloigner de la cour pendant quelques heures.

— Une journée en plein air, quelle bonne idée !

Après le petit-déjeuner, Lukas alla faire savoir nos intentions à ses hommes pendant que je me douchais et enfilais les vêtements que Gelsey avait apportés. Dans le salon, je trouvai mes bottes de combat préférées que j'utilisais pour l'entraînement et me promis d'en remercier Gelsey. Je nouais mes lacets lorsque Lukas revint, visiblement furieux. Mes épaules s'affaissèrent alors que j'attendais qu'il m'annonce que, finalement, il ne pouvait s'y rendre.

— J'espère que quelqu'un d'autre ne te dérange pas, dit-il en rejoignant sa chambre. Roswen m'a arrêté pour prendre de tes nouvelles et je lui ai bêtement dit nos intentions pour aujourd'hui. Elle nous retrouve en dehors.

— Oh, super ! Je ne lui ai pas parlé depuis mon retour de chez mes parents.

Lukas marmonna.

— Qu'est-ce qu'il y a ?

Il apparut dans l'embrasure de la porte.

— Je suis content que vous vous appréciiez, toutes les deux, mais c'était censé être du temps pour nous.

Sur ces paroles, il enleva son t-shirt, me donnant une vue alléchante de son torse ferme et de ses abdos bien définis avant de disparaître dans la chambre. Je rêvassai jusqu'à ce que Kaia saute sur le canapé pour me ramener à la raison.

Lorsqu'il revint dix minutes plus tard, ses cheveux étaient encore humides de la douche et il avait enfilé une tenue d'équitation comme le soir où il était parti à ma recherche. Nous quittâmes sa suite et je fus surprise qu'aucun de ses hommes ne soit là. Je n'en revenais pas qu'on le laisse quitter la cour avec Kaia comme seule protection.

Ce ne fut qu'en sortant de la montagne que je vis Conlan et Faris qui nous attendaient avec Roswen et un groupe d'autres personnes. Je reconnus les gardes personnelles de Roswen, mais qui étaient tous ces gens ?

— Jesse !

Roswen prit le bras de quelqu'un et l'attira vers elle.

— Jesse, voici notre frère, Kellen. Kellen, je te présente Jesse.

Je souris au prince de seize ans.

— Enchantée, prince Kellen.

— Bonjour, dit-il sèchement comme si nous étions à un rassemblement officiel.

Je n'arrivais pas à savoir s'il était snob ou simplement asocial.

Roswen fit un signe de la main

— Appelle-le Kellen.

Kellen lui lança un regard agacé, qu'elle rejeta. Il souffla tout bas et s'éloigna pour prendre les rênes d'un magnifique tarran blanc. L'animal s'inclina devant et il lui caressa affectueusement le front. Je lui pardonnai son impolitesse lorsqu'il sortit une gourmandise de sa poche et la donna au tarran.

Deux servants elfes approchèrent avec de gros paniers qu'ils attachèrent à l'arrière d'un des tarrans avec des sangles.

— Quelle belle journée. On pourrait chevaucher jusqu'à la rivière et y déjeuner.

— Super idée ! dis-je avant que le reste de sa phrase ne fasse son effet. Il y a seulement un léger problème.

Roswen prit les rênes du tarran que Perisa menait vers elle.

— Qu'est-ce que c'est ?

— Je n'ai jamais chevauché de tarran.

— Tu vas devoir monter avec moi, alors, suggéra mon compagnon.

Il souriait comme un diablotin et se pencha pour me proposer sa main. Le cœur battant, je le rejoignis et lui pris la main. Il me souleva avec facilité.

— Confortable ? demanda-t-il alors que ses bras m'entouraient pour prendre les rênes.

— Oui, oui.

Tous nous dévisageaient ouvertement.

J'humectai mes lèvres sèches.

— Tu es sûr que c'est une bonne idée que je chevauche avec toi comme ça ? Les gens ne vont pas parler ?

— Si.

Il agita les rênes et son tarran commença à trottiner. Conlan et Faris nous encadrèrent et le reste de notre groupe nous emboîta le pas. Kaia courait devant, déjà à l'affût de quelque chose.

Nous traversâmes le domaine, contournant les principaux jardins et le lac. Lorsque nous atteignîmes un sentier étroit à la terre tassée, Conlan prit la tête avec Faris derrière nous. Ils prirent suffisamment de distance pour que Lukas et moi puissions parler en privé, comme pour nous laisser dans notre petit monde.

La vallée était une explosion de couleurs encore plus vives vues de près. Des fleurs des champs de chaque teinte poussaient dans les hautes herbes, sur les collines légèrement vallonnées, attirant des oiseaux bleus et jaunes pas plus gros que des papillons. Il y avait des arbres semblables à des pins avec des aiguilles argentées et d'autres avec d'immenses feuilles rouges qui ressemblaient à des amas de parapluies ouverts.

Lukas me montra une ferme, un verger et un petit village principalement habité par des artisans. Lorsque je lui demandai pourquoi ils n'habitaient pas en ville, il répondit qu'ils préféraient le village plus silencieux.

Plus loin, un petit ensemble de bâtiments apparut. Ils étaient trop loin pour que j'en discerne les détails, à l'exception de quelques personnes et ce qui ressemblait à des tarrans dans une zone clôturée.

— C'est un camp d'entraînement pour les nouvelles recrues, expliqua Lukas. Nous avons un autre camp sur la montagne pour les recrues avancées.

— La même montagne que ton entraîneur m'a fait monter et descendre ?

Il s'amusa de ma remarque.

— Celle-ci même.

Durant l'heure qui suivit, il me divertit avec des contes de son enfance et de ses années d'entraînement. Dans la majorité de ses histoires figuraient ses amis, et je compris pourquoi ils formaient un groupe aussi soudé.

Nous arrivâmes sur une petite colline et des bruits de sabots interrompirent notre conversation. Roswen nous doubla à toute allure en riant avec Kellen et une demi-douzaine de leurs gardes qui les poursuivaient.

Elle regarda par-dessus son épaule, narguant son frère avant de filer. Elle atteignit le sommet de la colline et leva les bras en l'air avec un cri victorieux.

— Roswen et Kellen ont toujours été des cavaliers avec l'esprit de compétition, dit Lukas. Il n'a jamais pu la rattraper, mais il n'arrête pas de relever ses défis.

Je souris à la camaraderie entre son frère et sa sœur.

— Elle est meilleure que toi ?

— Elle est meilleure que tout le monde, répondit-il avec fierté. Maintenant, ferme les yeux.

Nous les suivîmes en haut de la colline et je débordai d'impatience lorsqu'il dit :

— Tu peux regarder, à présent.

J'ouvris les yeux et admirai la vue devant moi. À moins d'un kilomètre, une large rivière étincelante coulait sans se presser, comme si elle avait tout le temps du monde. La rive éloignée était bordée de grands arbres, et au-delà, les falaises noires s'élevaient au loin.

Entre nous et la rivière se trouvait un champ de flammes ondulantes. Non, pas des flammes. C'étaient des fleurs aux pétales orange rouge qui ressemblaient à du feu sous le soleil. L'illusion était si réaliste qu'on aurait dit que les flammes léchaient les pattes des tarrans.

— Waouh.

Lukas fit avancer notre monture plus vite.

— Des calaech. Ça pousse dans toute la vallée, mais il y en a plus le long de la rivière.

— Magnifique, murmurai-je, hypnotisée.

Nous rattrapâmes les autres alors qu'ils mettaient pied à terre sur le gazon à côté de l'eau. Deux garçons d'écurie emmenèrent les tarrans boire pendant que nous commencions à préparer le pique-nique.

Roswen m'aidait à étendre une couverture lorsqu'elle jeta un regard noir vers quelque chose par-dessus mon épaule.

— Ils n'abandonnent jamais.

— Qui ça ?

Un autre groupe de cavaliers contournait un coude de la rivière. Rashari était devant, à côté du même homme qui s'était rendu avec elle au lac. Derrière eux chevauchaient Delphine, Sereia et deux hommes que je ne reconnaissais pas.

Cyrene grimaça.

— Quelqu'un devrait dire à Rashari que le désespoir ne lui va pas du tout.

Lukas parlait à Kellen, Conlan et Faris. Conlan vit les nouveaux arrivants en premier et il dit quelque chose à Lukas, lui faisant perdre son sourire.

— Bonjour, dit Rashari, faisant semblant d'être surprise de nous voir. Je vois que nous ne sommes pas les seuls attirés par la rivière aujourd'hui.

— J'aimerais la jeter à l'eau, pesta Parisa.

Un mouvement derrière le groupe de Rashari attira mon attention et le blond en retard apparut à cheval. Il nous vit et agita la main.

— Tennin !

— Tu connais Tennin ? demanda Roswen.

— C'est un bon ami, dis-je alors qu'il approchait. Mais je suis surprise de le voir avec Rashari et ses amies.

Parisa se plaça à côté de nous.

— Il est sûrement ici à cause de Delphine. Ils sont cousins.

— Je ne peux pas le lui reprocher.

Le groupe mit pied à terre. Tennin donna les rênes à l'un de nos palefreniers et vint vers nous. Il s'inclina légèrement devant Roswen.

— Princesse Roswen, vous vous embellissez chaque jour.

Elle rit avec affection.

— Je vois que le monde humain ne vous a pas changé du tout.

— Et je vois que vous avez toujours le même goût irréprochable en matière d'amis.

Tennin me regarda.

— Comment tu vas, Jesse ? J'espère que tu ne trouves pas le royaume des faës trop ennuyeux après avoir vécu à New York.

Roswen éclata de rire.

— Seulement si on considère qu'être emporté par un drakkan soit ennuyeux.

— Ou survivre à un éboulement au dîner royal, ajouta Parisa.

Elle baissa la voix.

— Même si je crois que les pierres présentaient moins de danger pour toi que certains regards noirs que tu as reçus quand le prince Vaerik t'a emmenée en te portant.

— Raconte.

Roswen, Parisa et Cyrene prirent un malin plaisir à raconter les événements de la veille. Dans leur version, Lukas sautait par-dessus la table d'honneur et courait vers moi dès la première chute de pierres. Je pensais qu'elle enjolivait l'histoire, mais non, pas d'après Roswen.

— Jesse, fit une voix féminine et douce.

Delphine. Ses mains étaient jointes et elle affichait une mine réservée, ce qui me mit sur mes gardes. Elle s'arrêta à côté de Tennin. Pour la première fois, il n'y avait pas de mépris dans son regard.

— Je voulais te remercier pour ce que tu as fait hier soir.

Elle déglutit nerveusement.

— Tu m'as sauvé la vie. Je suis désolée que tu aies été blessée en m'aidant.

Je ne m'attendais pas à ces paroles venant d'elle. Il me fallut quelques secondes pour répondre.

— Tu n'as pas à me remercier. Je suis contente que tu ailles bien.

Elle sourit d'un air timide.

— Je suis aussi contente que tu ailles bien. Si un jour tu as besoin de quelque chose, n'hésite pas.

— Merci... c'est très gentil de ta part.

Rashari appela son amie. Delphine me sourit, fit une révérence à Roswen et retourna vers le groupe avec lequel elle était arrivée.

Je la suivis du regard, ignorant quoi faire de ce revirement. Apparemment, Rashari n'était pas contente de la petite défection de son amie.

— C'était inhabituel.

— Pas si tu connais sa mère, Maraja, rappela Ellette qui nous avait rejoints.

Elle regarda Tennin et il haussa les épaules avec bonhomie.

— Il y a très peu de choses chez ma tante qui me surprennent. Le père de Delphine et le mien sont frères. Ma famille préfère vivre sur notre domaine dans le nord. Les parents de Delphine aiment mieux la vie de la cour.

J'avais été présente à la cour assez longtemps pour avoir conscience du sens de ses paroles. Les parents de Delphine étaient des courtisans qui ne s'intéressaient qu'au statut et à s'attirer les bonnes grâces de la famille royale.

— Qu'est-ce que Maraja a à voir avec ça ? demanda Roswen à son amie.

Ellette se pencha.

— J'ai vu le frère de Delphine, Aslan, ce matin et tu sais à quel point il déteste les manigances de sa mère. Aslan m'a dit que Maraja était furieuse quand ils sont rentrés du dîner hier soir. Elle prépare Delphine depuis des années pour être la consort du prince et elle sait que ça n'arrivera jamais. Tout le monde au dîner a vu comment Vaerik regardait Jesse, et la façon dont il a accouru vers elle quand elle a été blessée. Impossible qu'il choisisse Delphine comme partenaire.

La joie me saisit. Je pensai au baiser de Lukas et à ce que nous avions presque fait dans son lit ce matin. Parisa m'adressa un sourire complice et la chaleur se faufila le long de mon cou.

— Maraja a dit à Delphine qu'elles devraient en profiter, continua Ellette. Si Delphine ne peut pas être l'épouse du prince, elle sera l'amie de l'épouse.

— Vraiment ?

L'effervescence de bonheur se transforma en colère.

— Lukas est une personne, pas un objet qu'elles peuvent utiliser pour avoir ce qu'elles veulent.

Roswen sourit, visiblement satisfaite par mon emportement.

— Pourquoi est-ce que tu l'appelles Lukas ?

— C'est le nom qu'il m'a donné quand je l'ai rencontré et *personne* – je jetai un regard noir à Tennin – n'a eu l'obligeance de me dire que c'était le prince Vaerik. J'ai appris à le connaître sous le nom de Lukas et je n'arrive pas à m'habituer à l'autre.

— Tu sais déjà pourquoi je ne pouvais pas te le dire. Vois les choses du bon côté. Personne ne peut t'accuser de te rapprocher de lui à cause de qui il est.

Son observation me fit penser à la forte colère de Lukas lorsqu'il avait cru que c'était exactement ce que je faisais. Maintenant que j'avais vu à quoi il devait faire face ici, je comprenais mieux pourquoi il avait réagi aussi violemment en croyant que je l'avais trahi.

— En parlant de rapprochement avec Vaerik...

Cyrene pencha la tête sur le côté vers Lukas.

Toutes nos têtes se tournèrent en même temps pour suivre son regard. J'éprouvai un élan d'agacement en découvrant Rashari à côté de Lukas, mais je m'apaisai lorsqu'il s'écarta pour mettre un peu de distance entre eux.

— Je pense que Lukas peut gérer la situation, dis-je sur un ton léger. Installons le pique-nique.

Tout le monde mit la main à la pâte et il ne fallut pas longtemps pour déballer tous les paniers et sortir les plats et les boissons. Roswen appela tout le monde à nous rejoindre et je souris lorsque Lukas s'éloigna de Rashari pour venir s'asseoir près de moi. Conlan et Faris prirent place de l'autre côté, et Kaia apparut tout à coup pour se coucher à côté de moi.

Le déjeuner fut amusant et la conversation légère. Personne ne parla de la soirée de la veille, à part Tennin qui était revenu au royaume des faës avant l'interdiction de voyage. Il restait à la cour pendant quelques jours avant de rentrer chez sa famille.

Après le repas, Lukas me tendit la main.

— Tu veux te promener près de la rivière avec moi ?

— J'adorerais, Votre Altesse.

— Pour toi je suis Lukas, ou Vaerik si tu veux. Mais jamais Votre Altesse.

Il était si tendre...

— Une promenade, ce serait génial, Lukas.

Tous les yeux étaient rivés sur nous alors que nous nous éloignions du pique-nique. C'était une chose à laquelle je devrais m'habituer si je voulais être avec Lukas, mais c'était un petit prix à payer.

Aux bruits de pas derrière nous, je compris que Conlan et Faris nous avaient accompagnés. Ils restèrent derrière, hors de portée de voix, mais suffisamment proches pour réagir à d'éventuelles menaces. Kaia nous passa devant en courant, slalomant entre les herbes hautes. Ses singeries me faisaient rire.

— C'est si calme près de la rivière, dis-je lorsque nous fûmes à l'abri des regards.

On n'entendait que les oiseaux et l'eau clapotant contre la rive.

— Merci de m'avoir emmenée ici.

— Nous reviendrons bientôt, mais sans amener la moitié de la cour avec nous.

— Oh, arrête. Roswen et ses amies sont sympas. Et nous sommes seuls, maintenant.

— Pas tout à fait.

Lukas m'attira vers une parcelle de calaech le long de la rivière. Avant que je puisse dire quelque chose, nous étions couchés sur l'herbe couverte de mousse, à l'abri des regards. Au-dessus de nous, les fleurs rouges formaient une ceinture de feu dans le ciel.

Lukas se mit au-dessus de moi et écarta les cheveux qui étaient tombés sur mon visage.

— Là, nous sommes seuls.

Mes lèvres s'entrouvrirent avec enthousiasme et il ne me fit pas attendre. Il effleura ma bouche une fois, puis deux, avec une lenteur insoutenable avant de glisser sa langue à l'intérieur. Je lui rendis son baiser avec ferveur comme si cela faisait des semaines – et non des heures – que nous nous étions embrassés sur son lit. Mes doigts passèrent dans ses cheveux et la réponse sous la forme d'un grondement montant de son torse me donna envie de le retourner pour lui monter dessus.

Lukas lâcha tout à coup un « aïe » et tomba en avant, m'écrasant de tout son poids. J'expirai vivement lorsqu'il se releva sur ses mains et quelque chose atterrit sur le sol derrière lui. Au lieu de l'inquiétude que je m'attendais à voir sur son visage, il avait un large sourire.

Il s'écarta en roulant pour s'allonger sur l'herbe, riant avec Kaia au-dessus de lui. Il lui gratta le côté du cou et ce fut l'invitation dont elle avait besoin pour se lover dans le petit espace entre nous.

— C'est la troisième fois que quelqu'un nous interrompt aujourd'hui. Tu penses que l'univers nous envoie un message ?

— Oui. Il nous dit de faire des progrès pour nous cacher.

Le sourire sensuel qu'il affichait promettait que personne d'autre ne nous dérangerait la prochaine fois.

Un frisson d'envie me parcourut. Nous n'aurions pas pu aller très loin, tous les deux à l'air libre avec Conlan et Faris montant la garde. L'idée qu'ils sachent ce que nous faisions dans l'herbe me fit rougir.

Lukas tendit la main vers moi et enleva quelque chose dans mes cheveux. C'était une calaech dont la tige s'était cassée. Tenant le bas de la fleur, il fit glisser les doux pétales le long de mon visage et sur mes lèvres. Je humai le parfum légèrement épicé de la fleur et me perdis dans ses yeux bleus si chaleureux.

— Tu te souviens de la matinée où on t'a trouvée sur la North Brother Island ? demanda-t-il, me surprenant en changeant de sujet.

— Comment pourrais-je oublier ?

Les yeux de Lukas se perdirent au loin.

— Quand Faolin m'a dit que tu étais l'un des chasseurs présumés noyés après une chasse au kelpie, c'était comme s'il m'avait donné un coup de poing au ventre. Je me suis convaincu que c'était la culpabilité pour ne pas t'avoir rendu la pareille après que tu nous as prévenus de la tentative d'assassinat. Quand on t'a retrouvée, je me suis dit que la dette que j'avais envers toi était remboursée. Puis les hommes t'ont attaquée dans ton appartement la nuit suivante et j'ai voulu les tuer. Je ne pouvais plus nier que je me souciais de toi. D'une certaine manière, tu m'avais fait baisser ma garde et je ne l'avais pas vu venir.

Je commençai à parler, mais il mit un doigt sur mes lèvres.

— Tu ne voulais pas devenir faë. Ça m'a tué de savoir que tu avais mal et que je ne pouvais pas venir te voir après la transformation. En même temps, j'étais égoïstement content, parce que je n'aurais pas à renoncer à toi. Je t'ai amenée en Unseelie, mais j'ai laissé mon père et les problèmes du royaume des faës nous séparer. Je ne le referai pas.

— Bien.

Il sourit.

— Dans deux semaines, mon père et moi irons en Seelie pour continuer les discussions concernant la barrière. J'aurai du travail à faire ici jusque-là, mais j'ai l'intention de passer une partie de mes journées avec toi. On pourra faire ce que tu veux, mais je vais te courtiser comme tu le mérites.

— Est-ce que pour les faës, faire la cour, c'est la même chose que sortir ensemble ? demandai-je, un peu étourdie.

Il plaça la fleur qu'il tenait dans mes cheveux.

— Oui.

Un flot de mots sortit de ma bouche.

— Est-ce que ça fait de toi mon copain ? Je suis déjà sortie avec des garçons, mais je n'ai jamais eu de copain officiel. Est-ce que ce concept existe dans le royaume des faës ?

Mon visage s'enflamma et je fermai la bouche pour interrompre mes divagations.

En riant, il baissa la tête pour m'embrasser longuement et lentement jusqu'à ce que j'oublie ma gêne. Lorsque nous reprîmes notre respiration, il dit :

— Je serai ce que tu veux que je sois.

— Vaerik, s'exclama Faris.

Impossible de ne pas entendre le rire dans sa voix. Il avait compris ce que nous faisions ici.

— Oui ? répondit Lukas.

— Une tempête arrive. On devrait rentrer avant.

Je m'assis d'un coup.

— Une tempête ?

— Pas le genre que tu penses. C'est un simple orage.

— Oh.

Je lui pris la main, soudain un peu bête. Bien sûr, ils avaient aussi de la pluie dans leur monde.

Lukas me leva et fit un sourire en coin alors qu'il m'enlevait de l'herbe et de la terre. Il prit ma main et nous marchâmes vers Faris et Conlan qui nous souriaient d'un air complice.

— Tu as apprécié ta *promenade* ? me demanda Conlan.

Je lui rendis son sourire.

— Beaucoup.

Nous nous dirigeâmes vers le groupe et Lukas me montra les nuages sombres au loin.

— Ces orages venus de l'océan apportent le plus de pluie. Ils durent généralement pendant un jour ou deux et donnent une bonne douche à la vallée.

Roswen et les autres avaient vu l'orage au loin. Ils rangeaient et se préparaient à partir lorsque nous revînmes. La sœur de Lukas vit nos mains jointes et nous fit presque un grand sourire. Son père ne serait pas content de savoir que l'on se fréquentait, mais au moins un membre de sa famille approuvait notre relation.

Tennin semblait aussi heureux et il me fit un clin d'œil tout en prenant les rênes d'un des garçons d'écurie. À quelques mètres de lui, Rashari nous toisait froidement. Quoi qu'elle ait espéré accomplir aujourd'hui, ça ne s'était pas passé comme elle l'avait prévu. Je n'étais pas du tout désolée d'être la cause de sa déception.

Lukas monta et me hissa pour me faire asseoir de nouveau devant lui. Je me penchai en arrière, contre son torse. Ce geste était plus intime après notre tête-à-tête. Je soupirai de joie alors que nous amorcions le chemin du retour. Aucun de nous deux ne sentait le besoin de combler le silence.

Nous étions toujours à quelques kilomètres de la montagne lorsque la première goutte de pluie toucha mon visage. Lukas lança son tarran au galop, mais il était impossible d'échapper à l'orage. Nous étions trempés jusqu'aux os et nous riions tous les deux en arrivant.

Il mit pied à terre et m'aida à descendre.

— Je suis désolé que la pluie ait gâché notre sortie.

— Mais non, voyons.

Je lui souris.

— C'était une journée parfaite.

— *Était ?* Elle n'est pas encore terminée.

Il prit mon bras et nous entrâmes.

— Dîner, ce soir ?

Je secouai la tête.

— Désolée. Je dîne avec mon copain.

Il embrassa le haut de mon crâne.

— Exactement.

17

J E BAISSAI LES YEUX vers l'ombre immense de Gus sur l'eau et soupirai. Je ne pensais pas me lasser un jour de voir l'océan, mais ce vol m'avait prouvé le contraire. Nous avions quitté l'île depuis des heures et l'on ne voyait toujours pas la terre ferme.

Fermant les yeux, je me concentrai sur des pensées bien plus agréables, la majorité impliquant Lukas. Les deux dernières semaines avec lui avaient été parmi les plus heureuses de ma vie. Nous avions passé du temps ensemble, chaque jour, à faire ce que je voulais : m'entraîner, visiter la ville, m'apprendre à chevaucher ou à parler. Il avait refusé d'assister à d'autres dîners spéciaux de son père, choisissant de dîner seul avec moi dans mes quartiers. Chaque soir, nous terminions par nous embrasser sur mon canapé jusqu'à risquer la combustion.

Il n'était pas allé plus loin que ça depuis l'autre matin, après le dîner royal. Il nous laissait du temps hors de la chambre, et à mon éternelle frustration, il retournait dans ses quartiers dès la fin de la soirée.

Même si Roswen et moi étions amies, il était hors de question que je lui parle de mon envie de coucher avec son frère. Violet me manquait beaucoup et j'aurais aimé lui en parler. Elle saurait quoi faire.

Lukas, le roi et le groupe représentatif d'Unseelie étaient partis hier pour les réunions en Seelie. Cela me laissait deux jours pour trouver comment lui parler de nous deux lorsqu'il reviendrait. S'il attendait que je sois prête à aller plus loin, je devais le lui faire savoir. Ou alors, je pouvais lui sauter dessus et lui montrer ce que je voulais. Je souris toute seule. La dernière option semblait bien plus amusante.

Gus grogna et j'ouvris les yeux pour regarder l'horizon. Je plissai les paupières. Était-ce enfin la terre ?

Hier soir, alors que je mangeais seule pour la première fois depuis des semaines, Aedhna était venue me dire que ce jour, j'emporterais le ke'tain dans le désert de Mab, de l'autre côté de la mer d'Ellyon.

Heureusement, j'avais un drakkan capable de faire le voyage en six heures au lieu des trois jours qu'il faudrait en bateau. D'un autre côté, voler dans les griffes d'un drakkan n'était pas la façon la plus confortable de voyager et tout mon corps était crispé après être resté dans la même position pendant aussi longtemps.

Une demi-heure plus tard, je distinguai une masse blanche au loin. Au début, je crus que nous volions vers un glacier, mais alors que les détails se précisaient, je me rendis compte que c'étaient d'énormes dunes de sable.

Vingt minutes plus tard, nous étions au-dessus du littoral où l'eau était d'un bleu vert pâle et où des vagues clapotaient contre une plage d'un blanc aveuglant. Là, la végétation était rare à l'exception de quelques touffes d'herbe et le vent était chaud contre mon visage.

La plage plate fit rapidement place à des dunes désertiques qui s'étendaient à perte de vue. L'air devint aride et sableux, et je dus fermer mes yeux larmoyants contre l'éclat du soleil qui se reflétait sur le sable blanc. Gus avait su trouver son chemin au-dessus des montagnes, alors je devais lui faire confiance pour trouver le ke'tain caché dans ce vaste désert.

Nous volâmes pendant encore une heure avant d'atteindre des gorges. Au fond, des dizaines de colonnes en roche blanche s'élevaient. Il n'y avait pas de motif ni de régularité dans la taille des colonnes, sans doute des formations naturelles. À part quelques buissons épineux, il n'y avait aucun signe de vie dans le canyon.

Gus tourna autour des colonnes et trouva un endroit assez grand pour se poser. Nous étions restés dans les airs si longtemps que je ressentis l'atterrissage dans chacune de mes articulations rigides. J'allais avoir besoin de quelques minutes pour récupérer avant de me remettre au travail.

— Aïe !

Je me levai précipitamment en frottant ma nuque endolorie. Le sol était si chaud qu'il m'avait brûlée. Je m'accroupis, la main à quelques centimètres du sol. J'avais l'impression d'être sur une cuisinière brûlante.

Mon environnement était hostile. Aedhna savait choisir des endroits pour cacher ses ke'tains. J'avais à présent besoin de trouver celui que je cherchais.

La colonne la plus proche mesurait environ un mètre trente de diamètre, et de près, la roche semblait poreuse avec de minuscules trous sur la surface. L'anfractuosité de l'autre côté était suffisamment large pour que je puisse y entrer. Un léger déclic se fit entendre à l'intérieur et je m'avançai d'un pas pour écouter.

Quelque chose bougea à l'intérieur de la colonne, le son caractéristique des griffes sur la pierre. Je sursautai, le cœur battant. Impossible d'y entrer. J'avais vu *Pitch Black*, et cela ne s'était pas bien terminé pour eux.

Encore une fois, Aedhna n'avait pas été précise quant à la position exacte du ke'tain. Elle avait juste dit que je le saurais quand je serais proche de lui. Jusqu'ici, mon sixième sens ne m'interpellait pas.

J'approchai des deux plus grosses colonnes, que j'évitai à leur tour car elles avaient aussi de gros trous à l'intérieur. Je n'avais aucune envie de voir ce qui vivait à l'intérieur de ces recoins noirs et effrayants.

Gardant mes distances, j'examinai les colonnes. Aedhna n'aurait rien fait pour faciliter la prise du ke'tain. J'avais espéré que celui que je portais serait attiré par l'autre, comme dans la grotte, mais il ne réagissait pas. J'allais devoir m'approcher.

Je rejoignis les colonnes d'un pas résolu, essayant d'oublier les grattements sonores qui montaient des trous. Lorsque je fus tout contre la roche, le ke'tain dans ma poche commença à vibrer doucement. Le sol vrombit et le sable devant moi s'enfonça, dévoilant lentement une série de marches en pierre disparaissant dans les ténèbres.

Je sortis un cristal *laevik* et descendis les trois premières marches en le brandissant. Il illumina le bas des marches et le sol de ce qui semblait être un tunnel.

Elle ne m'aurait pas envoyée ici si c'était trop dangereux, me rappelai-je. Elle avait besoin de moi pour sauver le royaume des faës, et il m'en resterait encore un. Avec cette pensée encourageante, je descendis le reste des marches.

Il faisait plus de quarante degrés à l'extérieur, mais ici, dix bons degrés de moins. Contrairement au tunnel dans la montagne, celui-ci n'était pas une structure naturelle. Il était aussi beaucoup plus court. Après trois mètres, il déboucha sur une pièce basse et ronde avec une grande dalle de pierre au sol.

La pièce faisait environ cinq mètres de diamètre, avec un petit cercle gravé au centre de la pierre couverte d'une fine couche de sable. Mes cheveux crépitèrent sous l'effet de l'électricité statique dans l'air. J'étais bien au bon endroit.

Je sortis le ke'tain de ma poche et marchai jusqu'au centre de la salle. Après le premier pas, la plante de mes pieds me picota et lorsque j'eus atteint le cercle, le picotement se changea en fourmillement fort qui se propagea jusqu'à mes mollets.

J'examinai la zone à l'intérieur du cercle et soufflai sur le sable. Il mesurait environ trente centimètres de large et ne comportait pas de marques spéciales. Il n'y avait pas non plus de marques dans la grotte. Je tins le ke'tain au-dessus et la pierre commença à palpiter d'énergie, comme la dernière fois. Je le posai au centre du cercle. À l'instant où il toucha le sol, je ressentis la signature énergétique de l'autre ke'tain, et mon enthousiasme grandit. Je me redressai, attendant que le ke'tain qui était caché apparaisse.

Le sol à l'intérieur du cercle ondula, puis s'immobilisa. Avais-je fait quelque chose de mal ?

M'accroupissant, je tendais la main vers le ke'tain. Au contact de l'objet, le sol commença à bouger de nouveau et à perdre sa couleur. Lorsqu'il fut entièrement translucide, ce n'était plus qu'un puits profond avec une faible lueur violette tout au fond. La pierre sous ma main trembla, puis s'enfonça dans le sol.

— Qu'est-ce que… ?

Dans la grotte, l'autre ke'tain était venu à moi.

Le ke'tain arriva en bas et commença à irradier. Quelques secondes plus tard, une explosion d'énergie monta du sol, me projetant sur les fesses. Mon corps devint rigide alors que le pouvoir me parcourait, et durant un instant terrifiant, je crus que mon cœur allait s'arrêter sous l'assaut.

Juste à temps, le pouvoir s'estompa, me laissant inerte et pantelante. Mes membres étaient en caoutchouc lorsque je me mis à quatre pattes. Je rampai vers le cercle et baissai les yeux vers les lumières des deux ke'tains qui pulsaient en rythme. Il ne me restait rien à faire, à part attendre.

Il me fallut une demi-heure pour retrouver complètement l'usage de mes jambes. J'arpentai la pièce, m'arrêtant souvent pour étudier les ke'tains. Plusieurs fois, en approchant des murs, j'entendis un léger grattement à l'intérieur. Je frémis, évitant de penser à ce qui vivait dedans.

Cherchant à me distraire, je rejoignis une section du sol où mes bottes n'avaient pas éraflé la couche de sable. J'écrivis « Jesse était ici » en anglais dans le sable. Si quelqu'un trouvait cet endroit dans plusieurs siècles, mon message serait une énigme sur laquelle réfléchir.

Après ce qui me parut durer des heures, le ke'tain bleu se sépara du violet et s'éleva à la surface. Je l'attrapai avec hésitation, mais criai lorsqu'il m'électrocuta. La douleur fut brève, mais assez longue pour me faire monter les larmes aux yeux. Je rangeai la pierre dans son sac en me demandant si j'allais pouvoir la toucher lorsqu'elle atteindrait sa pleine puissance.

Je ramassai le cristal *laevik* que j'avais lâché en tombant et déambulai dans le tunnel. En bas des escaliers, je repérai une étroite fissure dans le mur au niveau des yeux et mis le cristal devant. Une curiosité malsaine, peut-être, ou la soif de vérité qui m'animait... Après tout, je ne reviendrais jamais à cet endroit pour avoir une chance de voir quel genre de créature pouvait vivre dans cet écosystème hostile.

Je laissai échapper un petit cri lorsqu'une pince noire sortit de la fissure, d'un seul coup. Elle voulait m'attaquer. Ma curiosité s'enfuit, et moi avec. Je gravis les marches en vitesse et sortis dans le soleil aveuglant et la chaleur suffocante.

— Fichons le camp d'ici !

Nous étions dans les airs quelques secondes plus tard et nous nous éloignions du canyon. Mon cœur battait encore la chamade lorsque mon comparse se mit en route à travers le désert en direction de l'océan.

Moins de dix minutes après le décollage, je détectai un faible grondement par-dessus le battement des ailes. Je tendis le cou pour regarder autour de nous, mais je ne vis que du sable. Nichée contre le ventre de Gus, je ne distinguais pas beaucoup le ciel.

Le sol vint à notre rencontre et je fermai les yeux pour anticiper l'impact. La collision n'arriva pas, mais mon dragon atterrit un peu moins en douceur que d'habitude.

Il me posa sur le sable chaud et se mit à creuser. Son étrange comportement m'inquiétait : je tournai sur moi-même pour voir ce qui aurait pu le provoquer.

J'inspirai brusquement lorsqu'un éclair vert et violet zébra le ciel. Ce n'était pas aussi effrayant que l'immense tempête de sable filant vers nous. Le mur de sable devait mesurer trente mètres de haut et je pouvais déjà entendre le hurlement du vent qui l'entraînait. Il se déplaçait si rapidement qu'il serait sur nous en quelques minutes.

Gus était au-dessus d'un gros trou qu'il avait creusé dans le sable. Il semblait vouloir que je le rejoigne à l'intérieur. J'y sautai et il s'installa au-dessus de moi, nous enveloppant de ses ailes, la tête repliée. Nous attendîmes.

La tempête frappa avec une telle force qu'elle faillit renverser Gus. Il tint bon alors que le vent violent et le sable le percutaient de plein fouet. De la poussière se glissa sous ses ailes et me fit tousser, mais j'étais en sécurité dans mon abri.

La lumière faiblit. La tempête faisait rage jusqu'à nous plonger dans l'obscurité. Je sortis le cristal *laevik*, heureuse de ne pas être claustrophobe. L'air devenait chaud et étouffant. Pour me distraire, je me focalisai sur Lukas. Il rentrerait demain soir, et dès que nous serions seuls, j'avais l'intention de lui faire savoir que je voulais être avec lui dans tous les sens du terme. Je l'aimais et je savais qu'il ressentait la même chose pour moi, même si nous n'avions jamais prononcé ces mots. Mais qu'est-ce qu'on attendait ?

Le vent cessa enfin sans que je m'en aperçoive. Ce fut Gus qui bougea au-dessus de moi. Je compris la raison de sa grogne lorsqu'il s'extirpa de près d'un mètre de sable.

J'inspirai de l'air frais ; la nuit était tombée. Il nous faudrait six heures pour atteindre l'île et encore deux pour retourner en Unseelie une fois que j'aurais rendu le ke'tain au temple. Si je restais toute la nuit dehors, quelqu'un le remarquerait et il y aurait des questions auxquelles je ne pourrais pas répondre.

Nous nous envolâmes et arrivâmes à l'océan sans aucun problème. Ce ne fut que lorsque nous fûmes en mer depuis une heure que je me demandai si la tempête avait été provoquée par la liaison des deux ke'tains. Cela s'était produit plus rapidement que la première, mais peut-être parce que le ke'tain devenait plus fort.

Je n'avais jamais été aussi contente de voir l'île. Il me fallut dix minutes pour m'y rendre et remettre le ke'tain. Nous prîmes de nouveau la route. J'étais épuisée, mais incapable de dormir sans savoir comment franchir les gardes à l'entrée de la montagne. Je pouvais me rendre invisible, mais ils se méfieraient lorsque la porte s'ouvrirait sans que personne ne se montre.

Le soleil avait dépassé l'horizon lorsque nous atteignîmes la vallée. J'avais déjà créé un charme pour nous rendre invisibles, mais cela ne changeait rien au véritable problème.

— La prochaine fois, peut-être que je devrais faire suspendre une corde depuis mon balcon.

C'est ça ! Pourquoi est-ce que je n'y avais pas pensé depuis le début ?

— Gus, j'ai besoin que tu m'emmènes à mon balcon, dis-je, espérant qu'il me comprendrait.

Sans doute, puisqu'il garda une trajectoire en ligne droite au lieu de tourner vers la route où il était venu me chercher. Il était trop tôt pour que la majorité des occupants de la cour soient debout, mais il y avait déjà quelques personnes sur le domaine.

La plupart des balcons se ressemblaient depuis l'extérieur. Je devais trouver le mien. Gus me surprit en se dirigeant tout droit vers l'un d'entre eux. Les drakkans possédaient un odorat développé, mais je ne me doutais pas qu'il pouvait discerner mon espace de vie aussi facilement.

Je me rendis compte du défaut de mon plan lorsque nous atteignîmes le balcon. Il n'était pas facile pour Gus de s'approcher de la balustrade et il était trop gros pour y atterrir. Je cherchais une solution lorsqu'il se tourna et s'envola en formant un arc descendant. Quelques étages plus bas, il changea de direction et vola à la verticale du mur de pierres. Avant que je comprenne ce qu'il faisait, il arriva à hauteur de mon balcon et m'y jeta sans ménagement.

J'atterris face contre terre, les bras en protection autour de ma tête. L'impact me coupa le souffle pendant quelques secondes et je restai là, à haleter, pendant un instant. Lorsque je réussis enfin à me lever, Gus filait déjà vers les falaises noires.

J'entrai d'un pas hésitant dans ma chambre, enlevai négligemment mes chaussures et me déshabillai. Je pris une douche vite expédiée pour me débarrasser de la crasse de la journée ainsi que d'une partie de mes courbatures et douleurs. J'étais à moitié endormie en quittant la salle de bain. Mes cheveux étaient encore humides lorsque je me glissai au lit et tombai dans un profond sommeil bien mérité.

— Jesse, dit quelqu'un.

Je m'empressai de traverser le petit tunnel menant aux marches. Je posais mon pied sur la première marche lorsqu'une griffe noire jaillit de la fissure dans le mur et attrapa mon épaule. Un cri m'échappa et je donnai des coups de poing à la créature sortant du trou.

— *Disir !* jura une voix masculine. Jesse, c'est moi, Conlan.

Je me réveillai en sursaut devant un Conlan qui fronçait les sourcils à côté de mon lit, une marque rouge sous l'œil.

— Conlan, qu'est-ce que tu fais là ?

— Tu n'as pas ouvert la porte et j'étais inquiet, alors je me suis permis d'entrer.

Il toucha sa joue.

— Je croyais que tu étais malade, mais ce coup de poing me dit le contraire.

Je me redressai, frottant mes yeux troubles. Je n'avais pas pu dormir plus de quelques heures et j'étais exténuée.

— C'est ce que tu méritais pour être entré dans ma chambre et m'avoir réveillée.

— Je ne l'aurais pas fait si tu avais ouvert la porte. Il est presque midi. Pourquoi tu es toujours au lit ?

— Et toi, pourquoi est-ce que tu es là et pas en Seelie avec Lukas ?

— Il m'a demandé de rentrer et de m'assurer que tu allais bien après cette tempête qui a frappé ce matin.

Une autre tempête avait frappé ici ? J'avais dû dormir pendant ce temps. Était-ce lié à celle du désert ou celle-ci était-elle différente ?

— Tu n'as pas répondu à ma question, insista Conlan. Pourquoi tu es encore au lit ?

Je retombai sur les oreillers.

— Qui es-tu, la police du sommeil ? Si tu veux savoir, je n'ai pas pu dormir hier soir et je ne me suis assoupie que ce matin.

Le regard perspicace de Conlan parcourut la chambre et atterrit sur les bottes et les vêtements que je portais la veille et que j'avais laissés en tas sur le sol. Ma bouche devint sèche et je me maudis d'avoir été aussi négligente. S'il les vérifiait, je ne pourrais pas justifier pourquoi mes poches et mes bottes étaient remplies de sable venant d'un désert de l'autre côté de l'océan.

— Si j'avais su que quelqu'un ferait irruption dans ma chambre, j'aurais nettoyé, lançai-je d'un ton assez narquois pour faire en sorte qu'il reporte son attention sur moi.

— Tu as toujours été aussi grincheuse le matin ?

— Seulement quand je n'ai pas assez dormi.

— Je t'en prie, rendors-toi. Il ne faudrait pas que tu sois de mauvais poil alors que Vaerik revient aujourd'hui.

Oh oui, je verrais Lukas dans quelques heures ! Mon visage devait m'avoir trahi, car Conlan eut un petit rire.

— Je m'excuse de t'avoir réveillée et je suis content que tu ailles bien... même si ce n'est pas dans le meilleur état d'esprit. Je vais te laisser te reposer.

— Conlan, dis-je alors qu'il quittait ma chambre. Je suis heureuse d'avoir des amis comme toi qui se soucient de mon bien-être.

Il s'arrêta dans l'embrasure de la porte.

— Ça veut dire que je suis toujours ton favori ?

— Oui, mais ne le dis pas aux autres.

— Oh, ils le savent déjà.

***

Je laissai tomber le livre que j'essayais de lire, faisant sursauter Kaia de l'autre côté du canapé. Je marchais jusqu'à mon balcon avec le lamal sur mes talons. C'était devenu notre rituel des dernières heures pendant que nous attendions le retour de Lukas de Seelie. Il m'avait dit que tous seraient rentrés avant le repas du soir, mais cette heure approchait rapidement.

Son père devait l'avoir retenu. Je n'avais pas vu le roi depuis que Lukas avait fait savoir à toute la cour que nous nous fréquentions, mais je ne pouvais pas oublier ses paroles à mon sujet, le matin suivant le dîner royal. Le roi Oseron ne me considèrerait jamais comme une partenaire idéale pour son héritier, mais je n'abandonnais pas facilement.

— Ça suffit.

Je frappai la rambarde en pierres à l'attention de Kaia.

— Allons nous promener.

Nous sortîmes et rejoignîmes l'ascenseur, répondant aux salutations des gens. Depuis qu'il était bien connu que Lukas et moi étions ensemble, j'étais devenue plus populaire à la cour.

Il y avait bien certaines personnes qui ne cachaient pas leur rancune concernant ma relation avec Lukas, notamment Dariyah et Rashari. Elles étaient tout sourire quand il était dans les parages, mais elles ne m'épargnaient pas leurs regards de dégoût lorsque j'étais sans lui. Elles finiraient par passer à autre chose... ou pas.

C'était une magnifique journée pour une longue promenade, mais je décidai de m'en tenir au domaine cette fois-ci. N'étant pas d'humeur à m'arrêter et à parler avec tout le monde, je choisis la relative intimité des jardins au lieu d'une balade au lac. Je suivis l'un des nombreux sentiers de dalles blanches dans les grands jardins où des arbres, d'épais arbustes à fleurs, des fontaines musicales et des pépiements d'animaux étouffaient le bruit des autres personnes autour de moi.

Kaia et moi marchions depuis quelques minutes lorsqu'un des servants elfes en uniforme faisant la tournée des jardins m'offrit un verre du plateau qu'il portait. Je sirotai le nectar de fruits froid tout en flânant, me demandant comment s'étaient passées les réunions avec Seelie.

À n'en pas douter, la reine Anwyn continuait de forcer pour sceller la barrière. J'avais besoin que le roi Oseron lui résiste suffisamment longtemps pour terminer ma tâche et restaurer le pouvoir du ke'tain. S'ils fermaient la barrière avant, personne ne croirait que leur solution était la raison pour laquelle les tempêtes s'étaient arrêtées. Et avec la barrière scellée de l'autre côté, les dégâts sur mon monde seraient irréversibles.

Accablée par mes pensées, je me sentis tout à coup fatiguée même si j'avais dormi jusqu'à midi. J'entrai dans l'une des nombreuses alcôves isolées conçues pour une escapade romantique, à en juger par l'immense méridienne. Je posai mon verre sur la petite table et me couchai sur la méridienne pour me reposer un peu pendant que Kaia s'éloignait pour vaquer à ses occupations.

Il ne fallut pas longtemps avant que le confort, les bruits et parfums apaisants du jardin ne me bercent dans un léger sommeil. Je pouvais toujours entendre les voix des gens et des oiseaux, mais c'était comme si l'on avait baissé le volume autour de moi. Je flottais dans une brume sereine et chaleureuse, rêvant d'embrasser Lukas parmi les calaech près de la rivière.

Je m'éveillai à peine lorsqu'un corps ferme se coucha à côté de moi sur la méridienne et qu'un bras me prit par la taille.

— Lukas, murmurai-je d'une voix ensommeillée alors que des lèvres chaudes s'appuyaient contre les miennes.

Quelque chose clochait.

— Qu'est-ce qui se passe ? s'écria soudain une voix furieuse.

Mes yeux s'ouvrirent pour découvrir Lukas, deux mètres plus loin, qui me regardait avec un mélange de colère et de perplexité qui pénétra le brouillard dans ma tête.

— Lukas ?

Cet homme avec moi était un parfait inconnu.

— Ne me touchez pas !

Je le bousculai et me redressai péniblement. J'avais l'estomac noué au souvenir de la bouche de l'inconnu sur la mienne et je me sentis comme violée. D'ailleurs, je l'avais été, en quelque sorte.

J'invectivai l'homme qui n'avait pas bougé de la méridienne.

— Comment osez-vous ?

Il sourit nonchalamment.

— Encore un autre de tes jeux, *mi'dhu* ?

Mi'dhu, ma chérie.

— Jesse.

Le ton menaçant de Lukas me fit me retourner vers lui. C'est alors que je vis qu'il n'était pas seul. Conlan et Kerr étaient à sa droite, et sur sa gauche se trouvait Dariyah, qui arborait une expression satisfaite et suffisante qu'elle ne daigna pas me cacher.

— Qu'est-ce qui se passe ici, Jesse ? demanda Lukas. Qui est cet homme ?

Je croisai son regard furieux.

— Je ne sais pas. Je me suis réveillée et j'ai cru que c'était toi.

L'homme en question se redressa.

— Viens, *mi'dhu*, fit-il d'une voix enjôleuse.

— Ne m'appelez pas comme ça, répondis-je sèchement.

Je me tournai vers Lukas et constatai qu'une petite foule de spectateurs se massait devant l'alcôve.

Dariyah se moqua :

— Tu veux nous faire croire que tu l'as pris *lui* pour Vaerik ?

— Je me fiche de ce que tu crois.

La peine me fendit le cœur quand je vis l'incertitude dans le regard de mon bien-aimé.

La foule s'avança. Conlan et Kerr se placèrent tout de suite entre eux et Lukas pendant que Dariyah profitait de l'occasion pour se rapprocher de lui. Je plissai les yeux juste à temps pour voir le regard conspirateur qu'elle jetait à l'homme derrière moi. D'un coup, tout devint clair. Le verre, l'envie soudaine de m'allonger, la confusion mentale. On m'avait droguée. Je constatai que mon verre avait disparu comme par hasard.

— Toi !

La colère bouillonnait en moi. J'en avais assez de ces jeux et manipulations de la cour.

— C'est ta faute.

Elle s'appuya contre Lukas.

— Je n'ai rien à voir avec ton infidélité. N'essaie pas de me faire porter le chapeau pour cacher tes mensonges.

L'homme sur la méridienne, dont j'ignorais toujours le nom, se leva et tendit la main vers moi. Lukas s'en approcha, mais je fus plus rapide. Mon poing percuta le visage souriant de l'homme. Ses yeux se révulsèrent et il tomba comme une pierre. J'étais dégoûtée. Les faës de la cour étaient peut-être plus forts dans le royaume humain, mais ici, la majorité d'entre eux étaient paresseux et faibles.

J'aperçus la lueur de fierté dans le regard de Lukas. Dariyah avait perdu son arrogance. Une vraie peur emplissait ses yeux, à présent, et elle tremblait derrière Lukas. Je la pointai du doigt.

— Je t'ai déjà prévenue une fois. C'est ton dernier avertissement.

— Jesse !

Lukas posa une main sur mon bras, mais je le repoussai.

Je tournai la tête pour le regarder de mes yeux accusateurs.

— Moi, je n'aurais jamais douté de toi. Pas un instant.

Ma sortie était bloquée par notre auditoire captivé. L'autre traîtresse était cramponnée au bras de Lukas comme une demoiselle en détresse. Il ne semblait pas s'en soucier, mais cela n'avait aucune importance. Pour la première fois de ma vie, je savais ce que voir rouge voulait dire.

Je réduisis la distance entre nous, et avant que l'un d'entre eux ne puisse réagir, je collai mon poing dans sa bouche de menteuse. La satisfaction qui m'envahit lorsqu'elle bascula ne fit rien pour atténuer ma colère, mais bon sang, ça faisait du bien.

— Dégagez.

Cette fois, tous se dispersèrent. Je n'eus pas un regard en arrière. J'avais été si heureuse que Lukas revienne, et maintenant, je voulais être aussi loin de lui que possible.

— Jesse !

La voix de Lukas retentit avec puissance. Autour de moi, les gens se figeaient comme s'il leur avait parlé, mais j'accélérai le pas.

— Va-t'en, Lukas, dis-je sans tourner la tête.

Des cris de surprise se firent entendre autour : les gens étaient scandalisés de la façon dont j'avais parlé à leur prince héritier. Je m'en fichais.

— Arrête-toi, Jesse.

Cette fois-ci, il n'y avait pas de doute sur l'avertissement dans sa voix. Qu'est-ce qu'il allait faire ? M'enfermer pour ne pas être restée au pied comme le gentil toutou pour lequel tous ces gens me prenaient ?

Je sortis des jardins pour aller vers le lac. Je devais me défaire de mes émotions turbulentes et je connaissais l'endroit idéal. Je n'étais pas habillée pour une randonnée sur la colline, mais retourner dans mes quartiers pour me changer n'était pas une option.

Je m'engageai sur la pente herbeuse. Soudain, je sentis que l'on me soulevait de terre pour me jeter sur une épaule large. Étonnée sur le coup, je ne réagis pas tout de suite. Mon ravisseur passa son bras autour de mes jambes avec fermeté et remonta la colline.

— Lâche-moi, criai-je en retrouvant mes esprits.

Je me tortillai et rouai son dos de coups, sans succès.

— Non, répondit Lukas d'une voix rigide qui me fit réfléchir.

Peut-être qu'il allait m'enfermer, tout compte fait.

Il me porta jusqu'au dernier étage. Ce ne fut qu'une fois devant sa porte que je me rendis compte que nous n'étions pas seuls.

— Qu'on ne nous dérange pas, ordonna Lukas en ouvrant la porte.

— Et s'il le faut ? demanda Conlan avec une pointe d'amusement dans la voix.

— Surtout mon père, répondit-il, claquant la porte avec vigueur.

— Tu as fini de te comporter comme un homme de Néandertal ?

— Ça dépend. Tu es prête à parler de façon rationnelle ?

— Venant de quelqu'un qui pense que je le trompe, puis me jette sur son épaule et m'emporte contre mon gré, c'est gonflé.

— Jamais je ne croirais ça de toi, Jesse, et je suis désolé si ma réaction t'a fait croire que je doutais de toi. J'étais en colère, mais pas contre toi.

Je rejouai l'accident.

— Tout n'était qu'un coup monté. Ils l'ont fait exprès pour que tu tombes sur nous et imagines le pire. Comment est-ce que tu m'as trouvée ?

— J'ai pensé que vous étiez parties dehors. Je suis tombé sur Dariyah, qui m'a dit qu'elle t'avait vue entrer dans les jardins.

La colère déferla de nouveau en moi.

— Ils se sont parfaitement joués de nous. Il devait y avoir quelque chose dans le verre que le serviteur m'a donné.

Les yeux de Lukas s'assombrirent et ses doigts se serrèrent sur mes épaules.

— Quelqu'un t'a droguée ?

— Je ne peux pas le prouver, mais j'allais bien quand je suis allée dehors. J'ai bu le jus et peu de temps après, j'ai dû me coucher. Tu sais ce qui s'est passé ensuite.

Il expira vivement.

— Le nom de l'homme est Fafnir. C'est lui qui me l'a dit avant que je te suive. Kerr l'a incarcéré et Faolin fera la lumière sur cette affaire. Fafnir regrettera de t'avoir touchée.

Ma colère diminua, me laissant vidée.

— Alors, ce sera toujours comme ça ? Les gens maniganceront et voudront nous séparer ?

— Non. Si Dariyah a participé à cela, je la ferai renvoyer de la cour. Pour elle, ce serait pire que l'exil. Je vais faire savoir à tout Unseelie que la même punition attend quiconque agira de cette manière.

— En plus d'une leçon à ma façon.

Je passai mes bras autour de la taille de Lukas, espérant effacer le contact de Fafnir.

— Après t'avoir vu assommer Fafnir et Dariyah, je ne suis pas sûr que l'on puisse survivre à une leçon de ta part, dit-il sur un ton taquin.

— Tu veux voir ?

La chaleur enflamma son regard et un feu correspondant s'alluma au creux de mon ventre. Il sourit, et ce fut comme si les dernières vingt minutes ne s'étaient jamais passées.

— Tu m'as manqué, dit-il.

— Tu étais parti ? Je ne l'avais pas remarqué.

Il leva les mains pour encadrer mon visage et prit possession de ma bouche avec un baiser torride qui me laissa étourdie.

— Bon, d'accord... Il se peut que ça m'ait manqué, dis-je en haletant.

Lukas me fit taire avec sa bouche. Ses mains glissèrent le long de mon corps pour finir sur mes fesses. J'enroulai mes jambes avec passion autour de ses hanches sans interrompre notre baiser. Ensuite, il me plaqua le dos contre le mur.

Sa bouche quitta la mienne et je renversai la tête en arrière, enivrée par les sensations qui m'inondaient. Chaque fois qu'il me touchait, c'était mieux qu'avant, mais différent. Il y avait un empressement à nos baisers qui me persuadait que je ne serais plus jamais la même après.

— Regarde-moi, ordonna-t-il brutalement.

Je levai les yeux, les paupières lourdes. Les siens étaient emplis de désir.

— Si tu n'es pas prête pour ça, dis-le-moi maintenant. Nous attendrons aussi longtemps que tu le voudras. Sinon, je vais t'emmener au lit et nous ne le quitterons pas tant que je ne connaîtrai pas chaque partie de ton corps.

Je tremblais à la promesse de ce qui allait se passer. C'était ce que je voulais, mais j'avais un peu peur aussi. J'avais complètement confiance en lui et je savais qu'il serait un amant hors pair. Mais... si j'étais mauvaise et qu'il ne veuille plus de moi ensuite ?

— Jesse, dit-il d'une voix plus gentille. Ce n'est pas grave si tu as besoin de plus de temps.

Je léchai mes lèvres gonflées par le baiser.

— Non. Enfin, je veux dire que je n'ai pas besoin de plus de temps. Je te veux maintenant.

Dans ses yeux s'embrasa une lueur prédatrice qui fit battre mon cœur plus vite. Une minuscule partie primale de mon cerveau m'exhortait à fuir, mais je ne l'écoutai pas.

Il lâcha mes fesses et mes jambes qui, renforcées par des semaines d'entraînements, tenaient fermement autour de sa taille. Puis il remonta les mains le long de mon corps avec une lenteur insoutenable, son contact enflammant mes veines alors qu'il effleurait mes côtes et la courbe de ma poitrine à travers mes vêtements. J'en voulais plus, mais ses mains poursuivirent leur chemin vers mes épaules et mes bras autour de son cou. Avant que je sache ce qu'il voulait, il emprisonna mes mains dans l'une des siennes au-dessus de ma tête.

Sa main libre prit mon menton. Je réussis à émettre un petit son avant qu'il ne s'empare de ma bouche avec une possessivité et une avidité que je n'avais jamais détectées en lui jusqu'alors. Il me colla au mur et je me trémoussai en sentant son désir.

— Lukas, gémis-je, la bouche contre ses lèvres, incapable de verbaliser ce dont j'avais besoin.

Il me lâcha les mains et je m'agrippai à lui. Mes jambes se relâchèrent autour de sa taille lorsqu'il atteignit le lit.

Je passai les paumes sur son ventre ferme. La satisfaction se propagea en moi lorsqu'il gémit à ce contact et arracha son t-shirt, le passant par-dessus sa tête. Enhardie, j'embrassai l'un de ses pectoraux tandis que ma main caressait les surfaces dures de son dos. Je fus récompensée lorsqu'il frémit.

Lukas fit un pas en arrière. J'ouvris la bouche pour protester, mais m'arrêtai en le voyant enlever le reste de ses vêtements, nu dans toute sa perfection. Mon regard se porta vers le bas de son corps jusqu'à une certaine partie de son anatomie.

— J'aime quand tu me regardes.

— Lukas... je n'ai jamais été avec quelqu'un.

— Tu veux t'arrêter ? demanda-t-il doucement.

— Non, laissai-je échapper. Seulement, je pensais que tu devrais être au courant au cas où...

Je ne pus terminer, car il m'attira contre lui et baissa la tête pour me susurrer à l'oreille :

— Sens à quel point j'ai envie de toi, Jesse. Quand cette nuit sera terminée, tu ne douteras jamais plus que tu es la seule que je veuille vraiment.

Il m'embrassa, lentement au début puis langoureusement jusqu'à ce que je ne puisse plus me souvenir de la raison pour laquelle j'avais eu peur. Je me sentais ivre lorsqu'il interrompit le baiser assez longtemps pour enlever mon haut. Ses mains expertes me libérèrent de mon pantalon et je tremblai lorsque ses doigts chauds effleurèrent mon ventre.

Je m'agenouillai devant lui. Un sourire aux lèvres, il passa les doigts dans mes cheveux et les laissa retomber sur mes épaules.

— Je ne sais pas ce que j'ai fait pour plaire à la déesse, mais elle m'a béni en t'amenant dans ma vie, Jesse James.

Ma gorge se serra et je dis avec difficulté les mots que j'avais dans le cœur depuis si longtemps :

— Je t'aime.

— Je t'aime aussi, *mi'calaech*, répondit-il d'une voix rauque.

Puis il me le prouva.

18

DEPUIS MON SIÈGE sur la droite de la salle du trône, je regardais Lukas parler tout bas avec le roi, Korrigan, un homme que je reconnus comme étant l'un des conseillers du roi et une femme que je ne connaissais pas, mais qui m'était tout de même familière. Leurs voix ne portaient pas jusqu'à moi, mais leurs visages graves démontraient que la conversation n'était pas agréable.

Le conseiller dit quelque chose et Lukas répondit d'un non ferme de la tête. Cela poussa la femme à tourner la sienne et à me jeter un regard haineux plein de rancœur qui ressemblait tant à celui de quelqu'un d'autre que je sus tout de suite qui elle était. La mère de Dariyah, Marceline. Alors, le conseiller auprès d'elle était le père de Dariyah, Tyrion.

J'avais entendu les noms des parents de Dariyah à plusieurs reprises durant la semaine de l'accident dans les jardins. Des rumeurs s'étaient rapidement répandues, et très vite, toute la cour vibrait de cette affaire délicieusement scandaleuse. Les gens qui n'aimaient pas Dariyah – et il y en avait beaucoup – étaient ravis de parler de sa disgrâce et de spéculer sur la façon dont cela affecterait les hautes positions de ses parents à la cour.

Tout le monde avait entendu dire que Lukas m'avait couru après, jetée sur son épaule et emportée dans ses quartiers. Nous en étions sortis un jour et demi plus tard et avions passé chaque instant disponible ensemble lorsqu'il ne gérait pas les affaires de la cour.

J'étais trop heureuse pour me soucier des rumeurs qui se répandaient à un rythme effréné. Je passais mes nuits avec Lukas et me réveillais chaque matin dans ses bras. Sous peu, j'allais réussir la mission qu'Aedhna m'avait confiée, et les dégâts dans les deux mondes seraient réparés. J'étais impatiente de tout dire à Lukas et de l'emmener dans mon monde pour rendre visite à ma famille.

Je croisai le regard très sérieux de Lukas alors qu'il traversait la pièce dans ma direction. Il s'assit à côté de moi et se pencha, soufflant à voix basse :

— Ils vont la faire entrer maintenant. Ce sera bientôt terminé.

Pendant qu'il parlait, le roi prit place sur son trône et Korrigan derrière lui, sur la gauche. Les parents de Dariyah allèrent s'asseoir en face de nous, de l'autre côté de la pièce. D'habitude, tous les sièges auraient été occupés pour une affaire de ce genre, mais le roi Oseron les avait limités aux seules personnes impliquées, par respect pour son ami Tyrion. Tant que le résultat final me permettait de ne plus avoir à supporter Dariyah, je me fichais du reste.

La porte s'ouvrit au fond de la salle et Dariyah entra, escortée par Faolin. C'était la première fois que je la voyais depuis des semaines, car elle était restée recluse dans ses quartiers. Son comportement arrogant avait disparu, mais elle marchait la tête haute, le regard droit devant.

Ils s'arrêtèrent à trois mètres du roi et elle se baissa en une élégante révérence. Le roi prit la parole après un long silence.

— Dariyah.

Oseron avait prononcé son nom comme s'il parlait à une enfant dissipée.

— Je t'ai connue toute ma vie et cela m'attriste énormément que tu sois devant moi dans ces circonstances aujourd'hui.

Je me raidis en entendant la familiarité avec laquelle il s'adressait à elle. Il ne donnait pas l'impression d'être sur le point de lui infliger une punition.

La main de Lukas couvrit la mienne et je me détendis un peu. Il m'avait assuré que Dariyah ne s'en tirerait pas impunément cette fois, et je le croyais. Je n'avais pas la même confiance en son père qui, jusqu'à présent, avait privilégié Dariyah comme la partenaire potentielle pour Lukas.

— Fafnir a avoué sa participation dans ton plan et a fourni à Faolin le nom du serviteur elfe qui a donné à Jesse le verre de menak.

Le roi se renfrogna.

— Pendant un interrogatoire, le serviteur a admis que c'était aussi lui qui lui avait donné des baies d'acca lors de sa première nuit ici, la rendant très malade. Il a dit que tu as menacé sa famille d'exil une fois que tu serais devenue la consort s'il n'exécutait pas tes ordres.

Je poussai un cri de surprise. Je n'étais pas étonnée d'apprendre que Dariyah était derrière l'incident des baies d'acca, mais menacer d'exil un servant s'il ne suivait pas ses plans était cruel.

— En tant que roi, j'ai de grandes responsabilités, mais aucune n'est plus importante que la protection du bien-être de chaque citoyen d'Unseelie, peu importe leur rang. Faire du mal à quelqu'un d'autre ou utiliser une position de force pour menacer un plus faible que soi, ce sont deux choses que je ne peux pas tolérer.

Dariyah se tassait sous le poids des mots. Elle pensait sûrement s'en sortir avec une tape sur les doigts. Son père était un ami proche et conseiller du roi. Elle avait été élevée en se croyant meilleure que beaucoup et on l'avait préparée à devenir un jour la consort. J'aurais pu parier qu'elle n'avait jamais été punie pour une seule faute de toute sa vie.

Le roi Oseron pinça les lèvres comme si ce qu'il allait dire ensuite lui faisait mal.

— Tu seras partie d'ici demain matin et voyageras vers le domaine de ta famille en Galia. Désormais, tu as interdiction de retourner dans cette cour.

Dariyah émit un petit son étranglé et regarda ses parents. Son père avait la mine sombre et sa mère n'aurait pas été plus dévastée si le roi avait prononcé une sentence de mort. Lukas avait raison. C'était la pire punition qu'aurait pu recevoir Dariyah. Cela n'avait pas d'importance qu'elle vive dans le luxe sur le domaine de sa famille et qu'elle puisse aller et venir à sa guise. La seule chose qu'elle convoitait lui serait à jamais hors d'atteinte.

— Cela ne rompra pas tes liens avec tes parents. Ils sont libres de te rendre visite lorsqu'ils le souhaitent, lui dit le roi Oseron avec gentillesse, se trompant de toute évidence quant à la raison de son désarroi. On a besoin de ton père ici, mais je comprendrais si ta mère et lui avaient l'intention de vivre avec toi hors de la cour une fois que la crise de la barrière sera finie.

L'expression de Tyrion n'avait pas changé, mais Marceline paraissait nettement mal à l'aise. Selon ce que j'avais entendu à son sujet cette semaine, elle aimait son statut important à la cour et elle s'empressait de rappeler à tout le monde que son mari était l'un des conseillers du roi les plus dignes de confiance. Elle n'allait abandonner cela, pas même pour sa propre fille.

J'aurais voulu faire un câlin à ma mère et lui dire combien j'étais chanceuse qu'elle soit ma mère. Elle était forte et aimante, et elle ferait n'importe quoi pour ses enfants. Je n'aurais pas pu demander meilleur modèle.

— Veux-tu t'exprimer avant de partir ?

— Non, votre Majesté, répondit-elle d'une voix timide.

Dariyah n'était pas idiote. Elle savait que rien de ce qu'elle dirait maintenant ne changerait sa décision.

— Tu as le reste de la journée pour faire tes valises et tes adieux. Tu peux y aller.

C'était fini. Faolin escorta Dariyah hors de la salle et le roi se leva de son trône pour parler à ses parents. Lukas et moi quittâmes la pièce discrètement.

— Je suis contente que ce soit fini. C'est loin, Galia ?

— Assez. Je pense que Dariyah passera plus de temps dans le royaume des humains dès que les voyages seront de nouveau permis.

Mon cœur bondit dans ma poitrine.

— Quand penses-tu que ça arrivera ?

— Je ne peux rien affirmer, mais nos tests ont montré un léger renforcement de la barrière depuis que tous les portails ont été fermés.

— Tu ne me dis ça que maintenant ?

— Je l'ai appris ce matin. On attend les résultats des tests de Seelie.

Il sourit d'un air triste.

— Je n'aurais pas dû t'en parler avant leur confirmation.

— Tu as bien fait.

Exaltée, je repris ma marche. Les ke'tains commençaient à réparer la barrière. Plus que tout, j'aurais aimé dire à Lukas la vérité, mais il était impossible de défaire le bâillon que m'avait mis Aedhna. Cela me paraissait malvenu de commencer notre vie ensemble par un mensonge, et je priai pour qu'il m'autorise à me confier à lui une fois tout cela terminé.

La reine Anwyn devait arriver dans quatre jours pour d'autres discussions. Lukas m'avait dit qu'ils avaient fait peu de progrès durant les réunions en Seelie, car la reine était encore déterminée à sceller la barrière pour de bon. Comme elle ne pouvait pas le faire seule, ils étaient dans l'impasse.

— Qu'est-ce que tu aimerais faire aujourd'hui ? demanda-t-il lorsque nous approchâmes l'ascenseur.

— Tu es libre ?

Le roi avait ramené Lukas en réunion ces derniers jours pour se préparer à la visite de Seelie, alors je m'attendais à ne pas le voir jusqu'au dîner.

— Je suis tout à toi pour le reste de la journée.

— Dans ce cas...

Je baissai d'un ton pour ajouter :

— On peut rester à l'intérieur ?

— Je pense qu'on peut arranger ça.

Je grimaçai à cause de la douleur dans mon poignet et mon épaule pendant que je m'habillais après ma douche. Cela m'apprendrait à accepter de m'entraîner avec Parisa. C'était une sauvage quand on mettait une arme dans ses mains et elle manipulait le bâton comme si c'était une extension de son propre corps. Heureusement que je ne m'exerçais pas avec des lames, sinon elle m'aurait mise en lambeaux.

J'aurais presque préféré m'entraîner avec Faolin. Lui et les autres étaient occupés à préparer la visite de Seelie du lendemain, alors Parisa m'avait proposé de me montrer certaines de ses techniques. Pas étonnant qu'elle soit responsable de la sécurité de Roswen.

Kaia grogna doucement et sauta de mon lit pour sortir de la chambre en courant. Quelques secondes plus tard, on sonna à la porte. Je souris face à mon reflet dans le miroir et me dépêchai de la suivre. Lukas m'avait dit qu'il serait là pour le dîner, mais son travail avait dû se terminer en avance. J'avais beau lui répéter qu'il n'était pas obligé de sonner, il avait gardé cette habitude. Tout cela faisait partie de la séduction.

J'ouvris la porte et mon sourire se figea à la vue de l'homme sur le seuil.

— Votre Majesté.

— Bonjour, Jesse, dit aimablement le roi Oseron. Puis-je entrer ?

Je repris mes esprits.

— Bien sûr.

Deux de ses gardes personnels étaient postés derrière lui. Ils prirent position dans le couloir, me laissant seule avec le roi d'Unseelie.

— Vous voulez vous asseoir ?

Je frottai mes paumes moites avec discrétion sur mon pantalon. Je ne pouvais penser qu'à une seule raison pour laquelle il me rendrait visite, et ce n'était pas de bon augure.

Au cours des semaines durant lesquelles Lukas et moi avions officialisé notre couple, quand il avait informé son père qu'il en avait fini avec son entremise, le roi avait gardé le silence. Je n'avais pas cru qu'il abandonnerait aussi facilement, mais chaque fois que j'en parlais à Lukas, il me disait de ne pas m'inquiéter et qu'il s'occuperait de lui.

J'avais confiance en Lukas, mais le fait que je n'aie pas parlé à ses parents depuis que nous étions ensemble me laissait entendre que le roi n'était pas content de notre relation. Il était forcément venu reprendre les choses en main.

— Oui. Asseyons-nous, dit-il chaleureusement.

Il prit l'une des grandes chaises et regarda autour de lui.

— Je n'ai pas vu de quartiers privés à cet étage depuis avant mon couronnement. C'était il y a très longtemps.

Je m'assis sur le bord du canapé, anxieuse.

S'il remarquait mon état émotionnel, il ne le montrait pas.

— Tu es bien, ici ?

— Oui.

— Le royaume des faës est très différent de ton ancienne maison dans le royaume des humains, constata-t-il. Ça doit te manquer.

— Surtout ma famille.

— La séparation doit être difficile pour toi. Je suis désolé.

J'entendis la sincérité dans sa voix et je réussis à faire un petit sourire.

— J'espère que je pourrai les voir bientôt.

— Je l'espère aussi.

Il se mit à l'aise dans sa chaise.

— J'ai souvent espéré visiter ce monde. Quand j'étais jeune, j'aimais voyager. J'aurais été content de continuer toute ma vie si je n'étais pas devenu roi. Savais-tu que je n'étais pas l'héritier d'origine au trône ?

La révélation me laissa pantoise.

— Non.

Ma réaction le fit sourire.

— Je ne suis pas surpris. C'était il y a si longtemps que la plupart ont oublié, ou bien sont nés après cette période dans notre histoire.

Il toucha le médaillon en eyranth de forme ovale qui n'était porté que par le roi ou la reine d'Unseelie.

— La reine Belisande, la dernière monarque, est ma mère, et elle a dirigé Unseelie pendant huit cents ans. Quand elle s'est retirée, mon frère aîné, Onagh, est devenu roi.

Est-ce qu'Onagh était mort ? Quelle autre raison y avait-il pour que le roi actuel prenne la place de son frère sur le trône ?

— Mon frère avait été préparé toute sa vie à être roi et il a fait ce que notre mère lui demandait de faire, à l'exception d'une chose, continua le roi. Avant d'abdiquer, elle a sélectionné une femme de haute naissance pour être sa consort, mais Onagh l'a refusée. Il était amoureux d'une non royale, nommée Asherah, et il l'a prise comme partenaire et consort.

Je compris où il voulait en venir. Je ne dis rien et il continua.

— Sept ans après leur union, Asherah a donné naissance à une fille et Unseelie a célébré notre nouvelle héritière.

Le roi Oseron soupira.

— Les nourrissons faë sont les plus vulnérables durant leurs trois premiers mois, et elle était sous surveillance constante. Malheureusement, elle ne s'est pas développée et elle est décédée avant d'avoir un mois.

— Oh, non... !

Je mis la main devant ma bouche.

— Il a fallu quatorze ans pour qu'Asherah tombe à nouveau enceinte. Elle a donné naissance à une autre fille et ce bébé a survécu. Mais nous avons vite découvert que la magie de cet enfant était faible. Un fils a vu le jour sept ans plus tard, et comme sa sœur, sa magie n'était pas assez puissante pour qu'il devienne le prochain monarque. Les gens ont commencé à s'inquiéter, car la force d'Unseelie dépend de la force de son chef. Onagh était puissant, mais Asherah et lui étaient incapables de donner un successeur, rendant notre avenir incertain. La peur s'est répandue et des demandes ont été formulées pour que d'autres membres de la famille royale de haute naissance prennent le trône. Certains étaient trop avides de porter la couronne, mais ces défis auraient brisé Unseelie. Nous ne pouvions pas le permettre.

— Onagh a donc renoncé au trône en votre faveur ?

Il hocha la tête avec gravité.

— J'ai accédé au trône et Onagh et sa famille sont allés vivre avec nos parents, dans un refuge royal. Ils préfèrent la vie hors de la cour et sont heureux là-bas depuis ce jour. Je me suis juré que je ne commettrais pas la même erreur que mon frère. Même si j'en aimais une autre, j'ai accepté comme ma consort la femme que ma mère avait choisie pour Onagh. Maurelle et moi avons travaillé pendant des années pour rétablir la stabilité à Unseelie. Ici, à la cour, il y avait encore des protestations de la part de ceux qui auraient voulu prendre la place sur le trône. Ce n'est que lorsqu'Aedhna nous a bénis avec un fils en bonne santé et puissant que la foi des gens dans leur monarque a été entièrement restaurée.

Le roi Oseron se leva.

— Viens avec moi.

Je le suivis sur le balcon, où il se perdit dans la contemplation de la vallée pendant un long moment :

— C'est magnifique, n'est-ce pas ?

— Oui. Ça me coupe le souffle chaque fois que je la vois.

Il se tourna pour me jeter un sourire chaleureux qui fit briller ses yeux.

— J'aime Unseelie presque autant que j'aime mes enfants, et je ferais n'importe quoi pour les protéger tous les deux. D'après les récits de Vaerik, tu en ferais autant pour ta famille.

— Oui.

Je redressai les épaules, essayant de me préparer à ce qui allait suivre. Il allait m'ordonner de rester loin de Lukas. Ou peut-être prévoyait-il de m'envoyer dans une ville lointaine, comme il l'avait fait avec Dariyah.

Il prit l'une de mes mains dans la sienne.

— Tu as tant de qualités que j'admire, Jesse, ne seraient-ce que ta vaillance et ta force morale. Je doute qu'il y en ait beaucoup qui puissent faire face à tout ce que tu as traversé avec le même calme. Je comprends pourquoi mon fils t'aime et je vois que tu l'aimes aussi.

— Oui.

— En tant que père, je veux plus que tout que mes enfants soient heureux. En tant que roi, je dois aussi faire ce qui est le mieux pour Unseelie.

Son regard devint triste.

— J'ai vu de mes propres yeux ce qui se passe lorsque quelqu'un de sang inférieur est choisi comme consort. Le futur d'Unseelie repose sur une puissante lignée. La magie de Vaerik est forte, mais tu n'es pas née Faë. Il y a des gens qui ne t'accepteront jamais comme consort et pourraient défier Vaerik à cause de cela. Quand bien même, il y a la forte probabilité que tu donnes naissance à des héritiers faibles, comme Onagh et Asherah l'ont fait.

Une douleur me comprima la poitrine, formant une boule froide et dure dans mon ventre. Je n'avais pas d'arguments à lui opposer, car il avait raison. Je ne pouvais pas changer les circonstances de ma naissance et j'avais subi assez de mépris et de condescendance pour savoir qu'il disait la vérité au sujet de certaines personnes qui ne m'accepteraient pas. Ils étaient calmes maintenant que j'étais avec Lukas, mais comment seraient-ils quand je deviendrais vraiment sa partenaire et la future consort ?

— Qu'allez-vous faire ?

Ma voix faillit se briser sur le dernier mot, mais je contins mon émotion.

— Rien, répondit-il doucement. Vaerik t'aime et il te choisira comme partenaire. Je ne peux pas éviter cela, pas plus que ma mère n'a pu empêcher Onagh de choisir Asherah.

— Je ne comprends pas. Pourquoi êtes-vous venu me voir si ce n'est pour nous séparer ?

Le roi Oseron regarda la vallée, puis moi. Je vis la réponse dans ses yeux avant qu'il ne prononce les mots.

— La seule personne capable d'éviter à Vaerik de faire un choix qui pourrait détruire son avenir, c'est toi. Je suis venu ici pour te parler d'Onagh dans l'espoir que l'histoire ne se répéterait pas.

Je m'appuyai contre la balustrade, aussi faible que le jour où Lukas m'avait exposée au fer. Cependant, cette fois, la chaîne était autour de mon cou et appuyait contre ma poitrine. Le roi n'allait pas me forcer à m'éloigner de Lukas. Il me demandait de quitter par moi-même l'homme que j'aimais.

Je ressentis une légère pression sur ma main, me rappelant que le roi la tenait toujours. Je levai les yeux vers son regard troublé.

— Tu mérites d'être heureuse après tout ce que tu as enduré et j'aimerais qu'il y ait un autre moyen. La dernière chose que je veux, c'est de blesser Vaerik ou toi.

Il me lâcha enfin la main et s'éloigna. Lorsque la porte se referma, je m'écroulai, passai mes bras autour de mes genoux et laissai les larmes couler.

Je ne pouvais pas le faire. Je ne pouvais pas abandonner Lukas et le voir prendre quelqu'un d'autre.

Lorsque les bras d'Aedhna m'étreignirent, je me recroquevillai contre elle telle une petite fille. Elle caressa mes cheveux et fredonna une douce mélodie alors que je pleurais jusqu'à ne plus avoir de larmes.

— Je peux faire partir la douleur, offrit-elle gentiment.

Cela faisait mal de parler.

— Tu peux faire en sorte que Lukas et moi puissions rester ensemble ?

— C'est une décision que toi et lui devez prendre.

— Mais le roi a dit qu'il n'y avait pas d'autre choix !

— Oseron a fait des sacrifices pour son peuple et sa peur des soulèvements le pousse à attendre la même chose de son fils. Il oublie qu'être roi n'est pas que la capacité à produire une descendance vigoureuse. Onagh n'avait pas la force nécessaire pour diriger, mais Oseron, si. Vaerik la possède aussi.

L'espoir me réchauffa la poitrine.

— Alors, ça veut dire que personne ne le défierait pour prendre le trône si j'étais sa consort ?

Elle essuya les larmes sur mes joues.

— Cela veut dire qu'il pourrait relever le défi, comme toi tu as relevé celui que je t'ai donné. Tu ne te pensais pas à la hauteur des missions, et pourtant nous voici à la veille de la dernière.

— C'est demain ?

— Oui. Viens. Je dois te préparer.

Je la suivis à l'intérieur, où elle me donna des instructions comme elle l'avait fait les deux premières fois. Puis elle effaça toutes les traces de ma crise de larmes et partit une seconde avant que la porte ne s'ouvre et que Lukas n'entre.

— Prêt pour demain ? demandai-je, surprise de mon propre calme malgré mon véritable état intérieur.

— Oui.

Il approcha pour me rejoindre sur le canapé.

— Excuse-moi de t'avoir laissée seule ces derniers jours. Je ne te verrai pas beaucoup pendant que Seelie sera là.

Je me blottis contre son flanc.

— Je comprends. Avec un peu de chance, tu n'auras bientôt plus besoin de ces réunions avec Seelie.

— Je l'espère aussi.

Il passa un bras autour de moi.

— Que penses-tu d'un changement de décor après le départ de Seelie ?

J'ai un refuge privé dans les montagnes de Daerig où nous pourrions nous éloigner de toute l'agitation pendant une semaine.

— Ça paraît super.

À l'idée de partir avec lui, je me sentis tout de suite plus légère.

Lukas se pencha pour déposer un petit baiser sur ma bouche.

— Je vais dire à Faolin de se préparer pour le voyage dans trois jours.

Je lui souris et posai ma tête au creux de son épaule. Aedhna m'avait donné une lueur d'espoir concernant mon avenir avec lui, et un peu de temps hors de la cour était précisément ce dont j'avais besoin pour y voir plus clair. Je comprenais les inquiétudes du roi, mais je n'allais pas abandonner. Pas sans me battre.

Je me précipitai dans le tunnel décrivant un grand arc de cercle dans la roche, sous le temple. Il menait à une pièce où les portails étaient créés par les gens venant sur l'île et j'espérais qu'il n'y aurait pas de visiteurs tant que je ne serais pas sortie du tunnel. Il n'y avait pas beaucoup de place ici, personne ne pouvait passer sans me heurter.

La pièce du portail n'était rien d'autre qu'une grotte, avec des chandeliers en hauteur sur les murs. On aurait dit un cul-de-sac. Vers le côté gauche se trouvait la dalle de pierre dont Aedhna m'avait parlé, qui se fondait avec le mur à moins d'être tout proche pour la distinguer.

Me faufilant derrière la dalle, je dus me tordre pour traverser l'endroit exigu. Deux mètres plus loin, il s'ouvrait dans une minuscule grotte aux parois ruisselantes. Il flottait dans l'air des relents d'algues et de saumure. J'étais sous l'océan.

Le mur ondula au contact du ke'tain et des marches s'y ouvrirent, menant en bas dans les ténèbres. Peu importe combien de fois j'assistais à une telle magie, je ne m'y habituerais jamais.

C'est parti. Je sortis mon cristal *laevik* et descendis la longue volée de marches. En bas, le vent sifflait et il y avait assez de lumière pour voir sans mon cristal. J'étais dans une sorte de grande crevasse rocheuse, dans la montagne. L'air y était chaud et j'écartai l'hypothèse que ce soient les montagnes Duergar. Une chose était certaine, cependant, je n'étais plus sur l'île.

Je marchai vers un éclat de lumière, droit devant. Quelques minutes plus tard, j'émergeai dans un endroit si magnifique qu'il en était indescriptible.

La petite vallée verte s'étendait sous un ciel si bleu que cela me faisait mal aux yeux de la regarder après l'obscurité du tunnel. La vallée était entourée de montagnes enneigées, mais il faisait chaud ici, et ça sentait les fleurs, les fruits et le soleil.

Me protégeant les yeux, j'admirai un lac brillant avant de m'arrêter à la vue d'un troupeau de kelpies broutant à proximité. Plus près de moi, deux hamas blancs et duveteux gambadaient dans l'herbe et une nixie bougeait dans son perchoir, dans un arbre.

Non loin de là se trouvait un bâtiment en pierres d'un blanc immaculé, avec d'épaisses colonnes évoquant un temple de la Grèce antique. Je pouvais distinguer une partie de l'intérieur à travers la grande arche voûtée. Il n'y avait qu'une seule pièce avec de grandes fenêtres et une estrade au fond, surmontée d'un trône.

Un hennissement me fit reporter mon attention vers le lac et un kelpie blanc, légèrement à l'écart du reste. Je me souvins du soir dans l'East River où j'avais failli couler à cause d'un kelpie avant d'arracher la pierre de la déesse de sa crinière. Cette nuit-là semblait remonter à des lustres.

Le kelpie vint à ma rencontre. Il était plus petit que le reste du troupeau, encore un poulain. Pendant un instant, je me demandai si cela pouvait être le même poulain qui s'était couché à côté de moi et m'avait gardé chaud durant la nuit, sur la North Brother Island. Impossible de le savoir, mais ce serait fantastique !

Je me déshabillai, restant en sous-vêtements, et rejoignis l'eau avec le ke'tain en main et le poulain à côté de moi. Au bord de l'eau, je pris dans mon poing la crinière du kelpie et nous plongeâmes. Je m'accrochai alors que le kelpie nageait vers le centre du lac.

Il n'était pas large, mais profond, et l'eau était si claire que je pouvais voir jusqu'en bas. Nous nous arrêtâmes au milieu du lac, où luisait une faible lueur jaune.

— Je suis prête si tu l'es.

Le kelpie s'enfonça sous l'eau et je pris une profonde inspiration. C'était un réflexe, car Aedhna avait dit que la pierre de la déesse m'aiderait à respirer dans le lac. Quand bien même, je retins l'air dans mes poumons aussi long-temps que possible.

Nous nous enfonçâmes toujours plus bas dans les fonds marins inquié-tants, où des bancs de poissons colorés s'écartaient de nous en hâte. Je crus même apercevoir une grosse queue argentée, qui disparut presque aussitôt avant que je puisse mieux la voir.

Le ke'tain commença à palpiter. Le phénomène s'intensifia à mesure que nous descendions. Lorsque nous eûmes atteint le fond, il rayonnait d'une lueur bleu ciel et vibrait avec tellement d'énergie que mes doigts s'en-gourdirent.

La lueur jaune venait de sous la surface de la boue molle. Je lâchai le kelpie et il s'en alla en nageant, comme s'il savait ce qui allait se passer. J'aurais voulu le suivre, troublée par le pressentiment que ce dernier jumelage allait faire très mal.

Je posai le ke'tain par-dessus l'autre, dans la boue.

Un éclat vert illumina le fond du lac un instant avant qu'une onde de choc ne me percute. Une douleur atroce me saisit, comme si chacun de mes os avait été broyé. J'accueillis avec béatitude le néant qui me happa ensuite.

Lorsque je me réveillai, je flottais sur le dos à la surface du lac, le kelpie à côté de moi. Mon corps ne me faisait plus mal, et je bougeai les bras et les jambes pour m'assurer que tout fonctionnait correctement. J'étais toujours hébétée par ce qui venait de se produire. Ce souffle aurait dû me tuer.

Tout le lac brillait d'un vert vif et je ne pouvais plus distinguer le fond ni le ke'tain. J'espérais au moins qu'il faisait ce qu'il était censé faire, et que je n'avais pas rendu le lac radioactif par accident.

L'onde de choc ne m'avait pas tuée, mais je me sentais plus faible et je finis par me fatiguer en faisant la planche. Le kelpie avait dû le sentir, car il me donna un coup avec son museau jusqu'à ce que je passe un bras autour de son cou. Je finis par m'assoupir.

Son hennissement me réveilla. La lueur verte avait disparu, à l'exception d'un seul endroit, tout en bas.

Le kelpie tourna la tête vers moi en une question silencieuse. Je lâchai son cou et me saisis de sa crinière.

— Allons-y.

Cette fois, je ne pris même pas de bouffée d'air. Nous plongeâmes. Mes yeux étaient trop concentrés sur la lueur bleue pour apprécier la vue. Mes pieds touchèrent le fond et, sans perdre de temps, j'attrapai le ke'tain. Je ne pris même pas la peine de me demander s'il pourrait être trop puissant pour que je le touche.

Un picotement douloureux passa du bout de mes doigts jusqu'à mon épaule et je faillis lâcher le ke'tain. La douleur finit par s'estomper. Ce fut à ce moment que je ressentis une légère vibration à l'arrière de ma tête. Je tendis l'autre main pour toucher la pierre de la déesse qui tremblait. Elle devait absorber le pouvoir du ke'tain pour me protéger.

Soudain, je poussai un petit cri. Deux sirènes flottaient à quelques mètres de moi. Leurs longs cheveux tourbillonnaient autour d'elles, en dessous de leur taille où leur queue commençait, et leurs grands yeux ressemblaient à ceux d'une princesse Disney. Leurs traits étaient magnifiques, mais si anguleux qu'ils en étaient presque cruels. L'une avait les cheveux argentés et l'autre d'une teinte rousse plus foncée que les miens.

La sirène aux cheveux roux fit un signe vers ma tresse, de sa main palmée. Comprenant ce qu'elle voulait, je dénouai ma tresse afin de laisser ma chevelure libre comme les leurs. Sans sourciller, je la regardai me rejoindre et passer les doigts dans mes cheveux. Elle parla à son amie, un peu comme deux dauphins qui communiquent. Son amie répondit et je suffoquai en voyant dans sa bouche des dents pointues comme celles d'un requin.

Le kelpie fut tout à coup à côté de moi, même si aucune des sirènes ne s'était montrée agressive. Je ne savais pas s'il me protégeait ou s'il était possessif, mais le fait qu'il montre ses propres crocs suffit à faire déguerpir les sirènes.

Nous remontâmes à la surface. En retournant à la rive, je n'arrêtais pas de penser au comportement des sirènes. Ce ne fut que lorsque mes pieds touchèrent le fond rocheux que je compris que les sirènes n'avaient jamais vu de faë aux cheveux roux. Elles avaient dû se demander ce qu'était cette créature avec des cheveux de feu et deux jambes valides. Je souris toute seule. J'avais hâte d'en parler à maman et papa.

Les autres kelpies nous regardaient curieusement lorsque nous sortîmes du lac. Pour la première fois depuis que j'étais venue dans le royaume des faës, j'aurais voulu avoir un appareil photo. Personne chez moi ne me croirait lorsque je leur raconterais que j'avais vu des troupeaux entiers de ces créatures.

Je pris mon blouson pour ranger le ke'tain dans ma poche, envahie par l'euphorie. *Je l'ai fait !* Le ke'tain avait été restauré et le royaume des faës pouvait maintenant guérir.

Je lâchai un cri victorieux, mais certains kelpies hennirent en réaction. Ils se moquaient sûrement de cette folle qui dansait en sous-vêtements, mais je m'en fichais.

J'attendis quelques minutes que le soleil sèche ma peau avant de m'habiller. Mes cheveux étaient encore humides lorsque je les tressai à nouveau. Ils sécheraient quand je serais de retour au temple.

Je caressai le museau du poulain kelpie et il renifla mon visage.

— C'est le moment des adieux. Merci de m'avoir aidée.

Je lui fis une dernière et longue caresse. À la vue du bâtiment blanc, je fus tiraillée entre mon désir d'aller voir à l'intérieur et mon besoin urgent de rapporter le ke'tain au temple. Le besoin l'emporta et j'entrai dans la crevasse, laissant la vallée derrière moi.

Dix minutes plus tard, je descendis les marches en silence dans la pièce principale du temple. Mes yeux et mes oreilles étaient à l'affût de tout mouvement de la part des gardes.

Derrière l'autel, je pris quelques lentes respirations pour me calmer les nerfs. Cela ne fit rien pour atténuer mon angoisse. Heureusement que c'était la dernière fois.

Regardant une autre fois vers les gardes, je repoussai l'illusion qui m'entourait pour recouvrir l'autel. C'était ma partie la moins favorite, car je n'oubliais pas à quel point j'avais été proche de me faire prendre la première fois.

Je sortis le ke'tain de ma poche. Il m'électrocuta à nouveau, mais j'y étais préparée. Je l'échangeai habilement avec le faux sur l'autel.

Des bruits se firent soudain entendre dans l'antichambre au-dessus. Deux blonds apparurent à l'entrée et descendirent les marches. Il y en avait un que je n'avais jamais vu auparavant. Je ne connaissais pas le nom de l'autre, mais je l'aurais reconnu entre mille. C'était l'un des gardes personnels de la reine Anwyn.

Que faisait-il ici ? Il devrait être avec la reine, en Unseelie.

J'appuyai ma main tremblante contre ma poitrine et les deux hommes approchèrent de l'autel, s'arrêtant à l'extérieur des protections. Mes yeux étaient rivés sur le garde de sorte que je ne ratai pas son regard scrutateur sur l'autel et l'espace alentour. Pour les gardes derrière lui, sa posture était détendue, mais ils ne voyaient pas la lueur calculatrice dans son regard lorsqu'il examina le ke'tain. Il mijotait quelque chose.

La reine Anwyn n'essaierait sûrement pas de voler de nouveau le ke'tain. Si la barrière se rompait, Seelie serait détruit ainsi que le reste du royaume des faës.

Mon regard se porta sur l'autre nouveau venu, qui regardait avec respect le faux ke'tain sans un soupçon de comportement suspect. Peut-être qu'il n'était pas avec le garde de la reine. Ils n'étaient pas ensemble, simplement arrivés au même moment.

Peut-être que j'étais tellement à cran et que j'exagérais tout. Tennin m'avait expliqué une fois qu'il faudrait quatre ou cinq puissants faë de la cour pour passer outre la protection du ke'tain. Et c'était avant la mise en place d'une protection plus puissante. J'étais capable de la franchir uniquement grâce à ma pierre de la déesse.

Le garde de la reine lança :

— Eh bien ?

Je me crispai. Est-ce qu'il me parlait ?

— Ça fonctionnera, murmura l'autre. Il faut que ce soit un plus vieux, à la peau fraîche. Les écailles se détacheront au bout d'un jour et elle perdra sa magie.

Peau ? Écailles ? La bile me monta dans la gorge. Les drakkans étaient résistants aux protections. Gus avait réussi à venir et traverser la puissante protection que Lukas avait mise autour de mon appartement, et encore, il n'était qu'un jeune drakkan.

Et si quelqu'un parvenait à tuer un drakkan plus vieux et à se faire passer pour lui afin de franchir les protections ? Ils devraient assommer les gardes, ensuite ils n'auraient qu'à prendre le ke'tain.

L'un des gardes d'Unseelie en service bougea nerveusement, ses yeux attentifs braqués sur les deux visiteurs qui se tenaient devant l'autel depuis un peu trop longtemps. Le garde de la reine sourit et cette vue me révulsa. Il se détourna de l'autel et monta les marches comme si de rien n'était. Dix secondes plus tard, son complice le suivit.

Je n'allais pas donner à la reine Anwyn une autre chance de détruire tout ce que j'aimais.

Je devais avertir le roi de ce qu'elle manigançait, et je devais le faire sans dévoiler ma source. Je m'inquiéterais de cette partie plus tard. Déjà, je devais prendre le ke'tain et le cacher en lieu sûr – comme cette grotte cachée dans les montagnes. C'était un long voyage, mais jamais personne ne le trouverait là-bas.

Je tendis la main qui tenait la réplique, mais dus la retirer, car elle tremblait. Je pris plusieurs profondes respirations pour me détendre. *Reprends-toi, Jesse.*

Distraite par ce qui s'était passé, j'oubliai de me préparer au choc lorsque je touchai le ke'tain. Des aiguilles de douleur brûlantes partirent du bout de mes doigts jusqu'à mon épaule et je réussis à peine à réprimer un cri.

Pendant une seconde, je perdis toute sensation dans la main, suffisamment longtemps pour que le ke'tain en glisse. Il atterrit à sa place sur l'autel dans un léger bruit sourd qui aurait tout aussi bien pu être un coup de feu dans la pièce à l'ambiance morbide.

Les quatre gardes s'animèrent et se précipitèrent vers l'autel. Je respirai à peine tandis que les gardes d'Unseelie scrutaient un côté de la pièce et les gardes de Seelie l'autre côté.

— Vous voyez quelque chose ?

— Non. Vous avez tous entendu le bruit ?

Le second garde d'Unseelie tendit le cou, essayant de percevoir l'arrière de l'autel.

— Oui, mais je ne vois rien qui n'aille pas.

— Je n'aime pas ça.

Le premier garde d'Unseelie regarda les deux autres. C'était le même que j'avais vu épier les visiteurs tel un faucon, et il n'essayait pas de cacher sa suspicion.

— Je vais faire venir Korrigan.

Si Korrigan venait, Bauchan aussi, le responsable de la sécurité de la reine. D'autres gardes les accompagneraient et je serais coincée ici. Le charme me rendait invisible, mais ils pouvaient toujours me toucher. S'ils enlevaient les protections pour enquêter, j'étais cuite.

— Je vais faire venir Bauchan, décida l'un des gardes de Seelie, tout sauf content.

Il suivit le garde d'Unseelie qui avait aussi commencé à monter les marches.

Si je le laissais ici, je risquais que la reine Anwyn mette la main dessus. Si j'essayais de le prendre, je risquais de *me* faire pincer.

Je me mordis l'intérieur de la joue. Les chances que les hommes de la reine réussissent à chasser et à tuer un drakkan adulte étaient minces. Mais les chances que je sois emprisonnée si l'on m'attrapait étaient bien plus grandes. Dans ce cas, je ne serais pas capable de protéger le ke'tain contre la reine.

Résignée, je retournai en silence le faux ke'tain dans ma poche. Je surveillai de près les deux gardes qui restaient, sans oser respirer. Dans l'anti-chambre, je guettai l'arrivée des autres. C'était moins une.

Je sursautai à un bruit sur ma gauche et fis volte-face pour voir un Korrigan impassible sortir du tunnel. Derrière lui se trouvait le garde qui était de service au temple, et plusieurs autres que je ne pouvais pas voir. Bon sang ! Ils étaient venus vite, ce qui signifiait que ceux de Seelie arriveraient dans quelques secondes. L'endroit allait bientôt être bondé. Je devais sortir avant.

D'autres personnes émergèrent du tunnel avec, en tête, un blond à la mine glaciale. Je comprenais mieux maintenant pourquoi les gardes de Seelie avaient eu si peur d'appeler le responsable de la sécurité de la reine Anwyn. De près, il était terrifiant. Je me sentais tout à coup comme une souris enfermée dans une cage avec un cobra.

Je me précipitai vers les marches qui menaient au-dehors. Je frôlai le bol de cristaux au-dessus du piédestal, au centre de la pièce. Le bol se balança et les cristaux résonnèrent contre ses bords.

Je fis encore deux pas avant que quelqu'un ne me percute, m'envoyant avec force sur le sol en pierres froides. Des taches noires mouchetèrent ma vision. À l'évidence, Faolin était très surpris de me rencontrer.

19

— J ESSE ?
— Quelle est cette tromperie ?

Bauchan nous dominait. Il tenait une épée dans une main et ne semblait pas loin de l'enfoncer en moi. Mon cœur battait à m'en faire mal aux côtes et je pouvais à peine entendre le hurlement dans mes oreilles.

— Retiens ta main, Bauchan, menaça une voix autoritaire.

Korrigan avançait à grandes enjambées. Il ne tenait pas d'arme, mais son regard noir aurait pu me déchiqueter.

— Jesse James, qu'est-ce que vous faites dans le temple ?

Bauchan n'attendit pas que je réponde.

— Elle était camouflée par un charme. Personne n'est assez puissant pour le faire ici, elle encore moins.

Korrigan hocha la tête avec gravité, ses yeux rivés sur moi.

— Vous allez nous dire comment vous êtes venue sur l'île et comment vous avez été capable de vous cacher.

— Un drakkan m'a amenée.

— Impossible, répondit Bauchan d'un ton sec. Les drakkans ne peuvent pas être apprivoisés.

— Gus. Il est dehors.

Faolin comprit.

— C'est le jeune drakkan qu'elle a secouru dans le royaume des humains. Le même qui l'a emmenée le jour où elle est allée en ville.

Un des hommes de Korrigan courut à l'extérieur pour vérifier mes dires et revint abasourdi.

Korrigan ne me croyait toujours pas.

— Est-ce que ce drakkan vous a, d'une certaine manière, rendue invisible ?

— Non.

— Alors, quoi ? exigea Bauchan.

— Je ne peux pas vous le dire.

— Insolente ! J'ai des moyens de vous faire parler.

Faolin se leva d'un coup et bloqua Bauchan.

— Vous ne la toucherez pas, grogna-t-il.

Bauchan se mit torse contre torse avec lui.

— Vous n'avez aucune autorité ici. Sur cette île, elle dépend d'un état de droit différent qui n'est ni Seelie ni Unseelie. J'ai le droit de l'interroger pour son crime.

— Il n'y a pas encore de preuves d'un crime, répondit Faolin, imperturbable.

— Pas de crime ? Elle est entrée dans le temple de la déesse enveloppée de magie ! Je ne peux penser qu'à une seule raison pour laquelle quelqu'un ferait ça.

Faolin pointa un doigt vers moi.

— Vous oubliez qui c'est ? Jesse a failli mourir en rapportant le ke'tain dans le royaume des faës. C'est la dernière qui essaierait de le voler. Et il n'y a pas de lois contre le fait de s'envelopper de magie dans le temple.

— Il n'y en a pas, car cela devrait être impossible, s'énerva Bauchan.

— Assez !

La voix de Korrigan rebondit contre les murs en pierres.

— Bauchan a raison. Personne, pas même le roi ou la reine, n'est assez puissant pour créer une telle illusion dans ce temple. Je ne connais aucun objet qui puisse faire cela, mais ça ne veut pas dire qu'il n'existe pas.

Bauchan hocha victorieusement la tête et fit signe à l'un de ses hommes de venir.

— Fouillez-la.

Je me recroquevillai devant eux. D'horribles images d'une fouille au corps inondèrent mon esprit.

Faolin s'interposa :

— *Je* vais la fouiller.

Il se pencha et me prit les mains, m'aidant à me lever. Ses yeux se portèrent sur les miens avant qu'il ne procède méthodiquement à une fouille par palpation et vérifie mes poches. Je retins ma respiration lorsqu'il mit la main dans la poche de mon manteau qui contenait le sac de toile avec le faux ke'tain. Il sortit le sac lentement et fronça les sourcils en desserrant la ficelle, le penchant pour faire tomber la pierre bleue ordinaire dans sa paume.

— Qu'est-ce que c'est ? demanda Korrigan.

— Rien qu'une pierre.

Faolin la passa à son père et recommença à me fouiller.

Korrigan examina l'objet.

— Je ne sens aucune magie.

Il donna la pierre à l'un de ses hommes qui l'apporta à Bauchan.

Ce dernier frotta la pierre et l'examina comme si elle allait dévoiler tout à coup ses secrets. Comme elle n'en fit rien, il reporta ses yeux accusateurs sur moi.

— Pourquoi vous avez ça ? Qu'est-ce qu'elle fait ?

— Elle ne fait rien, répondis-je en gardant de l'assurance. C'est une belle pierre que j'ai trouvée. Je la garde pour mon frère.

Faolin leva mon cristal *laevik*.

— C'est tout ce qu'elle a sur elle.

Son père prit le cristal.

— Le *laevik* n'a rien de spécial.

— Vous avez manqué quelque chose, Bauchan ! l'accusa Faolin.

— Enlevez ses vêtements.

— Non !

Je tirai sur les pans de mon manteau et Faolin se mit devant moi de façon protectrice.

Korrigan fusilla Bauchan du regard.

— Elle va être emmenée en Unseelie, où une femme pourra effectuer une fouille plus intime.

— Vous vous attendez à ce que je vous confie cette enquête ? demanda Bauchan avec un rictus.

— Ne remettez *pas* en question mon intégrité.

Les iris de Korrigan se parèrent d'une lueur dangereuse.

— N'hésitez pas à ce qu'une de vos femmes participe à la fouille. Vous pouvez même participer à l'interrogatoire. Mais Jesse vient d'Unseelie, ce qui la place sous mon autorité.

La mâchoire de Bauchan se contracta.

— Lorsque sa culpabilité sera prouvée, Seelie réclamera justice.

— Si elle est coupable d'un crime, le roi la demandera aussi.

Korrigan toisa Faolin.

— Emmène-la dans une cellule de détention. Bauchan et moi te rejoindrons après avoir examiné les protections.

Faolin hocha la tête et me prit fermement le bras. Sans un mot, il me guida dans le tunnel que j'avais utilisé plus tôt. Dans la pièce en bas, il posa sa main libre contre le mur et un portail s'ouvrit.

Nous le traversâmes et émergeâmes dans une petite pièce que je n'avais jamais vue auparavant. Elle était dénuée de mobiliers et avait une porte voûtée étroite qui s'ouvrait sur un couloir. Nous naviguâmes dans une série de couloirs identiques jusqu'à un escalier en colimaçon. Le niveau des cellules de détention était situé sous terre, et à chaque pas, je faisais apparaître des images de songes et de chambres de torture. Cela n'aidait pas que Faolin soit silencieux pendant tout ce temps, me laissant me demander quelles horreurs m'attendaient.

Mon pouls s'accéléra lorsqu'il me guida dans un autre couloir qui ressemblait plus à un tunnel. Il nous arrêta devant une porte en bois massif et l'ouvrit pour révéler une longue pièce avec une table grossière, deux chaises et trois portes le long de la paroi interne. Chacune possédait une petite fenêtre à hauteur du regard, avec un cristal violet au-dessus.

Faolin appuya sa main au milieu de la première porte et elle s'ouvrit vers l'intérieur. La cellule n'était rien de plus qu'une pièce taillée à même la pierre, avec une niche pour dormir contenant un grabat. L'idée d'être seule dans cette cellule vide et froide me poussa à me regimber contre lui lorsqu'il commença à entrer. Mais je ne faisais pas le poids contre sa force et il me tira dans la pièce.

— Faolin, je...

Il se retourna et me prit les épaules, ses yeux durs dans les miens.

— Nous n'avons pas beaucoup de temps. Si je dois t'aider, tu dois être honnête avec moi. Qu'est-ce que tu fais au temple ?

J'ouvris la bouche, mais rien ne sortit. Le désespoir me gagna.

— Je... je ne peux pas.

— Tu as conscience des ennuis que tu encours ? Tu as utilisé de la magie que personne ne devrait posséder pour entrer discrètement dans le temple de la déesse. Tu dois l'expliquer et prouver que tu n'étais pas là pour voler le ke'tain comme l'affirme Bauchan. Je ferai ce que je peux pour toi, mais tu dois me faire confiance.

Des larmes de frustration me piquèrent les yeux.

— Je te crois. Je veux te le dire, mais je ne peux pas.

— Qu'est-ce qui t'arrête ?

Ma bouche refusait de dire son nom. Je voulais crier. J'avais fait tout ce qu'Aedhna m'avait demandé. Pourquoi est-ce que je ne pouvais pas en parler maintenant ?

— Tu es physiquement incapable de le dire ? Tu ne peux pas dire qui ou ce qui t'a fait ça ?

Je hochai la tête de manière saccadée alors que le soulagement me parcourait.

— Est-ce que cette personne ou chose t'a forcée à aller au temple ?

— Non, répondis-je d'une voix rauque.

Ses yeux s'écarquillèrent à cet aveu.

— Tu es volontairement allée sur l'île et entrée dans le temple, mais quelque chose t'empêche d'en parler.

— Oui.

Il passa les doigts dans ses cheveux courts.

— Je n'ai pas besoin de te dire à quel point la situation est grave. Les tensions sont vives et tout le monde est nerveux à propos des tempêtes et du sort de notre monde. Tu n'aurais pas pu choisir un plus mauvais moment pour agir ainsi.

— Je n'ai pas choisi le moment.

J'aurais voulu pouvoir lui dire que je l'avais fait pour le royaume des faës et mon monde, mais la vérité restait enfermée en moi.

— Donc, c'est quelqu'un et pas quelque chose qui te fait ça ?

Des voix étouffées montèrent du couloir et mon cœur se mit à battre la chamade. Je regardai Faolin, incapable de cacher ma peur. Qu'est-ce que Korrigan et Bauchan feraient lorsqu'ils ne tireraient rien de moi avec leur interrogatoire ? Je ne savais pas si Korrigan aurait recours à la torture, mais Bauchan n'hésiterait pas. Je l'avais vu dans ses yeux lorsqu'il m'avait menacée au temple. Et même, il apprécierait.

— Je ne les laisserai pas te faire du mal, promit Faolin vigoureusement. Et Vaerik tuera ceux qui oseront.

Mon cœur se serra. Que dirait Lukas en apprenant ce que j'avais fait ? Il me protégerait, mais ressentirait-il la même chose pour moi en sachant que je l'avais dupé ? L'idée de perdre sa confiance m'effrayait plus que tout ce que Korrigan ou Bauchan pouvaient me faire.

La porte extérieure s'ouvrit et je vis Korrigan franchir le seuil de la cellule, suivi par Bauchan et deux femmes. L'une d'elles était une garde d'Unseelie nommée Rossa, que j'avais vue dans la salle d'entraînement plusieurs fois. L'autre devait être de Seelie.

Korrigan me jeta un regard sombre et se tourna vers Rossa.

— Vous et Alva allez faire une fouille approfondie des vêtements de Jesse. Enlevez chaque habit et cherchez chaque bijou et autres objets sur son corps. Si vous trouvez quelque chose, appelez-nous.

— Oui, Korrigan.

Faolin sortit, fermant la porte derrière lui. Sa nuque était visible par la petite fenêtre lorsqu'il prit position devant la porte pour s'assurer que personne ne regarde à l'intérieur.

— Enlève ton manteau et donne-le-moi, s'il te plaît, dit Rossa avec un regard contrit.

J'obéis sans parler. Plus vite je le faisais, mieux ce serait.

Elle fouilla chaque centimètre du manteau avant de le passer à Alva, qui en fit de même. La mascarade continua ainsi jusqu'à ce que je sois en sous-vêtements. Je m'étais déshabillée plusieurs fois devant d'autres filles, dans le vestiaire de l'école, et je n'étais pas spécialement gênée. C'était la perspective d'être nue et tripotée comme une détenue qui me fit rougir.

Je rassemblai toute la dignité possible en enlevant mes sous-vêtements et les deux femmes passèrent leurs mains sur mon corps. Elles le firent rapidement, et Alva semblait aussi désolée que Rossa de me faire subir cette expérience humiliante.

Lorsque Rossa démêla ma tresse pour regarder mes cheveux, je ressentis un moment de panique. Mais comme auparavant, la pierre de la déesse se cacha pour ne pas être vue.

— Tu peux te rhabiller, finit-elle par dire.

Alva et elle regardèrent pudiquement vers la porte pendant que j'enfilais mes vêtements à la hâte.

— Nous avons fini.

La porte s'ouvrit sur les visages de Korrigan et de Bauchan. L'expression de Faolin était indéchiffrable, il attendait que Rossa prenne la parole.

— Nous n'avons rien trouvé, leur indiqua-t-elle.

Bauchan regarda Alva, qui approuva à mi-voix. Je ne savais pas si c'était de la colère ou de la déception dans son regard, mais il n'était pas content.

— Merci. Vous pouvez y aller, les libéra Korrigan.

Rossa me lança un regard compatissant avant de sortir en compagnie d'Alva, me laissant seule avec Faolin, Korrigan et Bauchan. Je me trouvais au centre de ma cellule, redoutant ce qui allait m'arriver.

Korrigan croisa les bras sur son torse.

— Vous êtes prête à nous dire comment vous vous êtes dissimulée dans le temple ?

— Je ne peux pas.

— Vous ne pouvez pas ou ne *voulez* pas ? fit Bauchan avec un rictus.

— Pourquoi est-ce que vous étiez au temple ? demanda Korrigan.

— Je ne peux pas non plus vous répondre.

Je joignis les mains et demandai silencieusement à Faolin de ne pas partager ce que je lui avais dit. Cela ne ferait que soulever plus de questions auxquelles je ne pouvais pas répondre.

Korrigan vit le regard que je jetais à son fils et s'adressa à Faolin :

— Elle s'est ouverte à toi pendant que vous étiez seuls ?

— Non, père.

— Vous savez ce que je pense ?

Bauchan leva la pierre bleue que Faolin m'avait prise dans le temple.

— Elle est de la même taille et forme que le ke'tain. Vous aviez l'intention de voler le ke'tain et de mettre ceci à sa place.

Korrigan le regarda comme s'il avait perdu l'esprit.

— Même si elle pouvait le faire passer pour le ke'tain, elle n'émettrait pas la même signature énergétique. Personne ne la confondrait avec l'original.

— Elle est entrée dans le temple en passant inaperçue. Qui sait de quoi elle est capable ? rétorqua Bauchan.

— *Jamais* je ne volerais le ke'tain, dis-je farouchement.

Bauchan rit à gorge déployée.

— Nous devrions vous croire sur parole, c'est ça ? Votre métier dans le royaume des humains consistait à chasser des faës, pas vrai ? Peut-être que vous avez ramené votre haine envers nous dans votre nouvelle vie et que vous cherchez à détruire notre monde.

— Vous entendez ce que vous dites ?

La colère remplaçait ma peur. Comment osait-il, surtout lui, me sermonner sur la haine et la malhonnêteté ?

— La dernière fois que le ke'tain a été volé, ça a fait mal aux deux mondes et j'ai failli perdre ma famille. Si quelqu'un veut protéger le ke'tain, c'est bien moi.

Je soutins son regard froid d'un air de défi.

— J'étais humaine lorsqu'il a été volé. Peut-être que vous devriez chercher le vrai voleur un peu plus près de chez vous.

L'espace d'un instant, personne ne dit rien. J'avais quasiment accusé Seelie d'avoir volé le ke'tain et je me préparais à en subir les répercussions.

— Ça ne nous mène nulle part. Il n'y a qu'une façon d'apprendre ce qu'elle nous cache, menaça Bauchan.

Faolin s'avança.

— Non.

— C'est une technique d'interrogatoire acceptable, fit Bauchan sur un ton décontracté.

— Pour les ennemis, maintint Faolin.

Il regarda son père.

— Tu ne peux pas les laisser faire.

J'eus la nausée et le vertige. Ils parlaient de me torturer.

Korrigan se frotta la mâchoire.

— Je ne l'aime pas, mais c'est peut-être notre seule option. Jesse assure qu'elle n'avait pas l'intention de voler le ke'tain, mais elle refuse de nous dire pourquoi ou comment elle est entrée dans le temple. Cela fait d'elle une menace potentielle pour le ke'tain et Unseelie.

Faolin s'exprima en serrant les dents :

— Vaerik ne le permettra jamais.

— Je réponds du roi, lui rappela son père. C'est mon devoir d'enquêter sur tous les risques possibles allant à l'encontre de la sécurité, peu importe qui est impliqué.

Bauchan afficha un petit sourire.

— C'est réglé, alors. Faisons cela et finissons-en.

J'eus des sueurs froides lorsque Korrigan traversa la pièce pour disparaître à ma vue. Avant que je puisse imaginer quels instruments de torture il sortait, Faolin entra dans la cellule et prit mon bras pour me mener vers l'une des chaises dans la pièce extérieure. Son expression sinistre ne fit rien pour dissiper la crainte qui me tordait les entrailles.

Korrigan nous rejoignit avec des menottes du Moyen-Âge en métal sombre. Des pierres blanches de la taille d'un petit pois étaient incorporées dans les menottes, liées par une épaisse chaîne. Il les posa sur la table avec un bruit sourd.

— Tu sais ce que c'est ? demanda-t-il, prenant la chaise en face de moi.

Je secouai la tête, craignant qu'un couinement ne sorte de ma bouche.

— C'est un dannakin. Le métal a été forgé dans du feu de drakkan et celles-ci – il indiqua les pierres blanches – sont des morceaux d'os de drakkan. Elles se verrouillent autour des poignets comme des menottes et forcent le porteur à répondre honnêtement à toute question qui lui est posée.

Je m'éclaircis la voix.

— Comment s'y prennent-elles ?

— Si tu mens ou refuses de répondre à la question, le dannakin envoie du feu de drakkan dans ton corps. Plus tu résistes, plus ça empire. Il ne laisse pas de dommage corporel, mais la douleur est atroce. J'ai vu des guerriers chevronnés crier et pleurer avec ces engins. Certains se sont même fait dessus.

Je sentis mon visage devenir blême.

— C'est barbare.

— Oui. Nous n'avons pas utilisé le dannakin ici depuis des années.

— Mais vous allez l'utiliser contre moi ? demandai-je d'une voix faible.

— Cela dépend de toi.

Il posa l'appareil sur la table.

— Je vais t'offrir le même choix que j'ai donné à d'autres qui sont venus avant toi. Réponds de ton plein gré ou porte le dannakin.

Il ne voulait pas l'utiliser, je le voyais dans son regard. Mais il le ferait. Il n'y avait aucune issue.

— J'aimerais pouvoir vous dire ce que vous voulez savoir, mais je ne peux pas.

Je pris conscience de la main de Faolin sur mon épaule lorsqu'il resserra les doigts.

— Père, ne fais pas ça.

— C'est le seul moyen. Tu peux partir si tu ne souhaites pas y assister.

— Je vais rester, rétorqua Faolin. Réponds aussi honnêtement que tu le peux, Jesse.

Je refusais de regarder Bauchan alors que Korrigan ajustait chaque menotte du dannakin autour de mes poignets et les verrouillait. Mes respirations sortaient rapidement, et je risquais l'hyperventilation lorsqu'il aurait fini.

Il s'installa confortablement dans sa chaise, les mains jointes sur la table.

— Jesse James, comment êtes-vous arrivée sur l'île aujourd'hui ?

— Un drakkan m'a emmenée ici en volant.

Rien ne se passa. Vu qu'ils étaient déjà au courant pour Gus, il avait dû poser la question en guise de test.

— Comment vous êtes-vous dissimulée en entrant dans le temple ? demanda Bauchan.

— J'ai créé un charme, répondis-je aussi honnêtement que Faolin me l'avait demandé.

Korrigan intervint :

— Comment as-tu créé le charme ?

— Je…

Ma peur grimpa en flèche et chaque muscle de mon corps se raidit.

— Je ne peux pas vous le dire.

Je crus que le feu allait me consumer, mais rien ne vint. Ouvrant les yeux, je vis le froncement de sourcils de Korrigan et le soulagement de Faolin.

— Pourquoi ça ne fonctionne pas ? fit Bauchan.

— Ça fonctionne, lui dit Faolin. Elle a dit qu'elle ne pouvait pas nous dire comment elle l'a fait, pas qu'elle ne voulait pas.

Korrigan me regarda attentivement.

— Pourquoi est-ce que tu ne peux pas nous le dire ?

Je secouai la tête d'un air impuissant.

Bauchan prit l'initiative de répondre :

— Êtes-vous allée au temple pour voler le ke'tain ?

— Non, répondis-je facilement, car c'était la vérité.

Sa surprise lorsque le dannakin ne réagit pas fut suivie par un regard noir.

— Pourquoi êtes-vous allée au temple, alors ?

— Je ne peux pas non plus vous dire ça.

Il claqua une main sur la table, me faisant sursauter.

— Cet interrogatoire est une farce. Ce dannakin ne fonctionne pas.

— On peut le tester sur vous si vous voulez, proposa sèchement Faolin.

Bauchan me jaugea avec un regard calculateur qui envoya un frisson le long de ma colonne vertébrale.

— Comment avez-vous survécu à la transformation ?

— Quel est le rapport avec cette série de questions ? demanda Faolin.

— Un excellent rapport, répondit Bauchan sans détourner les yeux de moi. Aucun humain de son âge n'a survécu au processus et je ne suis pas le seul à me demander ce qui la rend unique. Je crois que, peu importe ce qu'elle a utilisé, la transformation l'aide maintenant.

Je voyais son esprit turbiner alors qu'il assemblait les pièces.

J'ouvris la bouche et compris tout à coup qu'Aedhna ne m'avait pas empêchée de parler de ma transformation ni de ma pierre de la déesse. Il était impossible que je puisse en parler au responsable de la sécurité de la reine Anwyn. Si cette dernière apprenait pour ma pierre de la déesse, elle essaierait de la prendre ou de m'utiliser pour obtenir ce qu'elle voulait.

Je fermai la bouche, essayant de m'armer de courage contre la douleur, mais rien n'aurait pu me préparer à ce qui suivit.

Un fourmillement s'intensifia, de plus en plus chaud.

— Réponds à la question et ça s'arrêtera, m'invectiva Korrigan.

J'étais paralysée. Je ne pouvais rien faire, la chaleur filait dans mes bras et se répandait dans mon corps, enflammant mes os. Je hurlai.

— Réponds-moi ! cria Bauchan.

L'agonie était interminable, le feu emplissait ma poitrine et menaçait de brûler mon cœur jusqu'à le réduire à une masse noircie. Il me dévorait les poumons et je ne pouvais plus respirer. Les ténèbres se pressaient dans mon champ de vision.

Pitié, que ça s'arrête ! suppliai-je à la seule personne qui pouvait m'aider maintenant.

Un froid bienvenu se déversa en moi. Ce n'était pas suffisant pour éteindre le feu, mais cela diminua son intensité et me laissa de nouveau respirer. Je me souvins du contact d'Aedhna, de son effet identique durant ma transformation, et j'ouvris les yeux, m'attendant à la voir ici. Le seul signe de sa présence était le poids de sa main froide sur moi.

Je laissai ma tête retomber en avant.

Merci.

— Ça suffit.

La voix colérique de Faolin retentit contre les murs.

— Ce n'est pas suffisant tant qu'elle ne nous dit pas ce que nous voulons savoir, répliqua Bauchan.

Je fus faiblement consciente que quelqu'un touchait les menottes. Il y eut un bruit sec, puis le feu cessa dans mon corps, me laissant comme une coquille vide et calcinée.

— Si elle n'a pas parlé à présent, elle ne le fera pas, observa Korrigan.

Était-ce de l'admiration dans sa voix ?

— Tu vas bien ? me demanda Faolin.

Tout mon corps à partir du cou refusait de bouger.

— Demande-le-moi dans une heure, dis-je en articulant péniblement.

La pièce commençait à pencher et Faolin m'attrapa pour éviter que je tombe sur le côté de la chaise. Il me prit et m'emmena dans la cellule, où il me posa sur le grabat. J'entendais Bauchan et Korrigan se disputer, mais cela donnait l'impression de venir de très loin.

— Tu ne cesses jamais de me surprendre, fit Faolin à voix basse.

Je lui adressai un sourire en coin.

— Je savais bien que tu m'appréciais.

Il émit un petit rire nasal.

— Repose-toi. Je serai dehors.

La porte se ferma dans un bruit sec. J'essayai de me concentrer sur la conversation dans l'autre pièce, mais ma tête était pleine de coton. Ce devait être ce qui se passait lorsqu'on était cuit de l'intérieur par du feu de drakkan.

Je n'étais pas couchée ici depuis longtemps lorsque des éclats de voix de l'autre côté de la porte retentirent. Un Lukas très énervé exigeait :

— Où est-elle ?

La porte de la cellule s'ouvrit.

— Lukas, dis-je d'une voix rauque.

Il s'assit à côté de moi et enleva les cheveux humides collés à mon visage.

— Je suis désolé, Jesse. Ce qu'ils t'ont fait était impardonnable.

— Elle a été prise en flagrant délit d'action contre le royaume des faës et refuse d'avouer. Elle mérite pire que ce qu'elle a reçu, éructa Bauchan quelque part derrière lui.

— Faites-le sortir d'ici ! aboya Lukas par-dessus son épaule.

— Je vais le faire, mais je reviendrai, répondit froidement Bauchan. Seelie réclamera justice, même si vous ne le faites pas.

Lukas se tourna vers moi.

— Tu me crois, Jesse ?

— Je le jure, murmurai-je.

Son pouce caressa ma mâchoire.

— Alors, tu dois me dire ce que tu faisais là-bas pour que je puisse te défendre contre ces fausses accusations.

— Elles ne sont pas toutes fausses, avouai-je sur un ton éraillé. C'est vrai que j'ai utilisé un charme pour me cacher, mais je jure sur ma tête que je n'ai rien fait de mal. Jamais je ne ferais quelque chose qui puisse nuire à toi ou au royaume des faës.

— Je te crois, mais ta parole ne satisfera pas mon père et la reine Anwyn, avertit-il. Elle exige déjà que tu sois bannie.

J'essayai de me lever, mais il me repoussa gentiment.

— Je ne laisserai jamais cela arriver.

Faolin apparut derrière Lukas.

— Père et Bauchan sont allés parler avec le roi et la reine. Il y a des gardes postés dans le couloir, mais nous sommes seuls dedans pour le moment.

— Par *seuls*, il veut dire nous tous, dit Conlan depuis la salle extérieure.

— Ils reviendront bientôt, nous annonça Faolin.

Ce qu'il voulait dire était très clair. Nous n'avions pas beaucoup de temps pour parler.

— Je peux me redresser ? demandai-je à Lukas, dont la main était toujours sur ma poitrine.

Il se leva et m'aida à m'asseoir. J'étais encore faible à cause du dannakin, mais je me sentais mieux en étant droite. La première chose que je vis fut Conlan, Faris, Kerr et Iian devant la cellule, plus sérieux que jamais. Je n'avais pas besoin que l'on m'explique le niveau de gravité de la situation.

— C'est la pierre de la déesse, dit Faolin, attirant tous les regards vers lui. Tu l'as utilisée pour te cacher dans le temple. C'est pour ça que tu as refusé de répondre à la dernière question de Bauchan.

Je joignis les mains sur mes genoux.

— Oui.

— Est-ce la pierre qui t'empêche de nous dire pourquoi tu étais là-bas ? demanda-t-il.

Je commençai à dire non, mais je m'arrêtai. Jusqu'à maintenant, j'avais supposé qu'Aedhna m'avait ensorcelée, mais elle n'en avait pas besoin. J'avais un vague souvenir d'elle qui touchait la pierre dans mes cheveux, la première fois que nous nous étions rencontrées.

— Jesse ? insista Lukas.

— Oui. Je n'ai jamais voulu te le cacher, mais je ne pouvais rien dire. Crois-moi, je t'en prie.

Il prit ma main dans la sienne.

— Je te crois.

Un poids fut ôté de ma poitrine. Tant que j'avais sa confiance, je pouvais survivre au reste.

— Faolin a dit que Gus t'avait emmenée sur l'île. Comment est-ce arrivé ? demanda Lukas. Est-ce que ça a un rapport avec la première fois où il l'a fait ?

— Oui.

Faolin se rapprocha.

— Combien de fois tu as volé avec le drakkan ?

— Quelques fois.

Conlan siffla.

— De chasseuse de primes à chevaucheuse de drakkan !

— Parlons du drakkan plus tard.

Lukas tira sur ma main pour que je le regarde.

— Mon père et la reine Anwyn exigeront des réponses. Peux-tu nous dire quoi que ce soit que nous puissions utiliser pour ta défense ?

— Rien qui les satisfera, regrettai-je.

Il expira.

— Alors, il n'y a qu'une chose à faire. Nous devons parler de la pierre de la déesse à mon père. Il comprendra ta réticence à partager un tel secret avec Seelie, et il croira que tu ne voulais pas faire de mal au royaume des faës. Aedhna n'aurait pas accordé sa bénédiction à quelqu'un indigne d'elle.

— Je suis d'accord, acquiesça Faolin. Tu es la première faë bénie par la déesse. Le roi ne te bannira jamais.

Mon regard alterna entre lui et Lukas.

— Et la reine Anwyn ? Elle ne lâchera pas prise.

Lukas me serra la main.

— On en fait notre affaire.

Un puissant coup retentit sur la porte extérieure et Kerr alla ouvrir. Il revint en fronçant les sourcils.

— Vaerik, ton père a demandé que tu les rejoignes. Bauchan et la reine exigent que « la prisonnière » ne reçoive pas de traitement de faveur.

Il me regarda.

— Désolé, Jesse.

— Elle est dans une cellule et ils ont utilisé le dannakin sur elle, grogna Faris, plus en colère que jamais. En quoi est-ce un traitement de faveur ?

Kerr secoua la tête.

— Le roi a ordonné que nous quittions toutes les cellules. Les gardes resteront dehors.

Le roi n'allait peut-être pas me bannir, mais il pouvait me garder enfermée en bas pendant des jours, voire des semaines.

— Je reviendrai après avoir parlé à mon père. Ça pourrait prendre quelques heures pour le voir seul s'il est avec la reine.

Je hochai la tête contre le torse de Lukas, craignant de ne pas pouvoir parler.

Il leva mon visage vers le sien et m'embrassa avec tant de douceur que j'en eus mal à la poitrine. Il me disait sans mots qu'il m'aimait et me promettait que tout irait bien. Je ne voulais pas le laisser partir, mais je baissai les bras sur les côtés lorsqu'il se leva. Plus tôt il s'en irait, plus tôt il reviendrait.

Faolin ferma la porte de la cellule derrière eux et le bruit sourd du verrou résonna en boucle dans ma tête pendant plusieurs minutes après leur départ. Ce ne fut que lorsqu'il s'arrêta que je me rappelai une information vitale que j'avais oublié de leur transmettre. Je devais faire savoir au roi ce que j'avais vu et entendu par hasard au temple. Seelie allait essayer de voler de nouveau le ke'tain, et j'étais la seule qui soit au courant.

Je courus vers la porte de la cellule et criai à travers la fenêtre. Si les gardes postés dans le couloir m'entendirent, ils ignorèrent mes appels. Je finis par abandonner et me coucher sur le grabat pour attendre le retour de Lukas. Lorsque le silence étouffant de la pièce me comprima, je chantai les paroles de l'une de mes chansons préférées pour le tenir à distance.

Au moins deux heures étaient passées lorsque la porte extérieure se rouvrit. Je me levai du grabat et courus vers la fenêtre, mais mon ventre se noua à la vue d'une Rashari souriante de l'autre côté.

— Qu'est-ce que tu veux ?

Cela ne me surprenait pas qu'elle puisse soudoyer ou contraindre quelqu'un pour arriver ici.

Son sourire redoubla d'éclat.

— Je suis personnellement venue te remercier pour t'être débarrassée de tous les fichus obstacles sur mon chemin. Tu t'es surpassée.

— De quoi tu parles ?

— Voyons !

Elle commença à compter sur ses doigts.

— D'abord, tu as évincé Delphine de la course pour être la consort, même si elle n'a jamais vraiment été de la compétition. Puis, tu as fait bannir Dariyah de la cour. C'était un tour de force.

Ses yeux brillèrent de satisfaction.

— Et maintenant, tu as écarté la dernière personne entre moi et mon avenir de consort. Toi.

Je laissai échapper un éclat de rire.

— Ravie de te décevoir. Je n'irai nulle part.

— Ah bon ? Personne ne divulgue quel crime tu as commis, mais ça doit être grave pour qu'ils arrêtent les réunions et enferment le jouet de Vaerik dans une cellule. J'ai entendu que la reine Anwyn exige que tu sois bannie et que le roi Oseron va accepter. Qu'est-ce que tu en dis ?

— Je dis que tu ne devrais pas croire tout ce que tu entends.

Je souris discrètement, sachant que cela l'énerverait plus que tout ce que je pourrais dire.

Elle ricana.

— Si tu penses que Vaerik te protégera, réfléchis-y à deux fois. Il t'apprécie peut-être, mais il ne voudra plus être associé à toi après cela.

J'aurais pu lui dire que Lukas était venu me voir et qu'il était peut-être, à ce moment précis, en train de donner au roi la preuve de mon innocence. Je choisis de la laisser fanfaronner de sa fausse victoire. Elle apprendrait la vérité bien assez tôt.

L'expression de Rashari se dégrada devant mon manque de réaction.

— J'ai toujours été la favorite du roi pour être la consort de Vaerik, et tout se passera comme prévu.

Elle rejeta ses longs cheveux par-dessus son épaule.

— Si d'une certaine manière tu réussis à éviter l'exil, tu ne t'approcheras plus de Vaerik. Je m'assurerai que tu sois mariée à un homme dans une ville lointaine et tu seras interdite de te montrer à la cour.

— Tu pourrais vouloir mettre ces plans en attente.

Je lui jetai un regard faussement ennuyé.

— Maintenant, si ça ne te dérange pas, j'aimerais retourner à ma sieste.

Elle grinça des dents.

— Tu devrais savoir que j'obtiens toujours ce que je veux. J'ai les moyens de retourner les choses en ma faveur.

Sur ce, elle fit volte-face et marcha d'un pas raide vers la porte. Le garde la suivit et je m'exclamai :

— Je dois parler au prince Vaerik. C'est urgent.

Il ne s'arrêta pas.

— Le prince est avec le roi et ne doit pas être dérangé.

— Faites venir Korrigan, s'il vous plaît.

— Les prisonniers ne font pas de demandes. Korrigan viendra ici quand il le voudra.

— Dites-lui que je veux tout avouer, criai-je, mais le garde sortit et laissa la porte se refermer sans rien ajouter.

Il me fallut un moment pour me souvenir de l'endroit où j'étais et pourquoi. J'avais dû m'assoupir, mais combien de temps ? Impossible de le savoir ici.

Un faible grincement s'éleva dans l'autre pièce. Je me levai du grabat et allai regarder par la fenêtre, m'attendant à découvrir le garde. La pièce était vide.

— Il y a quelqu'un ?

Le silence qui me répondit envoya un petit frisson dans mon corps. Quelque chose n'allait pas. Je me frictionnai les bras à travers le manteau. Où était Lukas ? Il aurait dû revenir, depuis le temps.

La porte menant au couloir s'ouvrit et je reculai d'un pas, par instinct. Deux blonds entrèrent dans la pièce et mon sang se glaça lorsque je vis leur visage. C'étaient des gardes royaux de Seelie et ils n'auraient jamais dû être là.

L'un d'entre eux s'appelait Aibel. Je le savais, car il était chez Teg un soir et Orend Teng avait attiré mon attention sur lui. Je ne connaissais pas le nom de l'autre, mais je ne l'oublierais jamais. Je l'avais vu créer un portail menant à Seelie depuis l'intérieur de l'appartement-terrasse de Davian. Et il m'avait arrêtée devant une épicerie pour m'avertir de rester loin du prince Rhys.

Comment des gardes de Seelie étaient-ils entrés ici ? Où étaient les hommes de Korrigan ?

Aibel me regarda calmement avant d'aller s'occuper de la serrure de la porte. Il n'y avait rien que je puisse utiliser pour me défendre. De toute façon, je n'avais aucun espoir de repousser deux gardes royaux.

Je cherchai à tâtons ma pierre de la déesse. Si je pouvais me rendre invisible, peut-être que je pourrais me glisser entre eux. Je devais me calmer et me concentrer avant qu'ils ne...

La porte de la cellule s'ouvrit. Aibel me coinça contre le mur, une main sur ma bouche. Une bouffée d'adrénaline alimentée par la terreur me saisit, mais je n'étais pas de taille contre sa force.

Je vis l'autre garde occuper la porte alors que le bras d'Aibel se plaçait autour de ma gorge, bloquant ma respiration.

Je tirai sur son bras, mais c'était inutile. Il allait me tuer.

Les ténèbres se rapprochèrent malgré mes sanglots. Le visage de Lukas apparut rapidement dans mon esprit et ce fut la dernière chose que je vis avant que la pièce ne disparaisse pour de bon.

20

J E ROULAI SUR le côté en poussant un grognement. Mon corps était raide et j'avais un mal de crâne atroce. La dernière fois que j'avais autant souffert, c'était après avoir été assez stupide pour m'entraîner avec Parisa.

Il me fallut un instant pour que la pièce se précise et encore quelques secondes pour que je prenne conscience que je n'étais plus dans la cellule.

Tout me revint enfin. Deux des gardes de la reine Anwyn m'avaient assommée et amenée ici, dans cette pièce inconnue. Cela ne pouvait signifier qu'une chose. J'étais en Seelie.

J'eus du mal à me stabiliser.

Je me trouvais dans une pièce circulaire avec un sol en bois, des murs blancs et aucun meuble à l'exception du grabat peu épais sur lequel j'avais été couchée. La pièce était éclairée par une lumière naturelle provenant de quatre fenêtres étroites.

Je m'approchai d'une fenêtre dépourvue de vitre et baissai les yeux vers une large rivière loin en contrebas. De l'autre côté, une forêt s'étendait sur des kilomètres. Par la fenêtre opposée, je vis des flèches, les tourelles et les murs blancs en pierre de ce qui devait être le palais de Seelie. Selon la position du soleil, on était en fin de matinée, ce qui voulait dire que j'étais ici depuis au moins une demi-journée.

La porte s'ouvrit derrière moi et Aibel entra avec l'autre garde qui avait aidé à mon kidnapping. Derrière eux vint la reine Anwyn, vêtue d'une robe vert clair, avec un diadème paré de bijoux. Elle s'arrêta peu après la porte et me sourit, mais ce n'était pas suffisant pour dissimuler la froideur dans son regard.

— Vous êtes enfin réveillée, dit-elle avec une note d'irritation dans la voix, comme si ma perte de conscience était ma faute. Bienvenue en Seelie.

— Pourquoi suis-je ici ?

Elle lissa un pli invisible sur sa manche.

— J'ai beaucoup entendu parler de vous, Jesse James, et je me suis dit qu'il était temps que nous parlions.

Ses gardes s'étaient introduits dans une partie sécurisée de la cour d'Unseelie et m'avaient enlevée. Qu'est-ce qui pouvait être si urgent pour qu'elle leur fasse prendre un tel risque ?

Elle savait que mes parents avaient récupéré leurs souvenirs.

Non, ce n'était pas possible. Ils se cachaient depuis bien avant que je vienne dans le royaume des faës et Lukas m'avait assuré que personne n'était au courant pour son île. Même si elle suspectait la vérité, elle ne pouvait pas les atteindre.

— Le prince Vaerik saura que vous m'avez kidnappée et il viendra me chercher.

— Personne ne va venir pour vous. À l'heure actuelle, toute la cour d'Unseelie pense que vous vous êtes échappée et avez fui dans le royaume des humains.

— Vaerik n'y croira pas.

Lukas savait que jamais je ne le laisserais ainsi, encore moins en sachant qu'il était parti plaider ma cause auprès de son père.

— Aibel et Conrad sont très doués dans ce qu'ils font.

Elle jeta un regard affectueux vers ses deux gardes.

— Et ils ont reçu un peu d'aide de l'intérieur. Elle était plus que contente que tu sois hors course.

— Rashari !

Je serrai les poings. Je savais qu'elle était prête à tout pour devenir la consort, mais aider Seelie à me kidnapper ? Elle aurait de la chance si Lukas ne la tuait pas lui-même.

— Elle a été très utile, dit Aibel. Elle a même fourni un témoin qui vous a vue créer le portail. J'espère que vous aimez votre hébergement. La vue de làhaut est belle, et vous avez toute la tour pour vous pendant la durée de votre séjour.

Mais combien de temps cela allait-il durer ?

— Qu'est-ce que Rhys pensera en sachant que vous m'avez enlevée et que vous me gardez prisonnière ?

Si je me fiais au temps passé avec lui, c'était une bonne personne bien qu'il ait été élevé par cette femme. Il me considérait comme une amie et il s'était fâché en apprenant ce qu'elle m'avait fait.

— Le *prince* Rhys est parti dans l'un de mes refuges pour un long séjour. Je ne vois aucune raison de l'inclure dans cette désagréable affaire, et vous ne serez plus là depuis longtemps quand il reviendra. Il ne saura jamais que vous étiez ici.

Je frissonnai et refermai les bras autour de moi aux mots « depuis longtemps ».

— Pourquoi suis-je ici ?

— Droit au but. J'aime ça. Même si, d'après tout ce que j'ai entendu sur vous, je pensais que vous auriez déjà deviné la raison de votre visite.

Son regard dédaigneux me dégoûtait.

— Je veux savoir pourquoi vous étiez dans le temple hier et quelle magie vous avez utilisée pour vous cacher.

Quelque chose s'illumina dans ses yeux, un empressement qui ne se reflétait pas dans sa voix. Elle ne m'avait pas accusée d'avoir essayé de voler le ke'tain. Elle était plus intéressée par les circonstances de ma visite au temple.

Tout à coup, tout devint clair et je compris la réaction de Bauchan lors de mon rapt, leur empressement soudain. Il savait que l'un de ses hommes s'était trouvé au temple, ce qui voulait dire qu'il savait aussi que je devais avoir vu et entendu par hasard le complot consistant à utiliser de la peau de drakkan afin de franchir les protections du temple. Ils ne pouvaient pas risquer que je partage cette information avec Unseelie, alors ils m'avaient enlevée avant que je puisse parler.

Aibel s'avança et je constatai pour la première fois qu'il tenait quelque chose. Je pensais que c'était un autre dannakin, mais c'était un petit cercle du même métal, incrusté avec des morceaux d'os de drakkan.

Conrad m'attrapa et me traîna en arrière. Du métal froid se resserra autour de mes poignets et il tira mes bras en l'air au-dessus de ma tête pour fixer les menottes à un crochet boulonné dans le mur de pierres. Il prit ma tête et me força à rester immobile pendant qu'Aibel ajustait le petit cercle autour de moi.

— Un dannakin traditionnel n'a pas marché sur vous, alors nous devons utiliser une autre technique.

La reine Anwyn s'approcha à moins d'un mètre de moi.

— Mes gens ont essayé de créer une version plus efficace qui, dit-on, rend l'ancien dannakin presque agréable. Un essai et vous me supplierez de me dire ce que je veux savoir. N'hésitez pas à crier. Personne ne vous entendra là-haut.

Les deux gardes s'éloignèrent.

— C'est prêt, lui dit Aibel.

Elle se tapota le menton d'un long doigt effilé.

— Bauchan est encore en Unseelie, alors je vais reprendre là où il s'est arrêté. Commençons avec la dernière question qu'il vous a posée. Comment avez-vous survécu à votre transformation ?

Je serrai les lèvres et agrippai la chaîne entre mes menottes. *Ce n'est que de la douleur*, me répétai-je sans relâche alors que la bande métallique autour de ma tête devenait plus chaude. *Tu es forte, Jesse. Tu peux en venir à...*

Un cri s'arracha de moi lorsque les flammes s'engouffrèrent dans ma tête. Je me débattis dans d'atroces souffrances tandis que ma peau se couvrait de cloques et que mes cheveux se desséchaient. L'odeur de chair et de cheveux brûlés m'emplit les narines et la gorge jusqu'à ce que je ne puisse plus respirer.

Je t'en prie, Aedhna, suppliai-je en silence, mes lèvres carbonisées incapables de former des mots.

Sa main froide toucha mon front et le feu diminua comme la dernière fois. La douleur était encore présente, mais tolérable, et je pouvais à nouveau faire entrer de l'air dans mes poumons.

Aussi vite que cela avait commencé, le feu disparut. Des larmes se déversaient sur mes joues. Mes bras faisaient mal à cause de la pression, mais je ne pouvais pas rassembler la force nécessaire pour me tenir droite et les soulager.

Une main prit mon menton et me leva la tête. C'était la reine. Elle semblait tout aussi en colère que curieuse, me dévisageant avant de laisser ma tête tomber en avant.

— Fascinant. C'est tout à fait impressionnant.

Elle tapa du pied.

— Je devrais vous dire que ça ne fait qu'empirer à chaque utilisation. Vous feriez mieux de répondre à mes questions maintenant, et vous épargner la douleur. Vous finirez par vous briser et j'obtiendrai ce que je veux. C'est toujours le cas.

Je sus à ce moment que je ne repartirais pas d'ici en vie. Même si je lui donnais ce qu'elle voulait, elle ne pouvait pas me laisser partir après m'avoir kidnappée et torturée. Pire encore, elle pourrait trouver un moyen de m'utiliser, moi et ma pierre de la déesse, contre les personnes que j'aimais. Je n'avais pas connaissance de son but ultime, mais je mourrais avant de lui donner ce genre de pouvoir.

Il me fallut un effort surhumain pour lever la tête et plusieurs essais pour prononcer :

— Vous ne pouvez pas me briser.

J'eus la satisfaction passagère de voir le calme de la reine Anwyn s'estomper.

— Essayons encore.

Après quoi, je ne connus rien d'autre que la douleur.

Mon tremblement me réveilla. J'ouvris des yeux enflés et secs dans les ténèbres, étirant avec soin mon corps rigide de sa position fœtale sur le sol froid. Tout me faisait mal, ma gorge était si sensible que je pouvais à peine avaler.

Je réussis enfin à me mettre sur le dos. Haletant, je me reposai tout en dressant le bilan : mes vêtements étaient trempés de sueur et collaient à ma peau, et l'odeur âcre de l'urine me faisait empester.

Je claquais des dents. La pièce était si froide que j'étais sûre de deviner la brume de mon souffle. Je me forçai à me mettre à quatre pattes et cherchai le grabat sur lequel je m'étais réveillée. Mes doigts effleurèrent alors un textile rugueux et je tombai sur le maigre matelas. Il ne me protégeait pas de la brise froide soufflant des fenêtres, mais au moins, c'était une barrière entre moi et le sol glacé.

Je me recroquevillai et m'occupai en pensant à Lukas. Je savais qu'il était quelque part, à me chercher, mais savait-il où orienter ses recherches ? Se ferait-il avoir par les mensonges et croirait-il que j'avais fui seule, ou saurait-il que Seelie était derrière ma disparition ? Et même s'il suspectait Seelie, que pourrait-il faire sans preuve de leur implication ? Ne s'en étaient-ils pas tirés avec le vol du ke'tain pour cette même raison ?

Mon esprit alla vers des pensées bien moins agréables et je lâchai un gémissement involontaire lorsque les souvenirs m'assaillirent. J'ignore combien de temps la reine Anwyn et ses hommes avaient utilisé le dannakin sur moi, mais c'était la main froide d'Aedhna qui m'avait empêchée de devenir folle de douleur. Ce que je ne comprenais pas, c'était pourquoi Aedhna avait permis que cela m'arrive alors qu'une apparition d'elle aurait tout arrêté. Était-ce une sorte de test pour voir s'ils me briseraient ?

Ils ne l'avaient pas fait. Je n'oublierais jamais la colère sur le visage de la reine lorsqu'elle s'était figuré que, peu importe la douleur, jamais je ne révélerais mes secrets. Elle m'avait crié dessus, crachant des postillons et menaçant de détruire tout ce qui m'était cher. Même ses deux gardes l'avaient prise pour folle.

En dépit de ma gêne, je dormis à nouveau. Quand j'ouvris les yeux, le contour vague du ciel était visible par les fenêtres. Je restai à ma place, misérable et glacée, pendant que le jour se levait et que la lumière du matin emplissait petit à petit la pièce.

Ce ne fut qu'en entendant le frottement de la porte que je me retournai pour voir qui était entré dans ma prison. Je m'attendais à voir la reine et ses gardes, mais c'était une brune vêtue d'une robe quelconque comme celles que portaient les elfes en Unseelie. Elle s'arrêta en croisant mon regard et le garde qui l'accompagnait lui rentra dans le dos.

— Je vous ai apporté des vêtements propres.

— Merci, dis-je d'une voix rauque, suivie par une toux brûlante.

Ma gorge donnait l'impression que je m'étais gargarisée avec du verre brisé.

Elle s'enfuit sans un mot. Le garde la suivit et la porte se referma avec un puissant claquement.

J'étais ravie qu'ils me laissent me changer sans témoin. Mon corps me faisait encore mal, mais j'étais capable de me déshabiller sans grandes difficultés. L'air dans la pièce était plus chaud et c'était un petit soulagement de ne plus trembler comme une feuille.

Bauchan entra peu après avec une paire de menottes à la main. La reine Anwyn avait pris plaisir à me dire combien son responsable de la sécurité était doué pour faire parler les gens, et que c'était dommage qu'il ait dû rester en Unseelie pour maintenir les apparences.

— Tends les bras et ne tente rien, ordonna-t-il.

Que pensait-il que j'allais faire ? Je n'avais aucune arme et à peine assez de force pour ne pas chanceler.

Il me menotta. En m'empoignant, il m'accompagna hors de la pièce et me fit descendre l'escalier en colimaçon. Nous quittâmes la tour et naviguâmes dans un labyrinthe de couloirs qui, pour moi, se ressemblaient tous. Chacun avait un sol blanc qui s'apparentait à du marbre, des murs blancs et des portes en bois. De temps à autre, nous passions près d'une petite table sur laquelle était posé un vase de fleurs blanches. La seule couleur me venait des rares aperçus du ciel et des arbres par les fenêtres.

Nous nous arrêtâmes devant une double porte avec un garde de chaque côté. Bauchan ne les gratifia pas même d'un regard. Derrière s'ouvrait un grand salon principalement peint en blanc, avec des soupçons de couleurs sur les tapisseries aux murs et sur les tapis. De grandes fenêtres offraient une vue panoramique sur la rivière et au-delà.

La pièce dégageait une atmosphère féminine et je n'eus pas à attendre longtemps pour en voir la propriétaire. La reine Anwyn entra, habillée d'une longue robe bleue traînant au sol et d'un petit diadème incrusté de bijoux qui captait la lumière tandis qu'elle se déplaçait. Contrairement à moi, elle avait l'air bien reposée, fraîche, et son visage brillait presque de vitalité et de beauté.

Elle me vit et sourit comme si elle n'avait pas passé des heures à me torturer hier.

— Jesse, quelle merveille ! N'importe qui d'autre aurait perdu son âme après un tel interrogatoire, et pourtant te voilà.

Je ne répondis pas. Si cela l'agaça, elle n'en laissa rien paraître. Elle s'allongea sur un fauteuil inclinable et fit signe à Bauchan, qui me força à m'asseoir en face d'elle. Il resta derrière moi, hors de ma vue, mais assez proche pour que je ressente sa présence menaçante.

— Bauchan m'a annoncé la nouvelle : le roi Oseron croit que tu te caches quelque part dans le royaume des humains. Le prince Vaerik et sa garde y vont aujourd'hui pour te chercher.

La reine Anwyn marqua une pause pour que cette information fasse son effet.

— Personne ne viendra te sauver. Plus vite tu accepteras cela, plus vite nous passerons à des choses plus importantes.

— Comme le fait que vous allez voler le ke'tain ?

Elle en avait dit suffisamment durant ma session de torture pour lever toutes ambiguïtés sur la raison de ma présence ici. Si je devais en subir davantage, j'étais déterminée à obtenir des réponses aux questions qui m'avaient tourmentée durant des mois. Tout le monde dans le royaume des faës devait savoir ou soupçonnait maintenant qu'elle était derrière ce vol, mais personne n'avait de preuves pour l'accuser.

La reine Anwyn ne prit pas la peine de le nier.

— Oui.

— Pourquoi ? Vous avez vu ce qui s'est passé lorsque le ke'tain a été volé dans le royaume des faës. Pourquoi voudriez-vous faire cela à votre monde ?

Elle eut un rictus.

— Je n'ai jamais eu l'intention de faire du mal à mon monde. J'ai pris le ke'tain pour sauver le royaume des faës.

— Ça n'a aucun sens. Vous deviez savoir que retirer quelque chose de si puissant du royaume des faës bouleverserait l'équilibre de la magie entre les deux mondes.

— Bien sûr que je le savais, rétorqua-t-elle sèchement. Le ke'tain n'était censé être dans le royaume des humains qu'assez longtemps pour provoquer une légère instabilité. Puis mes hommes l'auraient récupéré et remis à sa place. Notre erreur a été d'inclure des humains dans notre plan. Nous ne le referons pas.

— Je ne comprends pas, dis-je, plus troublée que jamais.

— Mes hommes ont apporté le ke'tain à un humain connu pour vendre des objets faës de valeur. Sa mission était de le garder en sécurité jusqu'au rachat par l'humain dénommé Davian, qui devait me le rendre ensuite.

Elle souffla avec agacement.

— Ça aurait fonctionné si le premier humain n'avait pas perdu le ke'tain.

— Je sais tout cela. Ce que je ne comprends pas, c'est pourquoi vous vouliez rendre la barrière instable.

Elle prit un air renfrogné, et pendant un moment, je crus qu'elle n'allait pas me répondre. Ses actions avaient causé tant de mal, et des gens étaient morts. J'avais failli mourir, moi aussi, et je méritais de comprendre pourquoi.

— Je n'ai jamais saisi la fascination des faës pour votre monde. Il est sale, contaminé, et les humains sont fragiles et sujets aux maladies. Après la naissance de mon fils, je savais que le seul moyen de le protéger, lui et son avenir, était de couper tout contact avec votre monde. J'ai averti Oseron que cette saleté pourrait un jour s'étendre à notre cour, mais il a balayé mes inquiétudes. Je ne peux pas sceller la barrière seule, et Unseelie a refusé de le faire. Lorsque Rhys est venu me voir en disant qu'il voulait explorer le monde des humains, j'ai su que je devais prendre les choses en main. J'ai fait voler le ke'tain du royaume des faës pour montrer à quel point l'équilibre de la magie était fragile et prouver que le royaume n'est pas en sécurité tant que la barrière serait ouverte. Je ferai n'importe quoi pour protéger mon fils et mon monde.

Vous voulez dire mon frère, faillis-je crier. N'importe qui d'autre aurait pu croire son numéro de mère aimante et de monarque altruiste, mais je savais ce qu'elle était. Les pièces manquantes s'assemblèrent dans mon esprit : elle voulait forcer Unseelie à fermer la barrière, mais pas pour le bien du royaume des faës.

Vingt ans plus tôt, elle avait pris un enfant humain, l'avait secrètement transformé en faë et l'avait fait passer pour son fils et héritier. Lorsqu'il avait annoncé qu'il se rendait dans le monde des humains, elle avait compris qu'il y avait un risque, même minime, que quelqu'un découvre sa vraie identité. Il ne fallait surtout pas que cela se sache.

Ce que je ne comprenais toujours pas, c'était *pourquoi* elle avait enlevé mon frère. Elle ne cachait pas son dégoût envers les humains. Pourquoi en transformerait-elle un et l'élèverait-elle comme son propre enfant ? Quelle information me manquait ?

— Cela nous mène à notre dilemme actuel. Après tout ce qui s'est passé, Unseelie est toujours sceptique quant au fait que nous devrions fermer la barrière. Et maintenant, ils insistent pour qu'elle guérisse plus vite que prévu.

La reine Anwyn me tenait apparemment pour responsable.

— La seule façon de leur faire changer d'avis et de voler le ke'tain, c'est de leur forcer la main.

— Vous ne pouvez pas faire ça.

J'essayai de me lever, mais la main de Bauchan appuya sur mon épaule, me pressant instamment de me rasseoir.

— Vous ne voyez pas ce qui se passera si vous l'emportez de nouveau hors du royaume des faës ?

Je pensai à tout ce que j'avais fait pour restaurer le pouvoir du ke'tain. Il avait extrait de l'énergie des autres ke'tains et je ne savais pas s'il leur restait suffisamment de pouvoir pour recommencer si vite sans trop s'affaiblir.

Elle me dévisagea comme une simple d'esprit.

— Le ke'tain restera dans notre monde. Je n'ai pas besoin de changer l'équilibre de la magie cette fois, car ils ont déjà conscience de ce qui pourrait arriver. Leur peur les poussera à faire ce qui doit être fait.

— Ils ne fermeront pas la barrière s'ils pensent que le ke'tain a été emmené hors du royaume des faës, déduisis-je.

Elle hocha la tête, visiblement fière d'elle.

— C'est pourquoi on le retrouvera avec le voleur. Nous avions prévu de choisir quelqu'un d'Unseelie au hasard et de le faire passer pour le vrai coupable. C'était jusqu'à ta capture opportune dans le temple. Ta mystérieuse capacité à passer les protections du temple et ton refus de l'expliquer fait de toi la suspecte idéale. Ajoute à cela ton évasion des cellules et personne ne croira que tu es innocente. Je n'aurais pas pu mieux l'organiser moi-même.

Un goût amer emplit ma bouche : elle avait raison. Cela n'avait pas d'importance que Lukas me croie ou qu'il parle à son père de ma pierre de la déesse. Les preuves contre moi étaient accablantes. De toute manière, j'étais fichue, car alors, je serais morte. Il était impossible que la reine Anwyn me laisse quitter Seelie en ayant connaissance de ce que je savais.

— C'est pour ça que vous m'avez amenée dans vos quartiers ? Vous vouliez me parler de vos intentions et fêter votre victoire ?

— Je ne fête aucune victoire.

Vexée, elle se leva pour me regarder de haut.

— Je t'ai dit tout ça pour que tu saches que tu n'as rien à gagner en refusant de coopérer avec moi. Que ça se passe aujourd'hui ou dans une semaine, j'aurai le ke'tain en main. La façon dont tu passeras tes derniers jours dépend *entièrement* de ta coopération.

Elle adressa un sourire au responsable de la sécurité derrière moi.

— Bauchan a des moyens très créatifs pour obtenir des informations. Si tu souhaites mourir avec toutes les parties de ton corps intactes, tu vas me dire ce que je veux savoir.

Le froid m'envahit. C'était une chose d'endurer le dannakin qui ne provoquait pas de vrais dégâts physiques. Cependant, je n'allais pas résister contre le genre de torture dont elle parlait.

Une porte s'ouvrit à la volée sur le côté droit de la pièce. Je poussai un cri de surprise lorsque le prince Rhys entra.

— Mère, je sais que vous m'avez demandé de rester à la montagne, mais je…

Le prince s'arrêta si rapidement qu'il faillit trébucher. Son regard étonné rencontra le mien, puis celui de Bauchan et enfin la reine.

— Mère, que se passe-t-il ? Pourquoi Jesse est-elle ici ?

Ses narines se dilatèrent à la vue de mes menottes.

— Qu'est-ce qui se passe ?

La reine Anwyn se déplaça avec une vitesse surprenante.

— Rhys, pourquoi es-tu rentré ?

— Je pense que ma question est plus importante, non ?

Il me montra du doigt et exigea :

— Pourquoi est-ce que tu as menotté Jesse ?

— Je ne voulais pas que tu voies ça. Je sais que tu apprécies Jesse et je voulais te protéger.

— Me protéger de quoi ?

— Viens t'asseoir.

Elle lui prit la main et le guida pour s'asseoir à côté d'elle sur le fauteuil.

— Bauchan et le responsable de la sécurité d'Unseelie ont été convoqués au temple, il y a deux jours. Ils ont surpris Jesse en train d'essayer de voler le ke'tain.

— Ce n'est pas vrai, me défendis-je tout en combattant la poigne douloureuse sur mon épaule.

La reine Anwyn continua comme si je n'avais pas pris la parole.

— Elle a été emmenée en Unseelie et interrogée, mais elle a refusé de parler. J'ai appris qu'elle allait être libérée, parce que c'est l'amante du prince Vaerik. Je ne peux tolérer une telle injustice.

Rhys avait l'air abasourdi.

— Vous l'avez kidnappée ?

Il était incrédule.

— Mère, mais à quoi pensez-vous ? Vous devez la renvoyer.

Une petite lueur d'espoir naquit dans ma poitrine. Elle l'avait éloigné pour qu'il ne sache pas ce qu'elle prévoyait. Maintenant, pouvait-il réellement intervenir et m'aider ?

— J'ai fait ce qui était bon pour Seelie et le royaume des faës, répondit-elle comme si elle parlait à un enfant. Lorsque tu seras roi, tu comprendras les décisions difficiles que nous devons prendre pour le bien de notre peuple.

J'ignore qui fut le plus surpris lorsqu'il rétorqua :

— Je ne crois pas que commencer une guerre avec Unseelie soit bon pour notre peuple.

D'après son expression, il était évident qu'elle n'avait pas l'habitude qu'il la défie. Il lui fallut plusieurs secondes pour se ressaisir.

Avec un rire condescendant, elle répondit :

— La guerre ? Ce n'est pas comme si nous avions volé la consort ! Et elle leur sera restituée après que nous l'aurons interrogée.

Rhys ne paraissait pas convaincu.

— Vous auriez pu faire ça en Unseelie. Vous n'aviez pas à l'amener ici.

— J'ai essayé de l'interroger, mais Korrigan a permis à son fils de mettre un terme à l'interrogatoire avant qu'elle puisse me répondre, expliqua Bauchan. La sécurité du ke'tain est trop importante pour risquer qu'elle parte avant que nous sachions ce qu'elle prévoyait d'en faire.

— C'est Jesse qui nous a ramené le ke'tain, lui rappela Rhys. Pourquoi est-ce qu'elle voudrait le voler ?

Les doigts de Bauchan s'enfoncèrent dans mes épaules.

— C'est ce que nous aimerions savoir.

Le regard que me jeta Rhys était implorant.

— Jesse ?

— Je ne l'ai pas fait. Je...

— Tu vois ?

La reine Anwyn posa une main sur le bras de Rhys.

— Elle ne veut même pas te dire la vérité. Pourtant, vous êtes amis.

Le coin de sa bouche se releva légèrement sur le dernier mot.

— Quelques jours dans la tour sans boire ni manger la rendront plus disposée à parler.

— Dans la tour ? Sans nourriture ni eau ?

Rhys n'avait pas idée de ce qu'il se passait lors d'un interrogatoire, ni à quel point la reine et ses gardes pouvaient être impitoyables.

Elle lui caressa le bras.

— Je suis désolée que tu doives être ici pour ça, mais il le faut.

— Mais...

— Tu sais que je ferais tout pour Seelie, n'est-ce pas ?

Elle caressa ses cheveux comme le ferait une mère, et une boule de colère se forma dans ma poitrine. Elle n'avait aucun droit de le toucher ainsi. C'était l'une des millions de choses qu'elle avait volées à ma mère – *notre* mère.

Rhys hocha la tête, mais ses yeux étaient encore inquiets lorsqu'il me regarda.

— Tu dois me faire confiance.

La reine Anwyn se leva et il en fit de même. Lui prenant le bras, elle le guida jusqu'à la porte.

— Ne t'inquiète pas pour Jesse. Je te promets que quand tout sera terminé, elle retournera en Unseelie.

Elle baissa la voix et lui dit quelque chose que je ne pus entendre. Puis elle le fit sortir de la pièce et ferma la porte pour le couper dans son élan.

— Bayard était censé le garder éloigné jusqu'à ce que je le fasse revenir, dit-elle fermement.

Bauchan allégea sa poigne sur mon épaule.

— Les gardes de Rhys sont aussi loyaux envers lui que les vôtres le sont envers vous. Ils ne s'opposeront pas à lui s'il veut faire quelque chose, à moins qu'il ne mette sa vie en danger.

Visiblement, cette discussion avait déjà eu lieu et la reine n'en était pas ravie.

Elle se dirigea vers une petite table et se servit un verre de jus.

— Ça complique les choses, mais nous procéderons comme prévu. Ramenez-la à la tour pour le moment.

Bauchan prit la chaîne entre mes poignets. Il me tira vers la porte comme si j'étais un chien en laisse. Je devais m'estimer heureuse que la chaîne soit à mes mains et non pas autour de mon cou. Il prendrait très sûrement un malin plaisir à me guider dans le palais de cette manière.

— Jesse ! m'apostropha la reine Anwyn.

Son sourire n'était qu'un rictus cruel.

— Tu as un sursis pendant que je m'occupe de cette affaire. Tu devrais utiliser ce temps pour réfléchir, savoir si tu souhaites ou non coopérer. Sinon, Bauchan obtiendra ce que nous voulons de toi. Le choix devrait être facile.

Comme je ne répondais pas, elle pinça les lèvres et regarda Bauchan.

— Qu'Aibel lui refasse goûter au dannakin. Il ne faudrait pas que notre invitée se sente trop à l'aise.

Je me roulai en boule sur le grabat qui empestait la sueur et l'urine. Le soleil s'était couché depuis moins d'une heure et il gelait déjà. La nuit s'annonçait affreuse et longue.

Mes dents claquaient si fort que c'en était douloureux. J'arrachai la pierre de la déesse de mes cheveux. Elle m'avait aidée à créer de puissants charmes. Je devrais être capable de l'utiliser pour éviter de mourir de froid.

J'imaginai une bulle chaude autour de moi comme je l'avais fait pour le charme. La pierre chauffa puis... rien. Quoi que je fasse, rien ne se produisait.

Je me laissai tomber sur le grabat, vaincue. Soit la pierre ne fonctionnait pas ici pour une raison quelconque, soit j'étais trop faible à cause des deux heures que j'avais endurées plus tôt avec le dannakin. Au moins, j'avais évité l'humiliation de me faire dessus.

Mon ventre gronda péniblement, ajoutant à mon mal-être. Je ne me rappelais pas à quand remontait mon dernier repas, et je n'arrivais pas à savoir si ma faiblesse était due à la faim ou au froid. Je pinçai mes lèvres craquelées et essayai d'avaler, mais ma bouche et ma gorge étaient trop sèches. Je ne savais pas ce qui était pire : ressentir le froid glacial ou la soif extrême.

J'étais si absorbée par mon sort que je n'entendis pas la porte s'ouvrir.

— Jesse !

La voix de Rhys était plus rude que je ne l'avais jamais entendue.

Je vis du mouvement, puis un cristal *laevik* remplit la pièce de lumière. Je me protégeai les yeux, car j'étais restée dans le noir complet pendant des heures. Il me fallut un moment pour me rendre compte qu'il n'était pas seul. Bayard avait dû entrer avant lui, et un autre de ses gardes les suivait.

— Rhys... dis-je d'une voix rauque qui partit en quinte de toux qui me brûla la gorge.

— De l'eau, ordonna-t-il vivement.

Quelques secondes plus tard, une gourde toucha mes lèvres et je bus comme si je m'étais perdue dans le désert. L'eau descendit dans mon ventre vide et je la vomis tout de suite. Elle trempa les jambes du pantalon de Rhys, agenouillé à côté de moi, mais il ne s'en soucia pas. Sa main effleura ma joue et il poussa un juron.

— Kaelen, va chercher des couvertures et un grabat propres, dit-il, posant le dos de sa main chaude contre ma joue glacée.

— La reine ne sera pas contente si nous touchons à sa prisonnière, le prévint son garde.

Rhys regarda par-dessus son épaule.

— Je vais m'occuper de ma mère.

La colère teintait sa voix lorsqu'il me regarda de nouveau.

— Ils t'ont mise ici sans chauffage ni couverture. Même les tarrans en ont une, par les nuits froides.

Bayard vint se camper derrière le prince. Il arborait son expression sévère habituelle, mais pour la première fois, elle n'était pas dirigée à mon encontre. J'hallucinais sûrement à cause de la faim et du froid.

— Oh, Jesse, comment tu en es arrivée là ? demanda Rhys à voix basse.

J'avais l'impression que ça faisait une éternité que je n'avais pas entendu de voix amicale dans cet horrible endroit et une larme déborda de mes yeux pour couler sur sa main. Il l'essuya avec tendresse et murmura :

— Ça ira.

Kaelen n'était pas parti longtemps et revint avec un nouveau grabat et plusieurs couvertures laineuses et douces. Rhys me souleva et m'assit sur la nouvelle couche, tandis que Kaelen enveloppait les couvertures autour de moi.

— M... merci, dis-je en claquant des dents, sentant déjà mon corps se réchauffer sous les épaisses couvertures.

Rhys me tendit la gourde d'eau et je la pris entre mes mains tremblantes. Je bus à petites gorgées, laissant l'eau apaiser ma gorge et étancher ma soif.

— Tiens.

Bayard me prit la gourde d'eau et mit quelque chose d'autre dans mes mains menottées. C'était chaud, emballé dans un tissu, et je voulus pleurer en découvrant une tourte à la viande.

— Mange-la doucement, me conseilla-t-il lorsque je commençai à en prendre une grande bouchée.

Me rappelant avoir vomi en buvant trop vite, je pris une petite bouchée, que je mâchai soigneusement avant de l'avaler. Mon ventre vide gargouilla si fort que l'on aurait dit qu'un animal sauvage se cachait sous les couvertures avec moi.

— C'est mieux ? demanda Rhys lorsque mon ventre se tut enfin.

Je continuai à manger, m'attendant presque à ce que Bauchan surgisse par la porte à tout moment et me retire la nourriture des mains. J'avais besoin de tout ce que je pouvais ingurgiter pour rester forte en prévision de ce que la reine Anwyn me réservait.

Rhys s'assit à côté de moi. Les gardes affichèrent leur déplaisir, mais ils ne dirent rien.

— Jesse, commença-t-il avec gentillesse. Comment est-ce arrivé ? Peu importe ce que ma mère dit, je ne peux pas croire que tu songerais à voler le ke'tain.

Je m'essuyai la bouche du revers de la main.

— Je ne ferais jamais ça.

— Alors, pourquoi est-ce qu'ils disent que l'on t'a attrapée à essayer de le voler ?

Comme je ne répondais pas, il précisa :

— Je veux t'aider, mais tu dois me croire.

Je levai les yeux vers Bayard et Kaelen et murmurai :

— Seulement toi.

— Non.

Bayard croisa les bras.

— Je ne te laisse pas seul ici, Rhys.

Ce dernier haussa les sourcils.

— Elle est menottée, sans armes et aussi faible qu'un hama nouveau-né. Si je ne suis pas capable de me défendre contre elle, alors toi, mon ami, tu es un très mauvais entraîneur.

Bayard se renfrogna en un éclair.

— Nous serons devant la porte.

J'attendis que la porte soit fermée pour parler. Je n'avais aucun espoir qu'il me sauve de la reine. Il pourrait tenter, mais il n'était pas assez fort pour s'opposer à elle ni à ses gardes. Si je le faisais, c'était parce que je savais que j'allais sûrement mourir ici, et il y avait des choses que je devais lui dire avant qu'il ne soit trop tard.

— On m'a surprise au temple, mais pas en train d'essayer de voler le ke'tain. Je ne peux pas te dire pourquoi j'étais là-bas, seulement que j'essayais d'aider le royaume des faës. Je comprends que ce n'est pas assez pour te convaincre que c'est la vérité, mais c'est tout ce que je peux révéler.

Je m'interrompis pour boire une gorgée d'eau.

— C'est vrai que Bauchan m'a interrogée en Unseelie. Il s'est mis en colère parce que je n'ai pas voulu répondre à toutes ses questions. Mais ce n'est pas pour ça qu'il a organisé mon enlèvement.

Rhys m'écoutait attentivement.

— Pourquoi, alors ?

J'hésitai un instant et me lançai :

— Il l'a fait parce que, lorsque j'étais au temple, j'ai entendu par hasard l'un des gardes de la reine parler à quelqu'un de la manière de franchir les protections pour voler le ke'tain. Ils devaient me faire sortir d'Unseelie avant que je dise à quelqu'un ce que je savais. Deux gardes de la reine se sont faufilés dans ma cellule et m'ont emmenée. Ils ont fait croire que je m'étais enfuie et que j'avais emprunté un portail pour aller dans mon monde.

Rhys inspira vivement.

— Bauchan veut voler le ke'tain ? Je dois le dire à ma mère.

Il commença à se lever, mais je lui pris la manche pour l'arrêter.

— La reine est au courant. Bauchan agit en son nom.

— Non. Tu te trompes.

Rhys secoua la tête.

— Non, dis-je avec fermeté. Elle me l'a dit elle-même. Tout comme elle a admis qu'elle avait fait voler le ke'tain la première fois.

— C'est impossible. Ma mère ne voudrait pas nuire au royaume des faës !

Son exclamation avait alarmé Bayard, qui ouvrit la porte et se pencha à l'intérieur.

— Tout va bien ?

Rhys me surprit en affirmant :

— Oui, oui.

Il se mit à faire les cent pas dans la cellule.

— Dis-moi, pour quelle raison est-ce que la reine de Seelie volerait notre relique la plus sacrée et mettrait en danger notre monde ?

J'entendais le défi dans sa voix, mais dans son regard, je vis aussi une lueur d'incertitude. C'était suffisant pour que je continue. Il pouvait me croire ou non. Qu'avais-je à perdre ?

— Je ne pense pas qu'elle ait l'intention de faire du mal au royaume des faës. Mais ses actes nous ont menés là où nous en sommes. Je le sais depuis longtemps avant ma venue en Seelie.

Il cessa de faire les cent pas et se tourna pour me regarder.

— Comment ?

Impossible de savoir s'il demandait comment la reine avait volé le ke'tain ou comment j'étais au courant depuis tout ce temps. Je ne savais pas non plus s'il était prêt à tout entendre, mais je manquais de temps.

Je tapotai le grabat à côté de moi et il s'assit.

— Tout a commencé quand j'étais en mission dans la maison d'un trafiquant au marché noir où l'Agence avait fait une descente.

Je lui parlai de Lewis Tate, le trafiquant que l'Agence avait suspecté de détenir le ke'tain, et de la manière dont j'avais lié Tate à Davian Woods. Cela conduisit à la fête chez Davian où j'avais vu l'un des gardes de la reine créer un portail et lui parler du ke'tain. Rhys pourrait poser toutes les questions qu'il voudrait lorsque j'aurais fini de raconter mon histoire.

Rhys se tut. Je mentionnai Faris et ce qu'il avait subi après avoir découvert qui avait volé le ke'tain. Les yeux de Rhys s'agrandirent avec horreur lorsque je décrivis Faris enveloppé dans du fer, au sous-sol, et retraçai son récit.

Rhys n'avait pas été dans le monde des humains pendant longtemps, mais comme chaque faë, il savait combien le fer était meurtrier et ce qu'un contact à long terme faisait sur le corps d'un faë. Les hommes de la reine auraient pu tuer Faris, mais ils avaient plutôt choisi de le torturer pendant des mois. Le Rhys au grand cœur luttait pour digérer un tel niveau de brutalité venant de personnes qu'il connaissait.

Je poursuivis mon histoire, lui parlant de Gus qui avait gardé le ke'tain en lui depuis tout ce temps. Je lui racontai comment les hommes de Davian m'avaient kidnappée avec Conlan, puis que l'homme m'avait parlé de son marché avec la reine Anwyn. Après, l'un de ses sbires m'avait tiré dessus durant notre fuite, et je serais morte si Lukas et ses hommes n'avaient pas tenté la transformation.

— Ce que je n'ai jamais pu comprendre, c'est pourquoi la reine voudrait retirer le ke'tain du royaume des faës, dis-je presque à moi-même. Aujourd'hui, j'ai eu ma réponse. Elle m'a dit qu'elle l'avait fait pour perturber l'équilibre de la magie juste assez pour montrer à tout le monde à quel point c'était dangereux de maintenir la barrière ouverte. Elle voulait l'utiliser pour convaincre Unseelie de la sceller pour de bon. Cependant, le ke'tain a été perdu et les choses ont dérapé.

Rhys donnait l'impression que je lui avais donné un coup de poing dans le ventre.

— Toute ma vie, ma mère a parlé de sceller la barrière. Parfois, je sentais qu'elle voulait y faire quelque chose, mais je ne pensais pas qu'elle irait aussi loin.

— Elle va essayer à nouveau. Cette fois, elle ne va pas emmener le ke'tain hors du royaume des faës, mais elle va l'utiliser pour forcer la main à Unseelie.

Je marquai une pause.

— Et elle compte faire croire que c'est moi qui l'ai volé.

— Comment a-t-elle pu ? Elle doit savoir que tu leur diras la vérité à son sujet et...

Il me regarda pendant quelques secondes, puis il secoua la tête avec énergie.

— Non. Elle est peut-être coupable de ces autres choses, mais ma mère ne se résoudrait jamais à tuer un innocent. Je ne peux pas croire cela d'elle.

Mon ventre se nouait chaque fois qu'il appelait la reine Anwyn sa mère. Sa vraie mère – *notre* mère – était une femme très protectrice, aimante, forte et courageuse qui avait été arrachée à son fils par ce monstre.

Je me plongeai dans ses yeux bleus, identiques à ceux de notre père, et soudain je fus saisie de nostalgie et de chagrin. Je n'entendrais plus jamais le rire de mon père, je ne sentirais plus la sécurité accueillante de ses bras. Ma mère ne se remettrait jamais d'avoir perdu un autre enfant. Ma mort allait détruire notre famille, et la victoire de la reine Anwyn sur nous serait complète.

Je serrai la main de Rhys. Je n'étais peut-être pas capable de changer mon destin, mais je pouvais toujours redonner quelque chose à mes parents avant de mourir.

Mon père et moi avions eu tort. Nous avions pensé que la seule façon de protéger notre famille contre la reine était de garder secrète la vérité au sujet de Caleb. Nous aurions dû raconter notre histoire à quiconque souhaitait l'entendre. La majorité ne nous aurait pas crus, mais cela aurait été le cas de suffisamment de personnes. Si nous l'avions démasquée et que quelque chose nous soit arrivé, les gens auraient alors connu l'identité du responsable. Plus important encore, Rhys l'aurait su.

— Il y a quelque chose d'autre que je dois te dire. Je crois que c'est la vraie raison pour laquelle la reine Anwyn essaie de sceller le royaume des faës du monde humain.

— Je connais sa raison. Elle a parlé de garder notre monde dépourvu des impuretés de l'autre royaume.

— C'est ce qu'elle te dit, à toi et à tout le monde, mais c'est un mensonge, dis-je en accentuant le dernier mot, alors que la colère et la douleur que j'avais accumulées pendant des mois menaçaient de jaillir avec force. Elle veut fermer la barrière pour protéger son secret, pour empêcher les gens de découvrir l'horrible chose qu'elle a faite.

— Jesse, je crains que le stress de ton emprisonnement affecte ton esprit. Je pense que je devrais appeler un guérisseur.

Il essaya de retirer sa main de la mienne, mais je refusai de le laisser partir.

— Je n'ai pas besoin d'un guérisseur. J'ai besoin que tu écoutes ce que j'ai à te dire.

Il soupira

— D'accord. Quelle est cette horrible chose que ma mère a faite et comment en es-tu informée ?

Je pris une grande inspiration.

— Je suis au courant, parce qu'elle l'a faite à ma famille.

Mon interlocuteur blêmit et souffla à voix basse :

— Qu'est-ce qu'elle a fait ?

— Il y a vingt ans, la reine Anwyn a volé quelque chose de précieux à mes parents, et cela a failli les détruire. Ils ne s'en sont jamais remis.

La main de Rhys se contracta dans la mienne.

— Il y a vingt ans ? C'est l'année de ma naissance.

— Je sais.

— Qu'est-ce qu'elle leur a pris ?

— Mon frère.

21

RHYS S'ÉLOIGNA de moi si rapidement qu'il tomba à la renverse. Il s'empressa de se relever et baissa les yeux vers moi, des paroles de rejet se formant déjà sur ses lèvres. Ses yeux, cependant, exprimaient une émotion différente. Il savait... Peut-être inconsciemment, une partie de lui *savait* la vérité.

— Le nom de mon frère est Caleb, continuai-je comme si rien ne s'était passé. Il avait deux mois lorsqu'il est mort tout à coup, dans son berceau. Enfin, c'est ce que tout le monde a cru, sauf notre mère. Elle a essayé d'expliquer aux gens que le bébé mort n'était pas le sien, mais ils l'ont ignorée, mettant ses paroles sur le compte du deuil. Je suis née plus tard, alors je n'ai jamais connu Caleb. Chaque fois que maman et papa parlaient de lui, ils étaient tristes et j'essayais de ne pas souvent l'évoquer.

— Tu étais malheureuse ? demanda Rhys.

— Non.

Je reniflai doucement.

— J'ai eu une vie très heureuse, mais par moments, je pouvais voir leur douleur. Je pense que l'anniversaire de Caleb était le plus dur pour eux. Nous allons au cimetière chaque année sur sa tombe le jour de son anniversaire.

Rhys revint pour me rejoindre sur le grabat.

— Mes condoléances, je suis désolé pour la douleur que ta famille a éprouvée. Mais rien de ce que tu as dit n'implique ma mère ni ne prouve ce que tu avances au sujet de notre filiation.

— J'y viens... Tu te souviens quand ces photos de toi ont été divulguées, quelques semaines avant tes débuts ?

— Oui.

— Le photographe qui les a prises est un ami de ma famille. Tu l'as rencontré le soir où les paparazzi m'ont acculée au *Navi*. Il a montré les photos à mes parents qui n'avaient jamais vu le prince de Seelie. Ma mère t'a reconnu en premier. Tu as des cheveux blonds et non pas roux comme ceux de Caleb, mais tu ressembles tellement à mon père au même âge que ça ne peut pas être une coïncidence. Mes parents ont appris que tu étais au *Ralston*, alors ils y sont allés pour te voir en personne.

— Je ne les ai jamais vus, protesta Rhys d'une petite voix.

— Certains des gardes de la reine étaient avec toi et ils ont atteint mes parents avant que vous ne puissiez vous voir.

— Je me souviens de cette nuit-là. Ma mère... elle avait insisté pour qu'Aibel et Conrad viennent avec nous lors de notre premier voyage. Il y a eu un vacarme en dehors de la pièce où nous faisions une séance photo et ils m'ont dit qu'ils s'étaient occupés d'une faille dans la sécurité. Ils m'ont fait retourner au royaume des faës tout de suite après.

Je laissai échapper un rire amer.

— Oui, ils s'en sont *occupés*. L'un d'entre eux a dit à mes parents qu'ils auraient dû les tuer il y a vingt ans quand ils t'ont kidnappé. Puis ils ont appelé un trafiquant de goren pour faire leur sale boulot et se débarrasser de mes parents. Heureusement que quelqu'un d'autre a répondu au téléphone, gardant en vie ma mère et mon père et les cachant en les droguant avec du goren. Mes parents ont dû passer des mois en désintoxication quand je les ai retrouvés, mais au moins, ils étaient en vie.

— Ça ne peut pas être vrai.

Rhys se passa les mains dans les cheveux. Était-il en colère ou effaré ? Il bougea tout à coup pour mettre ses mains sur mes épaules.

— Pourquoi tu ne me l'as pas dit ? Tes parents n'ont jamais essayé de me voir après ça. J'ai rencontré ton père et il n'a rien dit.

Sa réaction me fit de la peine.

— Au début, ils ne se souvenaient pas de ce qu'il s'était passé à cause du goren. Quand ils ont retrouvé la mémoire, nous avons eu trop peur de ce que la reine Anwyn ferait si elle l'apprenait. Tu ignores ce que ça leur fait de savoir que tu es en vie et de ne pas être capable de te le dire. Maman a failli faire une rechute quand elle s'en est souvenu.

— Pourquoi tu me dis ça maintenant ? Tu n'as plus peur de ce que ma mère ferait ?

— Je suis terrifiée, admis-je. Mais je voulais te le dire au cas où... quelque chose m'arriverait. Tu mérites de savoir que tu as toute une famille quelque part qui t'aime. Lukas... Vaerik les a cachés pour le moment. J'espère que tu pourras l'aider à les protéger de la reine.

— Le prince Vaerik est au courant pour moi ? demanda Rhys.

— Non.

La culpabilité et la tristesse me firent l'effet d'un couteau en plein cœur, et pendant un instant, je ne parvins plus à respirer. J'avais porté le fardeau du secret de ma famille pendant tout ce temps et ma peur m'avait empêchée de me confier à la seule personne légitime.

— Ma... mère... elle n'a pas toujours été tendre comme les autres mères. Elle m'a bien traité et m'a donné tout ce que je voulais, mais j'ai toujours su que quelque chose manquait.

— Et ton... père ? demandai-je.

Je n'avais jamais vraiment prêté attention au consort de la reine. Était-il aussi au courant ?

— Mon père est quelqu'un de discret. Il fait son devoir de consort. En dehors de ça, mes parents sont rarement ensemble. C'est un père aimant, mais il n'a pas beaucoup contribué à mon éducation.

J'essayai d'imaginer ce que cela avait dû être pour lui de grandir ici, avec un père absent et une mère qui ne lui témoignait pas le type d'amour que j'avais connu. C'était un prince élevé dans le luxe absolu, mais c'était moi qui possédais toutes les richesses.

Je le regardai pendant plusieurs minutes, à me demander ce qui se passait dans son esprit. Lorsque papa m'avait dit que Rhys était Caleb, mon monde avait été ébranlé. Qu'est-ce que ça devait être pour lui de découvrir que toute sa vie était un mensonge, d'apprendre non seulement qu'on l'avait kidnappé dans sa vraie famille, mais qu'il n'appartenait même pas à ce monde ?

D'autres minutes s'écoulèrent et le silence dans la pièce devint trop pesant pour moi. Je m'éclaircis la voix.

— Rhys, ça va ?

— Non. Je ne peux pas croire que ma mère soit capable des choses que tu as dites.

Mon cœur se serra. J'avais espéré qu'il me croirait, mais je ne pouvais pas lui en vouloir de prendre parti pour la seule mère qu'il ait jamais connue. C'était trop lui en demander.

— Depuis notre première rencontre, je me sentais attiré vers toi sans raison. Bayard s'est moqué que je me sois épris d'une belle humaine, mais ce n'était pas ça. Je me sentais d'une certaine manière connecté à toi, et ça s'est renforcé chaque fois que je t'ai vue. Quand j'ai croisé ton père, je l'ai aussi senti avec lui, et je me suis dit que c'était à cause de mon intérêt pour son travail.

Rhys expira par saccades.

— Je ne savais pas. Je ne savais pas.

J'enlevai les couvertures. Je ne pouvais pas lui faire un câlin avec mes poignets menottés, alors je posai mes mains sur sa poitrine.

— Tu n'aurais pas pu le savoir. Mon père ne l'a appris que lorsqu'il a retrouvé la mémoire.

Mon frère m'entoura fermement de ses bras et ce geste brisa en moi une barrière d'émotions. Je pleurai pour lui, notre famille et tout ce que nous avions perdu. Ce ne fut qu'en le sentant trembler que je m'aperçus qu'il pleurait, lui aussi.

— J'ai une sœur, dit-il d'une voix rauque.

Ma poitrine se gonfla d'une joie douce-amère. Nous étions toujours enlacés lorsque la porte s'ouvrit. Bayard était impatient.

— Ce n'est pas le moment pour la bagatelle, Rhys, lui reprocha-t-il. Donan dit que Bauchan viendra la voir dans l'heure.

La réalité de ma situation s'abattit sur moi une fois de plus. Comment avais-je pu oublier, ne serait-ce que pendant une seconde, ce qui m'attendait ?

— Je ne les laisserai pas te faire encore du mal, dit Rhys avec férocité. Nous allons te faire sortir d'ici.

— *Nous ?*

Bayard le fusilla du regard.

— Tu veux que nous aidions une prisonnière de la reine à s'échapper ? C'est de la trahison !

— Ce n'est pas de la trahison si le prince héritier te commande de le faire.

Rhys me lâcha et jeta un regard noir à son responsable de la sécurité.

Il devait rarement lui donner des ordres. Cela se confirma lorsque le garde esquissa un demi-sourire.

— Bien sûr, Votre Altesse. Comment faire sortir votre petite amie du palais ? Elle ne passe pas vraiment inaperçue et Bauchan a renforcé les protections. Nous ne pouvons même pas créer de portail dans le palais.

Rhys réfléchit un instant.

— Nous pouvons l'emmener à la porte, dans l'aile des domestiques, celle qui nous servait à sortir en douce quand on était enfants.

— C'est de l'autre côté du palais. Nous n'y arriverons jamais sans nous faire attraper.

— Peut-être que nous pourrions la cacher, suggéra Kaelen, participant à la conversation. Elle rentrerait dans l'un de ces gros paniers utilisés pour récupérer le linge de lit.

— Nous n'aurions pas du tout l'air suspects à porter un panier à linge, railla Bayard.

Il se tourna vers Rhys.

— Tout ce que nous essaierons sera risqué. Mérite-t-elle d'éviter de s'attirer les foudres de la reine ?

— Oui, répondit Rhys sans hésiter.

— Pourquoi ?

Il posa un bras sur mes épaules.

— Ferme la porte, Kaelen.

Kaelen obéit. Bayard et lui étaient côte à côte et Rhys ne les fit pas attendre longtemps.

— Jesse est ma sœur.

— Quoi ? s'exclamèrent les deux gardes en même temps.

Bayard pointa un doigt accusateur vers moi.

— C'est impossible. Quels mensonges as-tu inventés ?

— Ne lui parle pas comme ça, ordonna Rhys d'une voix dure.

— Tu ne peux pas y croire ! Elle t'utilise.

Bayard lui jeta un regard incrédule.

La vérité devait finir par sortir et nous ferions tout aussi bien de commencer avec les personnes en qui il avait le plus confiance. J'avais besoin de ses alliés si je voulais avoir le moindre espoir de sortir d'ici vivante.

Dix minutes plus tard, Bayard et Kaelen me fixaient comme s'ils ne m'avaient jamais vue avant. Bayard n'était pas totalement convaincu par mon histoire, mais il concéda qu'Aibel et Conrad avaient agi bizarrement ce soir-là au *Ralston*. Quant à Bauchan, il leur avait dit à plusieurs reprises de tenir Rhys éloigné de la famille James. La raison invoquée était que la reine désapprouvait que son fils s'associe avec des chasseurs de primes.

— Vous avez les mêmes yeux, constata Kaelen, me regardant moi, puis Rhys. Comment ai-je fait pour ne jamais le voir ?

Je fis un sourire à Rhys.

— Nous avons les yeux de notre père et les cheveux de notre mère. Les tiens étaient aussi roux que les miens autrefois.

Bayard leva une main.

— Nous devons toujours discuter des circonstances.

— Les gardes de la reine ont kidnappé Caleb et ont mis un bébé mort à sa place. Ils ont charmé le médecin légiste pour le dissimuler. Puis la reine Anwyn est allée en secret dans mon monde et a fait la transformation elle-même.

— Tu oublies un détail important, dit Bayard. La reine Anwyn a accouché d'un fils. Je le sais, car ma mère était présente à la naissance de Rhys. Après que la reine a perdu son premier bébé, tout Seelie a suivi sa seconde grossesse de près.

— La reine a perdu un bébé ? demandai-je, surprise.

— Il est mort à la naissance, quinze ans avant la mienne.

— Ma mère m'a dit que tout Seelie avait fait la fête pendant des jours pour la naissance de Rhys, dit Bayard. Comment est-ce que tu expliques ça ?

Je secouai la tête.

— Je ne le peux pas.

— Nous devons aussi nous souvenir de l'aversion de la reine pour les humains. Elle ne cache pas qu'elle les considère comme faibles et inférieurs. Prendrait-elle l'un des leurs pour le faire passer pour son enfant ? Son héritier ?

— Il a raison, avouai-je, découragée. Vu comme ça, ça semble fou.

— Tu es sûre que je suis ton frère ?

— Sans aucun doute. Si tu pouvais parler à mes parents et voir les photos de mon père lorsqu'il avait ton âge, tu n'aurais pas à me demander ça.

Il hocha la tête d'un air résolu.

— Nous irons voir tes parents. D'abord, nous devons te faire sortir de Seelie.

Mon soulagement était si fort que cela fit trembler mes jambes, et il dut tendre la main pour me maintenir.

Bayard soupira avant de regarder Kaelen.

— Dis à Donan, Ash et Mitah de nous rejoindre en bas de la tour et d'apporter un sac d'armes de la salle d'entraînement.

Kaelen partit et Rhys nous fit un grand sourire.

— Excellent. Personne ne remettra en cause le fait que tu portes un sac d'armes.

Je faillis parler, dire que je pouvais créer un charme pour me cacher, mais je me rappelai ma tentative ratée. Je me mordis la lèvre. Je pouvais me confier à Rhys, mais pouvais-je avouer à Bayard mon secret ? Que ferait-il s'il trouvait que j'avais une pierre de la déesse ? M'aiderait-il encore ou me livrerait-il à la reine ? Si je leur montrais la pierre et que je ne pouvais pas créer de charme, j'aurais tout risqué pour rien.

— Qu'est-ce qu'il y a, Jesse ? demanda Rhys.

Bayard et lui me jetaient des regards interrogateurs.

— Rien. Je pense que le sac est une bonne idée.

— On devrait descendre, maintenant, proposa Bayard. Sortons d'ici avant que Bauchan ne vienne la chercher.

Je montrai mes mains menottées.

— Ce serait possible de les enlever ?

Je l'aurais fait moi-même, mais il n'y avait rien dans la tour que je puisse utiliser pour crocheter la serrure.

— Seul Bauchan possède les clés de ses menottes. Nous allons devoir attendre de nous être évadés pour t'en libérer, déclara Bayard.

Nous quittâmes la pièce, Bayard en tête et Rhys fermant la marche.

Au bout de quelques pas, nous nous heurtâmes à Bauchan. Le responsable de la sécurité de la reine Anwyn parut plus furieux que surpris de nous voir.

— Voilà qui explique pourquoi les gardes que j'ai postés ici sont introuvables, lança-t-il d'une voix furieuse à Bayard. Où pensez-vous aller avec notre prisonnière ?

Rhys me contourna.

— Cette pièce de la tour ne conviendrait même pas pour loger un animal, et il y a assez de pièces plus chaudes dans cette aile où elle peut être détenue. Je l'emmène dans l'une d'elles.

— Je vais vous épargner cette peine. Je suis là pour emmener la prisonnière auprès de la reine, dit Bayard en entrant dans la tour.

Aibel était derrière lui, avec Conrad. La tour semblait tout à coup très petite et exiguë.

Bayard se crispa, mais il n'y avait pas de place ici pour se battre même s'ils n'étaient pas en infériorité numérique.

— Je vais vous accompagner auprès de ma mère, décida Rhys sur un ton impérieux.

— Comme vous voudrez.

Bauchan me prit le bras dans sa poigne d'acier.

— Mais nous allons escorter la prisonnière.

Rhys serra mon épaule et nous suivit. Kaelen et un autre garde de Rhys approchèrent de l'autre côté. Nous étions passés à deux doigts de la réussite ! Si Bauchan était venu quelques minutes plus tard, nous aurions peut-être pu sortir.

Kaelen et l'autre garde étaient inexpressifs, emboîtant le pas à Rhys et Bayard derrière moi. J'étais tout de même rassurée par la présence de Rhys et de ses hommes.

Nous nous arrêtâmes devant les quartiers de la reine, et Bauchan échangea un regard avec Aibel avant d'ouvrir la porte pour me pousser à l'intérieur. Rhys entra derrière nous, mais à mon grand soulagement, les autres gardes de la reine restèrent dehors.

Bauchan m'installa sur la même chaise où je m'étais assise la dernière fois et prit position dans mon dos. Rhys se tenait raide comme un piquet à côté de ma chaise, l'image d'un frère qui veillait. Cela fit fondre quelque peu la glace dans ma poitrine.

La reine Anwyn fit son entrée, mais ses pas gracieux ralentirent lorsqu'elle vit Rhys. Son sourire vacilla.

— Rhys, qu'est-ce que tu fais ici ? Tu sais que je ne veux pas que tu sois impliqué.

— J'ai surpris le prince qui emmenait la prisonnière hors de la tour, Votre Majesté, l'informa Bauchan. Il a dit qu'il l'emmenait dans une autre pièce, mais je crois que sa véritable intention était de l'aider à s'échapper. Bayard était avec lui.

— Rhys, dis-moi que c'est faux.

— Non, répondit-il calmement.

Sa stupéfaction se transforme en masque de colère.

— Tu allais libérer *ma* prisonnière ? Elle a essayé de voler le ke'tain et seule la déesse sait ce qu'elle avait l'intention de faire avec. Tu la relâcherais pour qu'elle puisse essayer de le voler de nouveau ? C'est une traîtresse envers le royaume des faës et de Seelie ! Pourquoi est-ce que tu voudrais me trahir pour elle ?

— Quel frère en ferait moins pour sa sœur ? demanda Rhys sur un ton acerbe qui semblait venir de quelqu'un d'autre.

La reine Anwyn resta bouche bée.

— Sœur ?

Elle tourna ses yeux brillants vers moi.

— Avec quels mensonges dégoûtants as-tu contaminé l'esprit de mon fils ?

— Ce n'est pas votre fils.

Bauchan prit mes cheveux et tira ma tête en arrière si rapidement que je vis trente-six chandelles.

— Tiens ta langue ou je te l'arracherai.

— Lâche-la, exigea Rhys, mais Bauchan ne fit que renforcer sa prise.

J'étais prête à avoir le cuir chevelu arraché.

Rhys se tourna pour faire face à la reine.

— Je sais ce que vous avez fait, mère. Réduire Jesse au silence n'y changera rien.

— Et que penses-tu savoir ?

Sa voix recelait un accent amusé, comme si elle s'adressait à un adolescent jouant l'idiot.

— Je sais que vous avez volé le bébé de Patrick et Caroline James, il y a vingt ans, puis que vous avez essayé de les faire tuer lorsqu'ils ont découvert que j'étais leur fils disparu.

La reine Anwyn s'esclaffa.

— Tu entends à quel point c'est grotesque ? Je t'ai donné naissance, Rhys. Toute la cour a assisté à ma grossesse. Comment peux-tu croire cette traîtresse de sang-mêlé au lieu de moi ? Elle te ment pour que tu l'aides à s'échapper.

— Je ne suis pas aussi crédule, rétorqua-t-il. Je n'arrivais pas à y croire au début, mais plus j'en entendais, plus je savais que c'était vrai. Bayard y croit aussi et il n'a confiance en personne à part ses amis.

— Si j'ai commis ce crime horrible, où sont les preuves ? s'indigna-t-elle faussement.

Bauchan me lâcha et je résistai à la tentation de frotter mon cuir chevelu abîmé.

— Il n'y a pas de preuves. Vos gardes s'en sont occupés. Tout comme ils ont essayé de se débarrasser de mes parents, répondis-je avec tout le dégoût que j'avais contenu en moi pendant des mois.

— Comme c'est pratique que tu n'aies rien pour prouver cette scandaleuse affirmation !

Elle regarda Rhys.

— Tu crois la parole de quelqu'un que tu connais à peine au lieu de ta propre mère ?

Je secouai la tête.

— J'ai bien quelque chose pour le prouver.

Son regard se reporta sur moi d'un coup sec.

— Et de quoi s'agit-il ?

— Rhys. Vous avez changé ses cheveux et son ADN, mais vous n'avez pas pu effacer qui il est. Il ressemble tellement à une version plus jeune de notre père qu'ils pourraient être jumeaux.

Elle agita la main d'un geste dédaigneux.

— Une ressemblance physique ? Si c'est tout ce que tu as, tu n'as rien.

— Si ce n'est rien, pourquoi êtes-vous tout à coup si prête à tout pour sceller la barrière ? demandai-je, satisfaite en voyant que mon changement de sujet l'avait prise au dépourvu. Le visage de Rhys est partout dans mon monde. Vous savez que quelqu'un va finir par voir la ressemblance entre Patrick James et le prince de Seelie. Les gens vont parler et les médias reprendront l'histoire, parce qu'ils adorent les histoires croustillantes sur un membre de la royauté. La seule façon d'empêcher que l'histoire ne ternisse le royaume des faës, c'est de s'assurer que personne ne puisse voyager entre les mondes.

— Quelle imagination débordante. Je vois comment tu as pu convaincre mon fils de croire à cette histoire.

— Ce n'est pas une histoire, déclara résolument Rhys.

Elle soupira lourdement.

— C'est en partie pour ça que je ne voulais pas que tu ailles dans ce monde. Tu es innocent et je m'inquiétais qu'un humain sans scrupules profite de toi. Je t'ai autorisé à y aller, et voilà le résultat.

Elle me montra du doigt.

— Si j'avais su qu'elle essaierait de te monter contre moi, je ne l'aurais jamais amenée dans le palais. La seule chose que je puisse faire à présent, c'est de l'empêcher de faire plus de dégâts.

Elle échangea un rapide coup d'œil avec Bauchan et il s'écarta derrière moi, alla à la porte et l'ouvrit pour faire rentrer Aibel, Conrad et trois autres hommes. C'était toute sa garde personnelle et leur arrivée ne présageait rien de bon pour moi.

Rhys se campa devant moi.

— Je ne te laisserai pas lui faire du mal !

— Tu es encore trop jeune pour comprendre les choses que nous devons faire pour le bien de Seelie, dit la reine Anwyn avec un sourire indulgent. Le temps changera ça, mais pour le moment, j'ai bien peur de devoir te confiner dans tes quartiers.

Rhys la fixait du regard, abasourdi.

— Vous allez m'enfermer ?

Elle répondit sans sourciller :

— C'est pour ton bien. Tu peux difficilement comparer tes quartiers à une cellule.

— Et ma garde ?

— Bayard et le reste de ta garde ont été arrêtés jusqu'à ce qu'ils puissent se montrer loyaux à la couronne, l'informa Bauchan avec férocité.

— Si tu leur as fait du mal...

La reine l'interrompit.

— Ne t'inquiète pas pour tes amis, Rhys. Tu les verras dès que tout sera terminé.

Elle fit un geste vers ses gardes.

— Escortez mon fils jusqu'à ses quartiers et assurez-vous qu'il ne les quitte pas.

— Oui, Votre Majesté, obéit Aibel.

Il inclina la tête et deux de ses gardes vinrent se placer de chaque côté de Rhys.

Ce dernier m'adressa un regard désespéré.

— Je trouverai un moyen de t'aider. Ne perds pas espoir.

Il me tendit sa main et je la pris dans la mienne pendant un instant. Après quoi, on l'emmena.

La reine Anwyn se rua sur moi dès que la porte se ferma derrière eux. Sa gifle fut si forte que ma joue s'engourdit et que mes oreilles résonnèrent.

— J'aurais dû te faire éliminer quand j'ai entendu parler de l'intérêt de mon fils pour toi. Tu ne m'as causé que des ennuis.

Serait-elle aussi courageuse en tête à tête, sans ses gardes pour la protéger ?

— Ce n'est pas votre fils, dis-je, les dents serrées. Vous pouvez arrêter votre comédie. Tout le monde dans cette pièce sait ce que vous avez fait.

Elle me regarda de haut.

— C'est mon fils. Je lui ai donné mon sang. Je lui ai donné l'immortalité et une vie dont peu peuvent rêver. Qu'est-ce que ton humaine de mère aurait pu lui donner à ma place ?

— Un vrai amour maternel.

— C'est un autre défaut humain que je méprise. Vous êtes si sentimentaux !

Elle me tourna le dos et traversa la pièce pour regagner son fauteuil inclinable.

— Pourquoi vous l'avez fait ? demandai-je, mue par un besoin éperdu de savoir pourquoi ma famille avait autant souffert. Pourquoi est-ce que vous avez enlevé mon frère ?

La reine Anwyn s'assit et prit le temps d'arranger sa jupe avant de me répondre. Elle en parla avec autant de détachement que si elle évoquait ce qu'elle avait mangé pour le petit-déjeuner.

— J'avais besoin d'un enfant fort et Aibel en a trouvé un pour moi.

Son apathie me laissa presque sans voix.

— Et l'enfant mort qu'il a laissé dans le berceau ? Il a tué l'enfant de quelqu'un d'autre pour aider à couvrir votre crime ?

Une émotion passa sur son visage, mais elle disparut avant que je ne puisse trouver laquelle.

— Non. Ce bébé était déjà mort.

J'avais la réponse au questionnement de Bayard. Le vrai prince Rhys était mort et elle l'avait échangé avec un autre enfant pour que personne ne le sache.

Des bribes de conversation avec le roi Oseron me revinrent. Il m'avait dit qu'Onagh et Asherah ne pouvaient pas fournir d'héritier fort et ils savaient que quelqu'un défierait Onagh pour le trône. Il avait abdiqué en faveur d'Oseron.

C'était donc cela ! La reine avait eu peur d'un défi si les gens apprenaient que son fils était mort. Elle l'avait dissimulé pour garder son trône. Elle avait pris mon frère Caleb et l'avait remplacé par son fils mort. Il lui avait été assez facile de charmer un bébé faë mort pour le faire ressembler à Caleb. Voilà pourquoi ils avaient détruit sa tombe et le corps à l'intérieur. Si mes parents affirmaient que le prince était leur fils, une exhumation prouverait que l'enfant enterré était un faë qui avait été substitué.

— Je devrais laisser Bauchan découper des parties de votre corps pour avoir provoqué cette querelle avec Rhys, ragea-t-elle. Mais j'ai d'autres projets pour vous qui nécessitent que votre corps soit intact.

Elle savoura ce qu'elle s'apprêtait à me dire.

— Je n'ai plus besoin de savoir comment vous avez franchi les protections du temple. Dans deux jours, j'aurai le ke'tain et vous aurez cessé d'être utile.

Elle tapota son menton du doigt.

— Je pense que je demanderai à Aibel d'aller dans votre monde demain et de rendre une dernière visite à la famille James. Dois-je leur dire bonjour de votre part ?

Le sang tambourinait à mes oreilles. Je ne fis même pas deux pas vers elle que Bauchan m'attrapa. Je n'eus pas le temps de me préparer à recevoir son poing dans le ventre. Je me pliai en deux, le souffle coupé et en proie à des haut-le-cœur. Un coup de poing dans les côtes m'envoya à quatre pattes, où je vomis la tourte à la viande que m'avait donnée Bayard.

Une botte percuta mon épaule et je me recroquevillai, les mains sur la tête. La dernière chose que j'entendis avant que le dernier coup ne vienne fut la voix lasse de la reine Anwyn.

— Essaie de ne pas la tuer, Bauchan. J'ai encore une chose à lui faire faire.

22

———

—L ÈVE-TOI.

Je me réveillai en sursaut avec une douleur aiguë au bas du dos. Réprimant un gémissement, je me roulai sur le dos et poussai la couverture sous laquelle j'étais terrée. Au-dessus de moi se trouvait Bauchan, prêt à m'assener d'autres coups de pied si je ne bougeais pas assez vite. Il aimait s'en prendre aux gens lorsqu'ils étaient à terre – quelque chose que j'avais appris durant les deux derniers jours.

Je titubai, laissant la couverture tomber sur le grabat. Bauchan m'avait rendu visite une fois par jour depuis qu'il m'avait frappée jusqu'à la perte de connaissance devant la reine, deux jours plus tôt. Lors de sa première visite, il avait exigé de savoir où étaient mes parents après qu'Aibel avait signalé qu'ils étaient introuvables. Je n'aurais sûrement pas dû me moquer de lui. Il m'avait fracassé la tête contre la porte à plusieurs reprises et j'avais failli m'évanouir. Lorsque je m'étais écroulée, il m'avait donné deux coups de pied supplémentaires.

Lors de sa seconde visite, il était venu pendant mon sommeil. Une douleur aiguë dans mes côtes m'avait réveillée. J'avais cru que l'on m'avait poignardée jusqu'à ce que la botte ne me frappe de nouveau. Il restait silencieux pendant qu'il me bombardait de coups de pied, encore et encore, et j'étais trop faible pour faire autre chose que le supporter.

Je contractai mon corps pour le premier coup, tournée vers lui. S'il s'attendait à ce que je recule, il allait être déçu. J'avais dépassé le stade de la peur avec lui, et son attitude démontrait qu'il en avait conscience.

Il leva une paire de menottes.

— Ta présence est requise.

Je me tins immobile pendant qu'il fermait les fers autour de mes chevilles. C'était la première fois qu'il me liait les pieds et cela me remplit de crainte. C'était aussi la première fois que je le voyais porter une épée depuis que l'on m'avait emmenée ici.

Nous y voilà. J'aurais menti en disant que je n'avais pas peur, mais j'allais m'y confronter la tête haute. Avant de mourir, je voulais qu'elle sache que toutes ses tentatives pour me briser avaient échoué.

Nous quittâmes la cellule de la tour et Bauchan me tint fermement l'épaule alors que nous descendions les marches. Ce ne serait pas acceptable que je trébuche sur mes fers aux chevilles et me brise la nuque avant que la reine n'obtienne ce qu'elle voulait de moi.

En bas, deux de ses autres gardes attendaient de nous accompagner. Nous prîmes un chemin différent dans le palais et nous arrêtâmes devant une immense double porte, avec deux gardes postés devant. Ces derniers prirent chacun une poignée et ouvrirent les lourds battants.

La salle était aussi vaste qu'une église, avec une grande verrière et une rangée de fenêtres le long de la partie supérieure, des deux côtés. Le sol était en pierres blanches polies, mais les murs et le plafond étaient couverts de peintures murales complexes représentant la vie des anciens monarques de Seelie. Le long de la salle se trouvaient des chaises, la moitié desquelles étaient occupées par les conseillers de la reine et d'autres personnes que je ne reconnaissais pas.

Tout au bout, sur une estrade, reposait un magnifique trône en eyranth avec un dossier qui mesurait au moins trois mètres. Sur le trône était assise la reine de Seelie vêtue d'une robe bleu roi avec une couronne brillante trop lourde pour son cou gracile.

De part et d'autre du trône, il y en avait deux autres, plus petits. Celui sur sa droite, où son consort devrait être assis, était vide. Sur sa gauche se trouvait Rhys, qui me regardait avec une expression de colère et d'impuissance tandis que l'on me guidait dans la salle.

Le silence retomba dans l'assistance, à l'exception du cliquetis de mes menottes aux chevilles contre le sol. Bauchan prit son temps pour m'escorter vers le trône, sans doute pour faire monter le suspense et l'effervescence du public. C'était efficace. Tous les yeux étaient rivés sur moi alors que nous approchions de l'estrade.

Nous nous arrêtâmes à cinq mètres du trône, suffisamment près pour que je voie la lueur d'envie dans les yeux de la reine Anwyn, en contradiction avec son expression majestueuse et sérieuse. Le nœud dans mon ventre se resserra davantage, mais je restai impassible. Je ne lui accorderais pas la satisfaction de voir ma peur.

— Agenouille-toi devant la reine, aboya Bauchan.

Il me poussa avec force et la douleur explosa dans mes genoux lorsqu'ils touchèrent le sol.

Rhys s'agitait sur son trône, comme s'il avait du mal à bouger. Ce fut à ce moment-là que je vis ses bras, attachés aux accoudoirs. Il était tout autant prisonnier que moi. Un rapide coup d'œil des occupants de la salle me dévoila qu'aucun de ses gardes personnels n'était là.

La reine Anwyn s'adressa à l'assemblée :

— Je vous ai tous fait venir ici aujourd'hui, car un crime odieux a été commis contre le royaume des faës.

Des murmures se répandirent dans la salle. Quelques personnes se penchaient en avant pour mieux me voir. J'imaginais à peine quel spectacle je devais donner, dans mes vêtements souillés et mes menottes. Les gens de la cour d'Unseelie s'étaient habitués à mes cheveux roux, mais c'était une bizarrerie ici, ce qui me donnait encore plus l'air d'une étrangère.

— Il y a cinq jours, la prisonnière Jesse James a été appréhendée au temple de la déesse en train d'essayer de voler le ke'tain.

La reine marqua une pause théâtrale alors que les murmures se changeaient en clameurs de surprise.

— Elle a été emmenée en Unseelie et détenue, mais elle a échappé à leur surveillance et ils ont cru qu'elle avait fui dans le monde des humains. En vérité, elle était encore dans le royaume des faës, à se cacher le temps de pouvoir à nouveau essayer de voler le ke'tain. Aujourd'hui, elle a réussi.

Des cris s'élevèrent dans le public alors que l'indignation se répandait parmi la foule. Des gens se levaient avec des gestes de colère et le niveau sonore monta jusqu'à un fort bourdonnement. La reine Anwyn leur donna une minute pour s'emporter avant de lever les mains en réclamant le silence.

— Par la grâce de la déesse, Conrad et Gans ont choisi ce moment-là pour rendre visite au temple. Ils ont trouvé les quatre gardes massacrés et le ke'tain disparu.

La reine porta une main à sa poitrine comme si c'en était trop pour elle.

— Ils ont couru à l'extérieur et ont surpris Jesse James en train d'essayer de s'échapper. S'ils ne s'étaient pas rendus là à ce moment précis, elle se serait enfuie.

Ses hommes avaient tué quatre gardes innocents, deux desquels faisaient partie de son propre peuple.

Il ne fut pas évident pour elle de calmer l'assistance et elle dut crier pour se faire entendre. Ses joues étaient rouges à cause de l'effort et de l'agacement : elle n'avait pas l'habitude que les gens ne se mettent pas au garde-à-vous lorsqu'elle parlait.

— Je partage votre colère et votre douleur, mes amis.

Elle s'exprimait d'une voix réconfortante, l'image même de la compassion.

— Nous obtiendrons justice pour nos morts et vous en serez témoins.

La porte s'ouvrit et toutes les têtes se tournèrent. Mon esprit imagina ce qui était derrière moi. Peut-être un bourreau venu me tuer avec son épée.

Le nouveau venu avait une boîte de la taille d'une boîte à chaussures à bout de bras. Il s'arrêta à quelques mètres de moi pour incliner la tête vers la reine, ses dents serrées en un effort pour ne pas grimacer de douleur. La boîte était sûrement recouverte de la peau de drakkan. Je n'avais pas besoin qu'il l'ouvre, car je pouvais sentir son pouvoir.

— Montre-nous, dit la reine Anwyn, indifférente à sa gêne.

Il leva le couvercle à charnière ; j'étais assez proche pour entendre son gémissement de douleur. Tous les yeux dans la salle, à l'exception des miens et de ceux de la reine Anwyn, se rivèrent sur le ke'tain. Anwyn prenait soin de garder un visage implacable, mais pendant une seconde, elle me laissa entrevoir la jubilation dans son regard.

— Je crois sincèrement qu'Aedhna a fait venir Conrad et Gans sur l'île pour qu'ils puissent capturer le voleur et sauver le ke'tain, affabula la reine Anwyn.

Une fausse émotion trahit sa voix lorsqu'elle ajouta :

— Nous sommes vraiment bénis par la déesse.

Belle performance de comédienne.

— Pour les crimes de vol, de meurtres et de profanation du temple, il ne peut y avoir qu'un seul châtiment. La mort.

Des murmures de colère et d'assentiment se répandirent dans la pièce. Rhys jeta à la reine un regard suppliant et murmura :

— Mère, je vous en prie.

Elle tourna la tête et le fusilla des yeux, l'immobilisant aussitôt. Je ne pensais pas qu'elle lui ferait du mal. Sans doute menaçait-elle Bayard et ses autres gardes. Si Rhys était aussi proche d'eux que Lukas l'était de Faolin et des autres, il ferait tout pour eux.

La reine Anwyn parcourut l'assistance du regard.

— Ces crimes ont été commis dans le but de voler notre objet le plus précieux. Il est donc naturel que le ke'tain exécute la peine avant que nous le ramenions au temple.

Aibel posa la boîte au sol devant moi. Je me penchai à l'écart du ke'tain. Depuis que je l'avais emporté au lac, il était devenu bien plus fort, et l'énergie

qu'il émettait ressemblait à des milliers de minuscules aiguilles me transper-
çant la peau.

— Touche-le, m'ordonna la reine.

— Non.

Pensait-elle vraiment que je me soumettrais à sa volonté alors que sa
torture n'avait pas fonctionné ?

— Tu ne peux pas échapper à la justice. Prolonger cela ne fera qu'empirer
les choses pour toi.

— Ce n'est pas de la justice. La seule ici qui soit coupable de meurtre et
de vol, c'est vous, répliquai-je.

Elle agita la main vers la pièce.

— Regarde autour de toi, Jesse James. Il n'y a personne d'Unseelie pour
croire à tes mensonges, pas de prince Vaerik pour te protéger cette fois.
Soumets-toi au ke'tain et laisse le pouvoir d'Aedhna te nettoyer de tes péchés
avant de quitter cette vie.

Bauchan appuya la pointe de son épée contre mon dos et murmura :

— Fais-le ou je te tuerai moi-même.

Non, après toutes ces épreuves, ça ne se terminerait pas ainsi. Je ne
pouvais qu'espérer que la pierre de la déesse soit suffisamment forte pour me
protéger.

Le silence retomba dans la pièce, comme si tout le monde retenait son
souffle. Je me baissai pour tendre mes mains menottées. Le ke'tain
commença à émettre des impulsions d'une douce lumière bleutée et les
minuscules aiguilles dans ma peau se changèrent en essaim de piqûres
d'abeilles furibondes. Je serrai les dents, folle de douleur, et des larmes
coulèrent sur mes joues.

Le bout de mes doigts toucha le ke'tain et ce fut comme si quelqu'un avait
appliqué un fil sous tension au centre de ma poitrine. Des étoiles dansèrent
devant mes yeux et chaque muscle de mon corps se paralysa.

Une image des yeux tourmentés de Rhys flotta dans mon esprit. Même
s'il était plus vieux que moi, j'avais l'impression d'être sa grande sœur. Il avait
été choyé toute sa vie, et il était si naïf au sujet du monde. Il se reprochait de
ne pas m'avoir sauvée, et j'aurais voulu pouvoir lui dire que rien de tout cela
n'était sa faute. J'étais reconnaissante du temps que j'avais pu passer avec lui,
pas en tant que prince, mais comme mon frère.

Je pensais à mes parents, à Finch et Aisla et aux jours que j'avais eus avec
eux sur l'île. Si j'avais su que c'était peut-être la dernière fois que je les voyais,
j'aurais profité de chaque seconde de mon temps avec eux. Mais la chose la
plus importante, c'était qu'ils soient ensemble et en sécurité.

Enfin, je pensai à Lukas. Nous avions eu si peu de temps ensemble, et c'était insupportable de savoir que je n'allais plus jamais revoir son sourire ni sentir ses bras autour de moi. Ce n'était pas assez de savoir qu'il ne croirait jamais les mensonges que la reine Anwyn répandrait à mon propos. Je voulais connaître avec lui la vie que je n'aurais jamais.

La douleur cessa de façon brutale et je ne ressentis que de la paix. Elle était partout, en moi, autour de moi. J'ouvris les yeux et vis Aedhna agenouillée devant moi.

Ses yeux irradiaient d'amour alors qu'elle posait une main contre ma joue.

— Tu as été tellement courageuse, Jesse. J'ai une dernière mission pour toi.

— Laquelle ?

— Rapporte mon ke'tain à sa place, dit-elle avant de s'évaporer.

La pierre brillait à présent d'une lueur bleu foncé familière qui s'étendait jusqu'à mes doigts. Je plongeai les deux mains dans la boîte et soulevai le ke'tain, m'attendant à recevoir une décharge de pouvoir qui n'arriva jamais. La lueur enduisit mes mains et se propagea rapidement le long de mes bras pour m'envelopper tout entière d'une sensation désagréable. C'était comme une couverture de laine qui grattait.

Je fus libérée de mes entraves. Autour de moi, il y eut des cris et des pleurs. Anwyn avait la bouche ouverte, abasourdie.

Quelque chose percuta mon dos. Me redressant, je baissai les yeux vers la pointe d'une épée dépassant de ma poitrine. C'était un étrange spectacle, mais je ne ressentais pas de douleur. L'épée se désintégra.

Bauchan fut envahi de flammes bleues. Il se tordait de douleur, ses cris résonnant dans la pièce alors que le feu le consumait. Tout à coup, les hurlements cessèrent et il y eut un éclat de lumière bleue. Il ne restait qu'un tas de cendres à la place du responsable de la sécurité.

Des gens criaient et d'autres se recroquevillaient sur leur siège. Je m'en fichais. La reine s'élança vers une porte fermée derrière l'estrade avec Aibel, Conrad et ses deux autres gardes personnels.

Je me mis à leur poursuite. Conrad essaya d'ouvrir la porte, mais sans succès, et m'attaqua avec son bâton en bois.

J'attrapai le bout de son arme. Lui arrachant le bâton des mains, je le frappai avec force à la tempe avant qu'il ne comprenne ce qui s'était passé. Il s'effondra sans un bruit. Je n'étais pas une tueuse et je ne pouvais pas me résoudre à l'achever, même après tout ce qu'il avait fait à mes parents et à moi. Il allait être traduit en justice, mais pas par moi.

Les deux autres gardes brandirent des épées. Ils faisaient partie des guerriers les plus prestigieux de ce monde, et cette vue instilla la peur dans mon cœur. Ils n'étaient plus que des obstacles entre moi et ce que je voulais.

Ils avaient vu Bauchan mourir et ils savaient qu'ils n'avaient pas la moindre chance contre le pouvoir du ke'tain. Ils étaient prêts à se sacrifier pour donner à la reine le temps de s'échapper.

Le premier me fonça dessus. Je frappai le bâton sur ses genoux avec toute la force et la vitesse que j'avais empruntées. J'entendis un os se briser. Je l'assommai comme je l'avais fait avec Aibel.

Puis je me tournai vers le dernier garde. Au lieu d'attendre qu'il attaque, j'exécutai avec le bâton dans ma main une figure en forme de huit que m'avait apprise Faolin. Le bâton bougeait si rapidement qu'il était invisible, et lorsque le garde essaya de le parer à l'aide de son épée, la lame métallique se cassa en deux. Il lâcha l'épée inutile et recula, regardant autour de lui à la recherche d'une autre arme. Je l'envoyai au tapis avec un coup bien placé à la tête.

La reine Anwyn et Conrad s'évertuaient toujours désespérément à ouvrir la porte. Je n'avais rien fait pour la sceller, ce devait être l'œuvre du ke'tain.

La reine Anwyn me vit arriver et se tapit derrière son garde. Conrad dégaina son épée et prit une posture de combat, même s'il savait qu'il ne pouvait pas gagner. Je poussai un profond soupir, lassée de toute cette violence. C'était tout ce que j'avais connu depuis que l'on m'avait emmenée en Seelie, et je voulais simplement que tout se termine.

— Pose ton arme, lui dis-je, sachant déjà qu'il n'obtempérerait pas.

— Tu vas devoir me passer sur le corps si tu veux approcher la reine.

— Ça, je peux le faire, mais quand tu seras inconscient comme les autres, elle se retrouvera seule. C'est ce que tu veux ? La laisser affronter la justice seule, ou tu préfères être à ses côtés ?

Il baissa l'épée.

— Je veux être à ses côtés.

J'utilisai le bâton pour mettre l'arme hors de sa portée, au cas où il changerait d'avis.

— Marche devant moi et contourne l'estrade !

— Tu penses vraiment que mon peuple te laissera quitter Seelie en vie si tu me tues ? rugit-elle.

Elle avait une allure d'aliénée, avec ses yeux hagards et sa couronne de travers.

Je lui répondis avec un petit coup du bout du bâton. Elle le frappa et Conrad prit sa main pour passer devant les corps immobiles de ses gardes. Elle ne leur jeta pas le moindre regard, pas plus qu'elle ne se souciait d'eux.

Comment pouvaient-ils accorder leur loyauté à quelqu'un qui ne la leur rendait pas ?

Nous arrivâmes dans l'espace ouvert, devant le trône, et nous arrêtâmes à la vue du groupe rassemblé devant l'entrée principale. La reine avait fermé toutes les portes. Les personnes convoquées pour être témoins de ma mort me scrutaient à présent avec crainte. Ils pensaient sûrement qu'ils allaient tous mourir comme Bauchan.

Je m'adressai à Rhys, encore attaché au trône.

— Tu vas bien ?

— C'est plutôt à moi de te le demander, répondit-il d'une voix chevrotante.

Je fis signe à l'un des conseillers d'avancer. Je le reconnaissais de la première réunion à laquelle j'avais participé, en Unseelie. Il resta prudemment à quelques mètres de moi, car j'avais toujours l'aura du ke'tain.

— Vous voulez bien libérer le prince ? lui demandai-je.

Il hocha la tête par à-coups et m'obéit. Rhys se leva enfin, se frottant les poignets, et nous rejoignit.

À l'attention de Conrad, j'ajoutai :

— Assieds la reine sur son trône et attache-la avec les liens que vous avez utilisés contre le prince.

La reine Anwyn cria vers la foule près de la porte :

— Je suis votre reine ! Vous allez rester plantés là pendant que cette criminelle me traite de cette façon ?!

Personne ne parla ni ne bougea. Soudain, on frappa à la porte, de l'autre côté. Ses renforts étaient là.

— Votre reine vous a menti et induits en erreur, dis-je aux spectateurs effrayés. C'est elle qui a volé le ke'tain la première fois, et ses gardes ont tué ceux du temple et volé le ke'tain aujourd'hui. Elle voulait forcer Unseelie à sceller la barrière entre le royaume des faës et celui des humains.

— Mensonges ! hurla la reine Anwyn.

Son timbre perçant provoqua une douleur sourde dans ma tête.

— Attache-la, ordonnai-je à Conrad. Et bâillonne-la pendant que tu y es.

— Jesse, ça va ? demanda Rhys d'une voix vibrante d'inquiétude.

— Je... je ne sais pas.

— Tu n'as pas l'air bien.

Il indiqua l'estrade.

— Tu devrais t'asseoir.

Je lui fis signe que non.

— Je suis fatiguée. Je n'ai pas beaucoup dormi.

L'aura bleue autour de moi s'était estompée jusqu'à devenir d'un blanc bleuâtre. Mon bras tremblait sous l'effort. Mes membres s'alourdissaient et ma migraine empirait.

Après des journées de maltraitance et de privation de nourriture, mon corps était trop faible pour canaliser la pleine puissance du ke'tain aussi longtemps. Même la pierre de la déesse ne pouvait me protéger indéfiniment contre autant de pouvoir.

Je fis un pas en avant vers l'estrade et tombai à genoux au même endroit où je m'étais agenouillée avant. Je perdis ma prise sur le bâton et il roula au sol dans un claquement. Le ke'tain m'échappa de l'autre main et alla terminer sa course contre le côté de la boîte qui l'avait contenu.

Derrière moi, les portes s'ouvrirent avec fracas et des gardes de la cour affluèrent.

— Emparez-vous d'elle ! exigea la souveraine sur un ton victorieux.

Je m'attendais à ce qu'elle me frappe, mais elle se pencha pour parler à mon oreille :

— Tu aurais dû me tuer quand tu en avais l'occasion. Ton humanité t'a rendue faible, Jesse James. Tu devrais savoir, depuis le temps, que tu ne peux pas gagner contre...

Le plafond explosa. La reine Anwyn cria et les gardes me lâchèrent pour protéger son corps alors que des éclats de verre pleuvaient sur nous. Je plongeai vers le ke'tain et m'en saisis, me préparant à la décharge de pouvoir qui ne vint jamais. Quelqu'un cria, mais cette fois, rien n'allait m'arrêter.

La reine me vit arriver et hurla à ses gardes de bouger, mais ils étaient plus résolus à la protéger du verre plutôt que de mes initiatives.

— Vous le voulez ? Prenez-le.

— Noooon !

Je lui lançai le ke'tain et ses mains se levèrent par instinct devant son visage. Le ke'tain toucha sa paume, et pendant plusieurs secondes, nous fusionnâmes. Ensuite, une explosion d'énergie m'envoya sur le dos.

Devant moi, la reine faisait l'expérience du pouvoir de la déesse. Du feu bleu se déversa du ke'tain et engloutit son corps comme avec Bauchan. Il y eut un éclair aveuglant et la reine de Seelie disparut. À sa place se trouvait le ke'tain, à côté d'une couronne noircie dans un tas de cendres sur le sol.

— Mère ! cria Rhys.

— Attrapez-la, s'égosilla Conrad.

Un rugissement ébranla la pièce. C'était mon drakkan, furieux, des flammes jaillissant de son museau et de sa gueule.

— Gus !

Il replia les ailes et se posa sur le sol, dispersant les gardes. Je courus vers lui et passai mes bras autour de sa patte avant.

— Je n'ai jamais été aussi heureuse de te voir.

Rhys et quelques autres s'étaient abrités derrière le trône. La souffrance du prince était palpable. La reine Anwyn avait été une personne impitoyable et horrible, mais c'était aussi sa mère.

— Votre Majesté !

Il était temps d'y aller. Je me ruai vers le ke'tain et le récupérai pour le remettre dans la boîte.

— Jesse ? fit Rhys, confus.

— Je dois y aller, mais on se revoit bientôt, lançai-je, déjà sur le dos de Gus qui s'envolait.

Il y avait à peine assez de place pour accueillir l'envergure de ses ailes sous le plafond, mais il y parvint.

Je fis signe à Rhys alors que nous franchissions le toit. J'aurais voulu rester avec lui, mais c'était trop dangereux pour moi. Il me renvoya un signe timide alors que Gus battait des ailes. Je rangeai la boîte à côté de moi et me mis à l'aise pour le long voyage. J'étais épuisée, mais je gardai les yeux ouverts assez longtemps pour voir Gus abandonner Seelie, laissant le royaume loin derrière nous.

Il faisait noir lorsque nous atterrîmes sur l'île. Je caressai la patte de Gus et me dirigeai vers le temple. J'avais hâte de rendre le ke'tain pour retrouver Lukas. Je ne voulais plus jamais le quitter.

Les quatre gardes d'Unseelie étaient postés à l'entrée de la salle de l'autel. Ils avaient l'air hostiles.

L'un d'eux ouvrit la bouche pour parler, mais ses yeux devinrent vitreux et il resta là, comme pétrifié. Je regardai les trois autres, qui étaient dans le même état.

— Bonjour, Jesse.

Aedhna me souriait comme ma mère lorsque j'avais reçu des lettres d'admission pour Cornell, Stanford et Harvard. Devant la fierté dans ses yeux, je me sentis invincible.

Je lui pris la main et nous entrâmes dans la pièce principale ensemble. Korrigan et une dizaine d'autres gardes d'Unseelie étaient figés comme ceux d'en haut. Il était courbé devant l'autel, les yeux rivés sur l'endroit où le ke'tain se trouvait.

Au fond, les quatre corps des gardes étaient recouverts par un drap. J'avais été si contente de quitter Seelie que j'en avais oublié les gardes du temple qui avaient péri ici.

Nous rejoignîmes l'autel, et la déesse me lâcha la main. Je sortis le ke'tain de la boîte et le plaçai sur l'autel.

— Le royaume des faës et ton monde guérissent, désormais.

Aedhna me toucha les cheveux, comme ma mère le faisait, et cela me fit mal au cœur.

— Tu as bien fait, Jesse.

— Et si quelqu'un essaie de le voler à nouveau ? Ce ne serait pas mieux de cacher le ke'tain comme tu l'as fait pour les autres ?

Aedhna toucha la pierre.

— C'est plus qu'une source d'énergie pour le royaume des faës. C'est un objet de culte qui aide les personnes de ce monde à se sentir liés les uns aux autres et à moi. Peu importe qu'ils soient de Seelie ou d'Unseelie. Le ke'tain leur assure qu'ils font partie de quelque chose de plus grand qu'eux tous.

— Nous avons aussi des symboles religieux dans mon monde.

Pour la première fois, je compris le véritable pouvoir du ke'tain. Contrairement au monde des humains, celui des faës n'avait qu'une religion et un seul symbole sacré pour leur foi.

— Unseelie et Seelie ont créé la protection la plus puissante possible autour de l'autel et quelqu'un a utilisé une peau de drakkan pour la déjouer. Ne peux-tu pas en créer une que personne ne pourrait traverser ?

— Je ne le peux pas.

Elle me sourit.

— Mais toi, oui.

— Moi ?

Comment pourrais-je créer une telle protection ?

— Ma pierre de la déesse m'aide à créer des charmes, mais c'est le ke'tain qui possède le vrai pouvoir. Ce n'est que quand ils sont ensemble que... oh.

La pierre était venue vers moi lorsque j'en avais besoin, elle m'avait sauvé la vie durant la transformation et avait joué son rôle pour sauver le royaume des faës. L'idée de m'en séparer m'attristait, mais je n'en avais plus la nécessité.

J'avançai la main au-dessus de l'autel et suivis Aedhna, me laissant guider. Elle approuva en hochant la tête et je plaçai la pierre sur l'autel à côté de l'objet sacré. Tout de suite, elle passa de la couleur de mes cheveux à un bleu iridescent assorti au ke'tain. Puis ce dernier commença à s'enfoncer lentement sous la surface de l'autel et disparut.

L'air au-dessus ondula, brillant, et une colonne de lumière éblouissante apparut au-dessus du ke'tain. Elle s'élargit, engloba l'autel et s'éleva jusqu'au plafond. Lorsque la lumière s'estompa, l'autel était enfermé dans une vitrine transparente parcourue de minuscules courants bleus.

Je tendis la main pour la toucher sans prendre le temps de me demander si c'était sans danger. Après tout, je n'avais plus ma pierre de la déesse pour me protéger du pouvoir du ke'tain. C'était comme du verre chaud, mais il y avait une vibration presque imperceptible qui me démangeait la paume. Korrigan allait être surpris lorsqu'il se réveillerait.

— Le ke'tain est en sécurité, maintenant ? demandai-je.

— Oui.

Aedhna posa une main sur mon épaule.

— Peu abandonneraient un tel cadeau. Ton courage n'a d'égal que ta bonté.

Je rougis.

— Et maintenant ?

Elle passa son bras sous le mien.

— Maintenant, tu rentres et tu mènes une vie agréable.

— Est-ce que je te reverrai ? demandai-je alors qu'elle se dirigeait vers les marches.

— Un jour.

Nous sortîmes du bâtiment et Gus leva la tête. Je me tournai vers Aedhna et lui fis un câlin. Elle me rendit mon étreinte et m'embrassa sur le front. Puis elle disparut.

Sentant mon engouement, le drakkan se leva et étira les ailes avec impatience.

— Nous avons réussi, Gus ! Rentrons.

23

G US AIMAIT faire des entrées remarquées. Il était tard lorsque nous atteignîmes la cour, mais il y avait plus de personnes que d'habitude qui erraient sur le domaine en cette heure tardive. Puisque je ne pouvais plus me cacher avec un charme, il décida d'en profiter. Il souffla des nuages de fumée et de petites flammes tout en tournant autour du domaine, attirant l'attention de tout le monde.

— Frimeur, dis-je, à quoi il répondit par un petit couinement.

Il atterrit au sommet et me posa près de la porte. C'était peut-être la dernière fois que je le voyais. Notre mission était finie et je n'avais plus ma pierre de la déesse pour l'invoquer.

— Donne-moi de tes nouvelles, d'accord ? demandai-je d'une voix rauque. Il me donna un petit coup malicieux, me faisant tituber. Je caressai son museau.

— On se reverra.

Je reculai pour lui donner la place de s'envoler. J'allais alerter les gens qui se rapprochaient trop près de nous, mais Gus s'en chargea. Il fit claquer sa longue queue et tout le monde s'écarta. Puis il sauta dans les airs et recouvrit la foule d'un nuage de fumée noire malodorante avant de s'envoler.

Je ne pouvais pas attendre une minute de plus, impatiente de voir Lukas. Je faillis rentrer dans deux gardes à la mine grave qui se trouvaient là.

— Jesse James, vous devez venir avec nous, me somma l'un d'eux.

— Où ça ?

— Dans les cellules de détention, répondit l'autre garde. Vous serez arrêtée jusqu'à ce que Korrigan puisse vous voir.

Ce n'étaient pas les retrouvailles tant espérées.

— Laissez tomber. J'ai eu ma dose, je ne veux pas être prisonnière éternellement. Si Korrigan veut me parler, il sait où me trouver.

— Vous n'avez pas le choix, insista le premier alors qu'ils avançaient vers moi.

— Je m'en occupe, coupa alors une voix derrière eux.

Je n'avais jamais été si soulagée de voir Faolin. S'il était là, Lukas ne devait pas être loin.

— Comment étais-tu au courant que j'étais de retour ? lui demandai-je lorsque les deux gardes furent partis.

Faolin m'ouvrit la porte.

— Toi et ton drakkan, vous étiez impossibles à rater. À en juger par ton apparence et ton arrivée, je suppose que tu as une histoire à nous raconter pour expliquer ton absence.

— Tu n'as pas idée !

Mon allure et mon odeur me répugnaient. Je ne m'étais pas douchée ni changée depuis une semaine.

— Lukas est là ?

— Il est dans le monde des humains à ta recherche.

— Il croit que je me suis enfuie des geôles et que je suis retournée chez moi ? Il pense aussi que j'ai essayé de voler le ke'tain ?

— Il sait que tu ne ferais jamais ça. On s'est dit que quelqu'un t'a menacée et que tu as utilisé ta pierre de la déesse pour fuir. On t'a tous cherchée. Je suis là parce que mon père m'a convoqué.

— À cause de ce qui s'est passé au temple ?

— Tu y étais ?

— Après coup.

L'ascenseur s'arrêta au dernier étage et nous sortîmes.

— On va voir ton père ?

— Oui.

— Je préférerais attendre pour raconter l'histoire. Je ne veux pas me répéter plusieurs fois, parce que l'expérience n'est pas agréable.

Nous marchâmes dans le couloir qui nous éloignait des quartiers de Lukas et nous arrêtâmes devant une porte. Faolin l'ouvrit et me fit entrer. En voyant les occupants, je fus ébahie.

Nous étions dans un salon plus grand encore que celui de Lukas, et richement meublé. Mais ce ne fut pas ce qui me surprit. Le roi Oseron et Maurelle étaient là, ainsi que Korrigan et deux des conseillers du roi. Ils affichaient tous une sombre expression.

— Jesse !

La mère de Lukas se leva, une main à sa gorge.

— Devrais-je faire venir un guérisseur ?

— Non, merci. Ce n'est rien qu'une douche et du sommeil ne puissent arranger.

Et Lukas.

— Assieds-toi. Tu as l'air très fatiguée.

Elle indiqua l'une des chaises.

— Je préférerais rester debout. Je ne veux pas salir le mobilier.

— Ce n'est qu'une chaise.

Elle regarda Faolin qui me prit le bras et me fit asseoir. Cela faisait vraiment du bien de se poser.

Le roi prit la parole :

— Nous aimerions beaucoup savoir pourquoi tu t'es enfuie et où tu es allée. Ta disparition a provoqué une belle révolte ici, me réprimanda-t-il. D'abord, je me dois de te demander si tu es informée du terrible accident qui est survenu au temple aujourd'hui.

— Oui.

— Étais-tu impliquée dans les meurtres de ces gardes ?

— Les coupables sont deux gardes personnels de la reine Anwyn.

Le roi Oseron se leva d'un bond.

— C'est une sérieuse accusation. Quelle preuve as-tu pour l'appuyer ?

— Je n'ai pas de preuves physiques, mais je vais vous dire ce que je sais. D'abord, je dois vous dire que la reine Anwyn est morte.

— Morte ? s'exclamèrent ensemble Korrigan et le roi Oseron.

— Vous avez tué la reine de Seelie ? demanda l'un des conseillers, atterré.

— Techniquement, c'est le ke'tain qui l'a tuée. Mais c'est une longue histoire. Je pourrais avoir de l'eau ?

Faolin quitta la pièce et revint avec un verre. Assoiffée, je le vidai d'un trait et il alla le remplir.

— Est-ce en rapport avec cette pierre de la déesse dont Vaerik m'a parlé ? demanda le roi en s'asseyant.

De toute évidence, il n'avait pas partagé cette information avec les conseillers.

— Oui, c'est lié.

La pierre de la déesse avait disparu, et avec elle, la magie qui m'empêchait de parler d'Aedhna et du ke'tain. Je leur racontai donc ma rencontre avec Aedhna et la mission qu'elle m'avait donnée. Je n'évoquai pas les autres ke'tains ni leur emplacement, seulement qu'elle m'avait chargée d'emmener celui du temple à divers endroits afin de restaurer son pouvoir.

L'audience était fascinée par mon explication de l'utilisation de la pierre de la déesse me permettant de créer des charmes assez puissants pour passer les protections du temple ; et par mon récit de Gus qui m'avait emmenée là où je devais aller.

— Incroyable, murmura un conseiller.

— C'est pour ça que les tempêtes se sont arrêtées tout à coup, renchérit un autre.

— Korrigan, le jour où tu m'as surprise dans le temple, je venais juste de remettre le ke'tain après la mission finale. J'étais encore liée par la magie d'Aedhna, alors je ne pouvais pas te dire pourquoi j'étais là.

— C'est pour cette raison que tu t'es échappée des cellules et t'es enfuie dans le monde des humains ? Tu pensais que personne ne te croirait ?

— Je ne me suis pas enfuie. Les gardes de la reine Anwyn sont venus dans ma cellule et m'ont emmenée en Seelie.

— Impossible.

Korrigan prit un air renfrogné.

— Cette zone est protégée et seules les personnes autorisées peuvent entrer. Personne de Seelie n'aurait pu entrer sans permission.

— À moins qu'ils n'aient obtenu de l'aide de l'intérieur...

— Ils auraient eu besoin d'un garde. Aucun des gardes n'irait à l'encontre de mes ordres.

— Au moins l'un d'eux l'a fait. Je commencerais par celui qui a laissé entrer Rashari pour me voir.

— Rashari ? répéta Maurelle.

— Elle m'a rendu visite dans les cellules, avant que je ne sois emmenée, et la reine Anwyn a dit que c'était elle qui m'avait vendue.

Le roi était dans le déni.

— Je refuse de croire que Rashari nous vendrait à Seelie. Pourquoi ferait-elle ça ?

L'histoire de Dariyah ne lui avait donc pas suffi pour comprendre les efforts que certaines étaient prêts à déployer pour devenir la prochaine consort ?

Ma tête commençait à faire mal et je passai mes bras autour de moi. Où était Lukas ?

Maurelle posa sa main sur celle du roi.

— Korrigan fera éclater la vérité. Mais d'abord, Jesse doit tout nous raconter.

— Tu as raison.

Le roi Oseron inclina la tête vers moi.

— Continue, je t'en prie.

Je décrivis ensuite mon emprisonnement, ma torture, mes passages à tabac, mes conversations avec la reine et ses raisons de voler le ke'tain. Je leur parlai de Rhys, de qui il était vraiment, précisant qu'il ignorait ce que la reine avait fait.

— Ses gardes ont utilisé une peau de drakkan fraîche pour outrepasser les protections au temple, dis-je à Korrigan. Elle ne pouvait pas les rendre invisibles, alors ils ont tué tous les gardes du temple, même les deux de Seelie. Elle a dit à son peuple que je l'avais fait. Son plan était de me tuer en me faisant toucher le ke'tain devant lui.

— Mais la pierre de la déesse t'a sauvée, conclut Maurelle.

— Oui.

J'inspirai profondément et leur dis ce qui s'était passé après que j'ai eu touché le ke'tain.

— Je ne voulais tuer personne, mais je ne regrette pas qu'elle et Bauchan soient morts. Ils ont essayé de me tuer en premier.

Korrigan se tourna vers le roi.

— Cela explique pourquoi Seelie n'a pas répondu à notre message concernant ce qui s'est passé au temple.

Le roi Oseron hocha la tête d'un air grave et regarda l'un de ses conseillers.

— Convoquez le conseil.

L'autre se pencha en avant avec empressement.

— Pouvons-nous voir la pierre de la déesse ?

— Je ne l'ai plus.

Je leur rapportai comment j'avais utilisé la pierre pour créer une nouvelle protection afin que personne d'autre ne puisse plus jamais voler le ke'tain.

Korrigan était ébahi.

— Je n'arrivais pas à comprendre comment le ke'tain était tout à coup apparu sur l'autel accompagné d'une nouvelle protection. Tu me dis qu'Aedhna était là dans le temple avec nous ?

— Oui.

— Jesse doit parler au conseil, fit le conseiller au roi.

— Pouvons-nous continuer demain ? demandai-je, fatiguée. Ça a été une très longue journée.

— Bien sûr, répondit Maurelle avant que quelqu'un d'autre ne puisse parler. Tu as besoin de récupérer après ton épreuve. Prends tout le temps dont tu auras besoin.

— J'aimerais parler à Jesse seul.

Le roi me dévisageait.

— Je ne vais pas te garder longtemps.

Maurelle fut la dernière à partir et elle jeta un regard au roi qui signifiait « sois gentil » avant de sortir. Je me tortillai, mal à l'aise. La dernière fois que le roi avait demandé à me parler, j'avais fini dévastée. Je n'avais pas la force émotionnelle ni physique pour traverser cela une fois de plus.

Le roi Oseron resta silencieux pendant un moment.

— Tu entendras ça très souvent lorsque tes actions seront connues de tous, mais je veux être le premier à te remercier pour ce que tu as fait pour le royaume des faës.

— Vous n'avez pas à me remercier, vous auriez fait pareil.

— Oui. J'aurais fait n'importe quoi pour mon peuple. Mais c'est à toi qu'Aedhna a demandé de porter le fardeau de sauver notre monde. Tu es jeune, nouvelle dans le royaume des faës, et pourtant tu as assumé cette énorme responsabilité seule.

Je lui fis un faible sourire.

— Aedhna peut se montrer très persuasive.

— La déesse est aussi sage. Elle a vu en toi la force que je n'ai pas vue, et pour cela, je m'excuse. Je suis désolé d'avoir dit que tu étais faible, car tu n'étais pas née faë ou ne faisais pas partie de la royauté. Tu es l'une des personnes les plus fortes que j'aie rencontrées, Jesse, et je ne peux pas imaginer de meilleur parti pour mon fils.

J'avais tellement voulu entendre ces paroles de sa part, mais elles ne pouvaient pas être vraies. C'était sa gratitude qui parlait, et il changerait d'avis dès que les choses se calmeraient.

— C'est la pierre de la déesse qui m'a rendue forte, dis-je d'une voix chevrotante. Je n'ai plus rien de spécial maintenant.

Le roi se leva et s'approcha de moi. Je fus stupéfaite de le voir se mettre à genou et prendre mes mains froides dans les siennes.

— C'est parce que tu es spéciale qu'Aedhna t'a bénie, et en le faisant, elle nous a tous bénis.

Je clignai des yeux, et les larmes me montèrent avant de couler librement sur mon visage. J'étais trop fatiguée pour chercher à lui montrer que je n'étais pas forte du tout.

La porte s'ouvrit d'un coup pour dévoiler Lukas.

— Jesse...

Ses mains furent aussitôt autour de mon visage, ses yeux sombres tourmentés par l'émotion. Puis ses bras puissants se refermèrent enfin autour de moi et je sentis un frisson le parcourir.

— Je croyais t'avoir perdue.

Durant cette semaine épouvantable, j'avais pensé à tout ce que je dirais à Lukas si je pouvais avoir une minute de plus. Soudain, je me noyai dans un tsunami d'émotions et je ne pus qu'enfouir mon visage contre son torse, me raccrochant à lui alors que de gros sanglots que je ravalai secouaient mon corps.

J'entendis des voix, mais elles semblaient lointaines. Le roi et Maurelle étaient là, et une autre voix féminine que je ne reconnaissais pas. Ils parlaient de moi, mais mon esprit ne comprenait pas. Il voulait s'éteindre pour que je ne puisse plus rien sentir.

Lukas me souleva et me berça dans ses bras. Je me blottis contre lui. Je me fichais de là où il allait tant qu'il ne me lâchait pas. C'était la seule personne capable de m'empêcher de me briser en mille morceaux.

Il me déposa sur son lit, nous positionnant de sorte que nous soyons sur le côté, tous les deux. Ses bras restèrent autour de moi alors que je nichais ma tête sous son menton et pleurais toutes les larmes de mon corps. À un moment, je pris conscience du corps chaud de Kaia dans mon dos. Je commençais enfin à me sentir en sécurité pour la première fois depuis plusieurs jours.

J'ignore combien d'heures nous restâmes ainsi, dans cette position. Je finis par bouger et la première chose qui me frappa fut ma propre puanteur. Elle était si forte que je me demandai comment Lukas pouvait la supporter. Je m'éloignai de lui et il se hissa sur les coudes pour me contempler. Mes yeux étaient si gonflés et irrités que je pouvais à peine distinguer ses traits dans la pénombre.

Il me caressa la joue.

— Comment te sens-tu ?

— Crasseuse. J'ai besoin d'une douche.

— Je pense qu'on peut organiser ça, dit-il, et j'entendis le sourire dans sa voix.

Il me souleva et me porta dans sa salle de bain. Ma dépression nerveuse m'avait laissée si vidée que je n'avais pas la force de me tenir debout seule pendant plus d'une minute. Il s'occupa de tout en nous déshabillant tous les deux, et entra dans la douche avec moi. Après m'avoir aidée à me laver et à me sécher, il m'habilla avec des vêtements de nuit que j'avais laissés là et me ramena au lit. Blottie avec lui sous la couverture, je sombrai dans un sommeil sans rêves.

Le jour était levé lorsque je me réveillai. Le repas était arrivé et Lukas me fit manger et boire un peu avant que la fatigue ne me réclame. Quelques heures plus tard, il recommença. Cela continua pendant toute la journée, ou peut-être deux. J'avais perdu la notion du temps. Il ne me demanda jamais ce qui m'était arrivé en Seelie et les seuls mots que nous échangeâmes furent ses questions sur mon état.

Chaque fois que je me réveillais, je me sentais un peu plus forte, un peu plus moi-même, et un jour je pus enfin parler. Il écouta mon histoire. Il en avait déjà entendu beaucoup de son père et de Faolin pendant mon sommeil, mais il savait que j'avais besoin de tout lui dire avec mes propres mots. Je ne cachai rien et pleurai tout en évoquant mon moment le plus sombre, quand j'avais cru que je ne le reverrais plus. Mais c'étaient des larmes de guérison et je me sentis mieux juste après.

— J'aurais dû te parler de Rhys, avouai-je plus tard, lorsqu'il m'enlaça. Je suis navrée.

— J'aurais aimé, mais je comprends pourquoi tu devais garder le secret de ta famille.

Il me caressa le dos avec douceur.

— Je ne veux pas que tu croies que tu ne peux rien me dire.

— Plus de secrets. C'est promis.

Il roula sur le dos et je posai ma tête sur son torse.

— Des nouvelles de Seelie ?

Lukas soupira.

— Seelie est dans le chaos. Rhys a dit à leur conseil ce qu'Anwyn avait fait à ta famille. Il n'y a pas de preuves qu'il n'est pas le digne héritier, mais il a cédé sa place. La sœur cadette d'Anwyn, Coralia, est montée sur le trône pour le moment, mais il y a déjà des adversaires. Il leur faudra un peu de temps pour s'en remettre.

Je pensai à mon frère. Sa vie avait été déchirée, et tout ce à quoi il avait cru n'était fondé que sur un mensonge. Puis il avait vu mourir la personne qu'il prenait pour sa mère. J'étais contente qu'il ait Bayard et ses autres amis pour l'aider à traverser cela, mais j'espérais qu'il nous rejoindrait, mes parents et moi, lorsqu'il serait prêt à franchir ce pas.

— J'imagine que le conseil ici attend aussi de me parler, dis-je sans entrain.

— Ne t'inquiète pas pour ça. Ils attendront ton accord. Korrigan et Faolin ont commencé à interroger Rashari. Elle admet être allée te voir dans les cellules, mais nie toute implication dans ton enlèvement.

Je ricanai.

— Ils s'attendaient vraiment à ce qu'elle avoue ?

— Non. Ils ont commencé à poser des questions aux gardes et ils feront toute la lumière. Tu ne la reverras plus.

— Eh bien, voilà une bonne chose... !

— J'ai de bonnes nouvelles pour toi. Davian Woods a été appréhendé dans le sud de la France il y a quatre jours. L'Agence le retient jusqu'à son procès, qui se déroulera à la fin de l'année prochaine.

— Ça veut dire que ma famille peut rentrer chez elle ?

— Ils rentrent dans leur appartement aujourd'hui. L'équipe qu'avait engagée Faolin va rester jusqu'à ce qu'ils soient certains qu'aucun des hommes de Davian ne causera d'ennuis.

Je me sentis soudain fébrile. Maintenant que les tempêtes s'étaient arrêtées, le roi autoriserait à nouveau les voyages vers le monde des humains.

— Je veux retourner chez moi, laissai-je échapper.

Sa main s'immobilisa.

— Pour de bon ?

Comment lui expliquer cela ? J'avais besoin de retourner dans un cadre familier, quelque part où je pouvais de nouveau me sentir comme celle que j'étais avant. Cette vie m'avait été imposée et je n'avais jamais eu le temps de m'y habituer. Anwyn ne m'avait pas brisée, mais je me sentais amochée sur le plan émotionnel. Je devais retourner chez moi pour guérir.

— Non, répondis-je. Juste pour le moment.

J'ajustai la sangle de mon sac à dos sur mon épaule et quittai la Bibliothèque Widener. Dehors, le campus quasiment désert de Harvard était recouvert de plusieurs centimètres de neige et il en tombait encore. Inspirant profondément, je remontai le col de mon manteau.

Bad to the Bone commença à jouer dans ma poche.

— Je pars tout de suite.

— Tu es encore à l'école ?

Maman soupira.

— Je pensais que ton dernier examen était ce matin.

— Je devais rendre des bouquins.

Il y eut une clameur en fond sonore et maman s'exclama :

— Non, pas comme ça.

— Qu'est-ce qui se passe ? demandai-je tout en évitant une plaque de verglas sur une marche.

Maman lâcha un nouveau soupir.

— Finch disait que tu prenais trop de temps, alors ils ont commencé à décorer le sapin sans toi. Si tu m'aimes, dépêche-toi de rentrer.

Je ris à ces mots.

— Je ne vais pas tarder. Je t'aime.

L'appel prit fin et je remis le portable dans ma poche. Le dos de ma main effleura la balustrade en métal et un frisson me parcourut. De retour depuis six mois dans mon monde, je m'habituais toujours à être une faë dans un univers d'humains. Le fer était partout, surtout dans la ville. Je m'y adaptais et commençais à acquérir une certaine immunité. Parfois, ma pierre de la déesse me manquait, mais je n'avais pas un seul regret d'y avoir renoncé.

J'avais aussi appris à créer des portails depuis mon retour. Ce n'était pas aussi facile quand on n'avait pas de pierre de la déesse pour amplifier sa magie. Je devenais plutôt douée, mais je les utilisais seulement pour revenir chez moi, car ils demandaient beaucoup de magie, surtout quand il fallait en plus protéger ce que l'on portait.

Le portail se forma et je le traversai pour atterrir dans une cour familière. Je créai tout de suite le second et j'émergeai sur le palier, devant notre appartement. Il y avait une grosse couronne de fleurs sur la porte et une autre, assortie, sur celle de Maurice. De la musique de Noël et des rires venaient depuis l'intérieur de notre appartement.

Des arômes de pain d'épices chaud et de pin frais m'accueillirent lorsque j'ouvris la porte, ainsi que la vue de Bayard appuyé contre le bar de la cuisine, à grignoter la tête d'un bonhomme en pain d'épices. Il arborait son air détaché habituel, mais il me fit un mouvement du menton, presque un salut amical de sa part.

Je posai mon sac à dos et mon manteau sur une chaise et me tournai vers le salon, où Finch guidait Rhys vers l'endroit parfait pour accrocher les décorations sur le sapin. Au-dessus, Aisla voletait en lâchant des guirlandes scintillantes sur les branches.

Finch me vit en premier et poussa un sifflement perçant en accourant. Maman et papa se levèrent d'un bond du canapé.

— Salut, toi !

Un an était passé depuis le calvaire de mes parents, et personne n'aurait pu deviner qu'ils avaient été d'anciens drogués au goren. Ils avaient repris le travail depuis l'été, et Levi avait plein de missions pour eux. Je les aidais parfois en effectuant des recherches, mais je leur laissais la chasse. Cela me manquait par moments, mais les études me gardaient très occupée.

Par-dessus l'épaule de maman, mes yeux croisèrent ceux de Rhys et il sourit comme un jeune garçon. Jour après jour, il ressemblait moins au prince de Seelie et cette transformation lui allait bien. Il lui avait fallu des mois pour accepter la mort de la reine Anwyn et ce qu'elle avait fait, mais il allait mieux à présent.

— Comment tu trouves ton nouveau chez toi ? lui demandai-je.

Son visage s'illumina.

— Je l'aime beaucoup. Caroline m'aide à choisir des meubles.

Je jetai un coup d'œil à ma mère. Je ne l'avais jamais vue aussi heureuse ; elle m'avait appelée pas moins de cinq fois lorsque Rhys lui avait annoncé qu'il avait acheté une maison dans le quartier de Crown Heights. Cela ressemblait plus à un petit manoir, mais il fallait bien qu'il héberge aussi ses cinq gardes personnels qui avaient refusé de le quitter après qu'il eut renoncé à son titre.

— Combien de chambres tu as dit qu'il avait, déjà ? demandai-je.

— Sept chambres et quatre salles de bain. Je crois qu'il y a total de quinze pièces.

— Seize, corrigea Bayard avec ironie.

— Ça fait beaucoup de pièces à meubler.

Rhys hocha la tête.

— On a tout fait pour moi durant toute ma vie, alors je ne connaissais rien au rôle de propriétaire. Tu savais qu'il fallait payer la ville pour avoir l'eau courante dans ta maison ?

Mon rire fusa devant sa candeur.

— Oui, je le savais.

— Il apprend vite, dit papa. Il sera un vrai Brooklynois en un rien de temps.

Le regard d'affection qui passa entre lui et Rhys fit gonfler ma poitrine. Nous avions perdu tant d'années avec Rhys, mais il s'intégrait rapidement à notre famille comme la pièce manquante d'un puzzle. Il avait passé Thanksgiving avec nous et nous passions maintenant notre premier Noël ensemble, avec toute la famille.

Aisla siffla avec impatience depuis son perchoir, au-dessus du sapin où elle ressemblait à un ange agacé, assortie d'un halo de guirlandes de Noël. Je suivis les autres vers le salon pour les aider à décorer.

On sonna au même moment et je m'empressai d'aller ouvrir. Violet m'avait envoyé un texto plus tôt pour me faire savoir qu'elle venait cet après-midi.

— Joyeux Noël, les James, chantonna-t-elle en entrant.

Elle vit Bayard et ajouta :

— Et le faë grincheux qui est sans aucun doute sur la liste des vilains garçons du père Noël.

La lèvre de Bayard se contracta. J'aurais juré avoir vu une lueur d'amusement dans son regard.

— Ne reste pas là. Prends-les avant que mes bras tombent.

Il la soulagea de sa charge et posa les cadeaux sur la table. Puis il piqua un autre biscuit au pain d'épices et en mordit la tête à belles dents.

Violet retira sa casquette et je poussai un cri de surprise lorsqu'elle dévoila ses cheveux courts, coupés juste au-dessus des oreilles.

— Tu t'es coupé les cheveux !

Je tendis la main pour toucher sa coupe à la garçonne un peu en bataille qui accentuait la forme de ses yeux en amande. Elle avait souvent changé de coupe, mais jamais au-dessus du menton.

— C'est pour la série, dit-elle, faisant référence au tournage dont elle venait juste de décrocher le rôle. Mon personnage a les cheveux courts, alors c'est soit ça soit une perruque. Tu as vu dans quel état sont certaines de ces perruques ?

— J'adore cette coupe.

— Zoe aussi.

Elle sourit d'un air songeur. Zoe était sa nouvelle petite amie, une costumière qu'elle avait rencontrée pendant le tournage du film. Violet et Lorelle s'étaient quittées en bons termes, au printemps, et Violet avait commencé à fréquenter Zoe pendant l'été.

— Qu'est-ce que ça fait d'être une star ? lui demandai-je.

Le film dans lequel Violet avait tourné au printemps n'était pas encore sorti, mais elle avait produit un tel effet qu'on lui avait offert l'un des rôles principaux pour une nouvelle série de science-fiction. Elle faisait déjà la tournée des émissions en *prime time* et on la présentait comme la nouvelle coqueluche d'Hollywood.

— Comme si tu avais besoin de le demander !

Elle pencha la tête pour m'examiner.

— Qu'est-ce que ça fait d'en avoir fini avec ton premier semestre à Harvard ?

— Ça fait du bien.

Les faës n'allaient pas à l'université, si bien qu'au début, je sortais du lot. Sans parler de mon statut de célébrité à cause de la transformation. Les choses s'étaient calmées après un mois, lorsque les autres étudiants étaient devenus trop concentrés pour se focaliser sur moi. J'étais une étudiante comme tout le monde, maintenant.

— Jesse, lança maman. J'ai fait des biscuits pour Mme Russo. Tu peux les lui apporter ? Ils sont dans le récipient bleu.

— Bien sûr.

Je trouvai la boîte et l'apportai à notre voisine âgée, qui m'invita à entrer pour boire le thé et manger des biscuits. Je lui répondis que je ne pouvais pas aujourd'hui, mais que je reviendrais demain.

Lorsque je revins dans l'appartement, Finch et Aisla se disputaient pour savoir qui allait aider papa à mettre l'étoile à la cime du sapin. Pendant les dix premières années de ma vie, c'était ma mission. J'avais été tellement heureuse lorsque nous avions adopté Finch que je l'avais laissé prendre le relais. Mais à présent, mon petit frère ne semblait pas content de devoir partager cette tradition avec Aisla.

— Personne ne t'a dit que c'était impoli de surprendre les gens en douce ? m'exclamai-je soudain en me retournant pour fermer la porte.

— J'ai peut-être entendu ça une fois quelque part.

Lukas me prit la main et m'attira contre lui.

— Désolé, je suis en retard.

Je passai les bras autour de sa taille et lui souris.

— Je suis de bonne humeur, alors je vais te pardonner pour cette fois.

Il rit.

— Comment se sont passés tes examens ?

— Je suis presque certaine de les avoir tous réussis.

— Je l'espère, après m'avoir évité pendant les deux dernières semaines.

Il baissa la voix pour ajouter en un murmure :

— Je compte bien rattraper le temps perdu ce soir.

La chaleur inonda mon corps.

— Ah oui ?

— Sans aucun doute.

— Tu ferais mieux de déclencher ton charme princier si tu veux avoir la moindre chance que maman me laisse rentrer avec toi ce soir.

Il grogna, conscient qu'il avait peu de chance de la faire changer d'avis. Elle avait déjà prévu ma première nuit à la maison après mon retour de l'université.

Je me mis sur la pointe des pieds pour l'embrasser sur le menton.

— Plus on attend, mieux c'est.

— C'est ce que disent les gens pour se consoler, ronchonna-t-il.

— Rentrez et fermez la porte, demanda papa d'une voix taquine. On ne chauffe pas tout l'immeuble.

De petits rires montèrent derrière Lukas. Faris et Conlan entrèrent et notre petit appartement parut soudain minuscule avec autant de convives. Chaque personne que j'aimais dans ce monde était ici même, dans cette pièce. Tout ce qui s'était passé depuis un an nous avait réunis et je revivrais tous les événements s'il le fallait pour en arriver là.

— Ooooh !

Violet désigna Lukas et moi.

— Devinez qui est sous le gui !

Effectivement, une branche de gui était au-dessus de nous. Je fis un grand sourire à Lukas qui n'avait manifestement aucune idée de ce que ce symbole signifiait.

— C'est la tradition de s'embraser sous le gui.

— J'aime cette tradition.

Il m'attira dans ses bras et m'embrassa longuement et tout doucement. J'oubliai que toute ma famille nous regardait jusqu'à ce que papa s'éclaircisse la gorge.

Lukas sourit, sa bouche contre la mienne.

— Rappelle-moi de suspendre du gui partout dans notre maison.

Mon portable vibra tout à coup dans ma poche.

— Garde ça en tête.

C'était un long bip distinctif. Les portables de papa et de maman sonnèrent aussi, en même temps.

L'insigne de l'Agence était affiché sur l'écran, et en dessous on pouvait lire les mots « BULLETIN D'INFORMATION DE NIVEAU CINQ ».

Un niveau cinq ?!

Un grand drakkan a été aperçu au-dessus de Manhattan. Vu pour la dernière fois au-dessus du Pont de Brooklyn, direction Brooklyn. La Garde nationale est en route. Demandons que tous les chasseurs de primes soient disponibles pour intervenir. Approcher avec prudence.

Maman s'étonna :

— Un drakkan à New York ? Comment est-ce possible ?

— Il y a encore des faiblesses dans la barrière, lui répondit Lukas. Un drakkan pourrait en traverser une, même si je ne vois pas pourquoi ils seraient attirés par ce monde.

Finch siffla et sauta sur place, sur le dossier du canapé. *Peut-être que c'est Gus qui vient nous rendre visite pour Noël !*

Je gloussai.

— Je ne pense pas que Gus sache où nous...

Je m'interrompis.

— Lukas, tu ne penses pas que... ?

— Tu as dit qu'il savait toujours où te trouver, répondit Lukas doucement.

— Je pensais que c'était grâce à la pierre de la déesse.

— Oh, non !

Je dévalai les marches, Lukas sur mes talons. Nous étions au premier étage lorsque nous entendîmes les autres qui nous suivaient. Je bondis sur le perron, sentant à peine le froid tout en descendant l'escalier vers la rue enneigée.

Au beau milieu de la chaussée, j'observai le ciel gris. De gros flocons de neige me tombaient sur le visage. Un klaxon retentit derrière moi, mais je ne bougeai pas, car je venais d'apercevoir une silhouette sombre survolant les toits dans ma direction.

La silhouette était suffisamment proche, maintenant, pour que l'on puisse distinguer ses écailles rouge et or et son envergure de dix mètres.

— Oh, mon Dieu ! cria Violet.

— On ne voit pas ça tous les jours, renchérit Mme Russo.

Quelque part dans la rue, un homme hurla :

— C'est un dragon ! Betty, viens voir ça !

Lorsque Gus fut à deux pâtés de maisons, il rugit, me faisant savoir qu'il m'avait repérée. Il descendit un peu plus, volant dans notre rue, ses ailes effleurant presque les bâtiments de chaque côté. Comment allait-il atterrir sans endommager les véhicules garés le long du trottoir ?

Gus descendit en piqué comme un faucon chassant une souris. Au dernier instant, il replia ses ailes et se posa à vingt mètres, dans un raclement de griffes sur le bitume. Ses yeux rouges étaient rivés sur moi et il secoua la tête d'un mouvement brusque.

— Salut, Gus.

Il grogna et balança sa queue à pointes, percutant une camionnette et une Audi. L'alarme de la voiture se déclencha et Gus abattit sa queue sur le toit, l'aplatissant carrément.

— Tout va bien, Gus.

— Jesse, fit Lukas derrière moi sur un ton d'avertissement, me laissant entendre qu'il était à deux doigts de me rejoindre.

— Je vais bien, répondis-je. Gus est simplement un peu énervé. Il ne me fera pas de mal.

— Ma voiture ! gémit un homme à la porte d'un immeuble, près de l'Audi détruite.

Gus tourna la tête et grogna, dégageant un jet de fumée et de flammes. L'homme était trop loin pour que le feu l'atteigne, mais il cria et rentra précipitamment à l'intérieur en claquant la porte.

— Finch ! cria maman.

La peur dans sa voix me fit me retourner pour la regarder.

Je faillis tomber en voyant la petite silhouette bleue contourner la roue d'une voiture stationnée. Finch, qui ne sortait jamais à moins d'être niché dans l'un de nos manteaux, courait dans la rue vers moi, ses minuscules pieds laissant des empreintes de moineau dans la poudreuse.

Je voulus l'intercepter et le prendre, mais il m'échappa et se dirigea tout droit vers Gus. S'arrêtant à quelques mètres de l'énorme drakkan, il ouvrit les bras et siffla.

L'air se figea dans mes poumons lorsque Gus s'immobilisa et pencha la tête en avant, baissant les yeux vers Finch. Des vrilles de fumée s'échappèrent de ses naseaux et s'enroulèrent dans l'air alors qu'il se concentrait sur mon minuscule frère : si Finch faisait un faux pas, il serait balayé.

Finch siffla de nouveau et Gus pencha la tête sur le côté. Puis il la baissa au niveau de la chaussée, presque contre Finch. Mon frère toucha son museau, comme la première fois qu'ils s'étaient rencontrés dans notre appartement.

Gus émit un son semblable au gémissement d'un chien. Sans prévenir, Finch l'escalada pour s'asseoir sur le museau de Gus et commença à siffler et à parler en langue des signes. Le drakkan était captivé.

— Vous avez vu ça ? dit papa.

Je me rapprochai de Gus et lui caressai la tête.

— Tu dois avoir le mal du pays, toi aussi.

Il souffla joyeusement et Finch leva les yeux vers moi.

Est-ce que Gus peut rester avec nous ?

— Je ne pense pas qu'il puisse rentrer dans la maison. Et puis, sa place est dans le royaume des faës, où il peut chasser et être avec d'autres drakkans.

Le regard de mon frère devint triste.

Mais on lui manque.

— Je sais. On pourra toujours lui rendre visite. Ça te plairait ?

Finch hocha la tête avec enthousiasme.

Un bruit de sirènes s'intensifia alors, me rappelant que nous nous apprêtions à avoir beaucoup de compagnie, dont des chasseurs cherchant une prime de quarante-six mille dollars. Il n'y avait pas de filet ni de cage capable de contenir Gus, mais cela ne les empêcherait pas de tenter le coup quand même. Les choses allaient devenir très compliquées, et vite. Il n'y avait pas le temps de réfléchir et je fis la première chose qui me vint à l'esprit.

Je pris Finch, et Gus leva la tête. Posant une main sur son museau, je lui dis :

— Gus, tu veux bien nous emmener, Finch et moi, en Unseelie ?

Mon frère siffla et tapa dans ses mains, et Gus se dressa de toute sa hauteur. Je pris Finch contre ma poitrine à deux mains et le drakkan me ramassa dans ses griffes.

— Jesse ! cria Lukas en courant vers nous.

— Tout va bien !

Gus s'éleva dans les airs.

— On ramène Gus chez lui. On sera de retour pour le dîner, maman.

Finch leur fit des signes des deux bras en sifflant. Maman leva la main et lui répondit par un petit geste. Quant à papa, il nous regardait bouche bée.

Lukas secoua la tête, à la fois énervé et amusé. Je souris pour lui faire savoir que je me ferais pardonner auprès de lui plus tard.

Nous nous élevâmes dans l'air enneigé et dépassâmes les toits. Des flots de lumières bleues et rouges se répandaient dans notre rue. Gus s'éleva encore plus, me plaquant contre son corps chaud. Pour la première fois en un an, j'étais libre de faire ce que je voulais. Pas de chasse, d'université ni de monde à sauver in extremis. C'était moi, mon frère et notre drakkan.

Deux hélicoptères de la Garde nationale se rapprochaient.

— Partons d'ici.

L'euphorie me saisit. Bon sang, comme ça m'avait manqué.

Mon compagnon s'inclina brusquement vers l'Hudson et accéléra. Finch siffla de bonheur et nous partîmes vers notre prochaine aventure.

~ **Fin** ~

À PROPOS DE L'AUTEURE

Quand elle ne travaille pas en tant que programmeuse informatique, Karen Lynch écrit, lit et fait de la pâtisserie. Née à Terre-Neuve, au Canada, elle vit actuellement à Charlotte, en Caroline du Nord, avec ses chats et ses trois adorables chiens adoptés en refuge : Dax, Des et Daisy.

www.ingramcontent.com/pod-product-compliance
Lightning Source LLC
Chambersburg PA
CBHW020359260626
47156CB00007B/2185